生命是用来虚度的

（中文版）

Life is for Entertainment

(Chinese Edition)

著：美国严教授

封面设计：美国严教授

Prof. Cong Yan

作者简介

严聪：旅行家、作家、摄影师，现为美国印第安纳州医学院教授。著有长篇小说《海鸥教授》、《杜鹃花开》、《玫瑰血》、《严教授中短篇小说集》、《自传体纪实文学》等，还著有大量散文、游记。

网址：https://blog.wenxuecity.com/myindex/52334/

Cong Yan, a traveler, fiction writer and photographer living in Carmel, Indiana, USA. He authored fictions of "Seagull Professor", "Blooming Azalea", "Bloody Rose", "Novellas and Short Fiction Collection", "Yan Autobiography" etc. Currently, he is a professor at the Indiana University School of Medicine.

目录

序

　　海鸥教授是中国特定历史时期的一个现象和产物，其大背景为文革结束后中国的崛起需要大批的科技精英人才。自上个世纪八十年代起，中国从中央到地方政府出台了各种各样五花八门的计划和项目，全力招揽在国外留学和工作的大陆学者为中国的科技和教育建设服务。一呼百应，各路精英各怀目的纷纷响应，一时间鱼目混珠，泥沙俱下地涌向中国那贫瘠而广阔的希望田野。随着中国的迅速崛起，延绵了十几年的海鸥现象最终以美国追责"千人计划学者"等项目而慢慢落下帷幕。因为本人得天独厚的优势，很早就决定抓住机会，写一个关于海鸥教授的系列小说丛书，用文学艺术的表现形式描写反映这一当代历史事件和现象，使之有史可鉴，雪泥鸿爪。我很熟悉海鸥教授们的追求、精神面貌、性格特征，一直同他们相行相伴。

　　"海鸥教授系列"原计划写十部长篇小说，每年一部，每部不少于十万字，其间穿插一些中短篇小说，主要追踪海鸥教授们的两岸感情生活和跌宕人生。可惜第三部作品写完后（前三部分别为《海鸥教授》、《杜鹃花开》、《玫瑰血》），被 NIH（美国国立卫生院）招聘去科研经费评审委员会当评判委员，责任重大，每年需花大约 3-4 个月审稿。一晃六年过去了，审稿占用了大量的精力和宝贵时间，小说的创作只好退而求其次，采取零敲碎打、见缝插针的方法进行。其间还将海鸥教授系列第三部《玫瑰血》翻译成了英文。

　　为了适应这一写作时间上的变化，写第四部小说时（也就是本篇《生命是用来虚度的》）做了章法上的调整。首先每个章节力求短小精干，不求面面俱到和大段深入的心理描写，得提纲挈领和画龙点睛之效；其次小说分设明线和暗线：明线游山玩水，是实；暗线海鸥教授，是虚。虚实相辅相成互相搭配，力图扩展小说的广度和厚度。小说以明线为珠，暗线为线，暗线的故事情节发展将明线的各个风景点像珍珠一般串联起来，点明"生命是用来虚度的"这一贯穿始终的小说主题。因此在这篇小说中自然风景和人物都是主体描写对象。世界上不仅有山有水，更有人间情感，社会变迁；第三，小说人物描写以集体海鸥学者的形象出现，借鉴《水浒传》的群英形象安排多个人物出场，相互关联依托。小说大致分为四个部分（四屏风：杨杰/隋璐夫妇、俞林/马述伦情侣、丁一/月琴夫妇、赵旒华/萧丁丁旅伴），每个故事的推演以连环画的形式展开，简洁明了，故事环环相扣，前后照应。旅游中主人翁们各有所得，分别收获了财富、爱情、地位、友谊。当然小说常用的倒叙和插叙手法也有不少应用，以提高故事的景深和变换层次。本来想将曾经旅游过的地方都写出来，一网打尽，结果发现这是不可能完成的事情。写了二十多万字，紧凑得不能再紧凑了，才涵盖了我旅游过的三分之一景点，方知十年来不知不觉中走了那么多的地方！最后发表时删掉了几个章节，压缩成一百个章节。

记得有个网友看了我写的游记曾留言，说"生命是用来虚度的，不懂的要学，要深入理解。"觉得这个提法立意很好，用来做书名正合适。这就是《生命是用来虚度的》书名的来由。

本人系《人民文学》1988 年"高级小说函授班"结业，没能如愿完成当初定下的十部"海鸥教授系列长篇小说"宏愿，实为憾事。以上是小说《生命是用来虚度的》的创作背景和作者的一些创作体会和尝试，供读者参考，欢迎指正。– 2020.09.03

一　计划

　　快下班的时分，美国国立卫生院（NIH）来了通知。杨杰打开一看，是科研经费的分数评出来了。他登录到网上一查，本不抱太大希望，却是一个极好的分数！这个分数足够又忙上五年了。杨杰拿起电话拨通了太太隋璐办公室的号码，报告说："经费申请的分数出来了，看见了没有？"

　　"我已经看见了。"隋璐的办公室就在杨杰办公室对门。

　　学校清水衙门，教授工资收入平平，全球作学问者皆然。但杨杰夫妇有自己的头脑，从年轻的时候起，虽然工作业务繁忙，家庭负担重，没时间玩股票，他们有意识地将多余的钱投放在股市基金里，不需天天盯着。杨杰选了几只表现优良的基金股，然后就去忙学问上的事情。基金股票跌跌撞撞，经年见长，积少成多。他们过几年就像割韭菜一般收割一番基金，和其他华裔夫妇一样，钱先紧孩子们的教育用，这是投资重点中的重点。虽然不富有，孩子们小学中学上的都是名牌私立学校。孩子们长大后争气，大学都考上了藤校，又交了一大把学费。总之割韭菜的钱都用来支付昂贵的学费了。夫妇俩从来没有把钱太当回事，该用的时候就用掉，毫不怜惜。大学毕业后，孩子们一个个远走高飞，空巢了。过了一段时间再来查看股票基金，发现麻烦来了。因为韭菜长期没割，股票基金自然疯长，像雪球一样越滚越大，把工资那点收入远远甩在了后面。

　　夫妇俩盘算着如何将钱用掉，生没有带来，死了也带不走。看看家里，大房子住得舒舒服服的，贷款早就付完了。为了保持身体健康，他们不怎么乱吃东西，衣物日用品开销也微不足道。

3

尽管经常去听音乐会，看职业球赛，花销也不是很多。算来算去，没一个花钱的地方，成了幸福的烦恼。

有一次为太太庆祝生日，杨杰将蛋糕切成四块。他问太太："你许个愿，做个选择，这四份蛋糕一份代表财富，一份代表名誉，一份代表健康，一份代表旅游，你想要哪一块？"

隋璐说："我选择旅游。"

杨杰问："为什么呢？"

隋璐说："旅游多好哇，又花钱又心情愉快。心情愉快了身体就健康，身体健康了工作就会做好，做好了工作既会赢得荣誉又会得到财富。这叫一有百有。"

杨杰说："哇，这么说虽然只选了一块蛋糕，实际上整块蛋糕都选了。糕，糕，实在是高！你这个生日过得非常有意义，悟出了生活的真谛。其实生活在这个世界上的目的之一就是享乐人生，我们尊老爱幼做得尽心尽力，现在还有一个人需要善待，那就是自己。因此我们要用余生去周游世界，将那该死的钱用掉。我们从小受的教育是人生不可虚度光阴，干事业要扬名立万，做人需名垂千古。可是人生为什么不可以虚度呢？辛辛苦苦了一辈子，是该享受的时候了。"

夫妇俩一天到晚没玩没了地埋头工作，写科研论文写经费申请，日复一日，年复一年，没有一个出头的日子。想通了旅游的大道理，两人对望微露笑容，有了心照不宣。再不去世界各地转转，哪天两眼一抹，可就真对不起自己了。这个世界长江后浪推前浪，缺了谁地球照样转，让年轻一代忙碌去吧，由他们去肩负世界的重任吧。思维的转换瞬间完成了，一通百通，生活既选择，非常简单明了的道理。于是两人开始拟定旅游计划。他们花了不少时间上网查看大量的旅游指南和游记，还从图书馆借了 Lonely Planet 旅游丛书，最后挑选了世界上一百个值得去的地方，号称"百美图"，还给自己起了一个旅游雅号，叫"天涯行客"。

　　杨杰伉俪上下班开一辆车，回家的路上两人正在车子里讨论如何旅游的事情，杨杰的手机响了一下，进来了一份电邮。点开来看，是一个著名实验室来向他们索要实验动物模型的合作请求，言辞恳切。杨杰夫妇做了这么多年的科研工作，硕果累累，和外界有着千丝万缕的联系，说丢下就丢下真不是那么容易决断的事情。他们在世界各地有许多合作者，时时需要他们的帮助。他们还经常为杂志审稿，当许多基金的评委，大大小小会议的主持人。这份电邮让夫妇俩认识到，自己在科学界还有责任和义务，于情于理都推脱不掉。真是剪不断，理还乱。处理好科研和旅游事务，看来事情没有他们想象计划中的那样简单。他们不得不在工作和旅游之间找平衡点，做到两者兼顾。

　　车子在市区里行驶。落日里车窗外已初显春色，一户户人家门前黄白色旱水仙和郁金香娇滴绽放，嫩绿的草坪上紫荆树和樱花树含苞待放，撩人心扉。

　　杨杰正在为国立卫生院的一个科研经费申请委员会（Study Section）审稿，要去华盛顿开评审会。他灵机一动，对隋璐说："听说华府的樱花快开了，何不你我一起去那里赏看樱花？我们的旅游就从这里开始岂不妙哉？工作和旅游结合，两不相误。"

　　这个建议好，隋璐立刻表示同意。她知道杨杰一直想看华府的樱花，说："你先去开会，我后面跟来。等你会议开完了，我陪你一起踏樱赏花。"

　　回到家里，他们简单吃了一点东西，迫不及待地打开笔记电脑查看起华府的樱花信息来。网上摄友们拍摄的精美樱花图片让他们怦然心动，杨杰摩拳擦掌，跃跃欲试。为了便于拍摄晨景和晚霞，他们特意选了一家离潮汐湾（Tidal Basin）不远的旅店，虽然贵了点，可是步行就可以走到湖边，非常方便。

　　因工作需要，夫妇俩经常去华盛顿出差开会，来去匆匆，忙忙碌碌。开会间隙，杨杰偶尔会去市区拍摄一些经典建筑，譬如林肯纪念堂，华盛顿纪念碑，二战广场，越南纪念墙，国会山庄。孩子们小的时候，还带着他们去参观过那里的众多博物馆。但他们从来没有在樱花盛开的季节去过，这一直是杨杰的一个心愿。

　　谈起樱花两口子有说不完的话题。他们的相识缘于上大学时的樱花道，纷纷扬扬的樱花特别适合青年男女催发情愫。两人一起从樱花树下走向课堂，一起在樱花树下背诵英文单词，一起在樱花树下谈情说爱，听黄莺婉鸣，月上高枝。樱花陪伴了他们大学四年。

二　审稿会

　　飞机在首府华盛顿特区的上空盘旋，杨杰从机窗望下去，下面熟悉的标志性建筑物一一映入眼帘。

　　第二天国立卫生院的审稿会如期在一家酒店里举行，杨杰又遇见了许多老熟人老朋友。会场里各位专家教授们各就其位，围着长条桌子济济一堂，讨论点评各项经费申请。围绕着每一份申请，评委们唇枪舌剑，打打杀杀，吹吹捧捧，争得面红耳赤。结束了一份申请的讨论，另一份申请的点评争论又起，轮流循环，周而复始。评委们似乎乐此不彼。

今天不知怎的，杨杰不能集中精力，开起了小差，脑子不知不觉开始飞翔。出现的是青山绿水，广厦万间，仟佰纵横，飞禽走兽，旅游的思绪连绵不断，上穷碧落下黄泉。他脸上甚至露出了不经意的微笑，不明就里的其他评委在瞟看他的瞬间以为他认同大家的观点，只是不知他站在哪一边。直到主持会议的秘书呼唤他的名字时他才回过神来，收回信马由缰的思绪。轮到他作意见陈述了，杨杰显得有些慌乱，看着笔记电脑上的意见书，讲述条理有些紊乱，陈述不连贯。刚才的思想小差开得有点离谱了。

被评审的申请来自一位华裔，在中国大陆拿的博士，在美国做的博后。按常理这种无根无底的年轻人很难拿到一个好分数，一般连初审的分数线都很难通过，急需帮助。遇到这种情况，杨杰的分数一般都打得比较宽松。自己是过来人，知道年轻人不容易，急需提携。其他两人打的分数都不高，只有杨杰给了一个高分，得以进入初审。点评时，杨杰虽然没有文过饰非，也是避重就轻，尽量多说一些体面的评语。

下一位轮到叫马克的年轻教授作补充陈述，他坐在杨杰的正对面。马克是一位实力雄厚的后起之秀，发过一些高质量论文，因此有些傲气。他作点评时向来嗓音洪亮，侃侃而谈，口若悬河，黑的能够说成白的，颠倒是非乃其看家本事。不知怎地，他今天显得一副有气无力的样子，嘴型一张一合像个机械人。马克以前很注重仪表，脸刮得干干净净，现在却是不修边幅，头发凌乱。马克的心绪明显不佳，多是负面评语。杨杰迷惑不解地望着他。

　　轮到第三位点评，是一位快退休的老头，说话含糊其辞，模棱两可，走中间路线。最后三人重新报分，在杨杰的力争之下，打了一个不错的分数。虽然这次够不上分数线，但为下一轮再投打了一个好基础。杨杰做了自己力所能及的努力。

　　会议休息期间，杨杰端着咖啡杯走到马克跟前，同他打招呼问候。不料马克说这可能是他最后一次参加评审会了。他神情沮丧地告诉杨杰自己刚刚被诊断出得了胰腺癌，惊得杨杰下巴掉到了地上，因为巧合的是马克的科研主攻方向就是胰腺癌！命运这玩意真不是东西，一场绝症可以轻而易举地将一个有才华的人抹去，连带着雄心壮志和未尽的事业。生命原来是这般脆弱！杨杰想安慰马克几句，但一想年纪轻轻的他活不过几个月了，所有的安慰都是多余的，心情跟着沉重起来。杨杰突然感悟：在死神面前，人的力量是多么的渺小，形同虚设。再想想会场上的种种，更觉味同嚼蜡。

　　按照常例，晚上评委们聚在一起聚餐，选了一家意大利餐厅。有人愿意出钱买酒招待大伙，引来了一片欢呼声。别看白天大家吵吵闹闹你争我夺，晚间餐桌上都是好朋友，大吹大擂，什么玩笑都可以开。

　　杨杰和坐在周围的评委们聊天，发现他们的外国口音都很重。相问之下，一位原籍是德国，一位原籍是意大利，一位原籍是俄国，还有波兰印度日本等国家来的，世界上优秀的科学家都聚集到美国来做科学研究，如鱼得水。杨杰听着怪七怪八的英语，忽生灵感，心想何不利用这个有利时机做个旅游资源调查？于是他有目的地开始一一询问打探各国的风情风俗，地理政治，宗教信仰，哪里值得玩，交通如何。一听杨杰问这个，各方评委们一个个都来了情绪，争先恐后地炫耀自己国家的人文历史和旅游名胜，绘声绘色，听得杨杰美滋滋的，喜上眉梢。

大家七嘴八舌，听到后来杨杰脑子里塞满了世界风光大片，成了大杂烩，反而没了头绪。他来了主意，让大家将自己国家最好的五个风景名胜列出来评比，他当裁判。结果每个人如数家珍，轻而易举地列出了各自国家最好的五处名胜，写在餐巾纸上交给杨杰。杨杰一一看过，遇到不清楚的地方详细询问明白。这边好不热闹，惹得坐在远处的评委们也过来凑热闹，不知不觉又添加了许多揽胜名单。

评审会议秘书站在一旁直笑，知道杨杰的把戏。看看差不多了，杨杰对大家说，他准备实地考察，然后评出最佳。他将这些信息统统揣入口袋里，照单全收。这时众人才明白过来他的企图，皆抚掌大笑，佩服杨杰的机智和计谋。

三　樱花

杨杰开了两天会，会议完了乘地铁去华府中心和隋璐汇合。

第二天天刚麻麻亮，两人从下榻的旅店乘 Uber 出租车到达杰弗森纪念堂（Thomas Jefferson Memorial）。星空下圆顶拱形的建筑物庞大静谧，像华府大多数纪念建筑物一样庄严肃穆。纪念堂矗立在潮汐湖边，晓风微寒，黎明中他们拾级而上，登上了台阶顶端。纪念堂里面的黑色杰弗逊塑像被灯光聚着，凝视远方，似乎还在思考着治国方略。站在纪念堂的巨大石柱前，他们回身远望，东方天际边显出了一抹橘红色朝霞，云色渐渐晕染扩散，慢慢唤醒了沉睡的大地。隔湖相望的华盛顿纪念碑如同一柄巨剑指向长空，其下拥簇的樱花树被霞光点燃。

　　随着太阳的升起，霞光云影中湖水浸染如胭。如诗的画卷慢慢铺展开来，环湖的樱花树渐渐显现出雍容华丽的真容，和云霞融为一体，相互掩映。晨风起处，湖水皱起了波纹，将水中花和霞的倒影弄乱，如同一幅印象派画家笔下的写意粉色水彩画。一双晨鸟划过湖面，带着清脆鸣响冲向满天朝霞，发出了第一声晨曲。杨杰夫妇被这美景醉倒，靠在一起，静默无语地观赏眼前的景色，触景生情。这景色勾引起了他们对大学时代的回忆，那里也有一方池塘，比潮汐湾小许多，春天也簇拥着团团樱花。池塘和樱花将他们青春时代的欢声笑语留在了那里，却跨越时代从眼前的景色里重新冒了出来。樱花一直是他们俩最钟爱的花树，他们家后院里也栽了一颗。

　　有几个晨跑锻炼的女孩子在樱花丛中时隐时现，过一会从树丛中跑了出来，经过杨杰夫妇脚下的台阶前。她们矫健的步伐如同小鹿奔跑，扎起的马尾辫在脑后一甩一甩，充满了青春的活力和朝气。随着天光大亮，杰弗逊纪念堂前的游客越聚越多。

　　杨杰夫妇步下台阶，来到湖边樱花树下。这里的樱花树的树形奇特，躯干粗大，枝节弯曲，宛若虬龙，有点像放大了的日本盆景。奇的是偌大一棵树全身花团锦簇，如同绸缎披身，好一个"春深染雪轻"。走近细看时，花朵压枝，花蕊分明，细腻柔润。

　　他们沿湖绕行，不时被横斜的花枝挡道。长长的花枝伸出岸边，掠过水面，其下几只水鸭在花影里戏水调情，呱呱声中你追我逐。水浪轻轻拍着岸堤，发出悦耳的声音。水面飘落了不少樱花碎瓣，随着波浪起伏，情调温馨而浪漫。杨杰夫妇穿行在樱花丛中，拿鼻子嗅花，摆姿势留影，和踏春的游客们客气地打着招呼，享受着春天的花团锦簇，心境大美。

远处来了两个人，一个坐着轮椅，一个推着轮椅。他们走得很慢，指指点点，徜徉在花的海洋里。两人脸上溢满了笑容和亲热。

隋璐觉着两人有点面熟，猛然记起，喊了一声："俞林！"

推轮椅的女子正在同坐轮椅的男子说着话，听到喊声抬起头来，疑惑地看着迎面而来的两人。她也认出了两人："你们是隋璐和杨杰？哎呀，都认不出来了。"她高兴地叫了起来。

"老马，你看谁来了？"俞林对坐在轮椅上的男子说。

原来他们四个人都是大学时代的同学，已经有多年没有见面了。四人站在樱花树下拉起了家常，往事依稀，点点滴滴，忘也忘不掉。杨杰记得很清楚，马述伦以前是班上的运动健将，学习成绩又好，很得女生们的青睐，有不少追求者，其中就有俞林。虽然俞林的攻势很猛，可惜马述伦心仪另外一个长得漂亮的外语系女生，毕业后随着对方出了国，留下俞林独自伤心。俞林个性要强，受了爱情打击后投身商海，听说她事业很成功，但就是不和班上的同学们来往。

有了这段往事，杨杰夫妇疑惑他们俩怎么会在一起，还有马述伦如何坐在轮椅上了。他们以前断断续续和马述伦有过联系，知道他来美后读了博士，在一所大学任教。后来各自家庭事业亚历山大，慢慢断了联系。

马述伦看出了他们的疑惑，解释说："我喜欢运动，有次旅行爬山从山上掉下来了，低位截瘫。俞林现在是我邻居。"

这通解释让人不解的地方更多了。

俞林接过话题："我刚刚移民到了美国，真想不到和老马住在了一条街上，你们说巧不巧？他现在一个人生活，我带他出来散散心，碰巧又遇见了你们。这地球太小了，也是我们缘分未尽。我的故事说来话长，一言难尽。老马的故事更多，我听了三天三夜还没听完。我也想知道你们伉俪夫妇这些年是怎么过的。这样吧，难得老同学见面，赏完了樱花我们找个餐厅一起吃个饭，叙叙旧，交流各自的情况，你们看怎么样？"

"好哇。我请客。"隋璐爽快地答应。

"哪里，还是我来吧。"俞林不答应，一副当仁不让的模样。

四人有说有笑，换了杨杰推着马述伦，俞林则搂着隋璐的肩膀，随着游客们一起走动。大家面对大好风景，感叹时光流逝，往昔不再。樱花让他们想起了大学时代的许多趣闻趣事，俞林向隋璐打听同学们的近况。隋璐告诉她大学班上的同学们建了一个微信群，并将俞林和马述伦拉入群里。

他俩刚一进群，立马就有人问候欢迎，问他们现在哪里，做何工作。马述伦选择了沉默，他不知如何回答这个问题，颇有点后悔加入微信群。同学们是好意，他却有难言之隐。

俞林出来打圆场，告诉大家现在不方便回答，他们正和杨杰隋璐在华府赏樱，以后再聊，发出了几个表情动作谢幕。

四　马述伦

晚上四人围坐在华府的一家餐厅里，窗外路灯照射得樱影摇曳，杨杰夫妇静静地听着马述伦讲述他的故事。在一次攀登岩石挑战极限的旅游活动中，他不慎摔了下来，命是保住了，从此却失去了行走的能力。

马述伦抹了一把眼泪，"就这样，我太太在我摔伤后离开了我。她一直反对我从事这项危险的运动，威胁说要是不听劝，后果自负，她果然说到做到。虽然我很绝望，但我不后悔自己的选择和对大自然的挚爱。我热爱旅游和摄影，如果再给我一次生命机会，我还是会去探险，追寻光和影的故事，做我喜欢做的事情。探寻大自然是一件可以让人付出任何代价的追求，跑的地方越多，越不能自拔。我用了十几年的时间，访遍了一百多个国家，走遍了世界各个角落，有些地方去了还不止一次，拍了无数美妙的风景和人文地理图片。现在我准备将自己拍的图片整理出来，结集出版。我还准备写一些游记，介绍旅游知识和各地的风土人情。"

"老马，你这都是用命换来的呀！"俞林于心不忍，她已经不是第一次听他叙述传奇般的历险记了，听了依然热血沸腾，感动不已。

杨杰好奇地问："你们俩是怎么走到一起来的呢？"

马述伦回答："受伤后，我从学校办了伤残病退，一个人呆在家里。我女儿常常回来照顾我的生活，她为我买了这副电动轮椅。去年秋天听女儿说，街上新近搬来了一位女邻居，单身一人，是从中国移民来的。我当时没有在意，现在中国有钱人多，移民多，不足为奇。女儿不在时，我常常自驾电动轮椅到小区的湖边看

13

鸟和树林，解解闷，想想下半生该如何度过。有天我坐着轮椅上湖边的一个小坡，颇为吃力，这时有个人从后面帮我推上了坡。上坡后她没有停下来，继续推着我在满是枫叶的湖边走。我觉得奇怪，回头致谢时一滴眼泪正好滴在了我的脸上，原来是一位中国妇女。我当时猜想她可能就是街上那位新搬来的中国移民，看见我这样残废，大概是可怜我吧。可是她却喊出了我的名字。听声音吓了我一跳，虽然过去这么多年了，我还是记得她当年的音容笑貌。当时我的脑子发蒙，心想怎么会是她。"

"那一定就是你啰？"隋璐笑着问俞林。

俞林点头，"其实我已经注意他很久了。我常常看见他去湖边，有时由他女儿陪着，有时他自个去。搬到街上后不久，我第一眼就认出他来了，怎么也不相信自己的眼睛。我以为我已经忘掉了他，鬼使神差，居然和他在美国做了邻居！你们都知道，上大学时我追过他，有点傻气不顾死活的那种。后来他和别的女人结了婚，我恨死他了。大概是我们的缘分未尽吧，鬼使神差同他住在了同一条街上。我向他女儿打听过，知道了他现在的情况。说真的，我心里很不是滋味，不知是怨恨他可怜他，还是幸灾乐祸。他不知道，我常常尾随着他去湖边，远远躲在树林子里望着他。曾经那么棒那么强壮的一个人，落下了残疾。每次他独自驾着轮椅爬那段小坡都非常吃力，看着挺可怜的。那一次我鼓起勇气，上去帮了他一把。心想既然上帝这么安排，大家认识一下也没什么不好的，该面对的还是要面对。"

"你怎么想到移民到美国来的呢？"隋璐问。

"不瞒你说，我也是心灰意冷，看破红尘。大学毕业以后，我一直在做房地产生意，好好发了一大笔财。我先生是个领导干部，官至副省级，几年前反腐被关进去了，两人离了婚。我没有生育，只好自吞苦果，一个人远走天涯，躲避尘世的白眼。以前一直以为自己是一个成功人士，回想起来，真像做了一场梦，半生无为。现在我只希望后半生能过上清闲的日子，到世界上各处去散散心。唉，想穿了，人生其实就是这么回事。"俞林口气里透着苍凉无奈和世态炎凉。

至于她是如何到美国来的，有无绿卡，杨杰夫妇不好细问，他们知道中国的水很深，更何况她前夫是领导干部，他们大概早作了安排，预留了后手。

俞林继续说："好在现在和老马做了邻居，老同学好歹是个伴，他是身体残，我是心残。我们正好互补，可以结伴。我想推着他去世界各地旅游，他做我的导游，我做他的帮手，不也是天地之合吗？我们这叫身残志坚。哈哈。"俞林的口气有一种饱经阅历的豁达和爽朗。

杨杰夫妇很惊讶她这么说。看来俞林还是初情难忘。两人各自经历过一番挫折和风雨后，又走到了一起，不知有无重新结合的可能。

马述伦打开手机上自己做的美篇，让杨杰夫妇欣赏他历年拍摄的风光图片。他说已经有商业出版公司和他联系，想购买版权，准备出书和做商业广告。另外也有博物馆想收藏他的作品作永久馆藏。

杨杰接过手机，同隋璐一起浏览起来。翻开那一篇篇图册，呈现在他们眼前的是一幅幅精美绝伦的风光大片，都是五大洲人迹罕至的奇景奇观，视觉独特，震撼人心。可以想象得到，马述伦拍摄这些图片时的艰辛和激情。他失去了许多，却也得到了许多。

　　杨杰一边看一边详细请教马述伦关于旅游和摄影方面的问题。他还向马述伦谈了自己和隋璐的旅游打算，并告诉马述伦，自己也喜欢摄影。两人谈了不少相机和镜头的使用和设置技巧，颇为投机。发现了一个同窗知己，居然和自己的兴趣相同，马述伦非常高兴，情绪高涨，他对杨杰的问题知无不言，并答应做他们的旅游参谋。

五　老樊

　　从国立卫生院开完会议回来，周末杨杰去学校办公室，他需要根据会议讨论的结果修改评审意见稿，这是每轮讨论过后必须走的过程。

　　来到办公室门口，他发现隔壁办公室的门敞开着，一个半秃了头的男子正在伏案工作，手指敲着键盘噼啪响。

　　"老樊，周末还在工作？"杨杰打着招呼。

　　"你稀客，很少见你周末来上班。怎么今天来了？"老樊停下手里的工作，回应杨杰。

　　"刚刚去 NIH 开完会，需要修改 NIH 的经费评审稿。明天要交出。"

　　一提经费，老樊来了精神，"怎么样，你那个评审组现在情况是不是有所好转？"

　　"哪里，难！和以前一样。"杨杰据实相告。

"听说你们的申请最近拿了一个好分数，恭喜！"

"谢谢！这次是侥幸通过。你送的申请有没有消息？"杨杰知道老樊最近也送了一份申请。大家都在做不懈的努力。

老樊摇摇头，叹了口气，"刚刚上网查了，连个分数都没给。这不，我又在写下一轮申请了。"

"你没问题，发了那么多好文章，准行！要不下次送到我哪个组碰碰运气？"杨杰鼓励他。

杨杰非常同情老樊，在副教授的位置上呆了十几年，一直没能升上去。老樊不可谓不努力，成就不可谓不高。他发了八十多篇论文，而且许多发表在顶级杂志上，包括 CNS（细胞、自然、科学）等名牌杂志。他几乎每个周末都在加班，很少度假，除了工作还是工作，兢兢业业，可谓一门心思。平时两个人聊天，杨杰总是安慰老樊不要放弃，好运迟早会来的。并劝他在外面找个正教授的职位，树挪死，人挪活。

每每听到劝告，老樊就摇头，"我何尝不想换一个地方，可是老婆不肯走。"他老婆在当地一家大公司做高级主管，薪水比他高出一倍，年终还有福利分红，家庭地位自然压他一头。

相比之下，杨杰就幸运多了。当年报考大学，他报的自愿是天体物理，却被阴差阳错地分配学了生物。杨杰喜欢遐想，任思维无拘无束地驰骋。生物对他来说思维实在太简单太局限，注重动手做实验，缺乏足够的想象空间。上大学时他学得漫不经心，上课之余搞些业余爱好，仍然轻而易举地名列班上前茅。老师夸奖他是高材生，他一笑置之，不当一回事。后来他理所当然出国了，师从名师，四年就拿到了博士学位。本来想回中国发展，无奈当时国内闹哄哄的政局不稳，于是他留在了美国。他的导师是美国院士，很欣赏他，主动帮他办了绿卡，还帮他谋得了一个助理教授职位。虽然对生物学一直不太感兴趣，杨杰脑袋瓜好使，做课题一点也不含糊，毫不吃力。他的奇思异想太多，用些小思维小技巧就轻易对付过去了。现任系主任在一次国立卫生院的碰头会上遇见他，欣赏他的才气，看重他的课题前景，极力将他招到麾下，杨杰在副教授的职位上当了不到一年就拿到了正教授职位通知。总之到了美国后，他只花了百分之五十的精力在业务上，工作休闲两不误，一切倒也顺风顺水。

　　他不太好意思也没兴趣向别人兜售自己平淡无奇的工作经历，没有坎坷，没有励志，一马平川。他的人生哲学是淡泊和从容，没有将自己的工作当成事业去追求和炫耀。他的工作只是一份职业，一份薪水，简简单单。他的人生哲学是像玩一样地工作，像工作一样地玩。他经常在网络上看见某些科学大拿高屋建瓴，声嘶竭力地为年青一代灌输心灵鸡汤，讲述自己如何如何饱受挫折，如何如何悬梁刺股，如何如何永不放弃，如何如何勇于攀登，觉得滑稽无聊。

　　隋璐曾经问过他，如果当初上大学时被录取学天体物理，他会怎么样？他眼中闪着光亮，挺直了身板，一副虔诚的表情，说那一定会加倍努力，奔院士去了。虽然这是他一辈子的遗憾，不过也没有觉得自己的生物医学研究生涯有什么不好，该有的都有了，不动脑筋轻轻松松地过一辈子也挺不错的。他对隋璐说，学生物也不是一无是处。隋璐问为什么。他嬉皮笑脸地说最大好处就是遇见了你且娶到了你。隋璐背过身子不搭理他，嫌他贫嘴。

　　老樊叫樊简，一直非常崇拜羡慕杨杰，称赞他办事讲究高效率。他常对不以为然的杨杰质问，为什么别人不行，偏偏你只当了几个月的副教授就可以当上正教授了呢？恐怕不是一个运气就能解释得通的，得有实力才行呀。

这时老樊问杨杰："经费拿到手了，你这五年不愁吃喝，准备怎么庆祝一下？"

"和太太商量了，准备去非洲看动物大迁移，对自己奖励奖励。"

"隋教授同意了？"

"同意了，她已经开始查找资料了。"

"你们真是世外高人，活得明白，想得开，看得远。这个太刺激了！等我拿到了经费，我也去。怎么想到去非洲呢？"

"一个大学同学推荐的，他是旅游达人和摄影高手，见多识广。"

在华盛顿时，马述伦向杨杰讲述了非洲大草原，详细描述了那里的原生态世界和无际的原野，那里有长颈鹿，有斑马，更有著名的非洲五大动物，狮子、大象、黑犀牛，豹子、和水牛。特别是野生动物大迁徙的壮观场面，让人难以忘怀。马述伦拍的非洲晨光，一颗孤独的树，几只长颈鹿，一群大象，狮子捕猎，无不让人心动神往。杨杰渴望去体验非洲野性的美，他何尝不想为自己平淡的日子注入一股新鲜活力，去那无边的旷野大吼几声。

六　赵果清

杨杰夫妇张罗着去非洲的事宜，联络了好几家爱好摄影的人组了一个团。一听说要去非洲，大家都兴奋起来大叫要去要去，然后开会筹划，七嘴八舌。隋璐定下要去家庭的名单，开始联系非洲的旅游公司，着手安排旅程，最后决定去东非的肯尼亚和坦桑尼亚。一切安排停当，订好了飞机票，各家开始购买野外旅行穿的衣物和用品。在大家的印象和偏见里，非洲代表着原始、贫穷、落后、疾病，于是几家人一窝蜂地去看旅行医生，打针吃药，预防传染病。在同非洲导游的联系中，知道肯尼亚一定要打黄热病疫苗，拿到黄卡才能进关。他们又去药店买了各种各样的非处方药，有备无患。有个团友回中国还带了一些黄连素回来，说是治痢疾。

　　大家去机场登机，在候机厅里杨杰架好三脚架为出发远征前的团队合影留影。团员们一个个长枪短炮地举着高档相机，煞有介事地摆起姿势做出夸张的表情。

　　拍完了集体合影留恋，他们突然看见了老熟人赵果清，只见他拖家带口也是出远门的样子。大家都觉得奇怪，因为美国联邦调查局（FBI）限制他出门，被软禁在家。他这不是要潜逃吧？

　　杨杰小心翼翼地和赵果清打着招呼，问他们这是去哪里。赵果清回答说还能去哪里，中国呗。

　　赵果清原先是本地一家国际知名大医药公司的雇员，研发了好几种上市的医药，绩效优异，为公司的销售立下了汗马功劳。近年来中国新兴医药公司迅猛发展，急需人才，开始在国外大举招聘，许以厚利和高位，赵果清就这样被瞄准了。他被中国最大的一家制药公司高薪猎取，聘为主管研发的副总，兼千人计划学者，人称赵总。离职前，他下载了公司大量药物秘方，献给了中国的新东家，决心大干一番事业。中国公司按照配方新瓶装旧酒，很快搞出了仿制药，并运用美国先进的生产管理经验和市场营销策略将药物推向市场。药物一经上市，低价出售，解救了中国医药市场的燃眉之急，立刻卖得红火，销售业务蒸蒸日上，把美国公司打得一败涂地。

美国公司在华利润急剧下滑，竞争不过急红了眼。他们知道问题出在赵果清身上，于是收集了赵果清当时在公司复制药物配方的作案记录，向联邦调查局报了案。此举一方面控告中国公司的窃取行为，一方面企图制止美国公司人才的继续流失，杀鸡儆猴。美国公司发现赵果清是被公司一位前华裔雇员挖了墙角，两人现在在同一家中国医药公司工作。

赵果清的家人还留在美国，他不知大难临头，回美探亲时被美国海关拘留，关押起诉。为了防止他外逃，给他带上了电子锁，二十四小时监控。这个案子一时间轰动了中美两国，变成了家喻户晓的新闻，成了两国经济实力较量和知识产权争夺的缩影。

看见他这时要离开美国回中国，大家都摸不着头脑。"怎么，不起诉你了？"有团员不解地问赵果清。

"上个月检方突然宣布我的前东家撤销起诉，我也不知道为什么。听人说，公司又准备起诉另一个还在公司工作的华裔，也是技术剽窃案，结果那人在公司停车场自杀了。出了人命，公司怕他的家属和我串通起来提出赔偿，事情闹大了，于是主动向检查局撤案。另外还有一种可能，对簿公堂，公司的许多商业机密就要公之于众，这样可能对公司更加不利。"赵果清一脸茫然地说。

"不起诉了，你可以多休息一段时间啊，干嘛急急忙忙回中国去呢？"有人问。

"我这两年戴着电子锁还没休息够啊？天天呆在屋子里，都快憋死我了。我是一天也不想在美国多呆了，夜长梦多。现在中美贸易战打得激烈，得赶快回中国，越快越好。再说中国那边的公司一直对我很好，不离不弃，我在美国的所有诉讼费用都是他们给出的。我得回去为他们工作，报答他们的理解和支持。"他显得对美国灰心丧气，痛恨无比。

"你这是全家回中国那？那你家房子怎么办呢？"杨杰问。

"我们已经托人在卖，卖多少算多少，不计成本。"

世界上两大经济实体打贸易战，国与国之间拼得你死我活，不择手段。众人围在一起谈了许多最近发生在华裔科学家身上的美国官司和中美博弈，互相叮嘱以后行事要小心谨慎了，不能让人抓住了把柄。

赵果清向众人道别，同杨杰交换了通信联系地址，然后同家人去了登机口。

看着他离去的背影，众人想：其实他在美国干得挺好的，还升成了主管。到中国去也是给人打工，为他人做嫁衣，他为什么要做出这种选择呢？被逼上了绝路。

"梁园虽好，终不是久留之地。"有人感叹。

人各有志，杨杰知道自己不会做出赵果清的选择。事后看，许多人追求的都是虚幻的名利，做无用功，最后得不偿失。

在等机时，赵果清收到中国发来的一条微信，是好友丁一从中国发来的，说赵果清的发小曲直要出狱了。

七　非洲

花开两朵，各表一枝。

　　杨杰隋璐同一帮人来到了肯尼亚首都内罗毕，已经是午夜。接机的是一位肯尼亚人，三十来岁，圆圆的脸，自我介绍叫乔治，他安排大家当晚住在市内的一家酒店。肯尼亚曾经是英国的殖民地，调教出来的肯尼亚人显得彬彬有礼，安排周到。

　　第二天一行人乘坐越野车，奔向了广阔的非洲原野，开始了期待已久的非洲之行（Safari）！

　　艳阳下，车开在平坦的柏油路上，车窗两边是略显青黄的麦田，一望无际，一派富饶景象。最有意思的是麦田里面的合欢树，像一柄柄绿伞撑开，装点如诗如画的田野，别具风情。大家议论纷纷，一直以为肯尼亚贫穷落后，原始野蛮，怎么会这么漂亮？认知的落差太大了！

　　听着大家的议论，乔治说："知不知道，这些公路都是中国援建的。你们看前面，那里还有中国工人在修建铁路桥。"果不其然，前面路的上方正在施工，横跨的铁路桥上写的都是中文标语。从孩提时代起，杨杰隋璐就听过马季唐杰忠的非洲相声，知道中国一直不间断地援建非洲国家，当时称亚非拉友谊牢不可破。

　　再往前开不久，公路上出现了一段新修补的裂缝，司机停了下来。乔治让大家下车，请大家看一个新鲜东西。大家纷纷跳下车，活动活动坐得僵硬了的膝盖，却看见路两旁是一条贯穿路面的巨大地缝。众人不解。乔治告诉大家，这里地质活动异常活跃，前不久刚形成了一条新的地裂缝，最深处达 70 米。大家远远望去，美丽的农田如同美妇的脸上被划开了一道疤痕，裂缝底部原本埋藏在地底的褐色巨石都裸露出来，让人看了心惊。

　　有人问："这么说，路面上新补的这一段沥青路面也是地裂断开的地方啰？"

乔治点头称是，他说："中国公司在地裂后赶到现场，很快修补了这段公路，让车辆得以顺利通行。你们这些美国的中国人，应该为你们原来的祖国骄傲！不要学美国不管我们。"说得大家大笑了起来。

乔治让大家回到车上，带大家去看非洲更大的地裂断谷。

车子开了一段山路，路边都是非洲特有的树种，觉着新奇。来到一个观景台，视野顿时开阔，眼前就是著名的横贯东非的大裂谷。站在观景台上眺望裂谷，一眼望不到尽头。裂谷底部和缓坡被植被覆盖着，郁郁葱葱，云翳漂移，根本想象不到地底正在进行着剧烈漂移运动。乔治告诉大家，这个几百万年以来形成的自然奇观，将会把非洲撕裂成至少三个板块。

"可惜我们看不到了。"有人惋惜地说。

背对奇观异景，大家纷纷合影留恋。这时一个秀气的女孩走了过来，用标准的普通话同大家打招呼。她客气地问需不需要帮忙，来一张集体合影。大家非常高兴，于是全团聚在一起，露出笑容，让她拍了几张合影。

为大家拍完照，女孩回到自己的摊位，双手平放在身前静立，像个日本人一样彬彬有礼，微笑地看着大家。大家这才注意到原来她在这里传教，身旁的简易木架子上摆满了免费讲解圣经的中文阅读材料。见她中文讲得不错，大家问她是台湾来的还是香港来的。她摇摇头，说都不是，她是一个日本人！大家觉得不可思议，一个日本人居然跑到肯尼亚的偏僻山野里来专门针对中国人传教。

"那你的中文是在大陆还是台湾学的呢？"团里有人想当然地问她。

她嫣然一笑，充满期望，"都不是，我的中文是在这里学的。将来如果有机会，我一定会去中国。"

这一下全团的人都蒙了，在肯尼亚学的中文？

她羞怯地点点头。

大家好奇地问她为什么要在这里传教？她说主无处不在，爱着所有的人。这里的中国游客很多，需要主的光泽和帮助。为了向中国人传教，她选择了学习中文。

不管信不信教，所有在场的人都被这个文弱女孩的平实回答感动了，内心深处的震撼一点也不亚于眼前大峡谷的地裂运动。

乔治不懂中文，以为她想拉生意，急忙招呼大家上车，去下一个景点。大家依依不舍地同这个萍水相逢的文弱女孩道别，还想多和她交谈。她身上有一种品质谜一样地吸引着大家。

坐在车上，杨杰深有感触地对隋璐说："信仰这个东西太不可思议了，它可以驱使人心甘情愿地干任何一件事情，哪怕那么地微不足道。这个女孩真是了不起。"

"也许在有些人的眼里，这个女孩在虚度光阴呢。"隋璐说。

"每个人都有自己的追求。"杨杰还在想着女孩，"同她相比，世界上许多人的追求和事业未必比她高尚。"

隋璐笑着问："你现在的信仰和追求是什么呢？"

杨杰想了一会，然后肯定地说："旅游。旅游能够带来知识和力量，见到许多有意思的人和事情，启迪智慧。在旅游中可以让我感觉到自己的渺小，谦虚做人，完善自我。"

他们来到地狱之门公园（Hell's Gate），里面绿色的山坡上奔跑着许多野生的斑马、角马、羚羊和野猪。

这里居然可以骑自行车看野生动物，就是土路上灰尘滚滚。

公园里也有一段峡谷，走下去后有许多涓流从岩石上渗流出来。大家用手掬水，发现水是烫的。乔治指着远处冒着白蒸汽的地方告诉大家，这里有个韩国人投资的地热发电站，收集这里的地热资源发电，为当地人带来光明。

八　求婚

接下来的一个项目是坐热气球看日出。天还没亮，杨杰一队人马摸黑来到大草原上的气球乘坐点，只见许多热气球正在草原上的一片空地上点火吹气，准备升空。大家平卧着钻入热气球下面的载人框子内，随着火焰的喷射，热气球在黎明时分平稳地徐徐升空，框子随之拉升，人也竖立起来。开始时大家还很紧张，慢慢心情就放松了。暗蓝的天空中许多热气球漂浮着，火焰的光亮这里一闪那里一闪，像巨大的萤火虫一般。大地渐行渐远，远山如黛，天地间充满了神秘感。

慢慢一轮红日从天际边的草原地平线后面露出了脸面，像一个鸡蛋黄一样柔和鲜明。草原渐渐被镀上了一层金黄色，晨雾开始散去，袒露出被草覆盖着的大地，一望无际。众人俯首下望，有许多小点点在草原上移动，那是动物们在草原上奔跑，似乎欢呼迎接新的一天到来。

"快看，长颈鹿！"有人喊叫。

众人望去，果然有几只长颈鹿在草地上悠闲漫步，体态妙曼，拖着朝阳投出的长长身影，正吃着树上带着晨露的树叶。

"那里还有大象！"又见几十头大象缓缓移动，在小河边的绿树丛中时隐时现。

"河里有河马！"细看之下，河马滚圆的肥硕身躯浮在亮光的水面上，有几只张大了肉色的大嘴巴在呼吸，有点气吞山河的感觉。

这时一群白色的鹈鹕鸟从热气球的下方通过，一字排开，它们缩着脖子飞翔的姿势很是滑稽，显得轻松自在。鹈鹕飞到一个湖面上纷纷落在了水里，和群鸟汇合。

驾驶员来自新西兰，他调整着热气球，向湖的方向漂浮而去，且慢慢调低了高度。飞临到湖的上方边缘，晨光中下面有许多火烈鸟，密密麻麻响声一片，其声势之大连热气球上的人也隐约可辨。在这一片晨曲中，突然一大片火烈鸟飞起，忽东忽西，忽高忽低，忽聚忽散，蔚为壮观。居高临下望去，火烈鸟的队形变幻莫测，交替变换着各种美妙的图案。

"太美啦！"隋璐惊叹道。

"是啊。这就是人类起源的地方，我们的老家。"身边的杨杰附和着说，有点动情，"几十万年来，人类分期分批从这里走向世界，开创了人类文明。现在我们回家来看看了。"

"有一个问题我没弄明白。为什么走出这里的人类能够不断发展，创造辉煌，而留下来的人类却贫穷落后呢？"隋璐问。

杨杰回答："我想大概其它地方更具挑战性，自然生活条件更艰苦，逼着人类多用大脑适应环境，促进了智力的发展，所以进化得快些吧。"

"但是走出去的人类把世界破坏得够呛，将动物赶尽杀绝。人类制造了许多垃圾，所谓的现代文明将这个世界搞得面目全非。继续下去，这个地球恐怕会毁在人类的手里。"隋璐不无担忧。

杨杰认同这个观点，但没法回答，只是充满了虔诚和敬意注视着下方的金色大草原和蓝色的湖泊，陷入了沉思。是啊，人类的文明发展究竟意味着什么？是福是祸？他抬起头仰望天空，还有残星在闪耀。他想，将来人类还会飞出地球，飞出太阳系，移民到其它星球。多少万年后，移民外星的人类和留在地球上的人类差别肯定会更大。

和他们相邻的一对年轻人，上了热气球后一直亲热地唧唧不已。这时男的将自己的手机递给杨杰，他向杨杰眨了眨眼睛说，他有一件重要的事情要做，请杨杰帮忙录像。杨杰点头照做。

只见男方从口袋里拿出一枚钻石戒指，锐利的菱角反射着初升的阳光，闪亮耀眼。他诚恳地问女方："Would you marry me？"热气球上的人都听见了这求婚的声音。

这一切来得太突然了，女方没有回过神来。于是男方又重复说了一遍。

热气球上的人都被这一幕吸引住了。当明白过来是怎么一回事，众人齐声嚷起来：Yes，Yes，Yes······。

在一片 Yes 声中，女方流出了眼泪，激动不已，她将信将疑地问："你不是开玩笑吧？"

"不是，我是认真的！"男方肯定地回答，眼睛像钻石一样发亮。

　　女方一下子抱住了男方的脖子，大声喊起来：Y－e－s！世界上此刻最美妙的声音在高空扩散开来，飞向大草原，飞向远方的太阳。飞禽走兽们都停了下来，侧耳聆听这动人的声音。

　　等女方松开手后，男方将戒指套在了女方的手指上。热气球上的人鼓起掌来，接着嚷：kiss, kiss, kiss••••••。于是他们的嘴唇在众人的祝福声中贴在了一起，闭上了沾满泪珠的眼睛，天地停止了呼吸观望着。

　　这个太浪漫了！杨杰有生以来第一次见到这种场面。他一面录相，一面衷心祝福他们永远幸福。

九　大草原

　　下了热气球，大家意犹未尽。热气球公司的越野车司机招呼大家上车，说公司已为大家准备好了草原香槟早餐。车在没有路的草地上行走了一段路，开到几棵沾满露珠的合欢树下，那里已经摆了几条长桌，上面布满了食物和饮料。盛有香槟的淡黄色高脚杯在阳光下泛着迷人的光芒，酒香隐隐扑鼻而来，熏陶着游客们。

　　桌子围满后，大家举起香槟，为能在非洲草原相聚干杯。杨杰特地向刚才订婚的那对男女祝福。详谈之下，却让杨杰和隋璐听到了一个动人的故事。女方患有一种先天性遗传病，需找到匹配的血型做骨髓移植方能治好。女方在网上公布了自己的病情，满世界寻找愿意捐献骨髓的人。隔着地球的另一边，男方偶然读到她发的信息，知道自己的血型和她相配，于是和她联系，愿意捐献自己的骨髓。前不久他们成功做了骨髓移植，女方的病情明显改善。为了报答男方的奉献，女方特意邀请男方一同去世界旅游，地点由男方决定，钱由女方出。于是男方选择了非洲，他酷爱野生动物，因为他是一名动物园的饲养员。

这时女方还是有点不解，试探着询问男方："你已经将身体的一部分捐献给了我，为什么还要娶我？我可是一点心理准备也没有。我哪点好？"

男方回答很幽默，"既然我的一部分已经成了你的一部分，我想干脆把你娶到手算了，这样你整个人就是我的了。这样我起码可以知道我的一部分是如何同你一道健康地生活。你这么漂亮善良，如果你被别人娶走，我捐给你的部分也会被娶走，我会睡不着觉的。不是吗？你应该是我的！我想我是自私的。当然，我又是无私的，将来如果你需要骨髓，我可以随时向你提供。"

听到这个至情至理的回答，女方感动不已，她又一次将自己投入到男方的怀抱，热泪盈眶。

看着眼前的一幕，众人又鼓起了掌。大家纷纷举起香槟，为新人干杯，一饮而尽，连近旁的鸟儿也鸣叫得格外欢畅。

杨杰正在用自己的手机为聚会录像，将这段珍贵的对话录了下来。隋璐感动得眼泪流了出来，对杨杰说："真好！以后真应该多出来旅游，这两天看见了许多意想不到的动人故事。这个世界除了风景，还有人情味。"

吃完了草原早餐继续上路。司机将越野车的顶棚打开，让大家站着从里向外张望看沿途的景象，一阵阵干爽的疾风在耳边呼啸。草原上的草苍茫无际，显得原始粗旷。非洲没有想象中的那么炎热。虽然日照强烈，气温却适中，适合植物生长。杨杰看着半人高的黄草随风飘动，他想，草掩盖了一切，是各类动物绝好的藏身之处，表面看上去相安无事，里面却暗藏杀机。有了草，才有了动物的出没，才有了你死我活的搏击。草处于动物世界生物链中的最低端，食草动物吃草，食肉动物吃食草动物，环环相扣，生生相息，演绎了生物界的生命轮回。从某种意义上说，动物界的一切都是草赐予的。

草原上的情景没有来时想象的那般血腥，大多数时候是安静平和的。动物们各行其事，和睦相处。体态优雅的长颈鹿，慢悠悠的大象群，吃饱了肚子仰卧不起的狮子，警觉机灵的羚羊，上蹿下跳的猴子和狒狒，浑身滚圆的河马，一步一点头的鸵鸟，力大无比的水牛，以草为背景构成了非洲草原特有的原始风味和独特画面。杨杰在想，如果没有草，会不会有我们人类的产生呢？

"想什么呢？你看前面那是什么？"对着半天不语的杨杰，隋璐指了指前方黑压压的一片。

杨杰随着隋璐指的方向望去，前面草原上有一大群动物巨阵在缓缓移动，秩序井然，其数量少说也有上千头，非常壮观雄浑。杨杰问司机那是什么？司机说是牛羚和斑马群。

车开到了近前，一头头健壮的牛羚和斑马拥挤在一起，有的安安静静地吃草，有的追逐嬉闹，蓝天白云下生机盎然。生猛的牛羚肌肉健壮，前后腿都有一大块暗色蓝斑，头顶上盘着两只威武的角。斑马的条纹黑白相间，光滑如同绸缎。经常有两匹斑马依偎着首尾而立，司机说这样他们就可前后方向互相监视，防止敌人来偷袭。有趣的是摇着尾巴的牛羚和斑马的背上落着许多漂亮的小鸟，它们是寄生鸟，不断啄食着牛羚和斑马身上的虫子。

　　"你们看那边，是不是长颈鹿？"果不其然，旷野里两只长颈鹿的长长脖子高高耸立于荒草之上，像两只斜斜的烟囱高高矗立，警惕地四处张望。显然是两只长颈鹿跪伏在草丛中。

　　"这么多动物，真好看！我们饱眼福了。"同车的人感叹道，大家迫不及待地咔嚓咔嚓拍照片。这是一个多么奇妙的动物世界啊！

　　"快看前面那棵树，有只漂亮的小鸟。"有人尖声地喊道。果然路边的一颗刺树上落着一只美丽的彩鸟，翘动着两羽长长的尾翼。

　　司机自豪地说："这是肯尼亚的国鸟，叫紫胸佛法僧（Lilac-breasted Roller）。"

十　恩戈罗恩戈罗

　　游完了肯尼亚大草原，杨杰一群人过边境来到了坦桑尼亚的塞伦盖蒂（Serengeti）野生动物保护区，其面积比肯尼亚的马赛马拉野生动物保护区大好几倍。塞伦盖蒂有个恩戈罗恩戈罗（Ngorongoro）火山底部公园，有两三百万年的历史，是世界上最大的一座火山口。火山口的深度达 610 米，面积 260 平方里。杨杰他们在离火山口 100 多里外的地方曾经看见过许多小石丘散落在大草原上，乔治曾告诉大家这些石丘是当年火山爆发时喷射过来的地石，可以想见当年火山喷发的猛烈程度和冲击力。

　　杨杰他们在黎明时分进入火山口，下到底部。这时云层密布，严严实实地笼罩在火山口上方。忽然间，远处云层开了一条缝，阳光从云缝里倾泻进来，如同一道光的瀑布从云层一直拉到地面。光亮投射到冥冥草地上正在吃草的角马身上，远远看去，犹如一幅中世纪的油画。几声晨鸟孤独的叫声划破火山底的上空，让偌大一个草原更加显得空旷寂寥，如同原始洪荒般的深奥和不可琢磨。火山喷发后几百万年的时间里，这里形成了一个自然的封闭生态环境，成了各种动物的乐园。

大家正在专心拍摄着这让人心醉的晨景，突然司机的对讲机响了，其他司机发现了一群狮子正在捕食角马，及时通报，让他快赶过去。于是司机马上启动车子，让大家坐好，开足了马力全速向前冲去。

当他们赶到时，狮子的围捕已经结束。有许多越野车围挤在一起，看一群母狮子张开血盆大口，津津有味地吃着一头刚刚被捕获的角马。母狮子们前拥后挤撕咬着角马的尸体，朵颐大餐，场面血腥。过了好一阵子，母狮子们吃饱了，一个个挺着滚圆的肚子满意地离去，躺在不远处歇息。这时一直等在一旁观望的幼狮子们抢过去，接着吃剩下的残体。隋璐数了一数，这群狮子一共有 15 头之多。

乔治告诉大家，一般都是母狮围捕猎食，大家分工合作，有佯攻的，有埋伏狙击的。一当被这么多狮子盯上，被猎的动物很难逃脱厄运。狮子们一般喜欢在天气凉爽的早晨活动捕食，中午炎热时则休息，傍晚又出来活动。听完讲解，大家才明白为什么乔治一大早催着大家不辞劳苦赶到火山底公园来看动物。

幼狮们吃饱后，慢慢也走开了，留下一堆头骨。几只豺狼和秃鹰早已在旁等待多时，见狮子们离开，迫不及待地马上涌过来，一面警惕地互相对望着，一面抢食残肉。可怜的角马最后被吃得所剩无几，展现了动物界弱肉强食血腥的一面。

"原始人类在这个环境里生存下来真不容易！"车上一个团员感叹道。

"大家注意到没有，非洲没有老虎！"另一个人好奇地发话。

大家面面相觑，方才醒悟过来。对呀，非洲真的没有老虎。

一个团员说："有人认为老虎是独栖动物，喜欢树木繁多的森林，不适合非洲稀树的草原。因此老虎主要生活在欧亚大陆温寒带的森林中。非洲草原适合群居的动物生存，像狮子，大象、羚羊、犀牛等等。达尔文说过，适者生存。非洲没有老虎，是由非洲的地理环境决定的。"

越野车在大草原奔跑了一天，落脚在一家帐篷旅店里。接待他们的服务员让大家休息，递上一种当地产的特有果汁，取自猴面包树（Baobab Tree）。果汁呈橘黄色，其味如同芒果，非常可口解渴。这种猴面包树可以生存几千年，树形如同倒挂的树根枝杈，到现在为止，杨杰他们沿路已经看到了不少这种非洲奇特的树木。

喝完果汁，大家被安排到了各自的茅屋帐篷房间。帐篷里面干净整洁，厕所洗脸间一应俱全。杨杰和隋璐站在屋后阳台上，面前是斜坡矮树丛，里面有许多彩鸟穿梭其中，清脆鸣啾，让人眼花缭乱。斜坡下是河滩，浅水里水鸟点点飞翔，夕阳下色彩斑斓生机勃勃。和煦的风从河滩上吹来，带着微微的咸湿，沁入肺腑。耳边传来一阵叮铃铛啷的响声，悦耳动听。他们循声望去，见几个披着红色格子花布的马赛人，赤脚赶着一大群黄牛回家，好一幅河滩夕阳牧归图！

"这些没有走出非洲的马赛人还过着原始的放牧生活，听乔治说，马赛人实行一夫多妻制，妻子的多少由财富来决定。从他们身上，我看到了我们祖先们的原始生活状态。生命对他们意味着什么呢？"隋璐像是自言自语，若有所思地问。

杨杰回答不上来。"要不要到下面河滩去走走？"杨杰提出建议，他对河滩充满了好奇，想下去实地体验一下。

两人出了门，叫了两个工作人员陪伴保护。这几天一直坐车，没有机会走路，他们非常高兴能有个机会无拘无束地走走。沿路草丛和矮树枝上有不少深红或墨绿色的蛇，陪伴的工作人员用手上的叉子将它们挑开。河滩的地表被太阳晒得硬邦邦的，草皮被牛啃得光秃秃，到处都散落着牛粪。一路望去，地上掺杂着许多动物和人的脚印，仿佛是远古时代遗留至今的印记。

远处水滩上有白鹤戏水，飞起飞落，背景是一轮椭圆形的红日。

水边有一小群野牛警惕地盯着杨杰隋璐一伙人，这里属于它们的领地。

十一　安博塞利

从河滩散步回来，杨杰和隋璐直接去了饭厅。这个饭厅很特别，围绕着一棵猴面包树而建，里面的柜台依靠着巨大的树干而设置。等了一会，同团的其他人陆陆续续来了，大家眉飞色舞地谈论着这几天的所见所闻，人物风情，一个个喜形于色。大家从来都没有看见过这么多的野生动物，太刺激了！

有个人翻出自己在路边小摊上买的礼品同众人分享。

"你们看，我在路边买了一条围巾，10块美金一条。"

"那你太贵了。我的讲价七块。"

"你也贵了，我的五块。喏，我还买了一个黑木象雕。"

"你这个碟子漂亮，下次我也买几个。"

大家吵吵嚷嚷，纷纷拿出自己买来的战利品炫耀，交换心得。

"哎，这里可以联网！"有人发现了新大陆，喜形于色。

于是大家赶快掏出手机，查看与外界隔绝许久的信息，重新回到互联网时代，享受现代文明的物质生活。看来人类已经很难从文明社会回到原始社会了，杨杰的脑子里错乱叠加着河滩上动物的脚印和眼前的手机，虽然是那么地格格不入，却难以区分开来。

第二天大家又颠颠簸簸上了路，摇摇晃晃开始了非洲式按摩。有人一面享受按摩，一面说怪话："这么颠簸的路，车子寿命肯定不长，哪里吃得消。"

话刚说完，另一辆越野车从后面超上来向前赶，在前面不远处翻了车，一个前轮子掉了下来滚到路边，引得众人一阵惊呼。烟尘中，只见前面那辆车子里几个模样清秀的年青女学生从倾斜的车顶部位爬了出来，满脸惊恐。

　　杨杰他们车的司机见状赶紧停下车，跑过去帮忙。杨杰等一干人众也跟着下去了，问那几个惊魂未定的女学生伤着没有，她们都摇头说没有。

　　路过这里的越野车都停了下来，没有一辆开溜。司机们聚在一起商量着对策，凭着人多势众，和游客们一起将翻倒的车扶正。连近旁放羊的马赛人也过来看热闹。

　　看看无甚大碍，杨杰一行人和司机回到车里继续上路。司机告诉大家，这种事情在自然保护区经常发生。开车的司机们是一个大家庭，一方有难，八方支援。

　　坦桑尼亚的景点玩完了，他们又过海关回到了肯尼亚境内。车子进入安博塞利（Amboseli）地界，有一个简易的公园大门，车停下来在这里吃自带中饭。

　　正吃着，一个看门的小伙子走过来和大家打招呼，聊天时自称是马拉松长跑选手，参加过北京、上海和波士顿的马拉松比赛，拿过几次前十名的好成绩。肯尼亚的运动员屡屡在国际大型田径运动会上创造长跑好成绩，蜚声国际体坛是路人尽知的事。这里连一个不起眼的看门小伙子都是一个顶级长跑好手，真是藏龙卧虎之地，让人羡慕。

　　有人开起了玩笑，"想想看，人家陪练的是狮子，能不跑快吗？"引起一阵哄笑。

　　小伙子黑不溜秋的脸上牙齿和眼珠挺白，衬出了精神帅气。一干人像遇见了明星一般，纷纷上前去和他合影。他很会摆姿势，配合大家，尽量满足要求。

　　　吃完中饭继续前行，慢慢远处有一座大山映入了眼帘，引起了大家的注意。因为四周低平，显得山势很高，山的顶端平平的，有浅浅积雪。乔治告诉大家，前面那座山是乞力马扎罗山（Mount Kilimanjaro），位于赤道附近，海拔接近六千米，也是一座大型火山，形成于 75 万年前。

　　　"那就是乞力马扎罗山呀！听说过听说过，是非洲第一高峰。"众人兴奋得叫喊起来。

　　　"这座山是徒步登山者的胜地，以后有机会也来试试。"有个体格健壮的团员跃跃欲试。

　　　一路开过去，大家发现这里除了草地，湿地也多了起来。大片的湿地里水草丰富，聚集了成群的大象，几十头上百头的都有。不像其他地点，这里的象长着又长又粗的象牙，大耳朵像蒲扇一样呼扇呼扇，很有威风。有些大象刚从湿地里出来，腿上裹满了泥，湿湿的，和干燥灰白的身体其它部分相比较如同穿了深色的长筒套靴一般。

　　　水上飞着各种快乐的水鸟，以火烈鸟最多，离得又近，细长的腿和粉红翅膀时时摆出芭蕾舞的优美姿态。最有意思的是白色的鹈鹕鸟，像小船一样紧挨在一起，然后一起将头埋进水里捕鱼，一起抬头出水，动作整齐划一，如同经过严格训练一般。

　　　老鹰也不甘寂寞，在天空盘旋，逮着机会疾冲直下，飞到水面用利爪扑鱼，然后带着鱼得意鸣叫着凌空而去。

　　　看着和谐的飞禽走兽世界，杨杰和隋璐一路人马心旷神怡，感叹非洲是上苍的厚爱，真是太美丽了！大家都觉得不虚此行，后悔没有多安排几天。

十二　出狱

花开两朵，再表一枝。

中国某市。

曲直迈着缓慢的步伐从一所看守所的大门出来。外面阳光刺目，他眯缝着眼呆呆地看了一眼面无表情的站岗门卫，方才确认自己确实自由了。他心里一阵难受，头脑晕眩，面颊淌下了一行泪水。

模模糊糊中，明晃晃刺眼的阳光中似乎有人走过来。那人站在自己面前，喊了一声"曲校长"。曲直一个激灵，头脑清醒了，听声音知道来人是丁一院长。

曲校长三个字让他听着刺耳。他抹了一把眼泪，难为情地看着老相识，"你怎么来了？以后别再喊我校长了。"

"听说你今天出狱，接你回去。"丁一柔声地说。

"回去？回哪里去？"曲直茫然不知所云。

"先到我那里住下，其它以后再说。"丁一领着曲直向自己的车走去。

丁一开着车向市区驶去。曲直坐在副驾驶座位上，看着车窗外面的热闹世界，恍如隔世。关进监狱已经有两年了，他一直在里面反省自己。评院士的闹剧，被秘书下药，诬陷，双规，逮捕，进监狱，一幕幕像过电影一样从眼前闪过。

当初曲直一腔热血回到中国效劳，做千人计划学者，一时间志满意得，大鹏展翅。问题出在他评选院士上。其实他并不想评院士，觉得自己名不副实，无奈学校为了争名誉和资源，提高学校

39

在部里的排名，极力动员和推荐他申报，一切由校方背后操作，不料触犯了学校本土派的利益。加上他从美国回中国工作，推行学校行政和科研制度的改革，动了别人的蛋糕，得罪了一批人。这拨人串通起来，收买了自己的秘书，将赃款偷偷放在自己的办公室里，伪造文件。经人匿名检举，巡视组检查他的办公室时搜出了巨额赃款。

他后悔当初没有办美国公民身份，留在美国。如果当时不回国，在美国当一名普通教授，安心作学问，现在就会和家人一起享受天伦之乐和属于自己应有的学术声望。可是他一直有一种情怀，想干一番大事业，为了祖国，也为了自己。他一直拿着美国绿卡，没有宣誓成为美国公民。他回到了中国，那个生于斯长于斯的地方。他和那些回到中国一心盘算着捞好处发大财的海鸥教授不同，他是真心希望祖国强大，贡献一己之力，做到鞠躬尽瘁。国家建设需要人才，他有魄力有才干，根据他在美国的表现，聘请他的中方学校让他当了副校长，委以重任。没想到中国的人情世故水太深，结果阴沟里翻船，落得如此下场。

他最感内疚的还是老婆，自己被人设局出事后两人离了婚。她早就是美国公民了，呆在美国不愿见自己，孩子们也不来看他，鄙视他有婚外情。坐牢期间因有犯罪记录，自己的美国绿卡被吊销了，只好只身一人留在中国，举目无亲。往事不堪回首，到头来半生浮梦，在牢里反思自己一生的所作所为却是光阴虚度，雄心壮志皆灰飞烟灭，沮丧不已。

丁一并不打扰曲直，知道他需要适应一下久违了的外部世界。到学院后，丁一将车停在了自己家门口，学院分配给他一栋别墅型单独小楼。两人进了房间，这里曲直以前经常来，两人一起谈工作，谈理想，谈中国的未来和科学宏图。现在物是人非，两人不知从何说起，一言难尽。

"来，喝点酒。"丁一像以前一样取出一瓶红酒，准备为曲直斟上一杯，纾解心情。

见了红酒，立刻勾起了他那难堪痛苦的记忆。当时同秘书一起出差，秘书在他酒里下了药，迷迷糊糊把他药倒，然后叫了一个妓女。秘书安排好后出去报了警，结果自己和妓女双双赤身裸体被抓了现行。嫖娼罪定了后又搜查他的校长办公室，搜出了巨额资金，成了不明来历的赃款。中国的贪官实在太多，王岐山抓了一批又一批，因此谁都相信他也不干净，不是什么好鸟，这正是他的政敌想达到的目的。出事后，秘书在法庭上作了许多对他不利的证词。他一直对秘书不薄，在狱中百思不得其解。这大概就是他不愿同流合污的下场吧，谁让他是一个自恃清高的外来户。

他苦笑着对丁一摇摇头，拒绝饮酒，也不作任何解释。

丁一见他这样，也不勉强，打手机叫了外卖，算是为曲直接风洗尘。曲直感到庆幸，在落难之际还有丁一这样值得信赖的朋友帮助自己。他大口大口地吃着外卖，好久没有这么畅快淋漓地吃东西了。

丁一想安慰一下这个狼吞虎咽的汉子，"知不知道，你在里面时，你的学生们每年毕业时都要合影留恋，他们在正中间放上一张椅子，说是给你留下的。"

"照片都看见了，是他们送给我的。难得他们有这样一份心意。"曲直的眼眶涌出了泪水。

"在大家的眼中，你是被冤枉的，不是吗？"

"你还在当院长？"曲直答非所问。

"我的四年院长聘期到了，不打算续聘，正准备全职回美国继续以前的科研工作。最近中美贸易战打得一塌糊涂，难免殃及鱼池。听美国的同事们说，美国联邦调查局已经和美国各大学通了气，要特别警惕中国的千人计划学者。美国国立卫生院也已经和许多学校通了气，列了一份华裔教授名单，让彻查。最近美国几所学校开除了几个在中国兼职的华裔教授。"丁一如实相告，难掩忧色。

"噢？"曲直有点意外，当年自己动员招聘丁一回国当院长时的情景还记忆犹新。曲直想了想说："不做也好，不值得。"这话既是对丁一说的，也是对自己的否定。几年前他和丁一要为中国干一番事业，创建世界一流大学的豪言壮语犹言在耳。

"你的发小赵果清在美国被免于起诉了，刚刚回到中国。我已告知他你出狱了。他现在在中国最大的一家医药公司任副总裁，你可以到他那里去工作。"

"谢谢。我现在还不想工作。"

丁一不解，"那你想干什么？"

"我想四处走走。我在海外还有一些存款，前妻答应为我留下来的。我想换换脑筋，重新思考一下余生。"

"那好哇。我也正有此打算，打算回美国前游览一些中国的名山大川。来中国这么久了，还没有好好看看。这样吧，我们先去黄山，喊上赵果清一起去。"

十三 黄山

　　赵果清回到了中国，并没有立刻去公司报到。他安顿好家人，按照丁一的约定上了黄山，同曲直和丁一在黄山之巅的北海宾馆汇合。丁一是他研究生时的同学，曲直是他的发小。

　　在北海宾馆门前的梦笔生花观景台，赵果清一看到曲直就扑上去紧紧握住了他的双手。两个中美弃儿同病相怜，难掩激动。他俩像被关在笼子里太久的鸟儿，一旦放出，深知自由的珍贵和不易。这种自由不单是肉体上的，更是精神上的。

　　看见曲直面容憔悴，赵果清问："前两年听说你出事了，微信微博上到处都散布着你的负面消息。"

　　"你不也一样吗，听说你在美国还带了电子锁被软禁起来了。"

　　"哈哈，彼此彼此。"自嘲中两人难得笑了起来，充满了岁月的沧桑和无奈。

　　他们做梦也没有想到，从小穿开裆裤一起长大的发小会以这种巧合的方式见面。两人曾经蓝图于胸意气风发，事业有成志满意得，如今却双双落难，成了天涯沦落之人。大家互相交换了这两年来的信息和磨难经历，不免摇头叹息，惆怅不已，真是人生如戏，戏如人生。

　　"你说，我们俩前半辈子是不是白活了？"赵果清问双目凝视着远处笔架山的丁一。

　　丁一回过头来回答："我不这么看，好男儿岂可轻易被打倒。从哪里跌倒，就从哪里爬起。有句古语说得好：水到绝处是风景，人到绝境是重生。邀请你们两个上黄山，就是给你们一个合作

43

的机会，希望你们重新振作起来。"丁一知道他们两个都是聪明绝顶之人，都有常人不具备的超凡能力和素质，且都争强好胜。赵果清是不能回美国了，有记录在案，很难找到一个正常的好工作。中国公司这边虽然对他不薄，可是公司的指派是令他陷入麻烦的始作俑者。要不是中国公司坚持让他以情报换取地位，陷他于不义，他也不会误入歧途，落得身败名裂。他的教训是不懂法律，为眼前的利益所诱惑。鸟择良木而栖，与什么样的人为伍，关乎人生走向的成败。曲直则有另一番苦衷，马失前足，被小人陷害，有志难伸，丢了美国绿卡，连美国也回不去了。不过丁一相信两人经过这番挫折，一定会吸取教训，涅槃重生。

看着两个折羽而归的曾经千人计划学者，丁一说道："本来我想推荐曲直去赵果清那里工作，现在依我看，你们俩也不要再给人家打工了，干脆自己干。你们都是栋梁之才，一个会做学问，一个会搞产品开发，又都有管理经验，何不兄弟俩自己联手成立一家生物公司，以图东山再起？倚人篱下终不是长久之计。现如今帮人家打工还不如自己当老板。"

丁一的点拨让两人心头一震，眼睛一亮，觉得很有道理。两人心里一直郁闷不乐，气不顺畅，细思结症大概就在这里，命运不掌握在自己手里，容易被人操纵，摆布利用。

赵果清高兴地说："此主意甚好，如果我们开公司，需确定公司发展的方向。选对了产品，公司就成功了一半。"

曲直也觉得这个主意可行，"我在牢里呆的时间长了，脑筋生锈，不知道现在学科发展的前沿在哪里。我需要时间多熟悉业务和市场。"

丁一说："你们两个以前都是搞肿瘤研究和产品开发的，人脉又广。现在肿瘤免疫疗法炙手可热，你们都是行家里手，轻车熟路。正好有个国际肿瘤会议马上要在成都召开，我本来就要参加，你们何不也一起去看看，说不定会有所收获和启发。"

说着，丁一打开手机上网，调出了会议日程表让他们两人看。

赵果清看完，指着会议演讲者中的杨杰和隋璐名字说："这两个人我认识，我们住在美国同一个城市。"

"真的？那岂不是更好！我和他们以前在学术上打过交道，也很熟悉，非常不错的一对华裔夫妇资深学者，为人诚实谨慎。"丁一喜出望外。

曲直对丁一说："我们两个还没有从挫折中完全恢复过来。我们是当局者迷，你是旁观者清。多谢出了这么一个好主意！"

"三个臭皮匠，赛过一个诸葛亮，我们怎么也比臭皮匠强吧。"赵果清打起了精神说，"现在用免疫疗法治疗肿瘤有严重缺陷，太强调 T 细胞的功能，治疗范围有限。其实髓系细胞更重要。这类细胞不仅抑制 T 细胞的抗癌功能，它们还直接刺激肿瘤细胞的生长和扩散，这些髓系细胞形成了一个有利于肿瘤细胞生长的微环境。现在世界上大多数厂家注重免疫检查点 T 细胞抑制剂和嵌合抗原受体 T 细胞的生产制备，忽视了如何抑制刺激肿瘤生长的髓系细胞。我们可以另辟蹊径，从髓系细胞着手。"

曲直点头同意，"有启发，见解独到。"他指着丁一说："我记得你就是搞髓系细胞的，正好用上你。你让我们开公司，你也跑不掉，我看你给我们公司当顾问合适，现在就下聘书。"

　　丁一看见两个人的脑袋激活了，恢复了往日的激情和生气，很为他们高兴。"看来黄山来对了。两位莫要辜负眼前梦笔生花美景，画出宏图大业来，祝你们前程似锦。关于顾问一事我得考虑考虑，美国那边现在强调知识产权保护，风声鹤唳，草木皆兵，弄不好给我一顶间谍的帽子戴就不好玩了。再说我正在申请美国那边一所医学院院长的职位，不想把事情搅黄了。"丁一说出了自己的担忧。

　　曲直表示理解，说："这事你自己决定，我就说说而已。"

　　这时一朵云彩飘了过来，遮住了远处的妙笔生花，正所谓：远山长，云山乱，晓山青。

十四　猴子观海

　　第二天三人起了一个大早，穿着宾馆厚厚的棉衣爬上狮子峰观看日出。上山途中遇见许多游客随行，黑夜里八方乡音，人声鼎沸，络绎不绝，山道上手电筒灯光乱晃。

　　他们来到山顶岩边，清凉台等各个观景台已经挤满了人，可是四周一片漆黑，什么也看不见。大家就这么顶着寒意静静地等待着，聊着天，松针栉篦着晨风簌簌作响。也不知过了多少时辰，东方开始微亮，曙光里但见厚厚的云层遮住了大地，露出的奇峰浮在万顷云海之上。不一会儿风起云涌，一轮红日穿过云层喷薄而出，峻岭排空逶迤。峰顶上的古松剪影般地尽显俊逸潇洒，不拘一格飘然出世。再看脚下，云海在万道金光下翻滚，大气磅礴，气吞山河。这时人群骚动起来，充满了热烈的情绪和呼叫。

丁一来了豪气，说："人生不过如此，应了那句话：'不畏浮云遮望眼，自缘身在最高层。'"

曲直和赵果清没有吭声，默默地品尝着丁一的话中之话，知道他在鼓励自己，内心里也涌动着激流，压在心头的颓废沮丧之气被眼前的壮丽景观洗涤一空。

赵果清手指前方突然喊道："看，猴子观海！"

可不是，对面突兀石崖顶端一个石猴在朝阳的照耀下金光闪闪，蹲在那里仿佛得道成仙一般，静观重峦叠嶂在云雾缭绕中千变万化。人们纷纷称奇，争相以仙猴为背景留影。

三人一直等到人们渐渐散去，才意兴阑珊地回到宾馆吃早餐。在走廊里，他们看见墙上挂着中国几任领导人来黄山参观的图片。北海宾馆曾经是国宾馆，邓小平、江泽民、朱镕基、胡锦涛、习近平均曾下榻于此。他们仨盯着这些改变了近代中国历史的人物，百感交集。因为从这些旧照中，他们看见了自己从青年时代起到现在的命运轨迹，这些轨迹和历史机缘重合在一起，在时代的大背景下演绎了自己的人生。曲直和赵果清不约而同地在想，虽然有过许多的挫折和失败，但和许多同龄人相比，自己还是幸运的弄潮儿，拾回了些许失去的信心。

用完早餐三人又出了宾馆，向始信峰和石笋矼进发。大概心情好转的缘故，三人一路步履轻快，说笑明显增多。山道上，他们遇见许多挑夫，用扁担挑着重担上下石块阶梯，时不时地用一根木棍支撑着扁担休息。原来山上吃的喝的和垃圾，还有许多建筑材料，都是他们用双肩挑上山的。空着手走路已属不易，更何况肩挑着担子，看得三人肃然起敬，似乎有一股力量推动着自己，世界上没有任何一件事情是容易的。

登上了始信峰顶，众山尽收眼底，晴光蓝天，山峦险峰紫气氤氲，瑞气呈祥。曲直说道："记得有一句诗描写过黄山，说：'峰奇石奇松更奇，云飞水飞山亦飞'。果真如此。"

丁一接着说："这首诗是清代诗人魏源在《黄山绝顶题文殊院》里写的，后面还有两句：'华山忽向江南峙，十丈花开一万围。'"

赵果清道："眼见为实。黄山真是无峰不石，无石不松，无松不奇。听说黄山 1000 米以上的山峰共有 77 个。据传轩辕黄帝曾在此炼丹成仙。"

"所以黄山被信奉道教的唐玄宗从原来的名字黟山改名为黄山，乃黄帝之山。怎么，两位看了眼前的景色有何感想？是否也有得道成仙的感觉？"丁一问。

曲直由衷地说："成仙倒是没有，但对人生的感悟提升了不少。老丁，感谢你这次带我来黄山，许多事情想通了。世界上没有过不去的坎，我得重新振作起来。"

"我也一样。我们哥俩一起好好干，东山再起！"赵果清对曲直说。大概受了眼前宏伟山景气势的影响，他的话语铿锵有力。

三个男人会心笑了，手握在了一起。

第二天他们去了西海。山里的天气说变就变，起了大雾，山景显得模模糊糊。他们沿着西海大峡谷下行，步道沿着悬崖峭壁悬空修建，下临深渊，让人头晕目眩，有时穿行在一线天狭缝石壁间。

一帮中学生前前后后和他们混杂在一起，蹦蹦跳跳地走在栈道上一点也不当回事。他们叽叽喳喳像林中的鸟儿大声交谈着。

"这雾松真好看，你们看那树干树枝像不像琴瑟延伸，在风中作响。"

"大家听，有鸟的声音从浓雾中穿透过来，像朗诵一首诗，清脆婉转，充满着生命的旋律。"

"你们看那边，像不像一幅国画？"

大家都停下了脚步观看。一阵山风呼啸，雾随风动，被掩藏起来的群山显现了出来，只见云雾缭绕中奇峰云海峥嵘，苍松破壁挺立，水墨丹青意象万千，活脱脱一幅中国山水画。

下到了山底，曲直三人又坐缆车上到玉屏楼迎客松景点，碰见了许多旅游团，多为港台口音。他们紧接着一路上山，爬百步云梯、攀越一线天、点赞石、鳌鱼峰再到光明顶。从光明顶斜刺里又去了西海飞来石景点。他们手摸飞来石，看着眼前云来雾去，变化莫测，如同海洋般气势非凡，翻腾如浪。曲直说："现在我终于明白为什么黄山分为东海、南海、西海、北海、天海，其实都是云海的意思。这景色真是让人心境开阔，人的一生何尝不是风云际会呢？"

十五　宏村

从黄山下来三人乘公交车去了徽州民居的代表宏村。

　　进了南门，南湖的荷塘鲜艳繁盛，绿叶盈盈粉荷挺立。荷塘对岸是清一色的古老明清徽式房屋，白墙黑瓦，蓝天白云下显得清新脱俗，让人耳目一新。三人正看得起劲，一队中学生走过来，个个托着或拖着绘画布袋箱。他们沿着荷塘边秩序井然地一字排开，支好画架，面对荷塘对岸的房屋建筑和水中的浮光倒影认真作起画来。

　　赵果清好奇，问一个长相清秀的女孩子是从哪里来的。女孩回答是内蒙来的。不远处一个男孩则说是从河南来的。看他们画的画，虽然构图技法显得嫩稚，却也中规中矩。这时一队游客经过这里，村里的免费导游指着作画的学生介绍说，全中国有一千多所学校来宏村作画写生，也有知名画家和摄影师来这里搞创作，其中许多作品还在国际国内的比赛中获奖。

　　导游继续介绍，"宏村始建于南宋绍兴年间，相当于公元1131 年，最初叫作弘村，是汪氏家族的聚居地。明永乐年间，汪氏族长请风水先生勘定环境，重新布局了建筑，并按牛的生理结构设计引水入村。河水从村西引入村内，沿着一条条水圳，也就是牛肠子，流经各家各户门前提供生活用水，同时起到调节气温和美化环境的作用。水圳在宏村的中部形成月沼，俗称牛胃，在南部注入南湖。清代中期，村中再次进行大规模的兴建，并为避乾隆'弘历'之讳，更名为'宏村'。宏村现有明代建筑 1 幢，清代建筑102 幢，民国时期建筑 34 幢。宏村的建筑围绕着月沼布局，主要是住宅和私家园林，书院和祠堂，形成了一个典型完整的中国村落体系。徽派建筑集黄山之灵气，结构严谨，注重雕饰，细腻精美。"

　　听完了导游介绍，三人穿过南湖荷塘中间的一座拱形半月石桥，来到荷塘对岸。他们先进入南湖书院，是汪氏族人子弟的私塾学堂，起先是明末兴建的"倚湖六院"，清嘉庆十九年合并重建为"以文家塾"。进到院子里面，黑色的大理石石柱从地面支撑到屋顶，天井庭院宽敞透亮，匾额都是些鼓励学子读书做人的道理。有一联丁一最感兴趣："地近黄山耸起文峰千丈，楼迎南湖拓开思波万重"，文笔颇为大气。书院里有志道堂、文昌阁、启蒙阁、会文阁、望湖楼和祗园六部分。曲直和赵果清小学时是同学，两人坐在课桌前让丁一用手机拍了一张合影。

　　他们沿着高墙窄巷在宏村漫游，家家店铺门前张灯结彩，商家吆喝声不绝于耳。宅院多为黑色大理石制作的门框镂窗，穿堂过室目光所及之处，石雕、砖雕、木雕、漆雕或奇花异卉，或飞禽走兽，或楼台亭阁，或人物戏文，无不透着浓浓的古色古香，让人联想起当年主人的音容笑貌和闲庭信步。来到月沼池畔，就是村中心牛胃的位置，明镜般的沼池里倒影着池边幢幢徽式房屋。这里有汪氏宗祠乐叙堂，是村中现存唯一的明代建筑。祠堂里面列着汪氏的列祖列宗，其中特别介绍了一位称为"巾帼英雄"的女强人胡重，她是当时宏村水系的真正设计者和统治者。

　　宏村曾经出过许多进士举人，名人雅士。穿过一家家雕梁画栋的明清人家，三人若有所思。丁一先发话："其实中国解放前曾经有过许多这种家族式村落，人们崇尚尊老爱幼，男耕女织，吟诗作画，中庸和谐。这些家族式村落构成了中国古代的传统，是社会和伦理的基石。可惜因为社会的变革和政权的更迭，许多村落被夷为平地，永远消失了。"

曲直说："虽然这些村落不存在了，但是它们的悠久历史渊源和形成的伦理道德观念依然深深地植根于人们的生活中，影响着人们的行为准则。"

三人陆续又游览了重建的乐彼园秀才第，建于清末咸丰五年的承志堂，还有敬修堂、德义堂、树人堂，饱览了精美的徽州砖雕、木雕、石雕、漆雕、竹雕艺术。三人有一种时光穿越的感觉。街角巷尾，他们又看到了散落的中学生们安静地蹲在角落里专注写生。

不知不觉来到西门附近的老树口，有两颗 500 年树龄的大树枝叶婆娑，风中沙沙作响。有一家"宏发餐厅"门口站着一个妇女，看见他们走过来，忙吆喝拉他们进去吃饭。这一提醒，他们果然感觉到肚子饿了，于是踅了进去，临街窗而坐。服务员拿上菜单，殷勤地问他们想吃什么？赵果清让上几样这里的特色菜。服务员推荐了徽菜毛豆腐，臭鳜鱼，五加皮炒蛋，腊八豆腐。三人一人要了一瓶啤酒。

三人一面吃午餐，一面谈今天的感受，古老的徽州果然名不虚传。

丁一问："汤显祖曾说：'一生痴绝处，无梦到徽州。'两位参观宏村后，最喜欢的是什么？"

曲直一路看下来，觉得这里人家堂屋的对联绝妙，发人深思，于是答道："这里自古文风昌盛，民居堂屋和祠堂里悬挂有许多楹联，都是做人的哲理，很受启发。比如，'欲除烦恼须无我，历尽艰难好做人。' '事到临头三思为妙，怒上心头一忍为高。' '世事洞明皆学问，人情练达即文章。' '快乐每从辛苦得，便宜多自吃亏来。'"

看着曲直，赵果清欲言又止。曲直看出了他的犹豫，问："想说什么？"

赵果清说："想不想见一个人？"

"谁？"

"小慧。她就在这附近山上的一座尼姑庵修行。"

十六　拈阄

曲直坐着一只小篷船，沿着一条溪流而下。溪流两旁水草繁茂，阳光从树林叶子缝里穿透而过，斑驳地撒在水面上，映照出许多跳跃的亮点。哗哗的水流声给他带来了许多美好的回忆，仿佛逝去的时光。妈妈曾经给他讲过一个久远的故事。

"快来快来，快来拈阄。"

三个年轻的妈妈嘻嘻哈哈，阳光下围着桌子，一人手里抱着一个婴儿。桌子上放着一个大簸箕，里面五颜六色，放着各色各样的物拾。

妈妈们住在同一栋白色的二层楼里，大家是邻居。几年前她们从沿海同一所医学院大学毕业，一起分配到内地这所医院，一起上班，一起结婚，一起怀孕生子，亲密无间如同姐妹。婴儿们一岁了，初为人母的年轻母亲们异想天开，要测测孩子们的前程，想知道自己的小宝宝长大后志向如何。

星期天休息，天气晴朗。她们从屋里搬出一张四方桌子，放到楼前空地上，桌面铺上台布，布置好抓阄。丈夫们则倚靠在各自家的窗口看热闹。

"你家赵果清先来。"烫了头发的妈妈对嘴唇上有一颗痣的妈妈喊道。

"好，我家先来。大宝，抓一个。"长着一颗痣的妈妈俯下身，引导儿子藕节般的胖胖手掌伸向簸箕。小孩向前一扑，双手抓住了一只钢笔，举过头顶笑了。

"你家大宝将来是大学问家！"众人欢叫了起来。

一个妈妈说道："有点像哦，你看他额头宽宽的，眼睛深邃的样子。哈哈哈。"

楼上大宝的父亲露出了满意的笑容，口里吐出了一串烟圈。

叫大宝的婴儿张着嘴笑着，将笔放进嘴里，被母亲抢下来重新放回到簸箕里。她对卷发妈妈说："该你家曲直了。看他抓什么？"

烫发妈妈向前挪了挪，弯下腰也将手中的小男孩向前递送，小男孩在簸箕里摸了摸，拿起刚才的笔，烫发妈妈刚要表扬，他又扔下了。小男孩似乎对簸箕里的东西不甚感兴趣，回过头来东张西望，眼睛忽然盯看着身边别人妈妈怀里的一个女婴不动了，露出了细小的牙齿微笑起来。烫发妈妈逗他，"小宝，该你啦！快抓。"小宝不理不睬，兀自看着女婴发笑，目不转睛。

"咦？"众人深感好奇，眼睛在两个婴儿的脸上扫来扫去，想看出一点名堂。

　　大宝的妈妈说："瞧他们两个眉来眼去的样子，要不让小宝和小慧俩一起抓？"

　　抱着女婴的妈妈有些腼腆，将女婴也放在桌上，和小宝排排坐，结果两只肉肉的小手抓到了一起。两个小家伙眉开眼笑互相望着，小宝的口水流了出来。

　　"这么小就搞对象啊？！"大宝的妈妈发现了新大陆，"给他们俩找来一副青梅竹马放在里面让他们抓得了。"

　　说得小宝的妈妈和女婴妈妈脸上都有点挂不住了。女婴妈妈说："孩子这么小，懂什么呀？"

　　"要不给他们俩订下娃娃亲，这肥水不流外人田。"大宝的妈妈撮合说，这个太好笑了。

　　大家调侃了一阵，欢声笑语在楼前飘荡，最后妈妈们将两个婴儿的小手掰开，引导他们的注意力向着簸箕。两个婴儿一起将手伸了进去，男婴抓起了一本书，女婴抓起了一串佛珠镯子。

　　书当然预示着将来是做学问的，佛珠却令妈妈们费解，都微微皱起了眉头。

　　小篷船靠岸了，曲直收回思绪。下了小蓬船，付了船资，他向船夫问明了路径，踩着木翘板上了岸。

　　他拾级登山而上，石板堆砌的路面被脚步磨得光滑放亮。山道两旁翠绿的修竹夹道，竹影幽静里各色野花绽放，在山风里微微摇摆，凉爽清新的空气中夹着泥土的气息。竹林深处传来鸟鸣，婉转清脆悦耳，在空谷里回荡着。曲直贪婪地环顾四周山色，一切都是佛地禅境，清净之地，不愧是一个修行的好去处。

正在气喘吁吁之时，曲直停脚抬头远望高处，前面山顶松林掩映中若隐若现地显出了一座规模不大的青砖瓦房尼姑庵。

十七　小慧

曲直登到山顶，来到山门外立定。寺庵门上悬挂着一方长匾，上书"普慧寺"。只见青灰色的高墙根处开着几丛三角梅，为素净的禅佛之地增添了几分妩媚之气。曲直看见一位眉清目秀的小尼姑正在打扫门前青石台阶，趋身向前询问慧安居士可是在此。

小尼姑问他是施主还是访客。曲直告诉他是旧相识，专程来探访。

小尼姑说慧安居士正在里面参禅修炼。她领着曲直进到里面，通过一道翠竹掩映的门道，让他在一处凉亭处歇息，然后进去禀报。出来时小尼姑带了一杯茶水给曲直，告诉他慧安居士大概需要一个时辰才能打坐完毕，让他耐心等待。曲直回答不碍事，小尼姑径自去门前继续扫尘去了。

寺庵错落有致，庙堂虽不宏伟，倒也气度非凡，香火袅袅。庭院的通道是由灰砖铺成的图案，两旁兰花草夹道伏地生长，细叶修长暗绿，托着朵朵盛开的玉色兰花，显出梵心雅致的品味。墙角是攀墙玫瑰和月季，花朵色彩品红夹着淡黄，绿叶扶持中安静地开放着。蜜蜂围着花朵嘤嘤作响，蝴蝶煽动着美丽的翅膀在花丛中飞来飞去。

曲直端起茶杯，立觉清香扑鼻。呷了一口，润喉舒胃，神清气爽。凉亭面临着一个山谷垭口，视野开阔，徐徐山风开怀而来。山下翠绿馥郁，山坳里农田成块，溪流逶迤流向白云漂浮的远方。曲直触景生情，想起了和小慧以前两小无猜的种种趣事。

上幼儿园时，两人形影不分。有一次扮家家，曲直想摘一朵玫瑰给小慧戴上做新娘，被玫瑰刺扎中了手指。小慧用手将刺拔除，然后用小嘴吸吮手指渗透出来的血珠，逗得曲直心里痒痒的。当时他幼小的心里认定，这辈子非她莫娶了。

昔日的回忆即苦涩又甜蜜。曲直把眼光收回，将茶杯放在凉亭的石桌上，见桌面刻着的是一方围棋棋盘，石桌旁的另一个石凳上摆放着一副黑白棋子。曲直若有所思，心想她现在还在下棋？遂将棋子盒捧起，独自摆起棋谱来。

也不知过了多久，身后有人来了，脚步很轻，是那种再熟悉不过的步调。曲直赶快站起身，回转身来，看见小慧身着青布缁衣，头戴僧帽立在面前。以前亭亭玉立的她，现在清癯温婉，面容安详，目光清澈如水，全无他们最后一次分手时留下的大悲大恸印象。曲直面露愧色，轻声呼唤："小慧。"

慧安居士不为所动，瞥一眼石桌上的棋谱，"怎么，还在下这盘棋？"她安然地走到棋盘前，二指拈起一枚棋子放到了棋盘上，接着下他们曾经下过而没有下完的那一盘棋。当年他们用这盘棋赌结不结婚的输赢。下到后来，小慧知道自己要输，没有下完就捂着脸伤心地离开了。

两人落座，继续下完了多年前留下的残局，慧安居士居然赢了。

"你看，赢便是输。"慧安居士一语双关，"过去这么多年了，怎么想到来看望我？"

曲直大惊，慧安居士深居深山，苦心修炼，棋艺精进，功力深厚，其水平已今非昔比，远远在己之上，把一盘必输的棋下活了。为工作生活所累，忙于碌碌尘事，自己已多年没有摸棋子了。他回答："时时想念你，内心愧疚，就想知道你现在生活得怎么样了。"

"你都看见什么了？"

"没想到你的生活变化这么大！活成了一方神仙。我想祈求你原谅我曾经对你造成的伤害。"

"上山修炼让我明白了一个道理，苦海无边，回头是岸，一切都是缘分。因了你，让我和佛结缘，输便是赢。其实你做了一件大善事，我从内心感激你，阿弥陀佛。"慧安居士语气平稳，眼观鼻，显出禅透一切的淡然凝聚模样。

"能这样就好。老啦，经过许多变故，世间的事我也看穿了，悔恨年轻时的无知和幼稚，不懂得珍惜。余生当多多云游四海，与天地为伍，品尝和感悟人生。"

"善哉。"慧安居士双手合十，微闭双眼。

这时小尼姑走过来禀告，膳食已经准备好了。慧安居士邀请曲直道："听说你远道而来，爬山一定饿了。佛门之地，只有粗茶淡饭相待，望不嫌弃。"

他们起身离开凉亭，路过一个菜园子，里面长满了绿油油的蔬菜，瓜棚结满了瓜果，看着喜人。慧安居士介绍说："这是我们寺庙自己种的蔬菜瓜果，这里自食其力，都是无污染的农家菜，现摘现吃。"除了蔬菜瓜果，园子里还种有芍药牡丹，天姿国色隐隐沉香扑鼻，一派生机勃勃。和曲直想像中的不一样，这座寺庵里没有丝毫的压抑氛围和死气沉沉。

曲直想为慧安居士在莱园子前照几张相留念，她摇头不让，"我杜绝一切尘缘，这个世界上我心中只有佛像。" 曲直明白，她已经超然尘世，活出了自己的精神境界，于是收起了手机。

进了膳房，一缕阳光射进来，照在一张简朴的木桌上，上面放了素菜、素鸡、素鸭，一碗南瓜汤和一个盛满米饭的小木盆。曲直说这可是健康食品。

"那你就在我这里多吃一点。"慧安居士为曲直用木碗盛了米饭递过去，然后看着他吃，自己并不动筷子。她眼里露出了一丝久违的亲切目光，很久以前小慧曾经这样看过他。这目光勾起了曲直的许多回忆，也就是当初一念之差，终生铸错。

吃完饭，天色不早了，曲直只得起身告辞，双目却离不开慧安居士。

"阿弥陀佛！"慧安居士闭上了双目，将心灵的窗户关闭。

出了寺门，曲直内心凄苦，怅然若失。当年离开小慧时，小慧给她念过的一段欧阳修词又在耳边响起："把酒祝东风，且共从容。垂杨紫陌洛城东，总是当时携手处，游遍芳丛。聚散苦匆匆，此恨无穷。今年花胜去年红，可惜明年花更好，知与谁同。"

十八　博后

杨杰一拨人从非洲回来后，他单身一人去了一趟中国。他的一个博士后前不久回到了中国，是中科院上海一个研究所的研究员，邀请杨杰去谈谈两人继续保持合作的课题。接下来隋璐会和杨杰在成都汇合，参加一个学术会议，顺便游览九寨沟。

　　杨杰从上海入关，安顿好后，去同博士后见面。他来到岳阳路，道路两旁的梧桐树依旧婆娑，依稀还有些记忆。到达时博士后已经毕恭毕敬地等在研究所大门口了，正在翘首以望。他们走进一座年久失修的大楼里，过道上摆满了杂物，显得拥挤和破破烂烂。他们扭着腰蛇行进到博士后的实验室，有几个年轻人正忙碌着。实验室不大，试验台有明显的污垢和灰尘，有点第三世界的样子。

　　看着杨杰皱着眉头，博士后解释说："这里以前是我们院一个院士的地方，90 岁了还不退休。最近所里新盖了一栋大楼，他的实验室搬到那边去了，这地方腾了一部分给我。走廊上堆的都是他的东西，还没有搬完。"

　　"条件挺艰苦的。"杨杰实话实说，

　　"刚回国，先凑合着吧，以后慢慢改善。其实我来面试时，他们给我看的地方不是这里，比这里现代化多了。所里没有兑现谈好的条件和承诺。"博士后有点悻悻然。

　　他们来到博士后的办公室，里面面积倒是不小，和实验室差不多大小，比杨杰在美国的办公室还大，靠墙摆放着沙发茶几。

　　杨杰问博士后回国后适应如何，博士后回答一个字，累！

　　"怎么个累法？"杨杰好奇地问。

　　"人际关系累，申请经费累，申请学术头衔累，为小孩办入学累。总之回国后，突然一切就身不由己了，停不下来，被各种事务推得团团转。"博士后满脸写着疲劳，其眉不扬。

"你现在是研究员了，一步登天，才三十多岁，比我们在美国按部就班地升迁快得多。你搞学问，又不评院士，还需要申请什么头衔？"杨杰对中国的事情不甚了解。

"中国的头衔太多了，没有头衔，在学术界没法吃得开，申请经费也难。中国除了院士，比较有名的学术头衔有千人、长江、杰青、四青、万人等各类人才计划学者称号，另外还有许多蹩脚的鸡肋头衔，譬如各个地方的江河湖海学者、名川大山教授等称号。"

杨杰喜欢旅游后，戏称自己为江河湖海、名山大川教授，没想到中国居然也有这等称呼，还是正式的行头，觉得有意思。难怪开国际会议时，有中国学者给他递名片，上面罗列了一大堆头衔。

杨杰顿时来了情绪，"说来听听。"

博士后如数家珍地扳着指头一一道来。"千人计划学者是中组部办的，仅适用于引进海外高级人才，一般是国外大学正教授或副教授，比如像您这样，但年龄限制在 55 岁以内。全职回国的称 A 千人，短期回国的称 B 千人。去大学的为创新型千人，去企业或办公司的为创业型千人。"这个杨杰知道，十多年前，曾经有五六家中国的大学向他伸来橄榄枝，邀请他当千人计划学者，都被他婉言谢绝了。

"不过最近由于美国的打压，现在的千人学者都转为地下了。"博士后不无调侃地加了一句。"另外长江学者办得更早，由李嘉诚基金会和教育部联合于 1988 年设立。之后教育部从 2011 年实施新的长江学者奖励计划，分特聘教授、讲座教授和青年学者。长江学者特聘教授每年评 150 名左右。自然科学，工程技术类年龄限制在 45 岁，人文社科限制在 55 岁。"这个杨杰也记忆犹新，早年间中国有学校磨破了嘴皮，邀请他当长江学者。那时他的孩子还小，根本不在考虑之列，没有答应。

"千人和长江学者是大牛们申请的。我们年轻一些的，可以申请杰青，是国家自然科学基金委主管，全国每年评 200 人，年龄限制在 45 岁。次一点层次的是'四青'，包括优青，年龄限制男的 38 岁，女的 40 岁，每年全国评 400 人，由国家基金委优秀青年科学基金支持；青年长江，年龄限制在 38 岁，每年全国评 200 人，只针对高校教师，为教育部青年长江学者；青千，为中组部青年千人计划，年龄限制在 40 岁，每年全国评 600 人，只针对海外回来的，土博出去做 3 年博后或洋博毕业即可申请，回国时间不超过 1 年。拔尖，为中组部万人计划青年拔尖人才计划，年龄限制在 35 岁，每年全国评 150 人。"

听了这名目繁多的介绍，杨杰问博士后："你的情况符合这些杰青和四青的条件，你申请了没有呢？"

"这得有关系才行，我报了青千，刚刚得到消息，被拒了，但是还有一次机会。"博士后摇摇头，无可奈何。他继续说："还有许多其它的万人计划、百人计划、和以前的所谓 973、863 计划首席科学家等等，多如牛毛。"

"地方上的江河湖海、名川大山学者教授怎么讲就？"杨杰追问。

博士后从桌子上的一叠材料堆里抽出了一份文件递给杨杰，"我记不太全，这是我为自己准备的申请资料，大部分地方学者的称号都在这里，您自己看。"

　　杨杰看下去，果然有趣，都有黄河学者（河南）、泰山学者（山东）、天山学者（新疆）、桐江学者（福建）、闽江学者（福建）、赣江学者（江西）、珠江学者（广东）、首山学者（辽宁）、香江学者（香港）、黄山学者（安徽）、北洋学者（天津）、楚天学者（湖北）、会龙学者（湖南）、两江学者（重庆）、三晋学者（山西省）、昆仑学者（青海）、东吴学者（苏州）、东方学者（上海）、浦江学者（上海）、巴渝学者（重庆）、龙江学者（黑龙江）、芙蓉学者（湖南）、紫江学者（华东师大）、湘江学者（湖南科技大学）、协和学者（医疗卫生系统）、求是学者（浙江大学）、钟山学者（南京农业大学）······。

　　杨杰看完不免开怀哈哈大笑，"有意思，有意思。看来我还得努力，争取将这些中国的地方跑遍，当一个名副其实的江河湖海，名山大川教授。"

十九　院士

　　杨杰笑完了，心里却不是滋味。中国一直在喊着赶超世界先进水平，往往流于形式，做表面文章。当年他不愿回国，担心的就是这些假大空，害怕不能做真正的学问。他知道，在中国一当有了某种头衔，就是终生制了，比如院士，成了本学科的太上皇，失去了前进的动力，于人于己都不利。每个人时时需要将自己置于居安思危的境地，才有进取心和前进的动力。

杨杰问博士后："你们那个院士都 90 多岁了，他还能指导科研吗？"

"指导个屁！他人早已经躺在病床上了。回到中国以后，我根本就没有见过他一面。听说他脑昏迷在床上躺了两年多。为了留住他的生命，这老院士基本上就是靠机器和各种药品维持着。所长一直很关心他，隔三差五地去医院看他，每次都要撂下一句叮嘱的话，不惜一切代价延长院士的生命，费用都由所里报销。家属们非常乐意，积极配合。"

杨杰想起了当年大作家巴金躺在病床上，也是 90 多岁了，受不了病痛的折磨想安乐死，结果组织不同意，说人民需要巴金活着，组织上要对人民负责。

"这开销不是很贵吗？院士自己想不想活还不一定。"杨杰不解其中的奥妙。

"这就由不得他了。院士是绝对的稀缺资源，因为一所单位有多少院士是考核该单位排名的重要指标之一，而排名又直接影响了该单位的招生和各种资金的申请。所以老院士是所长的心头宝贝。你想，评一个院士有多难呀，过五关斩六将，学校需要花费巨额经费公关，跑路子。相对而言，延长老院士的生命还是划算的，可以为所里节约许多钱，这笔账谁都会算。"

杨杰听了这天下奇闻，明白了刚才听到的许多称号的真正含义。他还是有些不解，问："难道他的家属忍心看见他这样被人利用不心疼吗？"

"老院士不光对所里有利用价值，对家属也是一样。如果老院士去世了，他的家属就一文不名了。他活着，家属可以跟着享受名誉和地位，为家里带来经济效益。"

"对家属有什么经济效益呢？"杨杰云里雾里想不明白。

"老院士虽然人躺在病房里，他的实验团队还在运作，由他的一个得意门生管理。这个人还是有水平的，是院士前些年把他从国外招回来的。你想想院士这把年纪，即使不生病，也不可能有水平写出高水平的科研申请和文章。他拿钱容易，固然与他的院士头衔有关。其实更大的功劳是他的这位门生，在国外受过严格的训练，业务能力强，里里外外一把手。前不久他们团队申请到了一个国家重点研发项目，所里奖励了几十万，老院士拿大头，这些钱自然进了家属的腰包。这还只是一个项目，他们团队申请到了多个科研项目，加起来是多少？另外发了论文也有奖励。"

"哦，这位院士是为别人活着。"杨杰堵塞的脑袋开始疏通了。"你现在没有头衔，申请到了经费没有？"杨杰关心地问昔日的弟子。

"还好。借您的光，刚刚拿了一个几十万的面上项目，还有一些其它小项目和启动基金，能够凑合几年。我现在一面申请头衔，一面想多递交申请，所以想请您帮忙。"

"听说还有一些国家重点研发项目，钱比较多，不是可以申请吗？"杨杰还有一点不明白。

"那都是为大牛们准备的。你想，每年新增 60 多位院士，200 位杰青，150 位长江，600 多位青千，400 位优青，150 位青年长江，150 位青年拔尖，加起来每年都快 2000 人了。五年算下来，新增加各类有头衔的学者有将近一万人。这些人都盯着国家重点研发项目，僧多粥少，轮不上我们这些无名之辈，除非傍上一个大牛。哎，要是当时知道回国竞争这么厉害，依赖名望，就不回国了。"

　　看着沮丧的博士后，杨杰明白了他的苦衷，鼓励说："我能帮助你什么？"

　　"我想邀请你一起申请中国的科研经费，这样成功率会高许多。"博士后说出了自己的想法。

　　这是一个严肃的话题，杨杰有自己的顾虑。要是放在以前，这不是问题，他也确实帮助过其他回到中国的弟子，联名申请经费，百发百中。现在不比从前了，自从川普当选美国总统后，不仅对中国发起了广泛的贸易战，对知识产权也抓得很紧，防止科技最新知识流向中国，导致国与国之间的竞争全面升级。现在美国风声鹤唳，任何和中国有合作关系的华裔科学家都有可能成为 FBI 的监视对象，已经有许多华裔科学家因为将美国的学术成果拿到中国合作或开公司而被逮捕和起诉，人心惶惶。杨杰所在的学校根据 FBI 的指示，最近开始采取步骤，严格审查教授的涉外合作项目。

　　杨杰以坦诚的态度向博士后解释了自己的顾虑和目前的形势，表示自己需要考虑一下再回答这个邀请，他不想给自己带来不必要的麻烦。杨杰说自己认识几个中国科技界的大牛，都是早年的海归，有自己庞大的科研团队。他可以介绍博士后同他们认识，或许会有所帮助。当然还有一个理由他没有告诉博士后，为了旅游，他不能保证自己能花多少时间和精力参加他的工作。

　　时间不早了，博士后想请杨杰吃晚餐。杨杰说他和别人已经有了约会，需要去浦东陆家嘴一趟。

二十　陆家嘴

　　当年杨杰出国的那个中美交流项目非常牛，后来许多人回流到了中国创业，风光八面。听说他回来了，大家商量好一起在陆家嘴的一家餐厅为他接风。

　　这批牛人里，以前大多是美国公司的业务主管，或自己开公司当老板。也有几个大学教授，学问做得不耐烦了，看着大家赚钱眼红，投身商海捞一把。前些年中国加大开放尺度和力度，出台了各种五花八门的政策吸引海外有成就的华裔科学家回到中国服务，条件之优越让人咋舌。响应钱的号召，这批人一个个怀抱理想，从美国来到中国发展，施展雄才大略，开公司，做实业，搞融资，利用自身的科技优势，在新兴的中国市场做得风生水起，呼风唤雨。

　　杨杰从拥挤的地铁站出来，陆家嘴三维一体的繁华景观立刻映入眼帘，一幢幢摩天大楼闪动着霓虹灯光，光耀夺目。霓虹的彩色流光从地面窜到天际，和星星接吻，气势非凡。小时候杨杰常到上海走亲戚，站在外滩看黄浦江对岸的浦东，黑漆漆一片，什么也没有。近年回国感觉大变，杨杰每次来到陆家嘴都有一种科幻般的头晕目眩，仿佛游走在外星世界。

　　他踏着能照得清人影的大理石地面进到商场大楼内的餐厅里，大家已经等在那里了。见杨杰进来，众人纷纷起立握手，互相问好。多年不见了，发福的发福，秃顶的秃顶，一个个事业有成饱经岁月的模样。一圈介绍下来，这个老总那个老总的不少，看上去个个志得意满红光满面。从介绍中得知，这批人大多还有另外一个头衔，"创业类千人计划学者"，正如博士后介绍的那样。相问之下，几乎每个人的家庭都留在美国，子女也都在美国上学，大家戏谑自称为海鸥企业家。这些人成立了一个海鸥上海同学会，时常相聚，形成了一个创业圈子，互通情报，利益均沾。

席间大家频频致酒，碰杯的一瞬间忽然停住，互相打探询问对方最近融资融得怎么样了。有的说完成了 A 轮融资几百万，有的说 B 轮融资了几千万，有一个得到了 C 轮融资几个亿。于是大家纷纷起立频频互相祝贺，恭喜恭喜，发财发财。听着各种投资术语在饭桌上飞来飞去，杨杰又不懂了，如同听天书一般。

当当当，有人敲响了高脚玻璃杯，"在这里，我要向大家宣布一个好消息，我们公司经过几轮融资，产品已经投放市场，昨天新三板挂牌成功！"

杨杰问坐在一旁的人什么是新三板？那人回答，新三板是中国非上市股份有限公司股权交易平台，不以交易为主要目的，主要针对中小微型企业。新三板是公司上市前的练兵场。挂牌后，公司的定向融资方便不少，还可以股权转让，企业和股东的股票可以流通增值套现，政府有资金补贴，一旦准备好了，公司上市优先享受绿色通道。在新三板挂牌还可以提高企业的知名度。

美国没有听过类似的投资平台，杨杰好奇地问："现在全中国有多少这样挂牌公司呢？"

有人回答："前不久看了一份资料，截至 2018 年末，新三板挂牌公司总数为 10691 家，比前几年略微下降。"

杨杰问那人他开了公司没有。他自嘲地说，公司成立了几个，一个也没有融到资，现在在给人家打工。杨杰说其他人融到了许多钱，是不是公司很大。这个人笑着说其实都是忽悠，有了一点想法，比如说从国外拿回一个方案，开一个公司包装一下，看有没有人愿意投资，或者找融资公司。有了 A 轮融资，雇几名到几十名员工，做点样品出来，行不行先不说，又接着去找融资圈钱进行 B 轮投资，然后 C 轮投资等等一直接着往下去。如果真的做出了产品，赚了钱，就开始筹划上市。一般先在新三板挂牌，练练兵，让公司规范化，伺机待动上市。

像旅游一样，杨杰发现了新天地。他问那人融资公司的钱都是从哪里来的？那人说他就是干这行的，自己开公司无望，现在在一家融资公司上班。他说，社会上有闲钱的人很多，都在找出路。不像以前热炒房地产，现在风险太高，于是开始盯着这些新兴的所谓高科技公司，有种神秘感，赌大运。融资公司就是把这些人的闲钱弄到手，集中起来再投资到急需资金的新科技公司，希望新公司将来上市赚了利润，或卖个好价钱，让投资人有个好回报，融资公司则从中提取佣金。

杨杰问他如何圈钱？那人笑着说："太容易了，只需举办一个讲座，讲一些投资人听不懂的高科技术语，越玄乎越好。什么基因治疗呀、肿瘤的克星呀、干细胞器官呀、绿色产品呀，然后大谈这些产品是医疗卫生的前途和未来，是大势所趋，那些有钱的听众多半会乖乖掏钱出来。因为同其它不靠谱的投资相比，大众们相信科学是真实的，可以期待的，科学家是不会骗人的。呵呵。"

杨杰说："那融资公司不就是空手套白狼吗？"

"可不是。说得好听一些，叫做君子有成人之美，收取一些劳务费而已。"

杨杰算是上了一堂投资启蒙课。不知听谁说过，在美国开公司，最后成功的比例在5%。

酒过三巡，大家互相祝贺完毕，才开始将目标放到杨杰身上，问他有无科技产品或想法可以拿到中国来开公司。

大概刚才的一席启蒙话语加酒精的混合作用，杨杰的头脑有点不清楚，觉得热血上涌，开公司好像不是那么难嘛，自己的科研成果里面有太多的东西可以上市了。他和隋璐其实在美国有几个专利，有一个还被一家公司买去了。

一听说杨杰居然有专利，大家都来劲了，一个劲地同他碰杯，劝他来中国发展开公司，需要帮忙的地方一定倾力相助，两肋插刀。

"好滴好滴。"杨杰觉得自己已经腰缠万贯。

"干杯干杯。"众人情真意切。

二十一　商机

上海的事情办完了，杨杰去内地探亲访友加旅游，在高铁上不期和大学时代的辅导员碰见了。杨杰当年是学生会主要干部，同辅导员打交道比较多，因此彼此印象深刻。巧的是他们两人在高铁上坐同一个座厢，一眼就认出来了对方，虽然日月如梭，可是颜貌都没有怎么大变。

遥想往事，辅导员夸奖杨杰聪明好学，当年的高材生，早就听说他在美国当了教授，学富五车。杨杰谦虚地说哪里哪里，哪里都一样，都是混一口饭吃。辅导员还记得当年杨杰对自己学的生物专业不满意，问他是否还在想着天体物理的无穷奥妙和宇宙的无穷解。杨杰说你还记得那档子事，当时要不是系里拦住不让转系，恐怕真成了天体物理学家了。辅导员问起了杨杰太太隋璐的现状，杨杰一一禀告。两人聊了许多彼此分离后的话题，感叹时间不等人，日子过得真快。

　　杨杰问辅导员去上海干什么？辅导员说他现在办了一家生物制品公司，刚到上海出了一趟差洽谈业务。杨杰想，怎么现在中国大地都在办公司，碰见一个人就是当老板的。有意思的是和杨杰刚刚碰见的那帮朋友一样，辅导员开始询问杨杰有没有产品可以拿到中国来开发。杨杰大概头脑里的酒精还没有清除干净，把自己的科技成果又讲了一遍。

　　辅导员竖起耳朵听得眉开眼笑，说好滴好滴，我可以给你牵线搭桥。于是杨杰把自己刚听来的融资公司的事情和新三板概念学了一遍舌，以显示自己不落伍。

　　辅导员的表情如同老师看一个刚入门的学徒，说新三板挂牌是迟早的事，但融资就大有学问了，不一定要找融资公司。其实愿意投资的人遍地都是，与其让融资公司空手套白狼，赚取中间费用，还不如让投资人直接投资到你的公司，双方直接沟通多好。杨杰不得要领。辅导员不紧不慢地说，这样吧，你先到我们公司来看看，我想办法帮你联系愿意投资的人，一切交给我了，包你办公司成功。

　　下了高铁，辅导员有人接车，他不由分说热情地一定要杨杰一同上车，马上去参观他的工厂。辅导员的工厂位于城市经济圈的外围，车开了两个多小时才到。工厂周围是一片养鱼荷塘，他们站在厂区的顶楼凭栏眺望，只见无边无际的荷叶如同巨大的手掌握着无数的娇嫩荷花随意挥动，舞姿翩跹。阵阵夏风吹来，荷花的清香浓郁扑鼻，让人如入五云，神清气爽。

　　杨杰对辅导员说："这么美的景色，我看你这里办一个休闲度假村更合适。"

　　辅导员回答："你不是第一个提出这种想法的人。"

　　杨杰心里暗想：这真是一个摄影的好去处。他对辅导员说："你去忙去，我有点摄影嗜好，想下去拍些荷花。太阳快下山了，现在光线正是好时机。"

　　辅导员说："也好。我去为你准备晚餐，今天请你吃我们这里的湖蟹，包你满意。"

　　杨杰取了相机，一个人来到荷塘边，斜斜的阳光将荷塘镀了一层金光，正是摄影需要的效果。他挑选不同角度，对着千姿百态的荷花拍个不停。粉色的荷花上有不少蜻蜓飞来飞去，或立在花尖上，或立在青莲上，或贴在宽大的绿叶边缘，为整个画面增添了不少生动情趣，动静相宜。

　　他突然看见荷叶中央露出了一节白鹤的脖子，像新疆舞女一样一伸一缩地探路，然后低头不见了。过了一会它又出现在荷叶的另一端，杨杰赶快聚焦镜头，采用连拍模式拍下这珍贵的场面。正拍着，突然脚下一声哗啦响，低头一看，荷茎处几尾大鲤鱼在水中自由自在地漫游，穿来穿去。杨杰又赶紧对焦，对着鱼群构图，兼收荷花，作鱼荷图。

　　这时一个女孩撑着一叶小船划过来了，问杨杰要不要买刚采下来的新鲜莲蓬和菱角。她那健康窈窕的身躯和红扑扑的脸蛋让杨杰心里一动，来了灵感。杨杰问女孩可不可以当他的模特，莲蓬和菱角他是要的。

　　女孩害羞，摇头不肯。杨杰说他可以另外加钱，女孩犹豫了一会，终于同意了。杨杰让女孩放松自然，按平时的习惯采菱摘莲蓬即可，又让她将船划到荷花后面，将头探出来。女孩按照杨杰的要求做，刚开始时动作还有些僵硬不自然。杨杰试拍了几张，给她看了照片。女孩看着相机里的自己模样俊俏，满心欢喜，让干啥就干啥，开心笑的时候淳朴可爱，越来越入戏。到了后来，她竟然邀杨杰上船，不过得另外加钱。杨杰当然愿意，这天赐良机岂可轻易放过。坐着女孩的小船在湖中荡漾，桨声荷影，夕阳西下，暮鹭西归，杨杰拍得尽兴，过足了瘾。

也不知过了多久，太阳慢慢下了山，辅导员站在阳台上喊他吃饭，他才意犹未尽地告别女孩，付了钱离开荷塘。

进到房间，桌上一只大盘子里装满了蒸熟了的红壳螃蟹，旁边姜醋配料齐全，还有炒藕片和几样时鲜农家菜，就等着他入座。杨杰放下相机，洗了手，入坐开始吃螃蟹。一入口觉得味道很鲜美，肉质甜嫩，赞不绝口。

"怎么样，没骗你吧？"看着杨杰的吃相，辅导员眯缝着眼笑问。

"太好吃了，以后我到你这里来打工，你招待我吃螃蟹就可以了，不要工钱。"杨杰将一块蟹黄吃进嘴里，开着玩笑。

"以你的本事，还用为我打工？你在美国有那么多专利，要不你自己到中国来开公司得了。中国现在投资环境不错，人工又便宜，只需找人贷款投资就可以开张了。刚才我给一位律师朋友打了电话，他答应帮你牵头联系，有一位房地产大老板对你的项目很感兴趣。他们想约你商谈商谈。"

杨杰停止了吃蟹，吃惊地看着辅导员。哦，中国办事效率这么高？

二十二 地产商

杨杰乘坐地铁来到尚华园公寓小区。出了地铁站口，道路两边一排排都是时尚楼房，显得非常高档有品味。杨杰心中暗想，看来这位房地产老板的实力雄厚，非同一般，不知是个什么神秘人物。

按照事先给的地址，问了几个路人，杨杰找到一栋华丽的小楼前，见辅导员已经等在门口，正在同一位个头不高的中年男子聊天。一见杨杰，中年男子自我介绍："欢迎光临。鄙姓陈，名鼎章。耳朵陈，九鼎之鼎，文章的章。我的职业是律师。" 他微微秃头，两眼有神，气色饱满。

杨杰连忙跟着客套："幸会幸会。"也做了自我介绍。

"里面请。"随着陈律师的引导，三人进到里面。先是一个富丽堂皇的大厅，吊着一枚硕大的水晶灯，花纹大理石地面上铺着镶花暗红地毯走道，四顾生辉。大厅壁上的栏架上摆满了玉雕和仿古瓷器，在水晶灯下闪着幽幽的光泽。墙上挂着大幅国画和油画，仕女山水，飞鸟花朵，红日飞泉，格调透着富贵商贾之气。一位穿着青蓝旗袍的明艳女孩双手交叉腹前恭候在大厅里，她笑妍妍地引着众人进到里间会客室。

刚一落座，马上又有几位美女端来茶水。环顾四周，房间里也都摆放点缀着湘绣丝质艺术品，绣的是红楼十二金钗，个个明媚皓齿，素手团鬓，姿态娴雅各异。

不一会，一个身着西装的高个子男士笑哈哈走了进来，陈律师马上介绍："这位是市中级人民法院的院长，我的师兄。"

"你好你好。"院长同众人握手喧寒，颇显官场派头。他专门对杨杰说，"我的女儿得了个奇怪的肠胃病，在国内一直医治不好。结果送去了美国，由栾冰主治医生给医好了。虽说花了十几万美金，值得，值得。"栾冰是杨杰大学的同班同学，在美国行医。看来院长有意暗示他的神通广大，显然对杨杰已经下了功夫，做了一番背景调查，貌似不经意随口而出，显示了自己的经济和人脉实力。

接着进来的是房地产大亨，个头不高，其貌不扬，但两眼贼亮，目光炯炯。他同杨杰打完招呼，掏出一张鎏金名片递上，说："中央现在明文规定不许请客，不能到外面酒楼宴请宾客。我备了一份家宴，欢迎美国来的杨教授光临指导，精诚合作，聊表心意，不成敬意，不成敬意。"生意人口齿清晰，谦卑中察言观色。

大家步入隔壁房间，满桌精美的佳肴已经准备好了，海陆空齐全，比外面店堂有过之而无不及，色香味俱全。杨杰掏出手机想拍照，看见好的东西他就手痒，这已经是他的摄影习惯。但他的不经意举动立刻引起周围人警惕的眼光，纷纷避开镜头。

辅导员明白过来，忙解释："杨教授是一位摄影爱好者，不碍事。"然后对杨杰说，中央有明文规定，不许大搞宴席铺张浪费，否则抓典型，搞得人心惶惶。

原来如此，杨杰忙收起了手机，道了声歉。心想这中国的政治规矩太多，处处设限，一不小心就踩了地雷，以后开公司门道大概会更多，得处处小心为上。

大家坐下开吃，轮流敬酒。只见院长走到大亨面前举酒相邀，"来，我敬你，大哥。希望我们的合作愉快。"院长一干而尽，大亨跟着也一干而尽。两人翻转杯子对着对方，以示见底，相诚以待。

院长继续说："现在房地产饱和，我看投资可以转向养老院了。"

大亨连连称是，"这个主意好。现在老年人多，钱多人傻，子女又不懂得孝顺。我们为社会做点实业，帮国家解决实际问题，做做安置老人的工作。应当应当。"看来大亨只是一个傀儡，决策权在院长手里。

陈律师坐在杨杰身旁，小声对杨杰说："黄老板被关进过大牢，死不咬人。佩服他是一条汉子，我为他打了两年官司，联系了这位师兄院长从中帮忙，方才把他从牢里捞了出来。实话跟你说，他的家我能当一半。你的事准成！"

哦，杨杰似乎明白了他们三人的关系，房地产老板，律师和法院院长搅到了一起。另外借这次机会，他们似乎还有别的生意要谈。但院长点到为止，没有继续往下说。

大亨端着酒杯走到杨杰面前敬酒，"我们不懂高科技，听说杨教授德高望重，德才兼备，有好的项目，希望双方能够精诚合作，共襄盛举。高科技是前途，是未来。我们为杨教授打工。"大亨一笑，眼睛一翻，一干而尽，接着问："不知杨教授开出什么条件？"说话间一道犀利的目光逼了过来。

按照辅导员的事先吩咐，杨杰不慌不忙地说产品是自己多年的努力和心血，开公司他要占有 51%的股份，另外人事权和财经权也应由自己掌握安排。说完杨杰觉得自己有点过分，人家出钱，自己的要求是不是太高了？他从来没有谈过生意，不禁脸红了。

"好商量，好商量。"大亨两眼扫向院长和陈律师。

院长闭上了眼。

陈律师喝了一口茶没在意。

"请坐，请坐。"大亨回到了自己的座位上。

以后双方再也没有提起开公司的事情。

用完膳，明月当空，大亨客客气气送杨杰出门，坚持派车送他回旅店。

二十三　律师

杨杰本想事情大概泡汤了，自己提的要求太高，谁都不是傻子。好在本来就没有把开公司的事太放在心上，无事一身轻。

不料过了两天辅导员打来电话，说陈律师相约想见个面，继续谈开公司的事情。

天阴小雨，杨杰和辅导员一同来到一所著名大学校园附近，铁栅栏围墙外车水马龙，人来人往，店铺林立。隔着铁栅栏向学府校区里面深深望进去，则是一片绿荫树木覆盖着的幽静草坪。一幢幢琉璃瓦房前花圃里盛开着鲜花，荷花喷池旁不时走过几个师生，显得优雅清净。内外真是两个不同的世界。

闹市里一扇临街字画小店颇不起眼，杨杰同辅导员一起步入店内。一位书生气十足的年轻店员迎上接待，热情打着招呼，邀请两位看看陈列在玻璃橱里的古玩和墙上字画，看中哪件哪幅他给取来。

辅导员笑笑，说是来找店老板的，有事商量。

正说着，一阵喧哗之声从里而来，"怠慢，怠慢。二位请进，里面谈。"随着声音出来的是陈律师。

他转过头对店员吩咐："他们是我请来的客人，忙你的去。"店员微笑称是，转身招待其他客人去了。

进入里间，地方不大，到处堆满了字画古玩，刻章印泥。陈律师点起了一柱香，屋里顿时檀香四溢，吸气提神。他让二位请坐，打开茶案上的电炉，烧了一壶水。

"请问你们喜欢喝什么茶？我这里什么都有，我自己喜欢喝普洱，正宗云南的。"

"客随主便，我也喜欢喝普洱。"辅导员附和着说。杨杰也然，其实他在美国不喝茶，他的养身之道是喝白水。

陈律师从一块茶饼上掰下一块，扯碎放入一个紫砂茶壶内。这时水烧开了，他先将开水倒入壶中，盖上盖子。然后在每人面前放了一只带盖青花瓷小茶碗，用烧开了的水涮了一遍。他将紫砂壶里的泡茶水倒掉，重新打开壶盖续上开水，然后将二道茶斟满茶碗。他娴熟地做着这一切，一面闲聊，讲的都是字画典故，印章行情，和校园内的名人趣事，一点也不涉及开公司的话题。杨杰和辅导员不时对望一眼，人家不提，自然耐着性子等他开口。

"我给你们看两件东西，刚得到的宝贝。"律师兴冲冲地出去了。不一会他踅回来，手里捧着一方盒子，满脸笑呵呵，"我昨天刚从北京回来，一位官二代急着用钱，脱手二十万卖给了我这两件玉器，都是乾隆用过的宝贝，请你们鉴赏。"他将缎锦盒子放在案上，将里面的玉器拿出。

"这一件是香炉，这一件是观音菩萨。"

观音菩萨握在手里是温的，杨杰心中大奇，难怪有温玉这一说。再看玉香炉，比茶碗大不了多少，外面裹着一层黄金丝织成的丝套，玲珑剔透，隐隐间似乎透着熏香味。杨杰心想，这个其貌不扬的小店不可小觑呢。辅导员和杨杰轮流把玩，确实是精美绝伦，手握乾坤，开了眼界。

看他们玩赏得高兴，陈律师不动声色地说："杨教授，你提的条件我们老板同意了，他出钱，一年一千万，签六年的合同，一共六千万。你出技术，由你控股 51%，我们老板控股 49%。要不这样，辅导员牵线促成了这桩美事，不能亏待了他，我们双方各送他 2%的股权作为回报，股权里你还是大头，而且是公司的董事长，一切事情由你决断。总之这笔生意一定做成，共赢结果。你看怎么样？"

杨杰心想，这样一来，我只有 49%了，控股没有过半数。他放下手中的玩物，称赞道："果然是件宝物，见识了。陈律师情趣高雅，佩服。"他没有直接回答陈律师的话，需要时间想想这笔交易。这两天在中国看见的种种，让他学到了一点场面上的东西，他办事向来沉得住气。

辅导员接着陈律师的话说："我看行，承蒙谦让。"然后等着杨杰的回话。

看见杨杰喜欢香炉，陈律师说："杨教授要是喜欢，这个香炉算我的一点心意相送，表示一点诚意。"

这么好的东西作为见面礼出乎杨杰的意料之外，他忙推脱，"担当不起，哪有夺人之爱的道理。再说这是文物，出不了海关的。这样吧，容我回去再考虑考虑，回美国后两个星期内给你一个确定的答复。"

陈律师似乎预料到了这个回答，爽快地回答："好的。考虑好了，还请杨教授起草一个意向书，把你的专利详细情况寄来，我们需要验证一下。我们绝对相信杨教授的学问和人品，这只是一个过场而已。另外杨教授美国的工作繁忙，我看公司的人员由辅导员负责招聘，我们会派一个懂金融的人管理公司的账户，你就坐享其成吧，保证不让你吃亏。"

这么说人事招聘权和财权都不掌握在自己手里了，杨杰似乎觉得哪里不对劲。

二十四　学术会议

隋璐从美国飞到成都参加一个关于肿瘤转移扩散的国际会议，在双流机场同杨杰汇合。杨杰拖着隋璐的行李箱去乘地铁，隋璐问为什么不乘出租车。杨杰说已经领教过了，成都的出租车司机非常懒，态度顽劣，经常拒载旅客，不如乘地铁方便了事。

他们乘地铁到了位于人民南路的锦江宾馆，杨杰在里面已经订好了房间。锦江宾馆是老牌五星级酒店，环境优雅，据说名字还是朱德和陈毅亲自选定的。酒店里面修缮得非常豪华，房间也典雅，陈列用品都是红木家具。会议注册在楼下前台大厅里，华西医科大学的一帮研究生们在那里忙活着，乱哄哄地一点头绪也没有。有意思的是注册时他们不收美国的银行卡，要付中国的人民币，中国的银行卡也行。

　　杨杰他们到时，见一个外籍教授嚷道："这真是奇谈，你们是国际会议，为什么不收国外的信用卡？你们的会议组织者不是美国华裔吗？"

　　研究生嗫嚅尴尬，用蹩脚的英文回答："这就是我们会议组织者订的规定，我也不知道为什么。"

　　"可是我没有足够的人民币！"

　　"没关系，我们可以派人带您去银行换取。"研究生逆来顺受，和蔼地回答。

　　"上海北京的国际会议都收国外信用卡，你们也应该收才对呀？"老外还在嘟嘟囔囔。

　　这时一个管事的青年教师走过来，态度不恭，振振有词地为学生辩护。"我们这里是成都，没有这项规定。你们不交钱，不能给你们注册和发会议餐券。"

　　他叫一个研究生过来，带着外籍教授去街上银行取款去了。

　　其实这是一个有点影响力的国际肿瘤会议，每两年在世界各地举行一次，今年轮到中国成都举行。

　　看着青年教师对待外国教授的态度，杨杰和隋璐对望了一眼，哑口无言，他们身上也没有带足人民币。这成都闭塞得可以。不让注册就不注呗，等明天去银行换了人民币再说，也不在乎这一时，何况开幕式快开始了。

　　他们步入了会议大厅，里面装扮得花里胡哨，缺少严谨的气氛，一点也不像学术会场。主持会议的果然是一位华裔教授，四十多岁，小平头，一副春风得意的派头。他首先简短地自我介绍叫易滨，欢迎来宾参加此次肿瘤转移扩散会议。然后话锋一转，谄媚地介绍第一位发言者是四川省的省长，请大家鼓掌欢迎他从百忙之中来给大家作指示报告。

没搞错吧？杨杰隋璐愕然，简直不敢相信自己的耳朵，省长跑到肿瘤会议来干嘛？他们同其他人一样，不明就里翘首以待。

省长健步上台，情绪饱满。清了清嗓子，开始高谈阔论中国的科技发展大好形势，赞扬中国的科技领域已经位列世界前茅，各位来宾不远万里能到中国来开会就是最好的见证。他说中国的论文数量已经快超过美国了，其它方面也在全面赶超。也不知他是从哪里得来的这些数据，大概都是秘书的想当然之作，迎合领导口味。

杨杰身边有个美籍白人学者，问杨杰作报告的人是谁？杨杰告诉他是本地的行政长官。

"什么？他来这里干什么？"美籍学者听了大吃一惊，不解地问。

杨杰也是一脸茫然，耸了耸肩。其实他心里明白，许多小有名气的华裔教授热衷于往中国跑，沽名钓誉，喜欢和政府官员搭腔，以利于抬高自己的知名度，心里打着小九九。当然政府官员也不失时机地附庸风雅，特别是这类国际学术会议，以抬高自己的形象高度和深度。双方投桃报李，两相其美，一拍即合。

省长面对电视台的录像机在台上讲得八面风光，手势铿锵，介绍中国的大好形势和美好未来。讲到后来开始向会场的观众推销起四川来：四川资源丰富，欢迎大家来投资，来合作，来旅游，来拉动四川的经济增长，有朋至远方来，不也乐乎，感谢大家。

　　省长讲完了，易滨又介绍了两家国际顶级杂志的编委。其中一位编委是位年纪不大的女娃，轮到她介绍如何投稿时，一开口竟先忍不住称赞旅店的总统套房和服务设施如何高级，接下来谈对黄龙九寨沟的美好印象和成都熊猫的憨态可掬，一脸的受宠若惊。她夸张地将所有的美好词句都用来感谢会议主持者的热情招待。杨杰知道这位会议主持者的科研论文经常在这家高水平的学术杂志上发表，听到这里恍然大悟，不得不佩服他的娴熟社交技巧和公关能力，眼光独到，两岸通吃。当然如果让杨杰主持会议，他是无论如何也不会安排一个杂志的小编辑住总统套房的。他有自己的底线，为人做事不能为了达到目的而不择手段，被人瞧不起。

　　听了省长和小编辑的发言，杨杰坐在会场下面倒是受到了启发，心里被挠得痒痒的，因为省长和小编都大赞四川的旅游，不免心里长草。他想，是啊，成都自古乃天府之国，何不去看看当地的风景名胜，民风民俗。这个所谓的肿瘤会议已经变了质味，一个好好的学术会议被搞得不伦不类，哗众取宠，服务管理乱七八糟，不参加也罢了。

　　因为没有让注册，第二天杨杰隋璐懒得去听报告了。听了昨天小编辑介绍了成都的熊猫繁育基地，觉得不错，于是他们计划先去那里，然后去金沙遗址。经过大厅时，那个值班的青年教师干瞪眼看着两个美国教授背着背包轻轻松松出了门，一身休闲，头也不回。

　　旅店穿制服的看门服务生恭恭敬敬地打开鎏金玻璃大门，躬身将杨杰夫妇送出了大门。

二十五　熊猫

　　杨杰和隋璐乘坐地铁转市郊公共汽车到了熊猫基地，一进门景色果然不同凡响。茂密的翠竹荫森夹道，潇潇竹叶形成了一道天然拱顶屏障覆盖在道路上，风中沙沙作响。天间或下着小雨，将整个园区润成一片宜人绿色，碧光闪闪。

　　他们先来到展览厅看完熊猫生活习性和久远历史的介绍，然后出来打着伞参观一个个围起来的熊猫馆。戴着黑眼镜穿着黑背心的熊猫笨笨地憨态可掬，坐像不雅吃相更差地不停啃着箭竹。虽然两人以前在其它动物园也看过熊猫，比较起来这里更加天然成趣。有的熊猫幼崽攀登爬树，力气不够，爬到半截掉到了地上，胖胖的躯体随即在地上翻起了筋斗，令人捧腹。这里每个熊猫都有一个可爱的名字，连同性别写在一块牌子上，便于观众识别。

　　两人来到熊猫产房，只见封闭的温室木板地上趴着二十几个熊猫崽崽，互相拱着，依偎着呼呼大睡。隔层的玻璃上贴了气球形状的纸片，上面书写着每个熊猫的出生年月日。

　　"哎呦，太可爱了，真想抱一个回家。"隋璐拍着手高兴得叫了起来。

　　"在非洲你想抱一个小狮子回家，现在又想抱一个小熊猫回家，我们家不成动物园了吗？"杨杰讥笑她的异想天开，童心未泯。

　　隋璐想起了非洲大草原上的狮子大象犀牛，感叹生物界的神奇，竟然可以进化成这许多千奇百怪的动物品种。她希望人类多些爱心，能保护动物不受伤害生存下来，和平共处。

"除了非洲，要不我们也捐些钱给中国的基金会，保护大熊猫？"隋璐实在是太喜欢这些可爱的大熊猫了。在非洲时，他们讨论过如何捐钱给当地的自然保护组织，保护自然界的大象、狮子、犀牛、长颈鹿等等，现在她又迷上了熊猫。

"我没意见，举双手赞成！"杨杰同意隋璐的想法，现在不养孩子了，养动物也挺好的。

两人正兴致勃勃地谈着，忽然间一只棕色的小熊猫串了过去，身手敏捷。再往前走，一只羽翎美丽的孔雀在草坪上踱着舞步，悠闲自在。

迎面一座吊桥，两人走在上面晃悠悠的。这时一对年轻人从后面冲跑过去，引得桥身剧烈摇晃，两人没有思想准备，手舞足蹈地平衡着身体。过了吊桥，道旁路边种满了花草，在湿润的空气中鲜艳欲滴。不知藏在哪个角落里的鸟儿突然飞起，发出一阵阵清脆的鸣叫，消失在雨后的雾气中。

走了大半天，肚子饿了，他们来到一处临水的"竹韵餐厅"坐下，点了几样以竹笋为主的成都特色小菜。菜和汤都是用大竹筒盛着，透着一股竹子的清香，非常可口。一面吃着，他们一面看着湖水里的红嘴黑天鹅悠闲自在地在芦苇丛水面滑行，曲颈戏水，叫声嘹亮。有游客伸出脚去挑逗，黑天鹅就用嘴去啄，把一个小孩的拖鞋衔到水里去了。杨杰觉得十分有趣，忙掏出相机抢拍了几张。同白天鹅相比，黑天鹅别具情趣。

从熊猫基地出来，他们去了金沙遗址，里面修竹掩映，鹿苑碧草。两人看了介绍，遗址横跨商代晚期（为殷墟甲骨文至纣王时期）到西周（约公元前 1046—公元前 771 年）早期，少部分为春秋时期（公元前 722 年—公元前 481 年），一共延续了六百多年！这里曾经是一处古代河滨祭祀场所，乃三星堆文明的延续。有个地方明确标示着各个土层，代表不同的历史文明阶段。

进到博物馆内，那些重见天日的祭祀礼器让杨杰和隋璐张大了嘴合不拢。千余件金器、玉器、铜器、石器、象牙器雕工精美细腻，仿佛是一首首无声的岁月赞美诗，颂扬着成都远古文明，揭示了一个久远的文明礼仪之邦。特别是太阳神鸟金箔，其薄如翼，更是巧夺天工让人膜拜，叹为观止。

两人看得心情难以平静。杨杰说："要知道，希腊的雅典卫城始建于公元前 580 年，古罗马斗兽场始建于公元前 72 年，都比这里晚了不少。以前我一直纳闷，为何中华文明没有远古遗迹让人凭吊？长城不算，那是明朝的东西。运河不算，那是隋朝的东西。夏商周的烽火台经不住历史的摧残，早已无踪无影，仅仅存在于传说中和史书的记载里。连秦朝的阿房宫也被一把火烧得精光，灰飞烟灭。但是金沙遗址给了我答案，华夏的古代辉煌不在地面，而是埋在了地下。成都不仅仅有活着的化石熊猫，还保存着人类的远古文明，和殷墟甲骨文同辉。成都的历史功劳簿很厚很沉啊。"

隋璐突然发现了新大陆，喊道："你看这个介绍，说这里曾经出土了近一吨重的象牙，怕风化，又埋了回去。此外还出土了大量的兽骨。三千多年前，这里和非洲一样，遍地是野兽的乐园啊！可惜可惜，现在都没有了。"

"人类的文明摧毁了自然界的平衡，不能让这里的悲剧再发生在非洲。"杨杰不无惋惜地说，道出了心里的担忧。

隋璐问："你说有没有意思，为什么在成都地区看不见曾经有过的大象老虎和其它野兽，却可以看到更加古老更加难以存活下来的大熊猫？"

隋璐的这个问题问得刁钻，杨杰眨吧着眼没法回答，这确实是一个奇怪而有趣的问题。

二十六　草堂

第二天他们如法炮制，去了成都名胜古迹诗圣杜甫的草堂。

买了门票入内，曲径竹树掩映，篱藩茅屋、流水萦回，小桥勾连，一派古朴典雅秀丽清朗之气。两人不免驻足环顾凝视，遥想当年杜工部在这里怡然自得或奋笔疾书写诗的情景，他的许多脍炙人口的不朽诗篇就是在这里写成的。

望着茅屋，杨杰想象着自己就是那关心民间疾苦的诗人，随口朗诵起《茅屋为秋风所破歌》来。

诵毕，再看工部祠东侧的"少陵草堂"碑亭顿觉庄严肃穆，字体笔力浑厚，笔姿秀润，为果亲王允礼于雍正十二年送达赖进藏经过成都时所书。碑亭前许多游人在照相留恋，嬉笑声里焉知当年杜甫在这里穷困潦倒的日子。

他们走到仿修的杜甫茅屋前，见一位姣好女子身穿粉色花衣，在为游人沏茶。女子刘海遮眉，耳坠齐肩，手如葱白，目似点漆，宛若古代仕女重现。杨杰怦然心动，不免举起相机想拍个特写。不意女子举起素手将巧秀的脸庞半遮，不让拍照。杨杰会意，只好笑着收起相机，尊重人家的意愿。身旁的隋璐白了杨杰一眼，露出幸灾乐祸的表情。

两人继续前行，瞥见茅屋侧有一条小径，两旁栽满花木，隋璐脱口而出："杜甫名句：'花径不曾缘客扫，蓬门今始为君开。'大概就是写的这里。"

"看着像是。杜甫在这里还写了好些名诗呢。"杨杰跟随着触景生情，这里一物一景皆可入诗。

正说着，池塘垂柳上鸟声鸣啼，其声婉转。隋璐又背诵道："两个黄鹂鸣翠柳，一行白鹭上青天。窗含西岭千秋雪，门泊东吴万里船。"

杨杰也忍不住，跟着背诵："好雨知时节，当春乃发生。随风潜入夜，润物细无声。野径云俱黑，江船火独明。晓看红湿处，花重锦官城。"

隋璐玩起了接力，背诵道："丞相祠堂何处寻，锦官城外柏森森。映阶碧草自春色，隔叶黄鹂空好音。三顾频烦天下计，两朝开济老臣心。出师未捷身先死，长使英雄泪满襟。"

这首成都诗提醒了杨杰，"这是杜甫探访武侯祠时写的，我们何不明天去武侯祠看看？小时候看《三国演义》，最喜欢里面的诸葛亮了。"

他们在偌大一个园子里面畅游，兴怀古之情，谈论杜甫李白和唐朝的其他诗人，沉浸在美好的诗篇中，感叹光阴的飞速消失。

出了草堂，他们乘地铁来到成都繁华的商业中心春熙街。只见高楼大厦夹着车水马龙，一派大都市的繁华景象。商店的门面大开着，门前站着描了眉的美女店员，穿着西服短裙，露出性感修长的白腿笑容可掬。她们张着涂得殷红的小嘴殷勤邀请路过的游客入内，口喊欢迎光临。商店里面各种打折减价的招牌吸引着顾客，一付金玉满堂的阵势。

　　杨杰他们被装扮精巧的橱窗吸引住了。两人挽着手一路看过去，指指点点，不买东西，原因是许多东西的标价实在太贵，相比之下美国便宜多了。

　　突然间他们看见了"龙抄手总店"的招牌，方才觉得肚子饿了。成都的小吃他们早就听说过了，于是跨进门。进首"龙抄手总店" 牌匾下供着香案，两边对联写着"美味美肴美不胜收；小吃小点小中见大。"只见里面食客满座，店员奔忙，一派生意兴隆的景象。

　　杨杰隋璐来到前台，抬头看见名目繁多的小吃，不知点哪一样好。两人商量到最后，决定点馄饨、钟水饺、烧麦、赖汤圆，每样一碗，两人分享合着吃。他们占了一方桌子坐下，不一会店员就将几种小吃端了上来。两人你一筷子我一筷子往口里喂，品味着特色小吃，口味果然名不虚传。吃完一算账，太便宜了！

　　吃饱了肚子，他们徜徉在大街上，黄昏的炽光灯将大马路照得如同白昼，到处都是霓虹灯闪耀，流光溢彩。随着人流穿过银石广场来到太古里，新潮明亮的店铺都是国外的名牌休闲时尚店。苹果手机门市部前有个彩色音乐喷泉，合着音乐节奏喷出奇妙的水柱来，如同仙人跳舞。

　　杨杰隋璐看见有个星巴克，想去买杯咖啡，却是挤不进去，里里外外挤满了年轻人。他们搂搂抱抱，飞眼流盼，情话绵绵，全然不把旁人放在眼里。杨杰看着隋璐的瞳孔里映闪着奇蓝绿紫，知道她又要说出什么新鲜的想法。果然隋璐问："如果杜甫生活在这个时代，他会怎样想？会不会觉得自己的诗特没劲？他会不会觉得自己生活在唐朝是虚度了光阴？"

杨杰回答："我想，他会觉得自己'安得广厦千万间，大庇天下寒士俱欢颜。'的理想实现了。"

二十七　武侯祠

在成都的第三天，杨杰隋璐去了武侯祠，从锦江宾馆步行就可以走到。他们一踏进君臣合祀的武侯祠，小时候看过的《三国演义》故事就在杨杰的脑子里隆隆作响，浓墨重彩，气吞山河。

过了大门，他们立于大门至二门之间的唐代碑亭东侧"三绝碑"前、读着一千多年前唐朝著名宰相裴度撰写的碑文"蜀汉丞相诸葛武侯祠堂碑"，回想诸葛亮的高风亮节，文治武功，鞠躬尽瘁，不免凭吊一番。这篇由柳公权之兄柳公绰所书，当时蜀中名匠鲁建所刻的碑文，构成了文章、书法、刻工难得精品三绝。

过了二门，到了"文华辅国"文臣廊和"武雄知兵"武将廊，东侧文臣廊坊以庞统为首，西侧武将廊房以赵云领衔。接下来是汉昭烈庙，正殿有刘备贴金塑像。一时间多少英雄豪杰穿越时空纷至沓来，绘声绘色地将历史画面呈现出来。及至来到西壁的《出师表》前，两人驻足观赏，通篇字字英气逼人，苍劲豪放，迴肠荡气，果然浩气常存。

两人正在观摩欣赏，来了一队旅游团的游客，拥挤在他们身旁。一个举着旗子的娇小女讲解员讲解道："南宋绍兴八年八月，岳飞领兵路过河南南阳，到南阳武侯祠拜谒诸葛亮庙，适逢天阴下雨，就在祠内住了下来。入夜之后，岳飞观看前代贤士留在壁间赞颂诸葛亮的诗词和文章，以及前后出师二表，情不自禁，泪如雨下，当天晚上，他竟一夜无眠。第二天早晨，祠内的道士请他题词留念，岳飞便把诸葛亮的前后《出师表》写了出来。在写的过程中，他异常激动，涕泪四流，写完搁笔，才觉得胸中郁闷之气稍稍得到舒展。岳飞书写的前后《出师表》深受世人喜爱，人们复刻拓本。至今，在全国保存有七八处之多。诸葛亮与岳飞二人英名与勋业先后辉映，人们敬其人也爱其文，所以很珍视这墨迹。此书笔力雄逸，气韵生动，艺术价值极高，成为武侯祠里不可或缺的文物古迹。"

隋璐附在杨杰耳边说："我还听到了一种说法，这个前、后出师表是明代士人白麟伪托岳飞之名所书"。

杨杰笑道："何必当真，宁可信其有，不可信其无。世界上的事怕就怕太认真。哈哈。"

他们继续参观，穿过刘备殿后的过厅，上挂有"武侯祠"匾额，乃纪念诸葛亮的祠堂。诸葛亮殿悬挂着"名垂宇宙"匾额，两侧为清人赵藩撰书的对联："能攻心则反侧自消，从古知兵非好战；不审势即宽严皆误，后来治蜀要深思。" 杨杰对着"攻心"和"审势"四个字看了半天，揣摩其意，觉得这四个字概括了诸葛亮一生中文攻武略的精髓。

他们环顾正殿，里面供奉着诸葛亮祖孙三代的塑像。殿内正中诸葛亮头戴纶巾、手执羽扇，像前是三面铜制"诸葛鼓"。不免想起了苏东坡的名句"羽扇纶巾，谈笑间，樯橹灰飞烟灭。"可那是写的周公瑾，大概当年的谋臣都是一个打扮。再一抬头，看见大殿顶梁上书着诸葛亮写给儿子诸葛瞻的《诫子书》中的话："非澹泊无以明志，非宁静无以致远"，如雷贯耳的名句耳熟能详。宁静致远一直是杨杰的座右铭，读来颇为亲切。

出了诸葛亮殿，两人想去西南侧的惠陵。途经一段弯曲的红墙夹道时，只见墙头翠竹森森，遮天蔽日，显得十分幽静。突然间，一阵嬉笑声沿着通道传了过来，却不见人影。再往前走几步，看见几个中学生手里举着一根手机拍摄长杆以红墙竹影为背景在拍自拍照，青春活泼地做着鬼样。

"要不我也给你来几张？"杨杰问隋璐。

隋璐正有此意。于是隋璐贴着红墙，让杨杰随心所欲地摆拍。隋璐穿的是浅色淡黄衣衫，在深红色的背景衬托下拍出了非常抢眼的效果。隋璐看了杨杰的习作非常满意，表扬道："摄影技术有进步。"

杨杰回道："你这个模特也不赖。"两人嘻嘻哈哈了一阵子，笑声从通道的两边传出去。

再往前走是惠陵，始建于公元 223 年，是刘备和甘吴二夫人的合葬墓，一幅"汉昭烈陵"大匾悬挂大门之上。古冢寂寂，垣墙环绕，在苍松翠柏掩映中愈加显得庄典肃穆。陵墓里的照壁、山门、神道、寝殿均为灰青筒瓦，简朴庄严，行走的古道颇具汉代宫仪。

杨杰说："据说这个墓地是诸葛亮亲自选的宝地。"

隋璐感触道："杜甫草堂和武侯祠是不可多得的历史人文景点，成都不愧是文化名城。旅游不单是游山玩水，还可以学习许多古代历史变迁知识。旅游既要看横向的大山大河，又要欣赏纵向的人文历史。"

"是呀，横向纵向交叉为十，构成了旅游的二维空间，方为全面。接下来我们要去黄龙和九寨沟，如此虚度人生，乃极品享受，美哉！"

"旅游是三维，再加一维，美食。我们去锦里，看有什么好吃的。"隋璐补充道。

　　他们来到紧邻的锦里民俗区，人流熙熙攘攘，摩肩擦踵，街肆繁荣。各种店铺沿街排开，建筑仿制清末民初四川民居格调。茶楼、客栈、酒楼、酒吧、戏台、风味小吃、工艺品、土特产等等的门前都打着三国的旗号，满眼的张飞、关云长、赵云、桃园，不一而足。有个牌子上写道，传说锦里曾是西蜀历史上最古老、最具有商业气息的街道之一，早在秦汉、三国时期便闻名全国。

　　来到一个去处，只见一个小伙子从热锅盆中抓出一坨糍粑分为三小坨后，分别用力摔向案板中央。只听见"砰砰砰"三声，三坨糍粑飞向对面斜靠的竹簸上滚入下面的芝麻粉、黄豆粉中。他将三坨裹了粉末的糍粑捡入盘中，浇上甜汁。看见杨杰隋璐站在一旁观望，小伙子走过来说："师傅，刚才你们听到的三响叫铁炮，火炮，枪炮，称三大炮，是成都的特产。看起来你们俩是外地人。想不想尝尝？非常好吃，不好吃不收钱。"杨杰好奇，接过三大炮吃了一口，口感不错，于是掏钱付给了小伙子。

　　两人在锦里一路玩一路吃，还买了一些工艺品，心满意足地回到了锦江宾馆，又到华灯时分。刚回房休息，隋璐接到一个微信，是一个居住在成都的大学同学发来的，约好明天见面。

二十八 同学

　　杨杰和隋璐有个同学叫李婕英，家住成都，听说他们来成都开会，约了时间在一家茶厅见面。

　　"哟，两位美国大教授这么光彩逼人，这么多年过去了，还是没怎么变！我一眼就认出你们来了。" 李婕英精神矍铄，化了淡淡的妆，修了浅浅的眉。

　　"听说你大大地发了一笔财，早早退休赋闲在家过起了悠闲日子。"隋璐没费多大的劲也认出了李婕英，握住了对方的手，仔细打量着。加了一句："看着不显老，气色好。"

　　这话李婕英爱听，一脸灿烂。"快坐，好久没见面了，时光过得真快，能不老吗？谢谢你的恭维。一直听说你们两位在美国事业有成，教子有方，好生令人羡慕。上大学时杨杰是班上的学习委员，在学习上给过我不少帮助。可惜我不成器，这么多年了，到头来还是一无所成。"

　　杨杰回忆说："你当时就是贪玩点，成天喜欢跳舞，心思没有放在学业上。不过听说毕业后你干得不错，揽了许多项目，怎么突然不干了呢？"

　　入座后李婕英回答："说来话长，你们时间紧，唠唠叨叨怕耽误你们的宝贵时间。"

　　"老同学见面，哪里这么客气。我们就想知道分手后你是怎么过的。"隋璐听过李婕英的不少风言风语，真心想知道她自己如何说。

　　"不是我不想继续工作，而是我怕，怕再不收手恐怕就要进监狱了。" 李婕英的话让隋璐和杨杰大吃一惊。

94

隋璐不解，问："怎么会呢？你别吓我。"

这是一个不大的茶座厅，墙壁装饰着浅绿色的明花图案，清新典雅不落俗套。宽大的窗子挂着垂吊窗帘，这时敞开在两旁。下午的阳光从窗子的茶色玻璃透射进来，给屋里涂上一层柔和的色彩。服务生端上茶点，摆放在漆木雕花案上，躬身退出。

"你们如果真的感兴趣我就讲给你们听。毕业以后我在一家国企工作，朝九晚五过得无忧无虑。后来就是下海潮，人人经商。在一个舞会上我认识了一位商人，动员我也下海，说赚钱容易。我听信了他的话，糊里糊涂地辞了职，开始倒卖电器。真正进入商海后，发现太辛苦了，而且得昧着良心。但是开弓已无回头箭，只得硬着头皮干下去。赚了几笔钱后，我发现倒卖东西不如做项目。我舞跳得好，陪我跳舞的男人们给我传授过不少生意经，也介绍给我许多关系，慢慢我就上了路。我的生意如同舞步一样，越转越快，没法停下来。当然，财富积累也越来越多，买了自己的高档别墅房，开着奔驰宝马。" 李婕英眉飞色舞地讲述着自己的生意场传奇。

隋璐和杨杰静静地听着，从她的眼光里看出了她曾经的辉煌和荣耀。每个人的一生都是一本书，一部连续剧。眼前的这位既陌生又熟悉的女子，让两人充满了好奇心和悬念。

隔壁座位传来了几个中年女子的笑声，像是闺蜜谈论着什么开心的事情。

远一点的一个角落里有一个男生头戴耳机，打着电脑，周边的事情与他无关。

杨杰说："你很能干呀，女中豪杰！"

李婕英回答："可是伴随着表面的荣耀，我付出了太多太多。渐渐地我开始厌倦了这种生活。为了赚钱，我得陪官员们跳舞，用舞步迷惑他们。我得参加酒会，用酒灌醉他们。有时还不得不在枕头上和他们谈交易谈项目。官员们手上有权，拿到项目前，我还得先给他们送钱打点。这些官员鬼精鬼精，做事不露痕迹。有次给一个官员送钱，他将一辆小货车开到我住处的楼下，正对窗口，我将装有一捆五十万的钱包从窗口投进货车敞开的后车厢里。黑夜里他将车开走，神不知鬼不觉，完全是地下工作者的手法。最终，我拿到了成都附近高速公路建加油站的项目。几年前王岐山抓贪官，不少官员都被抓了进去，吓得我几乎夜夜失眠。还好，没人交代我。可是我怕了，再也不敢干了。我把公司卖掉，钱是一辈子用不完了，安安心心度过余生，不再担心受怕。"

杨杰夫妇离开中国的时间太长，静静地听着这些陌生的故事，好奇中透着惊讶。中国的经济奇迹建立在这些传奇人物的身上，亦正亦邪。只有他们呆在美国的象牙府里，什么也不知道。他们俩不知不觉同时想到了另一位同学俞林。

"你知道俞林吗？"隋璐小心翼翼地问。

"和她相比，我是小巫见大巫了。她老公是省级领导，钱赚得比我多多了。她老公被抓进去以后，听说她只身去了美国。"李婕英轻轻摇头，带几分幸灾乐祸，"到头来，还不是落荒而逃。"

杨杰夫妇没有提起他们在美国见到俞林和马述伦的事情。

"你一直没有结婚吗？"隋璐关心地问起李婕英的婚姻状况。

"在生意场上我算是看透了，男人都不是好鸟，还不如一个人过。"平缓中李婕英略带斩钉截铁的口气。"我现在悠闲自在，自己讨好自己，过着舒心适意的生活。"

似乎觉得话有不妥，她抬眼看了杨杰一眼，微微一笑，"我可没有说你。看得出，你们鸳鸯夫妻，打都打不散。还是做学问好，特别是在美国。这么多年了，你们还是一副清纯模样，令人羡慕。时光在你们身上没有留下什么痕迹。"

茶的清香袅袅飘起，混合着李婕英的美言沁入肺腑。杨杰心想，不愧是生意人，精明且能说会道。

二十九　忠告

最后一天开会杨杰和隋璐要作报告，不能出去逛了。他们先后上台，非常专业地介绍了各自实验室的最新科研进展。作报告时，杨杰瞥见那个不让他们报名的青年教师坐在台下，满脸不自在。报告作完了，他们立刻被听众围住。吉林大学白求恩医学部的几位搞肿瘤免疫的专家更是寻求合作，大家互换了名片。等众人慢慢散去，他们刚要离开，却听见背后有人喊。一回头，却是熟人丁一、赵果清和一个不认识的人。

丁一说："报告做得非常精彩，你们的科研夫妻店开得红火，又有许多新的发现，受益匪浅。来，介绍一下，这位是我们学校以前主管科研的副校长，曲直博士。他受到了一些不公正的待遇，现在正准备同赵果清合开公司，东山再起。"

　　赵果清的落难之事杨杰非常清楚，前些时两人还在美国机场见过面。杨杰虽然不认识曲直，但他的事情以前时有所闻。现在微信发达，消息瞬间传遍世界各地。杨杰和曲直握了手，互道久仰。杨杰不太明白，他和赵果清怎么弄到了一起，须不知两人是从小一起长大的。

　　赵果清也上来握手，"看见大会报告名单里有你们俩的名字，这几天一直想找你们聊聊，却不见人影。刚才见你被围得水泄不通，只好等在一边。"

　　杨杰和隋璐把会议报道组不收国外信用卡事情的原委说明了一下，说借机出去游览了成都市区的不少名胜。丁一不以为然，说你找易滨说说不就完了，恐怕连注册的费用也免了。杨杰夫妇并不介意，这几天他们把成都玩得够可以的了，并非得不偿失。

　　杨杰不解地问赵果清："你不回以前中国的公司了？那可是肥差。"

　　赵果清回答："一言难尽。这次我想清楚了，命运要掌握在自己的手里。曲博士和我有相同的看法，我们两个落难之人都具备专业知识和能力，靠别人不如靠自己，决定联手大干一场。"

　　他接着说："两位教授刚才做的肿瘤免疫报告非常有启发性。现在肿瘤免疫治疗如火如荼，方兴未艾，为人类带来了福音，正是我们公司的既定发展方向。我们来参加这个会议，就是想看看有没有东西可以借鉴，不想碰到了你们两位，真是万幸。我觉得杨教授和隋教授的东西可以商业化。我和曲博士正在筹划成立一家生物公司，要不你们也加入，大家一起干？你们负责将科研成果转化成产品的研发，我和许多中国的生物企业和融资公司有交集，负责筹集资金。曲博士在中国的人缘广，负责推销产品。"

　　被人推着转的感觉又回来了，杨杰暂时没有回答赵果清的邀请。他问赵果清一个一直疑惑自己的问题："你在药物公司工作了这么多年，对中美两国公司的运转运作应当非常了解。我正好有件事情想请教你。"于是他将前不久有人想和他合作办生物公司的事情向赵果清讲述了一遍。当然送乾隆香炉的那档子事他没有提起。

　　听完了杨杰的陈述，赵果清不以为然，帮他分析，"这件事对方开出的条件看上去不错，其实可能是个陷阱。"

　　"噢？"不光是杨杰，其他的人也不解。

　　"愿闻其详。"杨杰谦虚地说。

　　赵果清说："第一，你的实际控股只有 49%，出资方虽然只有 47%，如果他们和辅导员联手呢，那就是 51%了。你并不知道他们背后达成了什么协议。如果他们不满意你这个董事长，可以轻易联手罢免你，他们说了算。第二，人员的招聘由辅导员负责，说明人事权不在你手里。第三，出资方派一个懂金融的人管理账户，说明财权也不在你手里。开公司，最重要的是人事权和财权要掌握在自己手里。否则，一当你把自己的想法和产品信息透露了出来，情况就由不得你了。开公司需要聘请律师，我估计公司成立的一切法律手续都会由那个陈律师操办，公司文件由他掌控，因为你对中国开公司的法律不熟悉。在中国办公司有许多陷阱。比如你们的公司进行到某一个阶段，可能需要进行第二轮融资。于是大家都稀释股权，你手上的 49%可能变成 30%，20%。你不知道的是参与第二轮融资的公司是谁，很可能还是地产商、法院院长、律师他们自己办的，只是表面上包装成其它公司而已。当然，我这是从坏的方面着想，他们未必是这样的人。不过许多海外到中国开办公司的人吃过这方面的亏，哑巴吃黄连，有苦说不出，却是不争的事实，不得不提防。"

杨杰听了觉得有道理，他这才回答赵果清刚才的邀请，"谢谢你刚才的邀请，看来要办公司，和你们一起比较放心。不过我主要还有一个顾虑，而且是根本的。现在的美国总统川普想遏制中国发展，如果我在中国办公司，可能会被视为间谍，盗窃美国的高科技给中国。最近美国的联邦调查局 FBI 已经和国立卫生院 NIH 通了气，严防美国的知识产权流向中国。NIH 的头头还向美国各大学发通知，严查在中国兼职的华裔学者背景。说实话，我一介书生，不是办公司的料，害怕将来有许多麻烦缠身。"

这个想法和丁一不谋而合，丁一在旁接话，"确实现在风向变了。美国有些学校刚刚开除了几十个华裔教授，有几个华裔工程师被 FBI 逮捕，他们将美国的资料转移给了自己在中国开的公司。世事如棋局局新，中美之间的贸易争端狼烟四起，曾经吃香的海鸥教授学者们现在人人自危，只求自保。北京大学非常高调的饶毅教授想去美国开会，美国大使馆拒签了他的赴美签证申请。他的太太和孩子都生活在美国，现在见个面都难。"

曲直刚从监狱里出来，有种狱中一日，世上千年的感觉，看见杨杰和丁一都取小心谨慎的态度，他说："既然杨教授有顾虑，那就不必勉强，还是小心为妙。不过学问上有不明白的地方，将来还请杨教授隋教授多多赐教指点。"到底是当过校长的人，通情达理，说话考虑周到，留有余地。

丁一对杨杰说："当初几次三番地动员你到中国做千人，你不为所动。现在看来，还是你有先见之明。"

　　杨杰谦虚地回答："哪里，我精力有限，业务水平低，分身无术。世界上的能人太多，不缺我们两个。这个世界有时太乱，看不清形势。我和隋教授的哲学是既然看不清，不如按兵不动。我们现在钟情于游山玩水，浪迹天涯，做山川教授，这个永远是不会错的，也不会有麻烦。其实旅游也是一种人生财富。名和利我们让给别人，山川留给自己，各取所需。"

　　丁一说："你真是一位不显山不露水的人，学那卧龙岗闲散的人。听说成都的宽窄巷子很不错，我们大家一起去那里看看如何？那里有掏耳朵的成都习俗，何不去享受一番？"

三十　黄龙

　　根据事前安排，杨杰夫妇这次来成都开会的主要目的之一是顺路去黄龙和九寨沟。那里是他们向往已久之地。丁一他们三个人刚刚从那里回来，大力推荐，说非常值得一游，乃人间天堂。

　　杨杰夫妇订的是一个旅游团，一大早成都中国旅行社便派车来锦江酒店接他们去出发地点随大巴出发。大巴的导游自我介绍是一名复原军人，在新疆当过特种兵，身体健壮结实。他调侃说参加旅游团是"上车睡觉，下车尿尿，风景点拍照，镜头前傻笑，回到家里一问都不知道。"逗得车上的人一阵哈哈哄笑。

　　黄龙位于四川阿坝州，从成都出发路途遥远，经汶川，茂县，松潘一路向西北。路经一段峡谷，有处"叠溪湖"碧波荡漾，像一枚镶嵌在大山额头上的翡翠。导游说叠溪湖是 1933 年大地震留下来的偃塞湖。湖边有几个藏人慵懒地坐在那里经营着牦牛拍照点，牦牛全身毛色纯白，身上扎着红飘带。

隋璐附在杨杰的耳朵边说："四川的地震真多，一个地震就可以制造出一处美丽的湖泊风景点。"

途径汶川时行走在河川峡谷里，两岸山体被滚石划出一道道长长的滚石痕迹，非常扎眼，像人的脸上划下的疤痕。导游说这些都是 08 年汶川地震遗留下来的，其破坏烈度看了让人心有余悸。中途他们参观了被汶川地震破坏的学校，孤零零的教学楼上，时钟停留在地震发生的瞬间，许多幼小的生命还没有到谈论虚度不虚度的年龄就殒灭了。

继续前行，大巴进入蜿蜒曲折的盘山公路，两边石峰峭壁坚韧陡立，老鹰飞旋，乱石堆切，一片蛮荒。

隋璐说："这不像是出黄龙美景的地方呀！"

来到松潘县境内，待过了一个海拔四千多米的垭口，另一边的山峦立刻显出另一番景象来，截然不同。阳光下绿色覆盖着远近高低的山坡，先是绿色的草，慢慢变成了绿色的树林，层层递进，渐入佳境。杨杰止不住激动起来，对隋璐说："你看，有点意思了不是？"

到了黄龙大门前，导游说愿意上山的可以走上去，也可以坐缆车上去。为了节省体力，杨杰夫妇决定先坐缆车上去，然后走下来。有几个人坐在旅游车上不下来，说是头疼，出现了高山反应。在美国时，杨杰夫妇去诊所开了防止高反的药，提前两天服用了，啥事没有。中国游客中有的服用了中药红景天，有说管用的，有说不管用的。

坐着缆车来到山顶观景台，凭栏眺望，一片蓝天，白云飘渺，来路像一条飘带缠绕在山间。往近处俯瞰，山间松树林子里显出了宝石般的水池，反射着耀眼的阳光。众人高兴地欢呼道："太漂亮了！看来我们的人品不错，碰上了好天气！"

导游告诉大家，昨天一直下雨，将水池里灌满了水，因此色彩丰富。黄龙的美景要配上好天气和水才好看。众人沿着修缮得精细工整的木道向山顶进发。路面结有薄薄的冰渣，有些打滑，不时有人摔倒。导游提醒大家注意，冰渣要等太阳升高了才会化掉。

走了约莫两公里，突然间隋璐对着杨杰惊呼，"快看！"

杨杰顺着隋璐指的方向看去，眼前突然一亮，简直不敢相信自己的眼睛，五彩池一览无余地呈现在眼前。那是一种什么样的斑斓炫丽之美呀！一汪汪白色钙化水池盛满了绿，盛满了蓝，盛满了暗红，盛满了奶黄，盛满了铁褐。水池里长着秀气的小树丛。水的清澈倒映着山体和白云，人声的嘈杂被水池吸收，扰乱不了色彩的宁静和纯洁。水池边挤满了游客，都在摆拍，一个个心花怒放，姿态万千。

他们沿着五彩池慢慢走，一边品赏色彩的神韵一边拍摄。时近正午，两人歇坐在一处凉亭里吃自带的干粮。这时山风拂面，满眼翡翠，一汪汪水池如同横卧山间的美女般夺目，瑶池也不过如此罢了。歇了足有半个小时，两人意兴阑珊，开始下山，路标标明到大门口有两千七百多米。

他们来到五彩池下面的黄龙寺。青砖黑瓦的寺庙殿落亭廊被四周色彩鲜明的群山、松柏、和流水环抱着，相互呼应，显得含蓄温蕴。四方院中的香烟缭绕更是烘托出了和谐和宁静，既有典雅庄重的庙堂气氛，又极富生动的自然情趣，意境深远，看得杨杰夫妇俩啧啧连声。

出了寺门，他们从山顶一路下坡，脚底飘飘欲仙，丹田凝气下沉，从"五彩池"到"映月彩池"，到"争艳彩池"，到"明镜倒映池"，到"盆景池"，两人走走停停。忽然杨杰若有所思，指着眼前的水池对隋璐说："你看这里像不像是上帝画完画之后，遗留在人间的调色盘？"大块大块习习闪光的蓄水池，山峦叠嶂里璀璨如玉。

等走到了"金沙铺地"，看着乳黄色的钙质颜料泼满了山坡，隋璐说："那这里就是上帝一不小心打翻了的调色桶了。哈哈。"

下到"莲台飞瀑"时，两人注目凝望，这里更像是上帝把盏挥毫之地，将河山尽情描绘，浓淡相宜总关情。站在"迎宾池"旁，他们想象着上帝作完画卷之后在这里宴请嘉宾，邀请众神共赏宏图巨卷，指点江山，飞叶花锦，朝霞月明，瀑布流泉……。

置身于这幻化激湍的山水之中，杨杰夫妇俩仿佛浑身沾满了仙气和灵气，一会儿凝神屏气，一会儿手舞足蹈。真个是：屏峰叠翠观神砚，水墨调匀五彩霞。万岳千江皆入画，黄龙把酒话桑麻。

游完了黄龙，导游又带他们去了川西的镰刀坝，一派草甸野茫茫的粗犷景象。天边云翳翻卷紧贴着大草原，藏民牵着牦牛散落在上面，夹杂着哪位藏族姑娘清脆明亮的歌声。导游介绍说，这里是当年红军长征走过的地方。

团里一个年轻女孩说："哇塞，他们好幸福耶！天天走路看这么美的风景。我要当红军！"

三十一　九寨沟

经过逼仄陡坡九道湾，旅游团从黄龙来到九寨沟镇上入住旅店。导游将门票发给大家，让大家第二天自由行，放鸭子。这种安排正合杨杰和隋璐的心意。

第二天一大早杨杰夫妇步行进入九寨沟景区大门，在公园内乘坐绿色环保大巴去各个景点。九寨沟像个丫权形状，向两边分叉。车先沿着主沟前行，到了 Y 字叉口根据调度安排分流，杨杰他们的车驶向了右侧日则沟。快到顶端时，他们在箭竹海下了车。这时天下起了濛濛细雨，抬眼望去，山间云雾缭绕，仙气十足，雨中别是一番韵味。他们记得导游说过，在黄龙和九寨沟晴天看水，雨天看山。黄龙昨天天气晴朗，他们饱览了水的明秀，今天九寨沟天阴，正好再睹松山的奇容。

杨杰对隋璐说："雨中游九寨，别具一格，今天换个口味还是蛮不错的。"

两人各自打着伞，避开人多的旅行团路线，捡僻静的地方走，独辟蹊径。这里的木板路沿湖而建，显然经过精心修整，非常好走。他们沿着缓坡一路下行经过箭竹海，箭竹海瀑布，熊猫海，熊猫海瀑布，五花海，珍珠滩，珍珠滩瀑布。沿途风景奇秀，山水互相衬托，一幕幕水墨烟雨美得让人心醉。

　　黄山的海是云，九寨沟的海是不大的湖，一个接着一个。青山环绕中海子的面容在雨雾的后面若隐若现，欲窥还羞地张望着游人。细雨霏霏，千线万线落入水面，润开一圈圈细小的漪涟。那种朦胧娇柔之态让人欲罢不能，勾人魂魄，浮想联翩。

　　站在五花海前，杨杰被彻底地震撼了。湖水五光十色，变幻多姿，蓝绿湖底的沉木清晰可见。面对梦幻般的水光山色，杨杰想象着这里四季的变换。恍惚中烟蕴群山里走来一位颜容姣好的仙女，胭脂染颊盛装打扮，仪态文静温柔，安详中清新脱俗。仙女牵着他的手前行，在春天燕子的呢喃声中，他看到了生命的新绿在树尖伸展；他们走入夏天，浮云轻漂，仙女撩起海子的彩水遮住他的视线，可是他却听见了山雀清脆的鸣叫；他们登高远望，眼前转换成了秋高气爽，漫山的红叶飞飘到空中，被一行行大雁衔在嘴里当成笛膜，吹响了南征的暮曲；仙女回眸吹了口仙气，瞬间鹅毛大雪飘然而下，山峦银色，晶莹剔透的冰天雪地将他凝固在山崖边变成了一座冰雕。

　　杨杰忍不住打了一个寒颤，一下惊醒了，脸上觉着冰凉。原来隋璐正旋着雨伞，雨点沿着伞沿纷纷打在了杨杰的脸上。

　　"梦见了什么？说来听听。"隋璐揶揄道，知道他着了魔。

　　"我梦见了你。"杨杰红着脸说。

　　"谎言。"

　　"难道不是吗？"杨杰强词掩饰。"这可真是仙境呀！如果人一生一世能生活在这里该有多好啊！"

"这里美且美哉，就是太寂寞。世间有太多的诱惑，无奈大多数人难舍尘缘，难得超度成仙。连像我们这样看得开的人一辈子大概也就这一面之缘罢了。"

"我们还可以再回来呀！"

"别忘了，我们可是列了一百个地方要去旅游的哟！这个世界太大了，余生有限，没有回头路好走。"

杨杰被提醒，"我们那个旅游景点的单子恐怕会越来越长。每到一个地方，虽然是第一次来，也要当成最后一次了。"

两人有了紧迫感，加快了脚步。

九寨沟层湖叠瀑，相连的海子之间有落差，水流下去形成了高低不等的瀑布。特别是珍珠滩瀑布，水声轰然，水花四溅，似天庭里的玉斛倾翻，将千颗万颗珍珠抛将下来，洒满人间。站在山崖瀑布前，背靠着一棵笔挺的松树，杨杰内心深处激情澎湃，任四溅的水花打在脸上，透着丝丝凉意。眼睛一阵酸楚，他真的有点舍不得离开。

"你哭了？"

"没有。是溅到脸上的水珠。"

隋璐窃笑，摇着头说这人不可救药，谎话连篇。

杨杰故做多情，自言自语对着瀑布喃喃地说："哎，既然没法将你带走，只好用相机将你留下了，让相片今后伴随着我浪迹天涯，一世珍藏。"然后举起相机一阵猛拍。

隋璐提醒他："当心镜头打湿了！"

游完了右侧，他们又乘车去左侧的则渣洼沟，车开了18公里一直到底，在长海站下车。长海是九寨沟最大的一个海子，为第四纪古冰川时形成的堰塞湖，长达四公里多，呈墨蓝色。两人站在看台上一眼望去，四周巍巍雪峰，林木茂密，壮观奇丽。牌子介绍说，长海从不干涸，也不溢堤，藏民称之为"装不满，漏不干"的宝葫芦。长海是九寨沟所有海子的母亲湖，因为长海没有出水口，地下暗河把水排出，成了其它海子水源的重要补给。

　　杨杰夫妇意兴阑珊，接下来玩了五色池、诺日朗瀑布、犀牛海、老虎海、树正瀑布、树正群海、卧龙海、火花海、双龙海、芦苇海、盆景海，处处胜景。末了杨杰说："都说'五岳归来不看山，黄山归来不看岳，九寨归来不看水。'一点不假。"

三十二　武陵源

　　第二天旅游团回到成都。杨杰夫妇马不停蹄地乘飞机直飞张家界。他们计划这趟回中国时，觉得来一趟不容易，要玩就玩个痛快。湖南的张家界早就如雷贯耳，心仪已久，于是就多加了一个行程，包括在旅行计划里了。

　　出了张家界市机场，他们乘出租车到了武陵源镇，入住台湾人办的观山悦公馆。馆内安静素雅，紧挨着民俗文化景点溪布街。听前台说这里有个黄龙洞非常值得一游，两人兴趣大增。四川有个黄龙，怎么这里也有个黄龙？

　　在旅店里用了湘式午餐，两人急急忙忙在附近公交车站乘小巴去了黄龙洞。买了门票，几十号人一组由土家族姑娘导游带进洞。洞里幽暗，四壁都是水滴声。里面全为钟乳石地貌，曲折蜿蜒，爬升和下坡都很陡峭，有个地段有 328 级台阶，地面滑湿。彩灯投放照射在钟乳石上，幻如奇异神仙地宫。

　　导游一路走一路提醒大家小心不要摔倒了，像背书一样滚瓜烂熟地介绍黄龙洞："这个洞是 1983 年初由当地九个民兵发现的。黄龙洞分旱洞和水洞。共四层，长 13 公里，最高处百余米。属石灰岩地下河侵蚀型洞穴。两层水洞与两层旱洞上下纵横，形成洞下洞，最大洞厅的面积 12000 平方米，可容纳上万人。洞内有一个水库、两条阴河、三条地下瀑布、四个水潭、十三个大厅、九十六条游廊。钙质石积物呈五颜六色，绚丽多姿。穹顶石壁滴水沉淀形成的石乳、石柱、石笋、石幔、石琴、石花，如水晶玉石，琳琅满目，异彩纷呈，美不胜收，有'地下迷宫'之美称。

　　"据专家研究，黄龙洞发育在三叠系碳酸盐岩地层中，洞穴系统为远岸大三层和近岸小六层的立体空间结构。约三亿八千万年前，黄龙洞地区是一片汪洋大海，沉积了可溶性强的石灰岩和白云岩地层。经过漫长年代开始孕育成喀斯特地貌，直到 6500 万年前地壳抬升，出现了干溶洞，然后经岩溶和水流作用便形成了今日的地下奇观。据考证，这里的石钟乳 27 万年才长 1 米，石笋每百年才长 1 公分。黄龙洞供游览的地方全长 3.2 公里，彩灯华丽，神秘刺激。"

　　杨杰夫妇随着游客们爬上爬下看着成群的钟乳石，想到它们的成长历史，不免感叹。杨杰对隋璐说："积少成多持之以恒的道理自然界如此，我们做学问何尝不是如此？旅游让人迷恋之处就是一面开心，一面明白事理，从自然中得到启迪，触类旁通。"

　　有意思的是沿路的钟乳石都被人为标上了名称，充分发挥想象力，譬如定海神针、世纪之吻、龙王宝座、万丘龙田……

最后他们来到响水河。导游说这是黄龙洞第二层洞中的一条阴河，全长 2820 米，河平均水深 6 米，最深有 12 米，水温保持在 16℃。大家坐船，穿上救生衣，在地下河里穿行了 800 米，沿途观看了两岸杜撰的钟乳石神话故事。

出了洞口，杨杰看了看时间，全程一共花了两个半小时。他问隋璐两个黄龙哪个更好？

隋璐回答："虽然湖南的这个'黄龙'非四川的那个'黄龙'，两地相隔千里，却是一脉相承，都是石灰岩喀斯特岩溶地貌，各自风采互不相让。唯一的区别是一个在地表，一个在地下。奇的是两地黄龙都不是独处，四川阿坝的黄龙附近有个九寨沟，湖南的黄龙附近有个张家界，均为世界旅游极品，各有千秋。一句话，两个黄龙都好！至于张家界比不比得过九寨沟，等看完了再评价。"

回到公馆，洗了澡，时间正是晚饭时间，两人踱步到公馆背后的溪布街湘西风情街。步行街游客众多，华灯夜市商店林立，街道旁建筑物上挂满了一串串红灯笼，夜色里透着浪漫。看见有家店铺卖湘西风味的小瓶酸奶，他们一人买了一瓶，味道非常不错。喝完了他们将酸奶白瓷小瓶子留着做旅行纪念。踱出了溪布街西门，看见"老唐三下锅"的招牌，进去入座就餐。看了菜谱，点了湘味干锅，竹筒蒸鸡蛋和竹笋。等菜肴上桌，吃了觉得菜太咸，干辣，口味太重。在美国吃惯了清淡的食物，两人很不适应湘菜口味。

吃完晚餐，回公馆的路上溪布街正在举行晚会，灯笼火把照得人群黑压压一片，观众脸上被映照得红光满面。两人驻足观看。现场有个装扮成毛泽东的人正挥毫疾书，写出仿毛体条幅当场拍卖。一个打扮成土家族的女孩用清亮的嗓子100、200、300地叫着。喊到1000元时条幅被一个人竞价买走了。

"毛泽东要是地下有知，还不气得从坟墓里出来一枪把这个人给毙了。"杨杰笑呵呵地说。

接着篝火晚会开始了，表演的都是土家族的歌舞杂耍。然后是青年男女对歌表演抢亲，并拉着观众参加，虽然庸俗，倒也风趣。

半个小时后散场了，杨杰夫妇往回走，在一个挂满灯饰的门楼前见一群人在一个身穿白绸衣的中年女子带领下打着太极拳，一招一式有板有眼。杨杰看了手痒，在美国他和隋璐每个星期都去太极俱乐部同一帮好友打拳，锻炼身体。两人看了一会，在心里走了一遍太极拳的套路。

再往前走，沿街酒吧闪着紫蓝幽光，里面有不少年轻人在饮酒，有乐队吹拉弹唱伴奏。行人渐渐稀疏，一家陶笛乐器店门前站着一个女孩，正肢体摇摆地呜呜咽咽吹着陶笛。笛声幽怨中，她那被红灯笼映红的头发随着微风散乱地飘然而起。

三十三　天子山

到张家界的第二天一大早杨杰夫妇乘出租车来到武陵源大门，已经有不少游客聚集在那里了，特别是众多的旅游团，团团如蚁让人生畏。巍峨的塔式大门在朝阳的照射下，颇显湘界的古风土仪。隋璐买了两人的门票，可以管四天自由进出张家界各个景点。两人拿着地图详细研究，偌大一方地界，不知从哪里开始好。

武陵源源自东晋人士陶渊明所作的《桃花源记》。隋璐问："中国有好几个地方都自称是陶渊明笔下的桃花源，也不知哪个是真，哪个是假。湖南山高水险，出土匪的地方，桃花源怎么会是这里呢？"

杨杰读过一些资料，说道："大家都想借古人发财，附庸风雅。据说张家界是画家吴冠中 1979 年来这里作画时发现的。他 1980 年 1 月 1 日在《湖南日报》'朝晖'副刊刊登了一篇题为《养在深闺人未识 — 张家界是一颗风景明珠》的小文，引起了轰动。此后因名人效应，张家界打着吴冠中的名牌做宣传，让这里昭然天下，妇孺皆知，并于 1982 年 9 月成立了中国大陆第一个国家森林公园。据说汉代留侯张良奠定西汉江山后曾隐居于此，故名张家界。且不管哪里是真桃花源，先进去看看再下结论。如果确实好，就当它是桃花源也无妨。"

隋璐细心，看见旅游团都排队挤挤攘攘地上去袁家界的公园环保车，就对杨杰说："看这阵势，似乎袁家界的景点更好，旅游团的时间有限，一定去最值得去的地方。我们先不跟他们挤，你看去天子山的人少，先去那里吧，我们有四天的时间可以机动呢。"

杨杰觉得有道理，两人和不多的游客上了去天子山的环保车。车子在狭窄的公路上飞飚，司机的技术娴熟，游刃有余。到了天子山脚下索道站下车，游客需买票乘索道缆车上山。狭小的索道缆车摇摇晃晃地贴着奇特的山峰上升，陡峭的坚石峰壁在眼前刷刷而过，有如神仙飞升的感觉，非常刺激。索道缆车爬升了大约两公里的距离，上了约700米的高度到达山顶。

　　他们下了索道车，来到山顶平台。这里山体中部高，四周低，视野开阔，东南西三面皆可观景。只见密密麻麻的陡峭峰林石柱如雨后春笋般挺立，气势雄伟，层次丰富。他们沿着山顶岩边步道前行，对面的山峰有许多奇险的仙人桥、岩门、岩洞，间或有瀑布穿出，气势如虹，每处景点都有路标提示。两人走走停停，取景构图，忙着用相机将美不胜收的景色一一摄入镜内。

　　"哟，这就是御笔峰？还真像那么回事。石柱上的松树像不像毛笔？"隋璐遥指对面的一排山峰，上面绿松笔挺果然如同毛笔刷。

　　两人在贺龙公园停下，开始讨论如何下山去十里画廊，可以坐环保车，也可以步行。杨杰指着地图说："这上面标明了好多景点，如果步行下山，沿途可以看仙女散花、天子阁、天台、雄鸡回头、三姐妹峰，如果坐车就都看不见了，岂不辜负了美景。"

　　"你想摄影就直说呗，不过到时体力不支可不要怪我。下山有好几里路呢。"

　　"这是下坡，不累。"杨杰安慰说。

　　"下坡膝盖头最受不了。我命苦，舍命陪君子了。"隋璐抱怨道。

　　"有那么严重吗？来，你的背包给我。"杨杰过去拿隋璐的背包。隋璐一转身不给，向前走去，她年轻时候的矫健身影重现在杨杰眼前。

　　有两处下山步道，他们选了其中一条开始步行下山。走不远峰回路转，远处斜型山脉上有个半身仙女散花的景点，杨杰说：

"这个杜撰出来的仙女体态丰满如杨贵妃，酥胸前捧着个花篮。可惜现在是逆光，拍不出效果来。"说归说，他还是拍了几张。

一路下山，虽然陡了点，但都是青石板铺就的台阶。他们停停歇歇，喝点水，吃点干粮，倒是不太累。走到一半，两人正在吃午餐，见有个女士居然穿着高跟鞋从山下往上走。她一步三晃，香汗淋漓满面通红，手撑腰部一付精疲力尽的样子。她问隋璐离山顶还有多远。隋璐于心不忍，却又不得不实话实说。女士听说还有一半的山坡要爬，一下子就泄了气，坐在道旁的石头上实在走不动了。

糟糕的是女士空着两手上山，什么都没带。见她一脸饥色，隋璐将自己的食物和多出的一瓶水给她分享。女士感激不尽，也顾不上颜面，狼吞虎咽地吃起来。

路边有个卖凉粉的小摊凉棚，一位大嫂模样的人向他们兜售凉粉，说是就地取材，用山上的新鲜橡树粉做的，好吃得不得了。杨杰还没有回话，那位女士赶紧说："去年我游峨眉山，也是吃了路边的地摊凉粉，结果上山一路拉肚子，好不狼狈。不要。"

大嫂顿时脸红了，赶快辩解，说她的凉粉保证卫生。不过听了女士的话，杨杰隋璐心里有顾忌，最终没有买凉粉。

吃完了隋璐送的食物，女士缓过气来，大声谢谢隋璐的慷慨。隋璐对那个颇显狼狈的女士说干脆往回走下山算了，要不雇一副担架坐着上山，省点力气。不想女士脱下高跟鞋，捡了路边的一块石头敲掉鞋跟，穿上改装了的平底鞋，口气坚定地说："上！"

隋璐杨杰顿时目瞪口呆，看着女士臀部一扭一扭的上山背影，对她的意志力佩服得不行。

　　两人继续下山，一路风光迤逦，山势雄奇险峻，杨杰他们走走停停，终于下到了十里画廊。画廊有 5 公里的路程，不过可以乘小火车穿越画廊。考虑到下山走得太累，杨杰关心地问隋璐要不要乘小火车，并准备到售票处去买票。隋璐也像那位女士一样坚定地说："走！"

　　沿着小火车轨道旁的平行小道，他们说说笑笑指指点点步行穿越十里画廊，看到了沿途的神话景点三姐妹峰、采药老人、向王观书、寿星迎宾、锦鼠观天、夫妻抱子、女性鲁迅⋯⋯。

三十四　黄石寨

　　第三天他们乘小巴去了国家森林公园大门口。同车有两位年过七十的老太太从北京来，一口的大嗓门京片子。看着隋璐手里拿着地图，其中一位老太太大大咧咧地马上要了过去，一面看地图一面详细问隋璐这里怎么个玩法。两个老太太兴致好，说退休多年，一直结伴外出旅游。说话间，颠簸中车顶行李架上掉下来一卷卫生纸，砸在一位老太太的头上。委屈了，老太太嚷嚷着砸死人了，要去投诉，车上的服务员忙陪不是，看得杨杰夫妇俩只想笑。

　　在国家森林公园的大门口下了车，迎面一尊绿黄色的吴冠中全身塑像立在门前的广场上，一副风尘仆仆的模样。抬头仰望，广场四周奇石山壁巍然高耸，比武陵源大门气派许多。杨杰隋璐夫妇用昨天买的通票进入大门，立见道路两旁的山壁上刻满了名人石碑贴，都是当朝党政军要员、文人雅士、商界名流题的字，附会风雅。

两人乘免费环保车到黄石寨下索道站下车，然后买票上山，到了上面沿着山顶崖边石板小道环山而行。极目望去，昨天看见的石林又从另外一个角度出现在眼前，巧立了许多名目。但见：

罗汉迎宾处石峰数座，峰壁青松翠蔓，如纱帘悬垂。其中一峰顶上砂岩重叠，后倚蓝天，似南面而坐的罗汉迎接宾客。

天书宝匣处一座西向而立的石壁凹台上，右上侧兀立一座圆形石柱，四周陡峻，顶端为一平台，上有青松围着一块匣形的石块。石块上覆盖着一块与匣长宽相等的石板，似匣盖，一半盖于其上，一半悬空，恰似抽开半截盖子的古代书匣。

定海神针处翠谷中一峰矗立，拔地数百米，成中流砥柱岿然屹立之势。其西南百米外一峰似猴头，缩颈握拳窥视，似欲取此定海神针。

南天一柱处幽谷峰林中有一高达 200 多米的孤峰，一头托住云天，一头扎入大地，宛如擎天柱，峰体浑圆伟岸，立南天门下而得名。

摘星台处一道山梁尽头有两块砂岩相叠构成一座观景台，下临幽谷，上顶云天，一古松似伞挺立其上。置身台上，但见云层滚动，林泉奔突，奇峰异石尽赴眼底，伸手可摘星辰。

天桥遗墩处 6 座高达 200 多米的椭圆形平顶岩峰南北向一字排开，立于沟谷中象齐天大圣碰壁的如来佛五指仙山。柱顶皆为平台，似一排桥墩，气势满蓥。

夫妻岩处两峰相依，似一对夫妻并肩而立，五官俱全，面向东南，乃土家古代爱神所化。站在岩边长啸一声，立马山鸣谷应。

金龟岩处有一块椭圆形岩石，极象一只大龟伏在石峰顶平台上。细长的头朝前伸出，龟背微微隆起，脚爪蜷曲着地。从金龟岩下山，有一狭窄奇险的卡门，两则石壁陡绝，崖顶古松虬曲，一条石砌小路居中穿过，此乃西天门。

清风亭处一桥建在花溪峪上。这里两山夹水，溪流潺潺，竹林掩映，幽静雅逸。桥亭雕梁画栋，飞檐翘角，古朴典雅。作家沈从文曾在此小憩，形容琵琶溪如一幅画卷，赐名"展卷桥"。

南天门处倾斜岩峰与千韧石壁拱成一门，面南洞开，石径穿门而过，门孔狭窄幽深，颇似神话中南天门。南天门右侧挺出怪石一尊，形态威武、凛凛肃立，如同把守天门将军。

及至两人登上六奇阁，满目佳景更是欲罢不能，龙头峰、海螺峰、手掌峰、金凤岩、九重仙阁、望郎峰、三姊妹峰、天然壁画等尽收眼底，果然不负张家界六奇的盛名：山奇、水奇、云奇、石奇、植物奇及珍禽异兽之奇。两人抬头看六奇阁楹联："翠纛烟笼，绿树云封，昔日曾遮半个面；丽质天生，画图省识，今朝始醉四方人。"

沿着峭壁杨杰和隋璐转了一大圈，山顶居然有卖杨桃的。两人忍不住买了几个，坐在树荫下休息品尝，酸甜的杨桃止渴生津。待休息够了，两人又坐索道车下山，沿着金鞭溪的幽谷行走，这里乱石成堆，流水潺潺。溪谷也如画廊，绝壁夹道，两岸树木佳秀，满目青翠，鸟语花香里阳光透过林间枝叶的间隙，洒落下斑驳的影子。杨杰和隋璐回到了年轻时代，牵着手，陶醉在这天然的大氧吧里，心旷神怡不紧不慢地走着。

他们一路指指点点，驻足观看沿途精美景致。金鞭岩拔地而起，整块岩石为石英砂构成。金鞭岩身边一山峰像一只老鹰，日夜守护着"金鞭"，唤着"神鹰护鞭"。有块石头上刻着"西游记外景拍摄地"，旁有一群猴子跳跃嬉闹，一点都不怕人，果真如同花果山一般。附近的山石则取名师徒取经、花果山、水帘洞、猪八戒背媳妇，倒也般配。其它景点还有秀才藏书，观音送子、劈山救母、千里相会、水绕四门，一共走了7公里之多，洋洋大观目不暇给。隋璐说中国人喜欢编故事，赋予旅游景点以人文神话色彩，颇为有趣。

明净的溪水哗哗地流淌着，跌宕多姿，小鱼游弋其中。溪畔花草鲜美，彩色的蜻蜓频频点水，也或落在水草上。来到位于金鞭溪与砂刀沟汇合处的紫草潭，潭上的小桥为一块完整的天然巨石。两人驻足桥上下视，紫红色砂岩被流水冲刷出一道道槽状。紫石映入潭底，斑驳陆离绿影摇曳中如坠仙境。

两人意兴阑珊，陶醉够了，杨杰感叹地说："这里果真有点陶渊明笔下桃花源的意境。桃花源安在这里一点不冤。"

三十五　袁家界　杨家界

最后一天了，杨杰夫妇去了袁家界，果然人山人海，到处都是大声喧哗的旅游团，拥挤不堪。

他们买票乘百龙天梯上山顶，排队等了很长的时间。电梯上升的过程中，可以透过玻璃墙面看见外面的自然景观。电梯里的音响介绍着外面的画面，叫"神兵聚会"，由四十八座相对独立的石峰组成，是当年土家族的起义领袖向王天子率兵起义的地方，被称为四十八大将军岩。

到了山顶，许多游客挤在"袁家界"的界碑前留影，伸出手臂做出许多夸张的动作，遮住了石碑的视线。杨杰夫妇等了一会，想看界碑上的介绍，无奈旅游团走了一拨又来一拨，始终不得要领，他们只得放弃，继续前行。沿途有许多观景台，可以远视袁家界的奇景。和其它景区一样，这里峡谷逼陡，深渊处千百根石峰石柱奇伟竖立，飞流直下，正应了诗句"三千翠薇峰，八百琉璃水"。其中最神奇最震撼的当属南天一柱，乃一根刀劈斧削般的巨大石棍巍巍屹立，垂直高度约 150 米，顶部被郁郁葱葱的植物覆盖，有顶天立地之势。杨杰和隋璐看着观景台前的招牌介绍，这根柱子叫乾坤柱（Avatar Halleluhah Column），电影《阿凡达》中的"悬浮山"哈利路亚取景于此。这部电影他们以前同孩子们在美国一起看过。

"太壮观了，像孙悟空使用的金箍棒，若不是亲眼所见，打死我也不相信天下会有这般奇观。"杨杰惊叹道。

他们来到天生桥，是一座天然形成的石桥跨越两山。石桥上挤满了游客，显得渺小如蚁。和桥相连的山上有个上坡许愿道，许多游客买了许愿的红彩带系在路两旁的栏杆上，松树丛中飘飘然一片红色，蔚为壮观醒目。不少游客双手合十对着茫茫石峰林海冥冥祷告，祈求多福。

杨杰夫妇俩从桥上俯首下视，白云在足下漂浮，沟壑被密密麻麻的树林覆盖住，深不可测。

"看着头晕！"隋璐张大了嘴合不拢。

从天生桥至迷魂台的路途中，有一条长 2000 多米的石板游道环绕在悬崖峭壁的边沿。凭栏眺望，武候祠、八卦阵、猿人问月、神龟探天、小洞天、情人谷、五女拜帅、阴阳界等石景呈现眼前。

苍松掩映下，一抹泉水自 200 多米高的崖顶飘然而下，此乃天悬白练瀑布。飞瀑下临深潭，绿水泱泱，水雾漫漫。瀑布直冲壁下石坎，飞溅的水珠在阳光下闪烁出一道彩虹，金光万点。水珠跌落谷底时发出闷雷般的响声，迴声不绝于耳。

来到迷魂台，正好有一队旅游团经过。旅游团的导游介绍说："站在迷魂台上俯视群峰，面前是天狗望月、海螺出水、将军列队、一柱擎天。看到这些美景，你不仅魂儿被迷住了，心魄也丢在了峡谷中。前几年这里发生过一个真实的故事，有位女士来到这里，钟情于眼前的美景，再也不愿意离开，她纵身一跳落入山谷，殉情在这里了。"

"啊！"导游耸人听闻的解说引起了周围一片惊呼。于是有几个游客开起了玩笑，说也要跳下去殉情，然后嘻嘻哈哈向前走去。后面的人喊道："跳呀，跳呀，不跳下去是小狗。"

游完了袁家界，杨杰夫妇意犹未尽，又乘环保车前往杨家界景区。相传杨家将后代的一支流落到此避难。

湘西出土匪，那里有个乌龙寨，曾经是土匪的窝子，地势十分险要陡峭，易守难攻。沿路有许多小贩卖黄瓜，两人看了舌根生津，一人买了一根解渴。他们先下了一段陡坡，然后开始攀登上坡。狭窄的石路临崖蛇行，断崖深谷，一道寨门锁住小路，上书匪气十足的"乌龙寨"三个字。寨门横亘在山垭之上，穿过去后左临深渊，右倚绝壁，仅有一条蜿蜒曲折狭窄的山路通到山顶。先过第一道关口"一步难"，有个急弯向右，一块岩石兀然突出，人必须紧贴着岩壁，得慢慢转过去，稍有不慎就会坠入山崖。有个欧洲来的胖女人望而生畏，怯生生不敢过去，坐在石门下喘气休息，等待同伴们回来。第二道关口是"谁敢不低头"，这里似路非路，百余米的路艰难曲折，钻洞绕石，得弯着腰才能上行，不时有人的头碰到顶部坚韧的岩石发出痛声。第三道关口是"一线天"，一条石壁狭缝紧容一个瘦子侧身通过。有个稍胖些的老外不信邪，想强行通过，结果身子给卡住在里面了，动弹不得。经过众人的努力把他拖出来，只好走回头路。游客在这里狭路相逢，需等对方通过才能通过。

通过"一线天"后，隋璐对杨杰打谑："平时对你的谆谆教导没有错吧，让你保持身材，要不你也会被卡住。"杨杰听了呵呵一笑。

终于登上寨子，上到了一个平台，杨家界景观历历在目。远山近壑壮观灵秀，满目空旷，开阔无比，奇峰异石，佳景天成。

站在一颗落叶松下，杨杰说："天高皇帝远，在这里当土匪可是一个好差事，独享大好的风景。"

对面几十米开外是天波府，却隔山相望。解说牌上写着，天波府曾经是土匪头子住的地方。解放初期有个土匪头子呆在这里不肯下来，解放军奈何不了他，只得将天波府围住，后来还是他自己下来自首的。看着眼前的清秀山峰，想着中国曾经的内忧外患，民不聊生，匪众聚啸山头，代代相传，杨杰隋璐不禁感慨万分。时代真是进步了，今非昔比。

两个人花了四天的时间几进几出张家界森林公园，上上下下将天子山、黄石寨、袁家界和杨家界用脚丈量了一个遍，觉得此处风景绝非浪得虚名。纵观全局，张家界风景的一个共同特点是笋峰怪石高耸挺拔，浑然天成，野而不粗。连绵不绝的绝壁点缀着松树，平添葱绿清凉之气，让人觉得物华天宝。加之洞壑幽深、流泉潺潺，错以为是将天上的画屏和盆景搬到了人间。

隋璐说："一个星期之内，我们游览了九寨沟和张家界两个世界级的风景名胜，相比之下，两处风格太不一样了，各有千秋。"

三十六　天门山

次日杨杰夫妇离开了武陵源的观山悦公馆，乘小巴回到了张家界市。在大成酒店办入住手续时，一个猴面鼠眼的当地人想插队，说是为市领导办事，需要优先。杨杰幽默了一把，说自己是外宾呢，先来后到，大家都得按规矩办事，请排队。前台漂亮的女服务员不为所动，将杨杰他们的入住手续先办理完毕，笑容可掬地双手递上房卡。

头天他们在武陵源的观山悦公馆让前台帮忙预定了参观天门山的门票，在大成酒店安顿好后，他们沿街步行来到索道站办理出票手续。因为持有外国护照，被安排在团体购票处出票，两人摸不着头脑为什么要这样。上山的人挺多，他们被安排到了下午，两人预订了 A 线 ，坐缆车上山，坐环保车下山。

一山独尊的天门山，山势雄浑，直插云端。索道缆车运行全长 7445 米，高差 1277 米。坐在缆车厢里，耳边风声呼呼直响，缆车如同小风筝被吹得摇摇晃晃。同车的一个中年男人有恐高症，胆战心惊，吓得脸色煞白。坐了 20 分钟缆车才到达山顶，四下里却是一片白雾茫茫，什么也看不见。

　　他们冒着大雾先游西线，去了玻璃栈道。每个上玻璃栈道的游客需穿上红色鞋套，走在悬崖边的悬空玻璃栈道上，雾是最好的障眼法，遮住了下面万丈深渊，体验不那么吓人。过了玻璃栈道，他们一直沿着山边搭起的悬空步道行走，时隐时现的树枝从浓雾里伸出来挡在面前，如同佛祖的仙帚。途中有个鬼谷洞，据传是天门山隐逸派的代表人物鬼谷子觅仙修炼、授徒时隐居的洞穴。

　　天门山最顶端的天门山寺，乃一方佛教圣地，始建于唐朝的灵泉院，属汉传佛教禅宗六祖惠能青源行思之地。看着高高在上的山寺庙门，杨杰想起了慧能和神秀应答五主弘忍的对偈经典典故：

神秀：身是菩提树，心如明镜台。时时勤拂拭，莫使有尘埃。
惠能：菩提本无事，明镜亦非台。本来无一物，何处惹尘埃。

　　杨杰将这个典故说给隋璐听。隋璐借题发挥，"这么说来还是惠能修行高一筹，心中无物，才会心无旁骛。譬如最近听到你老是抱怨人家拉你下水办公司，自己如何如何不情愿。如果你自己心里完全没有这个念头，人家如何拉得动你？可见你絮絮叨叨，还是动了尘根。"

　　说得杨杰有些脸红，"哟，看来你的德行比我高呢。"

　　寺院的红墙上有一幅宣传广告引起了两人的注意，原来大陆著名歌手李娜看破红尘，在这里出家为尼，法号"释昌圣法师"。

　　他们拾级而上，进入山寺之门，但见里面多重殿宇，雕梁画栋巍峨精美，白雾掩盖中仙气飘然，奇怪的是不见和尚们走动。

两人上了层层汉白玉台阶，绕着画梁朱柱而行，进到一个个庙堂膜拜参观。有意思的是里面都不见诵经的和尚，只有功德箱伺候着游客们。在一处菩萨前，几个韩国来的香客向功德箱里投完币后，一跪三磕头地虔诚拜佛。菩萨端坐莲花台，微闭双目，微笑纳贡，给人一种招财进宝，实有似无的感觉。外面的雾气飘进来，更显虚无缥缈。

　　杨杰心内灵动，由大雾联想到了"大悟"。他对隋璐说："我听到过一个故事，说一个人死了，在奈何桥上碰见了佛祖。佛祖拎着个箱子说是死人的生前遗物。死人问是不是衣服和钱财，佛祖说那些东西不属于你，属于阳间；死人问是不是家人和朋友，佛祖说不是，家人和朋友属于旅途；死人问是不是躯体，佛祖说躯体属于尘埃；那么是灵魂了，死人猜说。佛祖说灵魂属于我。死人心有不甘地打开箱子，里面是空的，大失所望地问为什么里面什么都没有？佛祖说有哇，你活着时的每一寸光阴都是属于你的，想想看自己珍惜过没有。听了佛祖的话，死者方才醒悟，后悔生前虚度了光阴，做了许多不该做的事情，忘记了享受生命，一切为时已晚。"

　　隋璐听罢，笑曰："阿弥陀佛，善哉。原来空是一种境界。心境变得空灵，志趣才能淡泊，生活才能简单，宁静才能致远，生活才能随遇而安。这么说，我们更应该珍惜活着的时光，一寸光阴一寸金。"

　　杨杰说："在这里悟出了人世的道理，我们是不是要捐一些功德给这里？"

"那么多地方我们都要捐，我怕钱不够。干脆你也学那位李娜，在这里出家修行打坐岂不更好？天天在大雾中禅悟，善哉。"说完隋璐扑哧一笑。

"其实这里的天门书院是道教文化圣地。我想学道士，云游四海也算一种修行。"

"哈哈，借口游山玩水，还美其名曰。"隋璐一语中的。

杨杰嘿嘿一笑，"旅游和得道两全其美，有何不可。"

出了寺庙，两人沿着东线回走，乘七节山体隧道手扶自动电梯下行到天门洞口。隧道里被华灯装饰得洁白明亮，墙上贴着张家界的名胜风景图片，回味无穷。到了天门洞，下山有两个选择，或步行999级台阶，或继续乘坐手扶自动电梯。山上风太大，杨杰夫妇选择了手扶电梯下行，又坐了五节到达停车场。

一出电梯隧道洞口，顿觉天地开阔，是一个建在半山腰的停车广场。宽阔的广场上有几个像鼎一样大的香炉，供香客们烧香用，自然香烟袅绕。仰望999级台阶，如同天梯从天门洞延伸下来，让人头旋，台阶上有不少游客正痛苦地皱着眉头一拐一瘸地走下来。这时云雾渐渐散去，天门洞露出了真容，拔地擎天，宛若一道通天的门户。团团云雾自洞中吐纳翻涌，似在吞云吐雾，里面蕴藏着天地玄机一般。看得两人连连咂舌，惊叹门洞奇景。

他们来到临崖的广场边缘下望，下山道如同鞋带子般细小，系在群峰的巨足上弯弯绕绕。乘载游客的巴士行走在上面，如同甲壳虫在爬行。杨杰和隋璐恋恋不舍地望着眼前的一切，这趟中国之行即将结束了。

三十七　馅饼

从中国开会旅游回到美国，杨杰夫妇去邮局取回了厚厚一摞邮件杂志。隋璐在分类整理这些邮件时，有一份从加拿大寄来的挂号信引起了她的注意。打开一看，立马傻了眼。

看着她几分傻今今的模样，杨杰问怎么了？

隋璐将信件递给他，说："搞错了吧？有个加拿大风险投资公司说，买我专利的公司已经将产品上市了，他们想让我转让产品股份权。"

杨杰接过信看完，也是将信将疑，"信上说，他们想派人来和你见个面谈价钱。"

隋璐回忆说："几年前是有个公司来向学校洽谈，说是看中了我的科研专利，让学校转让生产权。学校给公司发了专利生产许可证，我也没有当回事，已经将这件事情忘记了。原来他们真的做出了产品，还上了市，太意外了。"

这天下了班，根据事前预约，杨杰陪着隋璐来到市中心的一家高档餐厅同一位个头不高的中年人见了面。餐厅位于地下室，比较隐蔽，里面却是一个谈生意的好地方，头上吊着暗灯，桌上点着明烛。

来人先自我做了介绍，叫本杰明，然后递上名片。他们的桌子在一个角落里，比较僻静，显然本杰明事先做了安排。此人能说会道，将事情的缘由叙说了一遍。本杰明说他们的风险投资公司专门盯着那些刚上市的新产品，然后联系专利人，出好价钱将他们手上的股份买下来。今天他就是来干这个的，看看双方能否谈得拢，达成协议。

杨杰说："为什么要将股权卖给你呢，自己留着不是挺好的吗，等着拿产品的利润分成，岂不更好。"

本杰明说："你怎么知道你的产品一定畅销呢？万一产品卖得不好呢？你们将股权卖给我们，可以稳赚一大笔钱，立马成为富翁，产品卖得好不好与你们一点关系都没有，不担风险。"

杨杰说："你买去了不怎么赚钱的产品股权，难道自认倒霉？"

本杰明说："所以说我们是风险投资公司嘛，我们从客户手中买来的股权可能赚很多钱，也可能赚很少的钱。"说着他从黑皮包里掏出了一叠制作精美的材料，都是关于这家上市公司的详细资料和对产品的前瞻预测。显然他已经做了充分的市场调查。没有把握，他是不会做这笔交易的。

隋璐和杨杰翻看着资料，打心眼里佩服本杰明的认真态度和细致入微的工作。

看完资料，隋璐问："你们准备出多少价买我手上的股权？"

本杰明回答说保证让你满意，你们可以将股权全部卖给我们，也可以只卖一部分。于是他在一张纸上写下他们公司愿意为一个百分比的股权出的价钱。

隋璐和杨杰看了眼前的数目不由得大吃一惊，简直是天上掉下来一个大馅饼。两人没了主意，一时间不知说什么好。恍然间，隋璐方知自己多年前的科研成果原来这么值钱。

本杰明趁热打铁，说："如果你们对这个价钱满意，今天就可以签约转让合同。"

杨杰慢慢头脑冷静了下来，对隋璐说："我们是不是考虑考虑再做答复，今天不忙。"

隋璐点头同意。她问本杰明可不可以将这些资料留下，想认真研究一下，需要时间消化。

本杰明说："当然可以，这些材料就是为你们准备的。"

回到家里，两人仿佛还在梦游一般，他们又将资料从头到尾详细地看了一遍，方才确信这一切都是真的。两人打开电脑，查看起公司的网站来，隋璐的产品赫然在列，自己一直被蒙在鼓里。

隋璐说："这太不可思议了，难怪人家笑话我们是书呆子。"

杨杰一面烧茶，一面问："这叫得来全不费功夫。有了钱，用它做什么呢？"

"还记不记得我们在旅游途中的许多支持环保的愿望？当时担心财力不够，这下好了，可以如愿以偿了。"

"我们退休吧？"杨杰乐滋滋地说。

隋璐马上摇头，"那不成，我们还要继续自己的科研事业，造福人类。"

两人一面聊着，一面喝茶。杨杰的手机响了一下，打开看是中国的陈律师发来的，询问杨杰办公司的意向书写好了没有。

隋璐看了一眼短信，一笑，"还开什么公司，推掉算了。"

"我一直都不太想掺和进去，既费时又费事，对办公司一点兴趣也没有。现在中美打贸易战互相揪住不放，时机也不合适。"于是杨杰果断地回复了陈律师，好言推辞掉了办公司的意向。

杨杰回想起在中国的种种遭遇，不免摇头自笑。

三十八　祝贺

杨杰又去了趟华盛顿 DC 开国立卫生院的审稿会。

一天冗长的会议，又是喋喋不休的争论。杨杰上次审了一个不错的课题，是个年轻华裔科学家写的，经过他的努力好歹打了个不错的分数。这次二审又送回来了，还在杨杰手上，他决定再努力一把。上次的三个评委，马克和另外一个老头都没来，就剩他一个是原评委，这给了他一些信心。该杨杰陈述的时候，他侃侃而谈，从重要性，新颖性，实验设计，课题申请人的高产和实验条件各个方面一一阐述，娓娓道来。杨杰多少发挥了一点想象力，阐述得简单明了，提纲挈领。另外两个新评委这次没有为难，顺着杆子往上爬，做了个顺水人情，都同意杨杰的观点和陈述。最后这个项目得到了一个极好的分数，这笔经费十有八九会给申请人了。杨杰舒了一口气，虽然他并不认识这个年轻人。帮助一个人并不需要利益关系，杨杰只是觉得这个申请人的想法新颖超前，对科学有独到的见解，非常有前途。如果这次他拿不到经费，按照现时的情形，很难想象他还能否在学术界生存下来。

　　下面讨论的是杨杰的同事老樊的申请，会前的预分打得也不错，所以讨论排在前面。为了避嫌，杨杰起身离开了会议室，因为他不能参加讨论。在会议室外面等待时，他和另外一个避嫌的老樊合作者聊天。

　　那个人对杨杰说："知不知道，马克已经因为胰腺癌去世了。"

　　"啊！"杨杰听了大吃一惊，难怪他没有来参加这次讨论会。杨杰的一个家庭医生前不久也是因为胰腺癌去世了，从确诊到去世只有4个月的时间。上次开会时当马克告诉他得了胰腺癌的消息时，杨杰知道他已经来日不多了。

　　虽然早有思想准备，杨杰还是不免伤感。马克搞的是胰腺癌课题研究，结果自己死于胰腺癌，这命运的安排实在太不公平，有些像开玩笑。可惜一个有前途的癌症科学家说没了就没了。尽管马克有些傲气，杨杰还是挺欣赏他的才华的，两人在科研上挺谈得来。

　　白天开完会，评委们个个都觉得疲惫不堪。晚餐时大家又聚在一起吹牛，释放压力。上次向杨杰介绍世界各地风情的同僚们在饭桌上围着问他履行了旅行计划没有，杨杰忙掏出手机，打开自己拍的照片和众人分享。他讲述了在非洲和中国遇到的种种经历和奇闻。看着一幅幅臻美图片，众人连声啧啧，羡慕不已。然后大家问他下一站准备去哪里？

　　他说有点想去新西兰。

　　不料有两个人去过新西兰，一个去过北岛，一个去过南岛。两人七嘴八舌各说各好，互不相让，有点盲人摸象的意思。杨杰听着，将两人的描述在心里拼接，试图得到一个完整的新西兰印象。待两人争论得差不多了，杨杰故伎重演，让两个人各摆出五个最好的景点让众人评评。上次这两人没来，不知有诈，争着说北岛和南岛的优点。上次上过杨杰当的一干人众笑得前仰后合，杨杰却一脸不笑，一本正经地充当裁判，将各个景点一一写下收好。他说待他日后去旅游验证，再定输赢。看见杨杰的表情，两人方知众人为何而笑，自己也忍不住跟着笑了起来。

从华盛顿开完会回来，杨杰第二天去上班，在走廊上碰见了樊简。

上次听从杨杰的劝告，樊简向杨杰的评审小组递交了一份经费申请，看见杨杰回来了，急忙问情形如何。杨杰一笑，说："讨论你的申请时我得避嫌，没有参加讨论。不过听别人说你打了一个好分数，估计没有问题。"

"真的？！"

"不骗你。提前祝贺你！"

"哎呀我的妈，这消息可是及时雨，我这里久旱逢甘霖。"

杨杰提醒老樊，"按规定我本不应该告诉你结果，要是你不问，我是不会说的，看你急的。等经费有着落了，告诉系主任一声，你也该提正教授了。"

樊简恳求道："帮人帮到底，你是系里职称评审委员会的评委，到时请多美言几句。拜托了。"

"那当然。"杨杰和兴高采烈的樊简分了手。

杨杰回到自己办公室，打开电脑，又收到中国陈律师的电邮，劝说杨杰不要拒绝，再考虑考虑，他们是诚心诚意的。按照同隋璐商量的意见，杨杰还是回绝了对方。他担心邮件会被美国情报部门或学校监控，因此措辞态度坚决，不留把柄。最近美国又有几个同中国有关联的华裔学者被校方开除，甚至逮捕，因为通过电子邮件美国联邦调查局和校方准确地掌握了他们违反知识产权的证据。

　　杨杰同隋璐还商量好了，他们决定捐一部分款给孩子们上中学时的私立学校，扶持学习成绩好的贫困生。当年他们的收入有限，孩子们的学费学校给免了一半。孩子们在这所优秀的私立学校里如鱼得水，愉快地吸收着知识的养分，健康成长。饮水不忘挖井入，杨杰送了一个电邮给私立中学的校方，阐明了自己和隋璐的意思，他们要支持一个学生从初中到高中毕业的全部学费。发完电邮，杨杰心中愉快地舒了一口长气，然后开始投入到繁忙的工作中去。

三九　俞林

　　俞林终于搬去和马述伦一起住了，为的是就近帮助料理他的生活。

　　马述伦的几幅照片被一家艺术馆永久收藏了。他的几本画册也被一家商业公司出版，今天刚拿到了样本。翻着精美的画册，他难掩内心的激动，掉下泪来。为了心爱的摄影，他失去了太多太多，身体残废了，工作没有了，家庭破裂了。好在自己不曾珍惜的一段爱情又悄悄地回到了身边，想想自己还是幸运的。

俞林到中国超市买了食品回来，准备给马述伦做饭，一进门却看见他捧着画册双眼通红，知道他刚哭过。

俞林不解，"出了画册你该高兴才是呀，怎么反而伤心了呢？"

马述伦拉着俞林的手说："一言难尽，看见画册勾起了我对往事的许多回忆，自己吃过的苦只有自己知道。想来想去，只有你对我真心好，我对不住你。我现在落难成这个样子，你还来陪我，照顾我，算我过去有眼无珠。"

这话俞林已经听了多少遍了，不以为然地说："瞧你说的，都过去那么久了，你以后对我好点不就得了。珍惜眼前吧，我们有的是好日子。"

"你真的不怨恨我？"马述伦仰起头，显出患得患失，但他看见的是一张真诚的脸庞。

"一定是我前世欠你的，让我死心塌地地这么喜欢你。唉，我自己也是没有办法。"俞林被他看得有点不好意思。

"我能做什么弥补你呢？"马述伦将俞林的手攥得更紧了。

"方法挺多呀，我们可以故地重游你曾经去过的地方，你给我当免费导游，讲解各地的风景名胜和典故。另外你还可以教我摄影，做我的专职老师。"

"好！粉身碎骨，在所不辞。"

"你看你看，发什么毒誓。是不是不想教我了？还粉身碎骨呢，想气死我不成？"俞林撅起了嘴，装作一副生气的样子。

马述伦笑了，"说不过你。告诉我，你想去哪里，我一定将我知道的都告诉你。"

"上次你给我看的奥地利维也纳照片让我很动心，要不我们先去那里？"

"可以呀。奥地利是一个美丽的国家。除了维也纳，还有几个地方都值得去，能一趟玩岂不更好？不过我一个残废人拖累你，不知你吃不吃得消？"

俞林胸有把握，"应该没有问题。坐飞机有空乘帮忙。到时我们再租一辆残疾人专用车不就得了。我们慢慢玩，不赶时间。虽然我很有钱，可是一直过着非常空虚的精神和物质生活，又没有小孩。我也想借这个机会弥补一下自己的人生。你说我们两个现在像不像一对苦鸳鸯？同病相怜。"

"有你在身边，再苦心里也甜。以后一切都会好起来的。"马述伦反倒安慰起俞林来了。

俞林抿嘴一笑，"不跟你贫嘴了。我去做饭，吃完了我们就开始着手计划去奥地利的行程。"

马述伦看着她欢快的背影飘去了厨房，想起了她大学时代的追求，内心感触泉涌，不免眼眶又湿润了。

这时手机响了，是好友杨杰打来的。他们已经有段时间没有联系了。杨杰在手机里向他畅谈在非洲和中国的风光摄影之旅，说已经将旅途中拍的照片发到 Flickr 上了，请马述伦过目，点评一下，看看哪些地方需要改进。

马述伦打开电脑上到 Flickr 杨杰的网页，同杨杰一张张认真讨论起来。从构图、光影、色彩到后期修饰，马述伦谈了许多自己的看法和改进意见。他觉得杨杰很有才气，能把握大局，特别是前期构图，对画面瞬间的捕捉能力很强。杨杰的照片看上去均衡大气，景深搭配恰当，对比烘托手法娴熟，不过后期还需加强。

末了，杨杰询问起马述伦出画册的事情。马述伦告诉他已经出了几本，还有一些正在审编，出版社的意思是出一个风光摄影系列集。

好哇好哇，杨杰在手机那头很是为落难的好友高兴。

俞林做好了饭菜来喊马述伦吃饭。知道他在和杨杰聊天，打趣喊杨杰过来一起吃。

杨杰让她把菜拍好照片传过去，起码可以一饱眼福。

三人哈哈大笑，笑声通过手机传到了对方的耳朵里。

四十　茜茜

俞林在商场上打拼惯了，干事麻利果断。和马述伦商定好去奥地利，她花了一个星期的时间就将旅店、机场和租车的事敲定了。

一个月后他们已经徜徉在维也纳的大街上，两旁栉比的楼房古色古香，欧洲风情浓厚。

阳光洒在两个人的身上，马述伦故地重游，坐在轮椅上和俞林侃侃而谈。"参观一座历史名城如同读一部史书。一个国家的辉煌历史是由许许多多的传奇故事和明星人物组成的，如果没有这些故事和人物贯穿其中，那么历史就会变得枯燥乏味。奥匈帝国辉煌的历史上就有这样一位人物，她是伊丽莎白（Elisabeth）皇后，也叫茜茜公主（Sisi）。尽管一个多世纪过去了，她的趣闻轶事仍然流传在维也纳的大街小巷，为人们津津乐道。

"茜茜公主的传奇故事始于 1853 年。当时 23 岁的奥匈帝国末代皇帝弗朗西斯·约瑟夫（Franz Joseph）要相亲，他的霸道母亲想将自己的侄女海伦（Helene）介绍给他。18 岁的海伦公主由她 15 岁的妹妹茜茜公主和母亲陪同一道前往巴特伊施尔（Bad Ischl）休假胜地面见皇上。上路之前她们的一个姑姑刚刚过世，大家还穿着黑色丧服就踏上了旅途。从慕尼黑出发时，几辆马车装满了各种服饰，准备到了目的地换上去见皇上。可是路上出了一点状况，等她们到达时，其它的马车没有跟过来。没法她们只好穿着黑服去见皇上。不成想海伦的肤色偏暗，穿着黑色服装不起眼，加上生性含羞木讷，不合皇上之意，两人不来电。可是皇上看见了活泼可爱的妹妹，满心欢喜，一见钟情，向皇太后讨要茜茜为妻。皇太后初始不肯，耐不过皇上威胁终身不娶，只好首肯。皇上如愿以偿，五天后宣布订婚。八个月后，1854 年 4 月 24 日他们在维也纳举行了婚礼，皇帝付了不菲的补偿费给新娘作为破处费，成全了一段佳话。"

俞林羡慕道："天底下真有这种一见钟情的金玉良缘呀！"

马述伦继续说故事。"可是喜剧性的开头没有为茜茜公主带来好运和幸福，反而铸就了她一生的不幸，成了宫廷悲剧人物。首先茜茜公主过不惯宫廷里的憋屈生活，礼数繁多。加之婆婆霸道，强势夺走了她的儿女抚养权，待她如诞生龙种的生殖机器。后来她的大女儿死于斑疹伤寒，唯一的儿子鲁道夫（Rudolf）也自杀了。一连串的打击让茜茜公主，也就是后来的伊丽莎白皇后，得了忧郁症。尽管皇上继续对她一往情深，她却不以为意，到处周游世界放纵自己，以近乎虐待自己的方式追求体形美，打扮时尚，无心伺候皇上。连皇上在外面有了舞台红粉知己也不在意，甚至默许网开一面，可见其万念俱灰，心如素槁。不过能够自由自在地到宫廷之外旅游，信马由缰，比起中国的后宫粉黛三千倒是幸运不少。1898 年她在日内瓦旅行时被意大利刺客刺死，结束了风飘细柳、郁郁寡欢、风华绝代的一生。被暗杀后，皇上一直没有从失去伊丽莎白皇后的阴影中恢复过来，凸显出茜茜公主对于他的重要。"

俞林用心听着，心里揣摩着茜茜公主的美貌。他们来到皇宫前，马述伦对俞林说："前面那个富丽堂皇的建筑就是当时皇帝和茜茜公主居住过的皇宫，里面还有个茜茜公主博物馆。皇宫里面楼道狭窄，需上楼梯参观，我坐着轮椅不方便。反正我以前参观过了，你一个人去，我在这里等你。"

俞林犹豫不决，"你一个人呆在这里行吗？"

"行。这里街景不错，我有相机在手，可以抓拍一下游客行人，不误事的。"说罢马述伦向俞林眨了一下眼。

俞林将马述伦安排在一个行人不多的角落里，让他有事打手机。然后自己进去买了门票参观。

和中国的皇宫相比，这个皇宫显得简陋了些，墙上挂着皇室成员们的肖像油画。俞林站在伊丽莎白皇后的画像前，仔细端详，果然美丽端庄，气质不凡。

随着游客她来到末代皇帝的办公室。看着窗前的办公桌，俞林的耳边想起了刚才马述伦讲的故事，说弗朗西斯是一个好皇帝，每天工作到早上 5 点，大概就在这张桌子上伏案工作处理国事大事。皇帝生活在一个急剧动荡的年代，一辈子不得安生。他和他的许多亲人都经历过惊心动魄的暗杀事件，其中包括他自己和他的爱妻茜茜公主。皇帝在位 68 年，不可谓不勤勉，是奥匈帝国历史上在位最长的皇帝。由于皇位继承人侄子被暗杀，他发动了第一次世界大战。战后皇帝被逼退位，延绵了 600 多年的奥匈帝国在他手里寿终正寝。

皇宫不大，其实就是一个楼上楼下的起居地，一会就参观完毕了。

楼下茜茜公主博物馆则是另外一番景象，进门处悬挂着茜茜公主的倩照。茜茜公主三十二岁后就不让照相了，为的是让人们永远记住她的年轻容貌。她是一个才女，会英语、法语和希腊语，偏爱历史、哲学、文学，还写诗。博物馆里陈列的多为皇宫餐具，无不透着皇宫昔日的奢华和享受。这些展品里还收集了不少中国瓷器。睹物思故人，这段皇室姻缘令俞林唏嘘不已。

由此她联想到自己的经历，不知怎地，她想起了还在中国坐牢的前夫，虽说是个贪官，也是个有情有义之人，没有拖自己下水，还安排好了自己出逃。

四十一　维也纳

离开了皇宫，两人沿着心仪许久的维也纳大街观赏，看到的城市比想象中的还好，蛮合心思。除了皇家宫殿，街道两旁的高大楼房也显得贵族气十足。走在几个世纪前修建的宽敞大街上和栉比楼房之间，马述伦这个免费导游不时地向俞林介绍各个景点典故。

马述伦说："维也纳人既有伦敦的彬彬有礼，翩翩举止和绅士风度，也有巴黎的流盼调情，随意浪漫。你需要驻足凝目，慢慢品咂其中的原汁原味。这是一个生机勃勃的城市，一步一景，除了典雅庄严，还有前卫新潮，显得古老而年轻，历史和现代相互交错。"

　　看见前面有一座形状奇特的纪念碑，马述伦告诉俞林："那是鼠疫（Pestsaule）纪念碑。1679 年维也纳发生了历史上最后一次大瘟疫，国王利奥波德（Leopold）一世在逃跑的路上誓言如果瘟疫能结束，他将建一座纪念碑。果然瘟疫结束后，国王实现了自己的诺言。"

　　看他讲得口渴，俞林在路边买了冰淇淋给他解渴。看着冰淇淋，马述伦若有所思。他记起来了，上大学时有一次班上同学一起去郊游，他正渴的时候，一只冰淇淋送到了他面前，对面的女孩是俞林。想到这一幕，他和俞林对望了一眼，眼里流露出惭愧之色。俞林显然也没有忘记那件事，笑意盈然地看着他的窘困，轻轻地摇晃着头不语。

　　为了掩饰自己的窘困，马述伦说："前面拐角处有一个教堂，非常值得一看。我们去那里吧。"

　　他们来到位于一个偏街的皮特教堂（Katholische Kirche St. Peter），外表看上去其貌不扬。一匹旅游载客马车过来，马蹄踏在石板上滴滴嘟嘟直响。教堂的钟声这时也敲响了，在街巷里回荡，显示教堂不凡的来历。

　　"要不要我们一起进去看看？"俞林征求马述伦的意见。

　　马述伦回答："我以前看过，里面比较窄小，还是你自己进去吧。据说这座中世纪教堂是维也纳最早建的教堂，典型的巴洛克式（Baroque）建筑。"

俞林独自步入教堂，立刻被满眼的精美华丽装饰惊得瞠目结舌，到处都是鎏金飞彩图案，阳光从彩色玻璃外面照射进来，不大的教堂里面充满了流光溢彩。里面信徒众多，男女老少一个个半跪在蜡烛台前，将手合成十字放在胸前祈祷。俞林深受感染，不自觉地也将双手合在了胸前。这时一个遥远的印象出现在她的脑海里，上大学时她曾在一棵大树下祈祷，也是这个姿势，愿马述伦能够青睐于她。想到这里她莞尔一笑，脸有点发热。教堂外面博学多才的马述伦正等着她，让她觉得以前的付出没有白白浪费。生活需要耐心和等待。

他们继续往前走，看见了一座被烧得半黑的大教堂。马述伦又为俞林讲解开了，"这座教堂叫圣斯蒂芬大教堂（St. Stephen's Cathedral），是维也纳最著名的教堂，建于公元 12 世纪。看见教堂那面黑呼呼的墙了吗？那是二战时盟军战火留下来的。当年修复被烧毁了一半的教堂时，维也纳人留下了这些烧黑的墙面，可谓用心良苦，想让这些疤痕警示后人，和平来之不易。当年纳粹德国撤退时，德军指挥机关曾命令将这座教堂炸毁，可是执行的下级军官没有照做，使这座教堂得以保存下来。"

"天哪，太幸运了！"俞林听了欣慰地叫了起来。

在大街上他们看见了一口奇特的钟（Anker Clock on Hoher Markt）。钟声响起来时，马述伦问："知道这钟声是什么演奏的吗？"

"听起来好像是机械管乐。"

"没错，可是它播放的是录音。"

"啊？为什么呢？"

"二次大战时这个钟受损严重，机械乐管部分没法修复，现在只好放当年的录音了。"

他们来到施瓦岑贝格（Schwarzenberg platz）广场，有一个喷泉。奇怪的是喷泉后面有一个高高的立柱，上面是一位头戴钢盔的红军战士，一手紧扶着旗杆，一手拿着金光闪闪的盾牌。俞林问马述伦："大导游博士，这又是怎么回事？"

马述伦说："二战结束时苏联红军占领了维也纳，1945 年 8 月红军在这里修建了喷泉后面的战争纪念碑。广场南部一度还曾被命名为斯大林广场，停放着一辆 T34 坦克。苏联红军 1955 年撤离时，奥地利人并没有将这座纪念碑拆除，和那个教堂一样，为的是让奥地利人的后代能够正视历史，接受历史的错误教训。你看奥地利现在成为了中立国，爱好和平，人民幸福。这些历史的遗留物还为我们这些游客带来了谈资。"

听了马述伦的讲解，俞林深深佩服奥地利人对待历史的态度，没有刻意抹去自己的历史错误。她记得，奥地利是希特勒的故乡。

四十二　美泉宫

隔了一天他们来到郊外的美泉宫（Schonbrunn），天气有些阴沉，皇宫上面压着厚厚的云层。

面对庄重典雅的建筑，马述伦的心情大好，显然他已经对这里了如指掌了，滔滔不绝地高谈阔论起来。"民俗民风固然代表一个民族的风采和传统，宫廷文化则更是高高在上，荟萃了一个民族的精华，是民族文化的提炼和浓缩。可以这么说，有什么样的臣民就有什么样的君主，反过来君主又用自己的思想统治灌输臣民。因此从一个国家的皇宫大殿后宫花园，以及衍生出来的千秋掌故里可以品出一个民族的追求、进步和向往，文明程度一目了然。"

　　　俞林看到大学时代的马述伦又回来了，他神采奕奕，维也纳重新唤醒激活了颓废消沉的他。

　　　"我的话是不是有点多余？"马述伦问身旁的俞林。

　　　"没有哇，我这里正听着呢。你给我多讲讲这个皇宫的故事。"俞林看过马述伦拍的照片，心想这里一定有不寻常的典故。

　　　马述伦谈兴正浓，"好，故事还得从西班牙王位继承战争讲起。这场战争大致发生在公元 1701 到 1714 年间。哈普斯堡帝国（Habsburg）实力得到了增强，从意大利那里获得了大量土地。高兴之余国王查理斯（Charles）六世却有一桩伤心之事，他膝下无儿，只有三个女儿。根据欧洲传统的萨利克法（Salic Law），女儿是没有王位继承权的。查理斯六世不甘心，自然不想让皇权它落，于是下诏让自己的长女玛利亚（Maria Theresa）掌权。当然这极大地触犯了欧洲邻国，于是爆发了奥地利王位继承战争，战争从 1740 年一直延续到了 1748 年。战争的结果非但没能动摇玛利亚的地位，反而让她牢牢地掌握了权力，使她主宰奥地利长达 40 年之久。这期间她励精图治，建军强国，实行中央集权，废除酷刑和死刑，兴办公共教育，被认为是奥地利历史上的黄金时期。因此她被称之为奥地利的国母。她一生养育了十六个孩子，需要一个大地方居住，于是建造了这所美泉宫。按照奥地利传统，她的十六个孩子被政治联姻了，但大都婚姻不美满，只有最喜欢的小女儿玛丽（Marie Antoinette）嫁给了心上人，法国国王路易斯十六。这个女儿后来在法国大革命中被送上了断头台，以后有机会游巴黎凡尔赛宫时我再给你讲她的故事。

"当年美泉宫建成后，这里立刻成了欧洲皇胄贵族们的云集之地，常年舞会音乐会不断。美泉宫花园的气势和精致丝毫不输凡尔赛宫，两宫像欧洲皇宫里的双珠习习闪光。统治奥地利时间最长的最后一任皇帝弗朗西斯就出生在这里。"

"就是那个茜茜公主的丈夫？"俞林还记得参观的那个皇宫和马述伦讲的故事。

"是的。看来我这个导游还不错，你记得我讲的故事。"马述伦自夸地说。"二战时这里充当盟军的办公地和英军司令部，一直到1955年才归还奥地利。"

俞林推着马述伦进到宫殿，里面有一个非常大的房间，为皇族们跳舞的地方。马述伦说："1961年肯尼迪总统和赫鲁晓夫在这里举行过会谈，签了协议。"

随着人流他们一个房间一个房间地看，那些皇家家具和器皿没有因为时光的流逝而黯淡褪色。壁上的油画人物肖像也栩栩如生。走了不少路，俞林想在一个窗前的座位上歇息，却从窗子里看见宫殿后面的辽阔后花园如同巨幅地毯铺开，花团锦绣，色彩缤纷。花园里有几对新人在拍婚纱照，增添了不少喜庆色彩。

"我们下去看看吧。"俞林被花园的美丽图案吸引住了，急不可耐地向马述伦要求。

他们来到外面，穿行在花园和大理石雕刻丛中，来到一个喷泉前。马述伦指着喷泉说："那个喷泉叫海王喷泉（Neptune Fountain），是赶在玛利亚女皇去世前完工的。"

他又指着喷泉后面山丘上的房子说："那个房子是一处凉亭（Gloriette），为整个皇宫的制高点，曾经是皇家节日的宴会场所，二次大战时被毁，1947和1995年分两次重新修建。"

两人沿着皇家林园漫步。花园深处有不少花圃，富贵之花盛开。来到一处侧花园，有一个藤蔓搭起的走廊。俞林推着马述伦穿过绿茵覆盖的长廊，马述伦说："你累了吗？我们休息一会吧。"

两人坐在树下休息，看着生机勃勃的四周。草坪上有年轻的大学生在读书，有上了年纪的人在信步，有穿着短衣短裤的中年人在跑步。不远处有对年轻夫妇推着婴儿车在花圃里安然赏花，一只小鸟在婴儿脸上盘旋，逗得婴儿的两只小手在空中乱抓，一无所获。昔日高贵典雅的皇家林园这时一切显得那么的平民化，和谐自然，不失情调浪漫。

俞林将头靠在马述伦的肩头上，说："看来经过战乱的奥地利人非常珍惜和平，许多事情都是来之不易的。"

天色渐渐暗淡下来，浑厚的钟声从教堂慢慢荡漾开来，为曾经辉煌的皇宫平添一份神秘和警示，如历史的回音回荡在上空。两人静静地听着，没有比这更美好的时刻了。

四十三 美景宫

他们继续穿街过巷，马述伦继续当导游。他以前似乎对奥地利做过许多研究和探访，任何一个景点都可以娓娓道来。俞林在心目中愈来愈崇拜他了。虽然上大学时她也崇拜过他，但那是不一样的。那时他们都是青年男女，相隔有距离，俞林的崇拜是朦朦胧胧青春期的那种，只知道他学习成绩好，多才多艺，里面掺杂有不少个人感情色彩。现在他们朝夕相处，零距离接触，她发现这个男人天生一副好脑袋。和他接触，可以源源不断地获取新知识，眼界开阔。更难能可贵的是他没了以前那股子傲气，多了一份男人的成熟和沉稳。磨难造化人。

　　他们来到美景宫前，新颖的建筑吸引了俞林的注意。马述伦娓娓道来："从 1273 年起，起源于瑞士的哈普斯堡家族统治了奥地利近 650 年。没有哪一个欧洲的王朝享受过如此长时间的不间断统治。中国最长的两个朝代东西周朝加起来约 800 年，夏朝约 600 年。哈普斯堡帝国长寿的诀窍不是战争，而是通过政治联姻，将自己的王子公主纷纷送出去和欧洲的其它皇室联姻结合，赢得和平和国富民安，以及疆土的扩展。也就是说，许多皇子皇孙为了匈奥帝国的呼风唤雨牺牲了自己的个人利益和幸福。我们中国的皇室也搞这套，比如古时的王昭君出塞，文成公主入藏。

　　"分分合合中战争是不可避免的，1683 年土耳其的军队横扫匈牙利，直逼维也纳城下。在欧根亲王（Eugene of Savoy）的率领下，维也纳军队奋起反击将土耳其人赶走了，欧根亲王成了奥地利最伟大的民族英雄。作为奖励，皇上赐欧根亲王在维也纳郊外建一个属于自己的王宫，就是眼前这个美景宫的来历。

　　"这座宫殿的奇处在于它的建筑艺术。从十六世纪后期开始，起源于意大利的巴洛克式艺术风格开始横扫欧洲。美景宫是其中的典型代表，分上下两宫，中间隔着花园和喷泉。欧根亲王喜欢狮子，你看这个园子里有许多狮子的雕像。"

俞林插嘴："和中国的皇帝一个嗜好。北京的紫禁城大门也是狮子多。"

"这座宫殿建成时位于维也纳城外，当时维也纳城区还没有这么大。现在这里是奥地利的艺术宫，搜集了从中世纪到现代的许多名家艺术作品。"

人不是很多。俞林买好了门票，两人进入了上宫。

马述伦说："这个上宫现在是个艺术馆，里面收藏了奥地利最有名的画家古斯塔夫·克林姆（Gustav Klimt）的大量作品，是世界上收藏他画作最多的艺术馆，因此美景宫又称为克林姆之城。克林姆是维也纳最负盛名的象征主义画家，也是维也纳分离画派的奠基人和领导者。虽然他久负盛名，但他是一位非常刻苦的画家，曾经得到过国王弗朗西斯颁发的金质奖章。他的许多画作在拍卖行都拍出了天价。其中 1907 年画的一幅'艾蒂儿肖像（Adele Bloch-Bauer I）'在 2006 年拍出了一亿三千五百万美金的天价。"

来到克林姆的代表作"吻（The Kiss）"面前，马述伦介绍："克林姆喜欢用金子作画，这幅画就是他用金叶片作的。据说画中人是他的恋人埃米莉（Emilie Louise Flöge）。"

不远处是克林姆的另一幅名作《朱迪思》（Judith）。俞林看了觉得眼前一片习习闪光，栩栩如生，富贵气十足。

马述伦说："这幅画也是他用金子完成的。他的创作黄金时期就是他的这些黄金画。画中的故事最早记载在犹太人《旧约圣经》的希腊译文里。说的是年轻寡妇朱迪思利用自己的美色进入敌人亚述人元帅荷罗孚尼的帐篷里，她用酒灌醉荷罗孚尼后将其斩首，保全了朱迪思的家园不被摧毁。这个题材被文艺复兴和随后的巴洛克时期的许多画家和雕塑家广泛采用，包括这幅。"

俞林问："他为什么喜欢用金子作画呢？"

"因为他的父亲是一位金匠。"马述伦回答。

马述伦继续介绍："克林姆崇拜的绘画大师偶像是汉斯·玛卡特（Hans Makart）。我们不妨去看看玛卡特大师的作品，这里也收藏有。"说着他们来到玛卡特的名画代表作五女图（The Five Senses）前，说明上写着此画作于 1872-79 年。

"这个玛卡特可了不得，国王弗朗西斯非常推崇他的画，其画风为法国学院派。可惜他 44 岁就死了，属于英年早逝，国王弗朗西斯为他举行了国礼下葬仪式。这幅五女图是他的代表作，五幅拼图代表了人的五种感官感受：看镜子的裸女代表视觉，在森林里凝听的裸女代表听觉，抚摸小孩的裸女代表触觉，吃水果的裸女代表味觉，闻花的裸女代表嗅觉，加起来就是看、听、触、尝、闻。"

相比较克林姆金光闪闪富贵气十足的画作，俞林更喜欢玛卡特的作品，显得经典正统，落笔有方。

上宫里还有许多围绕欧根亲王的雕塑作品，让人想象着当年亲王驰骋疆场的雄姿英发。俞林禁不住感叹道："可惜英雄已无觅处，空余游人凭叹。"

马述伦同感，"古往今来莫不如此。一个人的一生无论有多辉煌，最后一杯黄土了事。"

两人的肚子都有点饿了，上宫旁经营着一家餐厅。入座后，马述伦颇为老道，说道："奥地利有几样食物一定要尝。咖啡是其中一样，其浓淡介于巴黎和美国咖啡之间，不是太浓，也不是太淡。奥地利喝咖啡的习惯是带一小杯水，喝完咖啡需涮口。第二样是炸猪排或牛排，香酥可口。第三样是奥地利的点心，萨赫蛋糕（sarcher torte）和薄酥卷饼（topfenstrudel）。"

俞林按照马述伦的描述点了这三样，果然好吃。她问马述伦："你对饮食也有研究？"

"饮食也是旅游文化的一部分呀。"

俞林会意，她一面吃，一面环视餐厅，其装饰颇有几分艺术范儿，不知不觉中食欲大增，吃得津津有味。

窗外天空放晴，远处下宫的橘色屋顶色彩和淡蓝天空对比看着舒服爽朗。上宫和下宫的中间是一长条花圃，虽然比不上在美泉宫看见的那个花园宏大，倒也鲜花朵朵，苗圃修葺整洁。花园有个喷水池，水柱从马嘴里喷射出来，水珠在阳光下点点闪光，平添一分生动。

"下宫是干什么用的？"俞林看着远处的下宫好奇地问马述伦。

"那是欧根亲王的寝宫。寝宫里有一间卧房，全部是用金子装修的，里面曾经住着亲王的妃子。"

"果真金屋藏娇？想来这位王子也是有情有义之人。看看去？"俞林有些迫不及待。

四十四　艺术博物馆

看了哈普斯堡帝国的皇宫、美泉宫和美景宫，虽然那蔚为壮观的庭园艺术和收藏艺术精品让人赞叹，故事也脍炙人口，略微遗憾的是宫殿内部装饰和建筑用材稍嫌简陋。晚上吃饭时俞林向马述伦讲了自己的想法和遗憾。

"这个好办，要不我们明天去看看维也纳艺术史博物馆（Kunsthistorisches Museum Wien）？保证弥补你的遗憾。哈普斯堡帝国在 13 世纪时战胜了罗马帝国，成为了基督教世界的盟主。透过精心安排的联姻手段扩大政治势力，哈普斯堡家族影响力不断延伸，财富日益庞大，攫取了各种珍宝。到了国王弗朗西斯手上，他决定修建一座博物馆来收藏这些珍宝。博物馆修了 19 年，于 1891 年开张，里面收罗了哈普斯堡帝国数百年来收集到的各种艺术绝世珍品。除了巴黎的卢浮宫、英国大英博物馆、美国大都会博物馆，这里是世界上第四大博物馆。"

"真的？那得赶快去看！"俞林立马充满了景仰和向往。

第二天恰逢蓝天白云，阳光明媚，他们来到了艺术博物馆。这里还有一个自然博物馆，两座博物馆相对而立，为镜像关系，是当年一起修建的。两座博物馆中间有座广场，广场上有座奥地利国母玛利亚（Maria Theresa）的青铜坐像。女王伸出手像是让大臣们免礼，又像是接收外国使臣在呈递国书。

俞林凝视着母仪天下的女王，深深感受到当年奥匈帝国主宰欧洲的气势和霸主地位。"这就是那位统治奥地利 40 年之久的女王？看上去比武则天和慈禧太后还牛！"对俞林的这个比较，马述伦微笑着不置可否。

这时广场上传来拉手风琴的声音，是一只俄罗斯曲子。他们循声望去，见一群人围着一个带着羊头面具的人在拉。俞林不解。马述伦解释，这些街头音乐家大都是从俄罗斯移民来的，为生活计，上街献艺谋生。他们跟着围观的人一起欣赏了一会，然后进到博物馆里面参观。

进门后禁不住抬头仰望，高旷的大理石厅堂泛着亮光，精致华丽尽显，果然和前几天参观的宫殿不同，奢华得太多。楼梯上方有系列美女图，马述伦告诉俞林，那些画是画家克林姆应皇族之邀创作的。"这个博物馆收藏的绘画有 7000 多幅，各个流派都有。"

"这么多！"俞林听了惊叹起来。

他们坐电梯上到二楼，果然里面藏品丰富，金银器皿，海贝雕刻，宝石珍珠样样齐全。这里的油画上上下下挂满了墙壁，显得十分拥挤，流连其间让人目不暇顾，叹为观止。

来到有机玻璃柜前，里面陈列着一件小型物件，是用金子打造的，看上去十分精美小巧。马述伦告诉俞林，这是镇馆之宝"盐罐（Saliera）"，是 1543 年为法兰西一世打造的，后来辗转到了哈普斯堡帝国，属于文艺复兴时期的作品。这件宝贝 2003 年失窃过，当时悬赏一百万英镑寻找它，最终于 2006 年在维也纳近郊的一个小镇找到。这件原本没人太注意的展品，结果一盗成名，成了镇馆之宝。现在的保险费是六千八百万美元。

"啧啧，这么值钱呀！那它是干什么用的呢？"俞林听得惊叫起来。

"这只是国王的一只盐罐，用金箔纯手工打造。"

"这也太有钱了吧！"

说到钱，马述伦说："这个博物馆有的是钱，这里有个硬币收藏馆，收藏着 60 万件硬币珍品。其中最古老的货币有三千多年历史了。"听得俞林只吐舌头。

　　他们慢慢走，慢慢看，欣赏着古代青铜器，古希腊精美的陶器、花瓶，还有古罗马的石雕、浮雕和黄金制品。这些皇家收藏品件件精美，价值连城，看得俞林目不暇给，惊叹不已。

　　有几个学生坐在地上写生，挡住了去路。看见他们有轮椅过来，中学生们都站起来礼貌让路。马述伦同他们热情地打着招呼，谢谢他们的好意。

　　终于看累了，他们来到二楼餐厅歇息。两人喝着咖啡，欣赏着四周高壁上的壁画和雕塑。歇息了好一会，两人的精力恢复了不少。马述伦说："知不知道，这里曾经是国王弗朗西斯跳舞的地方。"

　　"这里？"俞林看着布满精美花纹的反光地板发出疑问。

　　"是的，这里曾经是奥地利皇家华尔兹舞池。现代华尔兹舞是有文化层次的一种享受，代表着高贵和优雅。可是这种舞的舞步偏小，曾不齿于奥地利的上流社会。只到国王弗朗西斯跳过后，喜欢上了，这种舞步才流行开来，风靡欧洲。据说他经常邀请各国的政要来这里跳华尔兹，于舞步中谈论国家大事，促成了欧洲各国的许多和平协议。"

　　马述伦无意中提起华尔兹，却深深触动了俞林内心深处的一根神经。上大学时马述伦英俊潇洒，号称是华尔兹王子。学校周末晚上的舞会他必然到场，成为了众多女生的舞伴偶像，俞林也是其中一个。她曾经想邀请他跳一曲，可是排不上队，只有默默地在一旁看着他和其他漂亮的女生们翩翩起舞。有几次她实在忍不住，逃离了舞场，一个人躲在树林子里哭泣。这个曾经的华尔兹王子，只有等他残废了自己才能追得上，俞林内心不免流露出了一丝伤感。

151

谈兴正浓的马述伦察觉到了俞林的沉默和异样，忙问怎么了。自然，俞林的那些往事他是不会知道的。俞林淡淡一笑，说没什么，就是有点累了，一句话掩饰了过去。

本来他们还想参观埃及馆和东方艺术馆，两人决定不看了。连续几日的奔波和兴奋，他们确实有些累了。他们商量明天修整一天，不赶景点，在街上随意闲逛。

四十五　金色大厅

这天他们起得有点晚。两人在维也纳的大街上散步，不经意间来到了维也纳大学(Universität Wien)的门前。

看着临街的一栋楼房，俞林说："这所学校不是很大啊。"

"未见得，让我查一查。"马述伦用手机上网查询了一下，惊呼道："呵呵，这所大学始建于公元 1365 年，是现存最古老最大的德语大学，大约有 8.8 万学生，近 8600 员工，其中 6500 是学者。"

"真是人不可貌相，海水不可斗量。这么牛！在中国读大学时学校请过一个美国外教，他说美国的大学和欧洲比起来算是年青人，中国的大学则是 baby。这话真的不假。这所学校堪称爷爷学府了。"

马述伦也被这所其貌不扬的古老学府震撼住了，"一个国家的兴旺发达，一定和它重视教育的程度分不开来。衡量一个国家的进步，学校就是一把尺子，中国有句古诗，'腹有诗书气自华'。人如此，国家也当如此。"

俞林有感而发："是不是可以这样理解：欧洲的繁荣昌盛，国力强盛，与他们重视教育分不开来。这些修建了几百年的古老学校为它们的强盛源源不断地培养输送了人才，积蓄了力量。物质上的强大是暂时的，文化上精神上的强大才是永远的，不可征服的。元朝的忽必烈大帝曾经靠武力征服了大片欧亚大陆，但由于文化教育落后，像毛泽东说的只识弯弓射大雕，最终逃脱不了被淘汰的命运。反观古希腊，虽然亡国千年，可是它所创立的先进民主理念却统治了整个欧洲，波及世界，成了当今普世价值。"

马述伦点头同意，"后来的文艺复兴，学风盛行，将欧洲推向了强盛地位。中国何尝不是如此。华夏文明之所以能几千年立于世界之林延续不断，就是因为中国是一个诗书礼仪之邦，再生能力强大，虽有短暂挫折和弯路，皆可自我修复，立于不败。自春秋始，中原各国办学就风靡天下，孔子有弟子三千，七十二贤人，诸子百家皆著书立说，蔚然成风。万般皆下品，唯有读书高。正因为如此，尽管历史上中国被异族反复侵略占领，可是最终却被中华文化同化掉了，淹没在汉赋唐诗宋词的汪洋大海之中，成了泱泱大国中的一份子。康熙乾隆就是典型例子，连颐和园都模仿得江南味十足，遑论他们在书法诗词方面的修养了。历朝历代如秦始皇焚书坑儒者，根本不可能阻挡崇尚知识的风气在中华大地蓬勃发展，文人才俊各领风骚几十年，代代延续。"

他们沿着残疾人通道穿过教学楼，进入空旷的庭院。学校放假了，没有几个学生。绿草茵茵的庭院被古典歌德式建筑四面围着，一派学究气。一楼的回廊里布满了几百年来在这里执教过的学

153

者塑像，被阳光照耀着。他们一尊尊看过去，虽然不是什么大人物，却都是知识才俊和贤人。马述伦瞩目凝视这些雕像久久不肯离去，回想起自己以前的教授生涯。

　　出了校门，他们途遇两个古装打扮的人向他们推销晚间音乐会演出，居然用非常纯正的普通话说出"金色大厅"。马述伦出于本能，要给他们照相，不想两人嘴里蹦出"茄子"，逗得俞林几乎笑岔了气。

　　俞林在国内听说过"金色大厅"，是维也纳高档次的音乐圣堂，非常想在这里听一场音乐会。她问马述伦想不想？马述伦忙点头。他们从古装打扮的人那里买了两张票，高兴地走了，不曾想背后传来中文："我爱你。"听得两人背脊直起鸡皮疙瘩。想来中国来的游客不少，两个贩票的人被调唆得不成样子。

　　是夜，两人来到金色大厅，时值晚霞满天，夜幕慢慢笼罩了维也纳，晚霞初灯中整个城市充满了浪漫的艺术气氛。进到里面，演出大厅四壁金光灿灿，精致的天花板富丽堂皇。

　　马述伦多有不便，服务生将他安排在后排靠墙一个视角非常好的地方，还为照顾他的俞林搬来一张绒面椅子，服务周到体贴，两人连声道谢。

　　马述伦以前来过这里，忍不住又向俞林侃侃而谈。"古典音乐是奥地利的国粹，是其文化精髓的一部分，不可不赏。在大街上见识了草根音乐家，这里欣赏的是阳春白雪了。在维也纳不听一场上佳的古典音乐会，那算是白来。金色大厅位于维也纳音乐协会内，是维也纳爱乐交响乐团的家。此乐团建于 1842 年，地点是那个奥地利前国王弗朗西斯一世所赠与的。如果说维也纳是世界音乐界的皇冠，这里就是皇冠之上的明珠了。这里演出成员的选拔程序非常苛刻。他们都是从维也纳国家歌剧院里的音乐才俊中选拔出来的，而且必须在维也纳国家歌剧院演出三年以上才有资格申请。这门槛实在太高，你得真心热爱精通古典音乐并愿意做苦行憎嗜乐如命才行。因此维也纳爱乐交响乐团里的表演者个个身怀绝技，演技超群。在奥地利这种金字塔式的音乐圈结构里，想不产生音乐大师都难。音乐不仅仅是一种爱好，更是至高无上的学问追求。其实中国古时候也有宫廷歌舞，而且远远早于欧洲。不知为什么我们华夏文明厚此薄彼，乐曲部分被剥离失传，得不到应有的重视。文字部分却另辟蹊径，演变成脍炙人口的平仄黏连对仗。唐诗宋词元曲这些起源于歌唱的文字变得脍炙人口，在中国久盛不衰。"

俞林正津津有味地听着马述伦的介绍，台上身着古装、头戴发套的音乐家们纷纷出场了，里面有不少是女的。音乐厅的灯光暗淡下来，精彩的演出开始了。那华美的乐章和动人的歌喉，每个曲目都扣人心弦。马述伦在音乐声中握住了俞林的手，轻轻拿捏着。

四十六　音乐

昨晚的精彩音乐会让两人念念不忘，难以忘怀。吃早餐时马述伦对俞林讲了一则往事："病退以前，我还在学校当教授。有一次来维也纳开一个国际学术会议，上千人的专业学科会议别开生面，开幕式台上坐满了一个交响乐队。科学家讲完一段报告，音乐家跟着演奏一段交响乐，交替进行。提问时遇有报告者回答不出来的问题，主持人就让音乐家们回答，引得台下一阵哄笑。由此可见古典音乐在维也纳的地位和盛行。在奥地利，科学和艺术的地位是同等的。"

俞林说她上网查过，维也纳有几处公园，里面有不少音乐大师的雕像，何不前往一拜。马述伦点头称是，说应该如此。

他们先来到城堡花园（Burggarten），不大，就在街边。里面的绿草地上别出心裁，用花栽成了一个巨大的红色音乐符号。面对着音乐符号是一尊潇洒的莫扎特（Wolfgang Amadeus Mozart）塑像。两人来到雕像前，同其他游客抬头仰望，怀着景仰的心情。来维也纳有几天了，耳濡目染，大街小巷莫扎特的名字如雷贯耳。

马述伦讲："世界上的音乐大师太多，但在维也纳，乃至于整个奥地利，都得让位于这位天才作曲家。莫扎特生于萨尔茨堡（Salzburg），5 岁就能作曲，8 岁时写下了他的第一部交响乐，一生中共谱写了 600 多部音乐作品。孩童时代起他的父亲带着他和姐姐在欧洲大陆巡回演出，结识了许多音乐界的名流。尽管他的成就很高，可是生活不尽人意，收入不稳定，有些穷困潦倒，他只活了 35 岁。去世后他一直是奥地利人的骄傲，倍受敬仰。"

他们来到城市公园（Scadtpark），这里有个音乐演奏厅（Kursalon）。公园里鸟语花香，绿柳飘扬，河水潺涟。在几颗大树的怀抱里，一尊通身漆金的施特劳斯雕像翩然立在一个圆门里，手拉提琴，神采飞扬。圆门框架上是随着圆舞曲翩翩起舞的裸女。雕像坛前种植了不少鲜花，衬托着雕像。

马述伦指着金色雕像说："音乐史上一共有四个施特劳斯。这个雕像是父亲施特劳斯，以写圆舞曲著称。他有三个儿子，也是圆舞曲作曲家。特别是大儿子，也叫小施特劳斯，写过许多脍炙人口的圆舞曲，譬如《蓝色多瑙河圆舞曲》。"

"这个我知道。"俞林以前在生意场上陪着客人跳舞，跳过无数次的《蓝色多瑙河圆舞曲》。说着她情不自禁地闭上眼睛，嘴里哼着圆舞曲的调子，手臂环抱着一个无形的舞伴，步态轻灵地围着马述伦的椅子转了起来。跳呀跳，她仿佛回到了生意场上，勾起了许多往事，她闻到了从男人鼻孔里喷出的浓烈酒精味和烟草味。她仿佛又回到了学生时代，手臂搭在马述伦坚实的肩上。他们在树林里跳，在湖边跳，迎着朝阳跳，在月下跳，那些幻想了几百遍的场景现在真真实实地回来了。俞林身经百战，舞步娴熟，她的感情里掺杂了太多的内容，连眼泪都出来了。

等她跳完了，身边响起了一片掌声，原来周围聚集了许多游客，大家驻足欣赏陶醉在舞曲里的俞林。俞林睁开眼睛，发现马述伦的眼睛里噙着泪水。在众人面前，她难为情地捂上了脸。

大家都散去了，马述伦拉着俞林的手说："算我有眼无珠，这么好的舞伴，居然大学时没有注意，给忽略掉了。"

俞林大概刚才跳得太投入了，还喘着气，脸膛红扑扑的。她问马述伦："我是不是有点傻气？"

"喜欢你这个傻样。你还会跳什么圆舞曲？"

"我还会跳 《春之声圆舞曲》，《皇帝圆舞曲》。"

"这些都是小施特劳斯写的。可惜现在我不能陪你跳了。"马述伦看着轮椅前自己瘫痪的两条腿。

他们沿着公园里的步道继续前行，马述伦讲了只活了 45 岁的父亲施特劳斯和他三个儿子的许多音乐典故。突然，马述伦在一尊雕像前停了下来，问俞林知不知道这是谁？俞林摇摇头。

"这是舒伯特（Franz Peter Schubert），另一位伟大的奥地利作曲家，去世时年仅 31 岁。"

"啊！为什么这些杰出的音乐家都这么短寿？"

"我猜，大概是用情过度吧。他们的生命虽然短暂，可是激情火花四溅，他们留下来的作品给奥地利人带来了无穷无尽的财富。你看奥地利人，阳光热情，知乐达礼，怡情悦性。不管是高贵还是贫贱，人人开怀享受生活，其乐融融。这些都与他们喜爱音乐有关。"

是呀，两人徜徉在奥地利的这几天里，那些如画的市景，那些华丽的皇宫林园，悠久的历史，无一不在他们的脑海里反复回放。两人踌躇在大街小巷的斜阳里，且行且观，到处都是巧夺天工的艺术品和动人心魄的乐章。

四十七　萨尔茨堡

游完了维也纳，俞林和马述伦乘坐火车前往萨尔茨堡（Salzburg），这是马述伦向俞林极力推荐的。

火车一路贴着山脉向西，视野开阔，同一条河流平行交叉而行。窗外绿色的田野像地毯一样舒展地展开，连绵不绝。田野上点缀着农舍，成群的奶牛悠闲自得地在湛蓝天空下吃草，白云飘渺。雄健逶迤的山峰上时不时地出现教堂建筑，神圣而庄严。

看着车窗外不断变幻的锦绣河山，俞林如痴如醉，被妩媚秀美的景色撩拨得心情荡漾。她对马述伦说："和许多国家相比，奥地利的自然资源似乎并不富饶，也非得天独厚。可是奥地利人懂得生活，懂得保护自然环境，让自己活在人间天堂里。你看窗外的景色多美！"

他们一路心情愉快地到了奥地利的宗教重镇萨尔茨堡，那些中世纪巴洛克风格的教堂和城堡在阳光里闪耀发光，明暗分明。根据马述伦的吩咐，俞林买了两张城市旅游通票。他们先来到米拉贝尔宫（Schloss Mirabell），俞林急于想看电影《音乐之声》的拍摄地，里面花繁叶茂，树枝修剪得整齐利落，颇具皇家风范。

俞林看着眼熟，嚷道："果然和《音乐之声》里的场景一样！"她跳到一个水池子的边缘，学着做了几个电影里的动作让马述伦拍照。

拍完照，马述伦告诉了俞林一段趣闻。"这个宫殿是大主教雷滕乌(Wolf Dietrich von Raitenau)为他的情妇建造的，他们在这里一共生了15个孩子，10个活下来了。"

"啊，天主教教主不是不可以结婚生子的吗？"

"世界上的事情并无绝对的。教皇也是人，也想着人间的七情六欲。绝对的权力产生了特权，特权导致了不受管束和腐败。"

他们过了萨尔察河（Salzach），乘电梯来到萨尔茨堡现代博物馆（Museum der Moderne Monchsberg），这里是俯瞰萨尔茨堡城区的最佳地点。站在高处瞭望，尽管事先查看了不少网络图片，当俞林身临其境面对下面林立的教堂时，仍是震撼兴奋不已，这个城市的人文历史立马凸显出来。

"这么多教堂，你能说出它们的名字吗？"俞林习惯性地问马述伦。

马述伦说试试。他指着下方远处说："那个是萨尔斯堡大教堂（Dom zu Salzburg），那个是大学教堂（Kollegienkirche），那个是圣皮特修道院（St Peter's Abbey），那个是圣皮特公墓（St Peter's cemetery），那个是主教宫广场（Residenzplatz）。这里的教堂有太多太多，萨尔茨堡有'教堂城市'的美称。"

他接着介绍："萨尔茨堡在神圣罗马帝国时期是一个独立的总主教行政区，以天主教为主，政教不分，以教代政。总主教（Archbishop）享有至高无上的权力，统治管辖萨尔茨堡，压迫新教徒，犹太教和其它教派。这里素有'北部罗马'之称。萨尔茨堡是奥地利第四大城市，历史上有盐都之称。凭此得来的收入赋予了教会强大的经济实力，在中世纪的欧洲地位强盛，独树一帜。中国古代自春秋管仲始，也有盐政兴邦之举。17 世纪初，总主教大兴土木，现在的萨尔茨堡老城的外貌风格就是当时留下来的。西方的文明史在很大程度上是由宗教决定的，宗教主宰社会的前进，主宰人们的思想行动，也影响着建筑和艺术的发展演变。西方最好的美学艺术殿堂是教堂，不惜泼金洒银，奢华无比。世界各地许多久负盛名的博物馆里摆放的精品油画、雕塑、器皿，也大半是从教堂里窃取的宝贝。教堂文化是欧洲人文中的人文，核心中的核心。

"你看远处那个山上的城堡是总主教官邸（Festung Hohensalzburg），由总主教格布哈特（Gebhard）始建于 1077 年。总主教埃伯哈德二世（Eberhard II）在萨尔茨堡的历史上起着至关重要的作用，他在 1200 年至 1246 年间将封建贵族的统治权、司法权和城市的管理权集于一身，总主教成为萨尔茨堡的最高统治者，被誉为'萨尔茨堡之父'。1328 年在总主教的授权下，萨尔茨堡逐渐演变成为神圣罗马帝国内的一个独立国家，促进了萨尔茨堡的繁荣昌盛，几与罗马教皇分庭抗礼。要不我们去城堡看看，太阳快下山了，赶去看夕阳还来得及。"

　　他们乘建于 1515 年的缆车直达城堡的山顶，这是世界上还在使用的最古老的缆车道。露天平台上挤满了人，大家凭栏眺望渐渐西下的日落，静静地看着萨尔察河平缓地湉流经过城区，河水通体被夕阳染成了亮红色。阳台上有家餐厅，他们挑选了一个视野好的座位进入晚餐。一个上了年纪的女服务生过来招待，每人送了一颗莫扎特巧克力。

　　俞林看见餐桌上放着食盐，装在一个精致的小瓶子里。里面的食盐呈绿色，粗颗粒，她倒了一粒放在舌头上品尝，叫道："有味道。"

　　"这一看就是当地产的食盐，值得买一瓶带回去。"马述伦的话匣子又打开了，"旅游一定要享受当地的美食。以前我出门旅游，喜欢寻一个舒适的去处落座，为自己接风洗尘，将看来的山山水水和风情万种都化入食物中，慢慢咽下。闭目品尝时，会觉得腹内乾坤转动，视觉神经和味觉神经都达到了平衡。每个民族有每个民族的美味，一定要尝。从某种程度上讲，美食乃集某地人文传统之大成者，代表了一种文化的境界。我曾经写过一首打油诗：口含沧浪景，腹蹈海天鲜。品罢佳肴宴，方知已变仙。"

　　慢慢地，下面城区里的灯火都点亮了，夜幕下的萨尔茨堡显出了中世纪的神秘美感。食物端上来了，透着诱人的味道。两人一面吃着，一面聊着萨尔茨堡的今昔佳话。

四十八　哈尔施塔特

吃过早餐，他们来到旅店前台，询问如何去奥地利著名小镇哈尔施塔特（Hallstatt）。店员告诉他们在前台订票即可，有专车来接散客，送到旅游大巴点集中出发，非常方便。店员扫了马述伦一眼，说车上有专门供残疾人上下的服务设施。两人于是报名参加了当日游旅团。不一会一辆小巴来到旅店门前，司机打开车的后门，放下升降台，小心翼翼帮助马述伦上了车。小巴径直开到旅游大巴站，两人同其他散客改乘大巴去哈尔施塔特小镇。

沿途都是看不尽的湖光山色，村落人家，牛羊成群。到了哈尔施塔特小镇，果然美丽，山峦倒影水中，波澜不惊。最奇的是湖中有成群的白天鹅游弋，体型优雅，像一只只小船在湖面轻轻滑动，身后拖着长长细细的波纹，曲线优美。湖心有几只落单的天鹅在湖中孤芳自赏、自我陶醉，如同天外尤物闲逸。

小镇不大，俞林推着马述伦沿湖用了半小时就从这头走到了那头。湖边假日别墅旅店花样百出，各家各户的墙头布满了藤蔓鲜花，像瀑布般从阳台和窗台垂挂下来，在轻微的湖风中摇晃。窗口不时探出房客的头来，望着湖面指指点点。

俞林有些遗憾地说："这么漂亮的地方，我们真该在这里住上一晚。"马述伦点头同意。

小镇中央有座小教堂，塔尖耸立，是许多宣传照片里面的标志性建筑。教堂旁有片小墓地，立着许多墓碑，在钟声里显得寂寥落落，勾起一股怀古的思绪。俞林对马述伦说，身后能长眠在这里陪伴这片湖水，值了。

中国人似乎对小镇情有独钟，他们在店铺里步道上碰见许多中国来的观光旅游团，叽叽呱呱，买商品，抢地盘合影留念。俞林和马述伦同他们频频打招呼，听其中一位说，中国广东惠州也有一个哈尔施塔特小镇，山寨这里的景点。

"哪一个更好呢？"俞林感兴趣地问。

"当然这里的好看啰，原汁原味。特别是这湖水和天鹅，中国的没法比。那都是商人和政府挖空心思想赚钱，骗骗国内的人。"游客快人快语。

看看还有时间，俞林和马述伦坐在湖边一处树荫下看着几个小孩喂天鹅食物。天鹅游来游去，争抢着，红嘴伸到水里还能看得一清二楚。看得兴起，俞林忍不住也掏出食物到水边喂天鹅，神情欢快像个少女。

马叙伦坐在一边默默欣赏着俞林孩子般的笑声，从记忆里回想她大学时代的模样。这么多年了，她的身材一直没变，一点也没有发福。她虽然脸蛋不是很漂亮，但耐看，五官标致端正。在大学时没有顾得上注意她，是因为自己身边的漂亮女生太多了。和她相处了这一段时间，了解了她的为人，她的性格刚柔兼顾，善解人意。当然自己一点也不明白为什么她对自己这么炙热地追求，一往情深。以前自己是个完整的男人，还情有可原，可现在自己是个残废人了，她是为什么呢？

马述伦想不明白，觉得自己是个有福之人，内心满足，嘴上不免美滋滋地挂着微笑。他抬起头来，偶然间瞥见了一个再熟悉不过的身影，他的前妻正挽着一个男人的手臂坐在远处湖边的一条长椅上。前妻似乎心不在焉，专注地看着正在喂天鹅的俞林发呆，没有注意马述伦也在看她。听人说，前妻离开了自己以后，找了一个白人医生。不是冤家不聚头，他们也来这里度假了。

俞林有点累了，在水里将手洗干净回到了马述伦身边。"太好玩了！"她开心地说，一脸纯真。看见马述伦的衣领有点乱，她弯下身去帮他整理。

马述伦用餐巾纸将她额头上的细汗轻轻擦掉，亲切地说："我们结婚吧？"

"什么？"蓦然间俞林没有会过意来，不太相信自己的耳朵。

马述伦在她红红的脸颊上亲了一下，提高了嗓门重复了一遍："我要和你结婚。"

俞林自然不知道马述伦此刻心里发生的变化，也不知道他的前妻正坐在不远处看着他们俩。她将手抚摸了一下他的胸口，非常平静，不像是心血来潮。"就这么求婚呐，求婚戒指呢？"俞林亲热地撅起了嘴，一付小女人的模样。

"一定给你补上。"

在哈尔施塔特小镇呆了两个多小时，旅游团打道回府了。黄昏时分，他们在萨尔茨堡又转悠了一会，参观了莫扎特的故居，看见了莫扎特四岁时拉的小提琴。出来时，马述伦提议去萨尔察河上的锁桥走走。

来到锁桥，只见栏杆上系满了同心锁，密密麻麻沉甸甸的。

马述伦说："我们也买一把锁系上吧？留个纪念。我这辈子欠你的太多，其实我配不上你。"

俞林想到刚才在哈尔施塔特小镇上他向自己求婚的情景，有些眼红。"什么配不配得上，不是还有时间弥补吗？我这人也是自作多情，一定是上辈子欠了你什么，这辈子死心塌地地偿还。"

马述伦对着旁边卖锁的老头喊一声："给我挑一把。"然后把锁递给了俞林锁在桥栏上。

老头趁热打铁，加了一句："我这里有当地工匠打的戒指，非常漂亮，要不要一枚？"

马述伦毫不犹豫，"来一枚。"他郑重其事地将戒指套在俞林的手指上，将带着戒指的手指放在嘴唇上亲吻着，眼里渗出了幸福的泪花。

四十九　德南鹰巢

萨尔茨堡不大，回美国前还有一天时间剩余。马述伦告诉俞林，萨尔茨堡和德国南部交界，那一带风光秀丽，有个国王湖，他以前去过，还有个鹰巢（Eagles Nest），以前没去过，想去看看。鹰巢曾经是二次世界大战时期德军的最高统帅司令部。他询问俞林有没有兴趣去。

俞林说："去呀去呀，这么好的机会，当然要去！"订婚后俞林的性情上佳，对马述伦百依百顺，小鸟依人一般。

说走就走，两人乘840路公交车前往德国南部小镇贝希特斯加登（Berchtesgaden）。上车买票，40多分钟就到达了镇上的游客中心。

俞林觉得很稀奇，"怎么德国和奥地利过界不检查护照和签证？连司机都不检查。"

马述伦解释道："德奥两个国家都是欧盟成员国，互相之间不设关卡。"

小镇以旅游业为主，有许多假日旅店位于林木佳秀的山上，别墅型建筑比比皆是，一条溪流穿镇而过。他们在游客中心买了去鹰巢的当日旅游团票。站在那里等车时，众人发觉四周有异，小镇上空突然浮光灵动，云蒸云蔚忽阴忽晴，冷暖色交替和谐地互换。突然间，一条巨大的彩虹横跨山峦之间。

"哇，这里的景色真是太美了！我们的运气太好了！"俞林发出了惊呼。

黄绿色大巴从游客中心门前出发，盘山而上。车上的德国女导游英文很好，沿路讲解希特勒和鹰巢附近的历史变迁。她说鹰巢是纳粹送给希特勒 50 岁的生日礼物，为德军统帅部最高秘密军事基地。这里周边地区 1933 年开发，1936 封闭，沿途可见当年留下来的希特勒和纳粹高级将领居住的房屋和碉堡工事。当年修工事分德奥工人和外籍工人，德奥工人待遇好，拿工资，有妓女和酒犒赏。后来盟军占领这里时曾发现了大量高级酒箱。

大巴在鹰巢史料馆（Obersalzberg Documentation Center）前的停车场停靠，游客们纷纷下车。大家在导游的引导下进入史料馆参观，里面陈列着纳粹和二战时的历史实物。当年的几幅德国宣传画非常醒目，展现了当时德国举国疯狂的造神运动。希特勒是神话中的领袖，英明伟大，众星捧月。

俞林说："这些画面看着眼熟。"

马述伦说："是的，非常像中国文革时期的宣传画。历史的相似性和雷同性不会因地缘而隔绝，往往有惊人的巧合。"

俞林问："希特勒那时为什么会受到如此的爱戴和崛起呢？"

"希特勒的产生和崛起是一种文化和历史的产物，德奥民族的民粹主义在精神上的凝聚力造就出了希特勒这颗核心和精神领袖。在希特勒的领导下，当年德国的国家机器强大无比，美国和苏联以及其它盟国需要联手才能打败它。美国和苏联也是凭借希特勒这样强悍的敌人才得以证明和竖立起自己在世界上的霸主地位和威望的。"

有一面墙廊介绍当年德军著名的将领，战将如云，叱咤风云。站在当年希特勒进攻苏联的巴巴诺莎计划（Operation Barbarossa）示意图前，马述伦用客观的口吻说："撇开其它不谈，希特勒创造性地发展了战争军事理论，使麻痹战，欺骗战，闪电战等军事战略战术达到了前所未有的高度。"

史料馆里面连通了一个当年开发的庞大地下工事（bunkers）。导游介绍说："这个工事隧道的深度有 1 公里垂直距离。前不久又新发现了一条 2 公里长的遗弃隧道，还不知有多少隧道没有被发现。据说当年苏联红军攻打柏林，德军将领曾劝希特勒到这里来坐镇指挥，他没有同意，留在了柏林同德军将士共生死、同存亡。"

阴暗的隧道工事里可以看见许多地方布有机枪眼。在一处墙面上刻有 5.5.1945 日期字样。导游介绍："这是当年法国抵抗力量攻占这里时留下的刻痕记录。到底是美军还是法军最先发现这个隧道的一直存有争议。"

　　出了史料馆，他们转乘专用红色大型交通车沿当年希特勒的乘车路线去鹰巢，其它车辆不许入内。由于是单行道，上山和下山的旅游车辆必须同时对开，中间留有专门错车的地方，等对方的车到后才能继续前行。

　　到了鹰巢，其地势居高临下，气势开阔，疾风中四周云漫云涌，山谷中田野村庄若隐若现。在导游的指导下，大家抬头仰望，阴霾的天空下悬崖顶上果然有个建筑，像鹰巢一样悬立在绝壁上端。导游介绍："当年英国皇家空军曾于1945年4月25日对这个地区进行了轰炸，这栋小屋成为了方向定位指示标，小屋没有被炸毁。"

　　在鹰巢入口处，厚重的铜门上刻有1945字样，同样为当年盟军占领这里时留下的刻痕。沿着长长的隧道进入里面，乘电梯上去，出口是一家位于鹰巢里面的餐厅，当年德军统帅部开军事会议的地方。餐厅里有不少游客正坐着用餐，笑声喧哗。

　　来到外面，有一方平地，四周坚石嶙峋，矮松伏地，耳边呼呼生风。云雾中环顾四周，附近的山峦叠嶂连绵不绝，秀丽雄奇兼收。尽管阴云密布，丝毫掩盖不住群山的苍茫，远处的萨尔茨堡历历在目。山脚下国王湖碧翠如玉，一汪秀水深藏群山之中。

　　马述伦看着如画江山，难掩激动，"不知希特勒当年站在这里想的是什么？绘画还是战争？听说他的许多战略战役构思都是在这里完成的，于沟壑万千之中，雄兵百万了然于胸。只有站在这里才能隐隐约约体会出希特勒当年的心境和豪气，其军事上的艺术性和创造性大概得益于这里的山川精气。早年希特勒学画，被维也纳艺术学院摈弃于门外。他的艺术才华虽然没能实现，可是他用枪炮做笔，用血做颜料，用欧洲的版图做画板，以艺术家特有的灵感，挥洒完成了自己一生的艺术杰作和历史画卷，使生灵涂炭，国破山河。魔鬼和天才结合在一起时是最可怕的。"

俞林说："你的想象力太丰富了。这么说来，任何一位艺术画家在希特勒面前都会显得相形见绌了。"

他们在山头凝视，浮想联翩，深深感到要了解一个国家是非常不容易的事情。美丽的奥地利如何就出了一个希特勒那样的魔头？

五十　告别

丁一在中国的院长合同到期后，鉴于中美两国关系的不断恶化，决定不再续聘院长职位，而是回到美国原来的学校继续工作。碰巧美国学校的原院长退休，通过招聘竞选，丁一竞选上了院长的职位，并兼任医学院肿瘤中心的主任。世事如棋难以预料，回想几年来为了建设中国科技大国的满腔热血和梦想，这时都化作了一江春水，丁一不免深感无奈和遗憾。他当中国院长时招聘的千人计划学者，好几个都回到美国去了，包括刘一鹤推荐的赵旒华。当然还有招聘他来当院长的副校长曲直犯事入狱，让他想起来心灰意懒。

丁一在中国的继任者是鞠进，她原是副院长兼基础部的中心主任。丁一来这个学校当院长后，大力提拔了一批本土派年轻有为的教师到领导岗位上做助手，悉心培养他们，因此学院的工作搞得有声有色，朝气蓬勃。在丁一的领导下，学院的科研经费激增，论文质量大幅提高，院校排名直线上升，教职员工人人心情舒畅。

在这一帮年轻人中，鞠进是佼佼者。她头脑敏捷，善于思考，工作勤奋，一步一步从实验室主任干到基础部主任，然后是院长助理和副院长。丁一决定离开后，学校向他征求院长人选，他推荐了鞠进。经过考察，学校同意了丁一的推荐。

丁一要回美国了，鞠进联合了院里的一帮青年教师给他和即将离任的赵旒华教授送行。现在的政策不许公款请客，他们没有去高档餐厅，而是将地点选在了沙湖公园，开一个品茶会，取君子之交淡如水之意。公园围绕着一个大湖而建，亭台楼榭齐全，古色古香花繁树茂，幽幽的林荫小道配以奇山异石，湖中荷花婷婷盛开，是一个赏心悦目的好地方。他们在公园里租借了一个临湖茶轩，可以看见窗外垂柳依依，鱼鸭戏水，风和日丽。

大家陆陆续续来到茶轩，甫才坐定，颇有姿色的老板娘穿着素雅米色淡妆旗袍进来倒水，其他着装服务员端来花式点心。大家正品着清香浓茶，吃着可口点心，生化系主任洪涛教授手上拿了柳枝条急急忙忙赶进来。他说路上堵车，来晚了一步，十分抱歉。然后将柳枝献给丁一和赵旒华，柳枝上各系了一枚丝绸蝴蝶。众人不解何意，丁一明白，说这是折柳相送之意。洪涛当年在美国留学，在丁一实验室得到过他的悉心辅导，现在又在他的领导下工作了几年，深知丁一喜欢中国古典文学，因此想到了这个自古以来长亭折柳送别的主意。大家闻听这个借古喻今的解释，纷纷拍手叫好。

鞠进先代表大家向丁院长和赵旒华表示感谢，感谢他们对学院建设和科研工作作出的巨大贡献，和对在座各位的培养提携。她送给丁一和赵旒华每人一个精致的茶罐，聊表大家惜别之意。众人都舍不得他们离开，纷纷发表即席讲话，希望将来能继续保持合作。大家都相信目前中美之间的状况迟早会结束，科学无国界，求同存异是大道理。看着在座的青年学者们，丁一和赵旒华也表示了感谢和对自己工作上的支持，希望大家再接再厉，再上层楼，搞好学院建设。

　　在坐的还有一个千人计划学者，是个刚被美方解聘回来的前美籍教授。前些年他同时受雇于中美两所学校，但没有向美方学校如实说明在中国的受聘情况，一人拿双份工资。这种情况在美国属于隐瞒不报，犯有欺骗罪。这种违背职业操守的行为导致了他被美国学校终止教职，被开除了。不得已他现在只有全职回到中国来工作，继续做千人计划学者。他坐在赵旒华旁边，袒露了自己的悔恨之心。他喋喋不休地和赵旒华说，自己还是非常留恋在美国的工作的，在美国当教授高薪高水平，好不容易熬到终身教授职位，丢掉了实在太可惜。他为自己的行为后悔，但为时已晚，覆水难收。现在他的老婆孩子仍在美国生活工作和学习，他只身一人留在中国，有家难回，真是有苦难言。当然他内心不服气，觉得自己倒霉透顶，运气不佳而已，因为像他这样情况的人在千人计划学者中比比皆是，其他人只是没有被逮住而已。和以前高调亮相不同，这些人在中国院校和政府的协助下，将自己的千人计划学者称号隐瞒起来，一个个都成了地下工作者，蒙混过关。此一时彼一时矣。他摇着头问赵旒华，怎么曾经荣耀无比的千人计划学者突然间就变成了过街的老鼠呢？

　　他的抱怨没有得到赵旒华的认同，因为并不是每个千人计划学者都是这样的。当年赵旒华回中国工作时，曾非常明确地向所在的美方学校申报，讲明了自己回中国工作的情况和时间表，并将工资作了相应的调整。看着眼前还在为自己辩解的继任者，赵旒华想起了中国的一句谚语：偷鸡不成反蚀把米。为人不能太贪，要有道德底线。看来这位千人学者还没有醒悟过来，从自己身上找毛病，进行自我反省。赵旒华其实打算好了，这次回到美国就跟美方学校说拜拜，提前退休。她想好好去旅游，看看外面的大千世界，享受人生。

　　谈到后来，大家说划船吧。于是众人纷纷来到岸边，几个人一条船各自打桨，争先恐后地向湖心划过去，欢笑声在湖面上荡漾开来。头顶上飞过一群鸟，盘旋着观察这群人，是什么事这么高兴？

　　大家仿佛回到了年轻时代。丁一和赵旒华坐在一条船上，谈起刚刚度过的中国岁月，对这些年轻科学家们恋恋不舍。

五十一　入藏函

　　丁一决定回美国前去一趟西藏，那是他一直向往的地方。他还同妻子月琴商量好了，游完了西藏，回美国后休息一段时间再上班，两人去一趟意大利的佛罗伦萨，实地考察一下文艺复兴。之所以选择这两个地方旅游，是因为藏传佛教和文艺复兴大致发生在同一个时期，两个地方都以宗教和艺术闻名于世。丁一文人气重，想比较东西方之间两者的不同。

　　听说他想去西藏旅行，洪涛教授自告奋勇地要带他去自驾。一打听，结果不行。丁一拿的是美国护照，不可以在西藏自由行动。按规定，外籍人士需组团入藏，由西藏旅行社办理入藏函，经过检查审批后方能入藏，而且只能沿着中国政府指定的线路旅行参观。丁一苦笑着对前来参加旅行的月琴解嘲，自己虽然在中国工作居住生活了好几年，好歹还是一所大学的院长，国家请来的专家，有头有脸的，到头来还是一个外人，被区别对待。

月琴幸灾乐祸，挖苦道："你以为你是谁？当年劝你好好呆在美国，你不听，要回到中国当什么院长，报效故国，振兴中华。现在认清了自己的位置也不迟，规规矩矩好好当一个外宾吧。"

丁一不得不接受现实，海鸥教授们怎么了？仿佛失去了方向一般，一直没有搞清楚自己的落脚点在哪里，栖身何处？他认识一个千人教授，被邀请到中国的一个单位作报告，结果人家按照他讲的东西重复了他的结果，被那个单位抢先发了论文，还办了一个公司和他的公司竞争。友谊的小船说翻就翻，现在双方撕破脸皮，正闹得不可开交。

没办法，丁一夫妇俩只好同几位也是在中国工作的海鸥教授临时组了一个团，委托一家西藏旅行社办理入藏手续。交了订金，快要成行时，西藏旅行社通知他们，说上面又有新的文件精神，十月份有国庆活动，一律不接受外宾团。众人一听都傻了眼，怎么说变就变呢？大家都冒着背叛美国的风险，牺牲自己的利益为母国做了许多贡献，到头来连自由自在看一眼母国的壮丽河山都不能。众人如鲠在喉，心中不平衡，别是一番滋味在心头。

西藏那边接待的旅行社安抚大家，说如果大家不说来旅游，而是因公到中国出差，或许还可一试。于是丁一急急忙忙让鞠进提供学校的证明，证明他们都是到中国来讲学工作的。同西藏旅行社来来回回商量协调了好几趟，在临出发的前几天入藏函终于办下来了，大家松了一口气。有意思的是西藏旅行社那边将他们中间许多人的身份改变了，多为退休人员。众人不解，不是来讲学的吗？怎么成了退休人员了？在哭笑不得之际觉得能去西藏就行，其它的也就无所谓了。大家心里明白，在中国办事就是这样，上有政策，下有对策，旅行社这么办，一定有他们的道理。于是众人装聋作哑，不予计较。

细心的月琴发现，申请入藏函的旅行社不是接待他们的那家，而是一家叫"宝发"的旅行社。后来到了西藏，导游告诉他们自从西藏 2008 年发生了"3.14"藏人暴动，入藏手续严加控制，只有四家旅行社可以代办入藏函，其它小旅行社只能附着在这四家旅行社下面，通过它们做生意。此是后话。

去西藏前，他们一伙人决定先去一趟青海。那里海拔有两千到三千米高，这样可以逐步适应高海拔地区的环境，然后乘火车进藏，减少高原反应。

在西宁下了飞机，青海旅行社派了一位司机开着一辆中巴来接机，送他们去市区的"五四酒店"下榻。酒店地处繁华闹市区，从窗外望去，天空干净如洗，一排排新建的楼房栉比，明亮光洁，背景远山如黛。问了一下司机，青海大约五百多万人口，有将近一百七十多万人居住在西宁，为大西北地区最大的省会。司机还说，青海省每人平均拥有七平方公里之多，民族主要有汉族、藏族、回族、蒙古族等。

丁一和月琴安顿好后，出了酒店到附近的力盟巷子和步行街闲逛，想买点零食在路上吃。这里和中国大多数城市一样，修了不少仿古店铺吸引游客。有些店铺门前站着身穿民族服装的人，招揽客人进店消费。毕竟地处高原地带，走了一会两人开始有些气喘吁吁。根据酒店前台的推荐，他们在一个标着"祁记面片"的餐饮店吃了当地的特色面片，一碗干炒，一碗汤料，聊裹饥腹，好歹也算品尝了当地饮食风味。

　　　　走累了回到酒店。入睡时不觉头皮有点发麻，两人各吃了一颗在美国开的防高反的处方药，渐入梦乡。

　　　　第二天一大早两人又去了不远处的新宁广场，这里有青海博物馆和青海艺术馆。只见人行道的灯柱子上和两旁的建筑物上挂满了庆祝国庆节的红色标语牌。宽大的广场上有不少健身的老年人和放风筝的人，几只风筝在高空显得孤零零地飞来飞去。忽然树林子那边响起了嘹亮歌声，惊起一片飞鸽围着广场上空飞旋。两人走过去，看见林荫大道围着一大群人在引吭高歌，还有乐队伴奏，一个指挥使劲挥舞着胳臂。他们唱的都是耳熟能详的大陆老革命歌曲。

　　　　丁一对月琴说："这一切显得那么地遥远，即熟悉又陌生。"

五十二　塔尔寺

　　　　离西宁 25 公里的地方有一处藏传佛教圣地叫塔尔寺，乃佛教格鲁派创始人宗喀巴（杰仁波切）的诞生之地，是中国六大寺院之一。到了西宁的第二天，司机就带着丁一一行教授专家们前往拜访。寺庙建于明朝洪武十二年（1379 年），位于青海湟中县鲁沙尔镇南面的莲花山中，历代不少达赖喇嘛和班禅大师高僧们都曾在这里进行过宗教活动和布坛讲经。

坐着景区的观光车来到莲花峰下，器宇轩昂的红墙金顶庙宇依山而建，庄重肃穆，一派圣祥。寺庙四周八座山峰果然形同莲花瓣朵，烘托着庞大的寺庙建筑群。寺前广场上一溜白塔一字排开，阳光下耀眼夺目。

商量以后，他们雇请了一个会点英文的导游。进到里面，塔尔寺香客不断，有许多递进院落寺门，古柏掩映，梵音穿壁。寺庙又分为大金瓦寺、小金瓦寺、花寺、大经堂、九间殿、大拉浪、如意塔、太平塔、菩提塔、过门塔，据导游介绍共有 1000 多座院落。

景区沿着山壁还修建了规模宏大整齐的宫殿、佛堂、习经堂、寝宫、喇嘛居住的扎厦，统称为学院，就是僧人修行学习的地方。塔尔寺设有显宗、密宗、天文、医学四大学院，僧人们在这里学习各种知识，是培养藏族知识分子的地方，历来为黄教中心圣地。这些搞科技的专家教授们注目凝望，虽然意外，却肃然起敬起来，原来和尚们不只是念经拜佛。

他们来到塔尔寺的大金瓦殿。此殿初建于公元 1560 年，里面有一个纪念宗喀巴的大银塔。相传宗喀巴罗桑扎巴（1357-1419）就诞生在这里。传说他诞生以后，从剪脐带滴血的地方长出一株白旃檀树，树上有十万片叶子，每片上自然显现出一尊狮子吼佛像（释迦牟尼身像的一种）。

丁一从窗棂向里面窥去，只见大银塔以纯银作底座，镀以黄金，并镶嵌各种珠宝，塔身裹了厚厚的白色"哈达"。塔上有一巨兔，内塑有宗喀巴像。塔前陈放有各式酥油灯盏、银鼓号角、玉炉金幢。梁枋上布满了帷、幡、绣佛、围帐及布陈天花藻井，覆盖着层层哈达。

"快来看，这里有颗圣树。"月琴喊着丁一。

果然殿旁长有一颗树，绿枝摇曳。导游神乎其神地介绍说："树的主干被包在大金瓦殿的银塔内，这颗郁郁葱葱的树是其旁支，从塔内伸出寺外。树的形成有一番来历。相传宗喀巴诞生之时，母亲番萨阿切在铰断脐带时滴了三滴血，后来此地便长出一株菩提树。宗喀巴移居西藏后，知道母亲常常想念他，于是修书一封，告诉母亲在菩提树旁修建一座佛塔，见塔如见人。后人为了护塔护树，遂修建了这座大金瓦殿。"

听完介绍月琴偷偷地对丁一笑道："宗教里的这些神话传说吓唬人，为的是给大师平添一层神秘色彩，使其不同凡响，受人顶礼膜拜。"

丁一回答："佛门重地需慎言，宁可信其有，不可信其无。可别小瞧了这位宗喀巴大师，他可是黄教格鲁派的创始人。达赖喇嘛一世根敦珠巴和班禅一世克珠杰都是他的徒弟。"

正说着，一队从尼泊尔来的香客伏地对着大银塔倒头便拜，口中念念有词，在树荫婆娑和酥油灯缭绕的烟气中，腾起一股信仰的虔诚。起身后，香客们排着队，手推大殿旁边的金铜色转经筒，发出咕噜之声，平添肃穆氛围。见此状，教授专家们也排着队，跟在香客后面推起了转经筒。导游说转一圈就代表念了一遍经。

接下来导游领着教授专家们来到塔尔寺里的酥油花雕像馆，介绍起酥油花的来历。酥油花最早产生于西藏苯教，为在供品上贴的小贴花。按印度传统的佛教习俗，供奉佛和菩萨的贡品有六色，分别为花、涂香、圣水、瓦香、果品和佛灯。天寒草枯时没有鲜花，只好用酥油塑花献佛。传说 641 年文成公主进藏，带去一尊释迦牟尼 12 岁等身像并将其供奉于拉萨的大昭寺，吐蕃人用酥油花供献于佛前，以示崇敬之心。1409 年，宗喀巴大师首次在拉萨大昭寺发起祈愿大法会，组织制作了大型立体人物群像的酥油花供奉于佛前。此后，酥油花传入宗喀巴大师的诞生地塔尔寺，在此相沿成习。据说宗喀巴大师曾梦见荆棘变为明灯，杂草化为鲜花，明灯鲜花之间千千万万颗珍珠闪闪发光，无比辉煌壮观。他醒后遂组织僧众用酥油雕塑再现梦境，于十五日的夜晚供奉于佛前，酥油花在展出后的当夜天亮之前必须全部焚烧完，以示昙花一现的梦境。

　　进到酥油花雕像馆内，众人立刻被眼前的精美艺术惊呆了。酥油被塑成佛祖、文臣武将、飞禽走兽、花鸟鱼虫、山林树木、花卉盆景、楼台亭阁，组成了各种各样生动的故事情节。这些酥油雕塑成的艺术品被保存在空调柜里展出，天热不至于融化。

　　墙上有酥油花制作的过程图片。由于酥油花的融点很低，为了防止体温对酥油花的影响，艺僧们在捏制之前都要把手浸泡在刺骨的雪水中，为防手温回暖，必须不时浸冰水、抓冰块，让手指保持冰凉。因此，每位艺僧都患有不同程度的关节病，甚至残废。

　　"啊！"看了图片介绍众人不免惊呼起来，喇嘛艺僧们的虔诚奉献让大家感动。年复一年，喇嘛艺僧们用自己冰冷的手指尖描述着藏传佛界的五彩缤纷世界和自己的信仰天国。

五十三　青海湖

　　参观完塔尔寺，旅游团翻过海拔 3800 米的拉脊山去了青海湖。这一带山势连绵，气势雄伟，峰峰相连无穷无尽，一副天高地远的塞外景象。他们开的是 318 国道，俗称"天路"，这条路曾经是连接北京到拉萨的唯一通道，五十年代修建时死了 3000 多名官兵。现在新修了京藏高速公路，318 国道的重要性已经不比当年了，渐渐变成了一条旅游路线。

到达青海湖景区时，路边有一块块灿烂的黄色油菜花田，艳阳天里招人喜爱，供游客们拍照。月琴和几个女伙伴换上颜色鲜艳的衣服跳下车去，一个带着礼帽的藏民守在田垄的门口收钱，每人 20 元门票。交完钱进去后，她们像小丫头一样在嫩黄的油菜花地里乱窜，摆手弄姿打打闹闹地不停拍照，笑声在花头上荡开，比银铃还清脆。有碧蓝的青海湖和褐色的远山为背景，这地方的色彩确实太漂亮了。花地里居然还有一台红色的仿荷兰风车点缀景色，看来藏民一点也不老土。丁一和几个男的没有加入进去，而是靠着栏杆外欣赏比年轻人还年轻的妻子们，指指点点谁最漂亮，谁的姿态优美。

司机同他们一起欣赏着女人们，大家聊着天。司机说自己是汉人，通过熟人关系，报户口时给小孩上了一个藏人名字和户籍。众人不解，他解释说藏人有许多照顾优势，譬如将来高考时藏民身份可以奖励 20 分，降低录取分数线。教授专家们连声夸赞，说自己的智商不够，甘拜下风。司机笑得合不拢嘴，说这点小福利和藏民比起来不算什么。他说青海地多人少，国家为了鼓励藏民，每年倒贴钱让他们种地，还时常发生藏民嫌分钱不均而闹矛盾。于是有人开起了玩笑，说下辈子投胎做藏民算了，比当教授强。

女士们玩够了，司机开车继续前行，边开车边介绍："青海湖是中国最大的内陆湖，为咸水湖。青海湖水的来源是四周山峰流下来的河水，最有名的就是倒淌河，它由东往西倒着流入青海湖，所以青海湖是内流湖。青海湖有许多美丽的传说，譬如西王母娘娘的瑶池就是指的这里。每年农历六月六日西王母在这里设蟠桃会。另外一千多年前唐蕃联姻，文成公主远嫁吐蕃王松赞干布。临行前，唐王赐给她能够照出家乡景象的日月宝镜。途中公主思念家乡，拿出日月宝镜，果然看见了久违的家乡长安。但是公主记起了自己的使命，毅然决然地将日月宝镜扔出手去。那宝镜落地时闪出一道金光，变成了青海湖。"

中国的景点往往配上一些美妙的传说，让人回味无穷。听着解说，车到了青海湖边的"二郎剑景区"。买票进门后，众人坐着景区小火车到了湖边。

丁一弯腰用手掌鞠水，尝了一口湖水，果然是咸的。湖边还立了一块碑石，记载这里曾经是中国军工鱼雷试验基地。

湖边码头有不少游船停靠，大家兴起，买了船票上船。游船飞快地在碧蓝的湖面行驶，后面拖着翻起的白练。环顾四周的大通山、日月山、南山，白云飘渺如朵朵棉絮悬挂峰顶。海鸥教授们迎风张开了双臂，仿佛要飞到这高原湖泊的上空，凌空而去。

第二天他们翻过青海南山去了茶卡盐湖，为柴达木盆地四大盐湖之一。多少万年以前这里曾经是沧海，由于欧亚板块和印度洋板块的地质造山运动，形成了青藏高原，海水积留了下来，形成了盐湖。

他们清晨从"天空之境"入口处进入景区，立马融入了一派透明纯净的色彩之中。步行在湖面的栈道上，仿佛行走在画色之中。祁连山支脉完颜通布山和昆仑山支脉旺尕秀山的雪峰倒影在湖面，朝霞彩云布满了四周，水天一色，浩瀚雄辉。更奇的是两个太阳对称地一个在天上，一个在湖中，双日同辉。有几座用盐堆塑造而成的大型主题雕像立在岸边，阳光下轮廓分明，配以彩色经幡飞舞。

抬头间，景区的观光小火车缓缓驶过来，车头冒着热气，汽笛长鸣，在湖水中轻轻滑动，给平静的湖面增加了几分动感。

湖水很浅，清晰透亮，能看得见水下面的盐层。许多游客踏入水中，穿着五颜六色的服饰摆姿拍照，以红色居多，远远望去如同一群不安分的火烈鸟在水面起舞弄影。丁一来了情绪，向月琴挑战，敢不敢下水一试？月琴二话不说，脱了鞋袜下到水里，立刻感到冰冷彻骨，呲牙咧嘴。丁一见状收住了脚步，暂缓下水。

"胆小鬼，你倒是下来呀。"月琴不饶。

丁一嬉皮笑脸地耍赖，用手机拍摄月琴在水中狼狈的模样。其他打抱不平的教授从后面推了一把，丁一掉到了水中。月琴赶快爬到丁一的背上，双脚离开了水面，再也不肯下来，引得大伙哈哈大笑不止。

丁一的脚在水中冻得生痛，求饶道："快下来，我给你拍'起舞弄清影'的美照。"

"你自己给自己拍吧。"月琴不上当。

这时来了一队穿着大红衣服的大妈，扑通扑通前仆后继地跳到水当中，大惊小怪地拍照，闹声喧哗，吓得丁一和月琴赶快逃上岸。

大家玩玩闹闹单程走了 4 公里，到了栈道尽头坐着观光小火车回到大门口。这里有不少摊贩，吆喝着卖茶卡盐湖的"大青盐"。丁一拿起来看，盐粒晶大质纯。他问卖盐的，盐粒为什么呈青黑色？卖盐回答说盐晶中含有矿物质，故称作"青盐"。

五十四　进藏

　　从茶卡盐湖回到西宁，第二天司机将众人送到了火车站。

　　旅行社买的是硬卧，每个单间 6 个床位，分上中下铺。火车车厢设备虽然一般，但里面提供充足的氧气，为有氧列车，因此大家都没有高原反应。列车要运行一天的时间才能抵达拉萨，教授们在车厢里架了一个行李箱，放在床铺中间的地板上，打牌消磨时间。

　　丁一不打牌，一个人坐在走廊的单人椅子上盯着车窗外看。列车飞奔着，窗外乱云飞渡，无穷无尽的荒野和穷山恶水从眼前飞驰而过，让人感受到了青藏高原的严酷自然环境。让他吃惊的是雪山下弯曲的河道旁居然散落着藏民的简陋房屋，还能看见不少牦牛散养，啃着浅浅的地皮草，一派祥和安宁的景象。由此他联想到了近来中美之间的争端和许多华裔教授们的处境，严是严酷了点，但并非没有生存周转的空间。

　　"丁院长，怎么是你？"丁一正起劲地看着窗外景色，忽然有人喊他。回过头一看，原来是一个认识的中国同行。

　　"要回美国了，乘这个机会到西藏旅游。"丁一如实回答。

　　"你要回美国啦？院长不当了？是不是受近来中美关系的影响？"来人显得惊讶，连珠炮似地发问。

　　"一言难尽。回美国也挺好的。"这种问题丁一碰到过多次，已经有了标准答案。

　　"能够理解。唉，时局变了，像你们这种两头跑的海鸥教授，以前是那么吃香，炙手可热。现在却像风箱里的老鼠，两头受气，弄不好还要蹲监狱。真是三十年河东，四十年河西。你们的川普总统有商人的头脑，看似鲁莽，一上台就抓住了问题的本质，和中国争夺人才。中国搞了个千人计划挖美国的科技墙脚，美国就威胁惩罚你们这些科技精英，抓几个开除几个脚踏两只船的千人学者，杀一儆百，逼着你们这些人回美国效力。"

　　"川普的眼光不只盯着人才，而是要保持美国在世界上的领先地位，谁动了他的奶酪他就跟谁急。你看他对华为公司的制裁，比对华裔学者更狠。"丁一说。

　　"可不是，华为虽为民营企业，实为国企。中国哪家民营企业不是半个国企呢？譬如阿里巴巴，腾讯，京东，他们都是靠数据链生存做生意的。中国的数据信息交换中心在哪里？在贵州的大山里，由国家部门掌控。如果哪天国家不让这些民营企业使用数据中心了，那还不都得喝西北风，关门了结。所以说这些表面上的民营企业有国家做后盾，美国企业迟早会败下阵来。美国能不急吗？中国这次被动就被动在策略上，不搞韬光养晦，不满足于埋头发大财，搞了个短片'厉害了我的国'，一下子引起了国际上的警觉。"

　　丁一觉得他的话题扯得太远了点，怕引起不必要的麻烦，就转开话题。"你也要到西藏旅游？"

　　"嗯。我去过西藏一次，这次去阿里。你们去西藏哪里？"

　　"我们只能去外国人能去的地方。"丁一自嘲地说。

"看来你们永远也成不了中国人，中国也不把你们当中国人看待，不管你们的贡献有多大。"说这话时，那人直摇头。

有氧列车从白天开到黑夜，晚上 10 点熄灯，第二天早上 7 点开灯。列车经过那曲站时，丁一瞥见月台上的标高海拔 4300 米。

列车到达拉萨站时已经是中午十一点二十分。出了车厢，脱离了氧气充足的环境，大家立感呼吸有些接不上气，脚底踩棉花。出检票口时，全团成员的护照都被检票员收走了。检票员让大家进入临近的一座海关小屋接受检查，领取护照，如临大敌一般。小屋里还有一些藏民接受身份证检查。

等了十几分钟，护照拿回来了，大家出了小屋。在火车站前的广场上，丁一拿出手机拍火车站的建筑。这时旁边一个东南亚团队的领队赶过来制止，口中嚷嚷"Machine gun（机枪）"，一边用手指着远处站岗的武警，做扫射状，并装出一脸恐怖的样子。丁一懂了她的意思，原来这里属于军事禁区，不让拍照，否则格杀勿论。丁一知道情况没有这么严重，但确确实实看见荷枪实弹的武警吆喝着制止游客们拍照。丁一识趣地收拾起了手机，放进兜里。

来接机的是一个汉人冯司机和藏人导游罗布。罗布脸色黝黑，娃娃脸挂着亲切的笑容，他为每人献上了一条白色的哈达。他告诉大家，藏语里罗布是宝贝的意思。看着他年轻的容貌，有个团友问罗布多大，他回答说二十七岁。

众人上了车前往酒店。路上丁一发现他们坐的车顶上有个摄像头监控装置。他问罗布这是干什么用的？罗布略显犹豫，但还是告诉众人真相，大家一路的言行都会受到监督，因此不要乱评论时事。除了批准的地方，其它地方一律不许乱去，出了事自己负责。

这些在中国各自的工作单位里贵为上宾的华裔科学家们顿时哑口无言，沉默了。美国把他们当外人，中国也把他们当外人。他们内心自我良好的成就感和为国效力的归宿感脆弱得像薄薄的玻璃球，轻轻一敲就碎了，扎心地痛。

五十五　大昭寺

安排好了酒店，罗布抓紧时间带着这拨专家教授们参观了近旁的大昭寺。各人出示护照后，过了安检，来到大昭寺门前广场。远远望去，寺顶金塔金碧辉煌，光耀日月。门前有一方围起来的空地上许多信男信女们在磕等身头，此起彼伏颇为壮观。有的信徒坐在那里念经文，聚精会神旁若无人的样子。围绕着大昭寺的八廓街，密密麻麻有许多人沿着顺时针方向走路转圈，络绎不绝，不少人手里拿着个小小的转经筒不断转着，口里念经。罗布说这是藏民们在走转经圈，朝拜的一种方式。夹杂在人流里也有不少磕等身头的藏民，他们双手合十，头顶、下颚、胸部三拜后，匍匐在地上，额头点地，三步一磕地往前挪动，循环往复。

罗布年龄不大，懂得的不少，他向大家介绍大昭寺的历史。大昭寺始建于公元 647 年西藏最辉煌的吐蕃时期。雄伟的殿宇庄严绚丽，是藏民心中的圣地，因为这里供奉着释迦摩尼 12 岁的等身佛像。在藏民心中，见到等身佛像就如同见到 2500 年前的释迦摩尼一样，所以大昭寺的地位比布达拉宫还高。等身佛像是唐太宗贞观十五年（公元 641 年）文成公主嫁给吐蕃王松赞干布时从唐朝带来的。许多信徒几百里地从家一路磕等身头到拉萨，为的就是来大昭寺见上释迦摩尼等身佛像一面。罗布说，没有去大昭寺就等于没去过拉萨。

大昭寺的许多木柱子中间部分细小了一圈，那是信徒们多年来抚摸的结果。这些木柱子上还有人的牙齿。罗布介绍，许多信徒一路爬行朝拜前往大昭寺，路途遥远，有的没能到达就在途中去世。他们的亲属将他们的牙齿拔下来带到了大昭寺，将这些牙齿镶嵌入寺内的木柱上，完成逝者生前的心愿。唵嘛呢叭咪吽（藏传佛教六字箴言，"啊！愿我功德圆满，与佛融合"）。

罗布介绍，释迦摩尼 12 岁时的等身佛像原先供奉在小昭寺里面的。当年松赞干布还迎娶了另一位尼泊尔赤尊公主，陪嫁是释迦摩尼 8 岁时的等身佛像，起先放在大昭寺里面。到了公元 710 年唐中宗年间金城公主进藏之后，把原本供奉在小昭寺的释迦牟尼 12 岁等身佛像和供奉在大昭寺的八岁等身佛像对调了一下，从此两尊佛像易寺而居。

佛教创始人释迦牟尼在他临终前以自己 8 岁、12 岁、25 岁三个不同年龄时的模样塑像，并亲自为等身塑像绘图。等像塑好后，佛祖亲自为自己的佛像开光并散花加持。25 岁的等身像原供奉在印度菩提迦耶，可惜在宗教斗争的战乱中向海外其它国家转移时落入了印度洋，永远丢失了。8 岁等身像文革时也遭厄运，被红卫兵拦腰锯断，上身不知何处。文革后期班禅大师在北京找到了其上身，运回到拉萨，和下身复原。在藏民心目中，这尊 8 岁等身佛像已经被破坏了，只有 12 岁等身佛像是完整的。

　　罗布说："现在藏传佛教弟子最信仰、最崇拜的就是供奉在大昭寺里的 12 岁等身佛像了，把它作为最大的精神支柱，称此像为觉沃仁波切，即师尊大宝之意。这尊佛祖像在佛教界具有至高无上的地位。"

　　丁一对释迦摩尼 8 岁等身像被拦腰锯断一事耿耿于怀，问："文革中除了 8 岁等身像，大小昭寺内的其它文物的命运如何？"

　　年轻的罗布脸露戚色，"从 1966 年 8 月 24 日开始，有一千三百多年历史的大昭寺被红卫兵洗劫一空。释迦牟尼十二岁等身像也被红卫兵砍了一刀，佛像身上的珠宝装饰全部被剥去，身上和脸上的金粉都被刮掉了，但佛像幸免于难，得以全身而退。其他佛像，包括相传松赞干布，赤尊公主和文成公主入灭时幻化而入的十一面千手观音像，一楼大厅里的强巴佛（未来佛），莲花生大师，文成公主像，全被砸毁。大昭寺内一千多年来积累的金银珠宝全部散失，至今下落不明，大量经书和唐卡被付之一炬。经过'平叛'和'文革'两度劫难之后，昔日雪域佛国的几千座寺庙保持完整的剩下不多了，僧人剩下不到一千名。后来修复大昭寺，只有十二岁等身像和一尊松赞干布像是原物，其他所有的佛像都是重塑的，壁画也是重绘或者修复的。"

　　丁一问："就是说，我们现在看到的大都不是原件了？"

　　罗布点点头，"大昭寺于 1972、1973 年的时候才又重新修复。但也不是把过去的所有佛像都修复了，只修复了一部分，毁坏的东西太多了啊。除了大昭寺，文革中被砸的寺院很多。我们要去参观的色拉寺、哲蚌寺都被砸过。甘丹寺更是被砸得一干二净，什么都没有了。大昭寺在文革时候一个出家人也没有，我听说那时佛殿楼下都变成猪圈了，楼上住着军人。文革结束后，重新修复的寺院再次开放，很多人都哭了，说想不到这一生还能有机会见到佛。"

昏暗的大殿里，酥油灯的烟味让人感到窒息，大家纷纷向罗布提问。到了后面，罗布说有些问题太政治敏感了，他回答不出来。众人知道他的难处，也就不追问了。

出到外面，阳光普照，大家沿着大昭寺外的八廓街漫步。众人看着转经和磕等身头拜佛的人们仍然络绎不绝，且个个面色虔诚坚毅，毫不动摇。丁一若有所思，心想宗教信仰这个东西是很难改变的，大劫大难只会让人们的信仰更加坚定不移，矢志不渝。

他们又去小昭寺参观了释迦摩尼 8 岁等身像，尽管是一个残身，还是值得一看。在小昭寺门前几个女信徒衣着鲜艳，以一种曼陀罗的方式拜佛，用宝石小珠子反复向铜质器皿抛掷摩擦，口中念念有词。

五十六　布达拉宫

参观布达拉宫时天阴下雨，可是仍然难掩布达拉宫那高高在上的王者之气。进门处是一片花圃，各种花卉争奇斗艳。在这高原地带看见繁盛的鲜花，大大出乎众人的意料。宫殿斜坡底端立有一块无字碑。相传公元 1682 年五世达赖圆寂，执政官第司桑结嘉措匿丧不报。1690 年他开始主持建造五世达赖灵塔殿和祀殿（红宫），工程浩大，每天出动民夫、工匠达 7700 余人。康熙皇帝专门派汉、蒙工匠支援建设，不少尼泊尔匠师也献出了精湛的技艺。大型木材都是从数百公里以外的工布地区运来，巨大的石材在拉萨周围山上开采，用牛皮船运过急流险滩，然后经千百人的肩膀抬到红山之上。红宫于 1693 年藏历 4 月 20 吉日举行了隆重的落成典礼，桑结嘉措在宫前立无字碑一座，作为纪念。

无字碑旁有个上马墩，罗布说这是当年达赖喇嘛上马的地方，他们是骑着马上到山上宫殿的。众人随着其它游客从上马墩开始拾级而上，一共 360 多级台阶，走得气喘吁吁。到达宫殿的东大门，迎接他们的是进口处四大金刚的巨幅壁画。

罗布向大家介绍，布达拉宫最初为松赞干布迎娶文成公主和赤尊公主而建于 7 世纪时期。后来经过十七世纪五世达赖喇嘛重建后，成为历代达赖喇嘛的住息地和政教合一的中心，由寝宫、佛殿、灵塔殿、经堂、僧舍、庭院等组成。建筑群由红、白、黄 3 种色彩组成，对比鲜明。参观一共包括下面的白宫和上面的红宫。白宫为行政中心，红宫为宗教中心，两宫加起来一共 13 层，但是游客只能参观下面的 12 层。两宫之间有一个布法的场地，也作表演用。达赖喇嘛坐在红宫的阳台窗口下望表演，因此藏剧的表演面具都是斜插在脸上朝上的，以便达赖喇嘛观看。宫殿的墙都是高原地带生长的白玛草经过特殊处理砌成的，几百年不用换。这种墙体重轻，冬暖夏凉，抗震抗灾能力强，还可以避雷。

团里的专家教授们还对大昭寺的劫难耿耿于怀，问罗布布达拉宫在文革时被破坏过没有。罗布告诉大家，文革时由于周恩来派军队驻守，布达拉宫免于劫难，里面的佛像珠宝，经书唐卡都得以完整保护下来。众人听完都放下心来，长长吁了一口气。

参观完白宫，参观红宫的时间不能超过 1 小时，每个团队都需打卡记时。红宫内有八座从五世到十三世（除了被革除教职的六世外）达赖喇嘛的真身灵塔佛像，根据其生前贡献，灵塔大小不一，由塔顶、塔瓶和塔座组成。塔顶一般十三阶，顶端镶以日月和火焰轮。塔瓶存放遗体，分成内外两间。外间设佛龛，供千手千眼观音像。内间一床一桌，床上安放达赖尸棺，书桌上放置达赖喇嘛生前用过的一套法器和文房用品。灵塔包以金皮、镶嵌大量珠宝，塔内安放着历世达赖喇嘛的肉身。其中最大的是五世达赖喇嘛灵塔。罗布介绍，其灵塔耗费白银 104 万两，用去了 11 万两黄金和15000 多颗珍珠、玛瑙、宝石。更奇的是灵塔内还有一颗大象脑里生成的比大拇指还大的珍珠。

除了松赞干布像、文成公主像和赤尊公主像外，红宫里面还供有许多不同的菩萨，如竖三世佛的燃灯佛（过去佛，即如来佛）、释迦摩尼（现在佛）、弥勒佛（未来佛）；横三世佛的释迦摩尼（两位胁侍菩萨为大智文殊菩萨和大行普贤菩萨）、阿弥陀佛（两位胁侍菩萨为大悲观世音菩萨和大勇大势至菩萨）、药师佛（两位胁侍菩萨为日光菩萨和月光菩萨）。在药师佛前，罗布让大家一定要拜，可保身体健康。

宫殿里面富丽堂皇，保留着许多各世达赖喇嘛的起居、办公、会客、读书的房间，大多点有酥油灯。大殿内有不少壁画，记载着藏传佛教的历史，包括五世达赖生平和文成公主进藏的过程。据罗布介绍，宫里收藏和保存了极为丰富的历史文物，如释迦牟尼的舍利子，108 函 2500 余卷经书（特别是金字缮写的甘珠尔、天竺等地的贝叶经），明、清以来中央政府关于西藏的各种封敕达赖喇嘛的金册、玉册、金印和乾隆皇帝御赐为挑选达赖转世灵童而设的金本巴瓶。其它如藏族匠师制作的金银器物，镶嵌珠宝的法器、供器和民族工艺品，举不胜举。布达拉宫还珍藏着大量佛教经典、医学、天文历算，十明(十类学问)学科等书籍。

一个小时的参观时间很快就过去了，丁一等一干人众被布达拉宫里的文物瑰宝深深震撼了，庆幸这些文物没有在文革中被毁。

从冬宫布达拉宫里出来，罗布又领着大家驱车去了夏宫罗布林卡，是一处花团锦绣的公园。进门只见公园的草地上坐满了藏民，一家一家围在一起野餐，席地而坐。人们穿戴整齐，服饰多样鲜艳，其乐融融。罗布告诉大家，现在正是雪顿节，藏民们放假休息。

走着走着前面围满了人群，是为庆祝雪顿节举行的文艺表演。大家挤进去看，原来演的是藏剧，脸谱果然斜插在脸上。演员用藏语表演，又说又唱又舞蹈，人群里不时爆发出会心的笑声。丁一他们挤在人群里，感受着当地人的节日气氛，不知所以然地也跟着开怀大笑。

让众人惊奇的是十四世达赖喇嘛去印度前修建的达旦米文颇章宫殿对游人开放，没有被禁止。因为是个政治敏感人物，大家不免充满了好奇心。里面有许多信徒磕头拜佛，献上哈达。罗布告诉大家，西藏崇拜十四世达赖喇嘛的人很多。他 1959 年流亡到印度，现在已经八十多岁了。大家问罗布对达赖喇嘛转世有何说法，罗布说，十四世达赖喇嘛明确表示，自己是不会转世的。可是众人想，转不转世到时由不得他了，中国政府一定会选一个转世灵童的。

　　宗教遇上政治，不得不让路。以往各种册封都是政治斗争的结果。1578 年俺答汗和明朝为加强对西藏的影响，册封了达赖；1645 年，蒙古固始汗取得了西藏的控制权，为削弱达赖的影响，便册封了班禅；1653 年（顺治 10 年），清朝为巩固对西藏的控制，打击固始汗的势力，再次册封了达赖。1713 年（康熙 52 年），清朝在完全控制西藏后，为防止达赖一家独大，册封了班禅，并把达赖和班禅置于同等地位，分别由皇帝直接领导。

　　吃完晚饭，丁一和月琴散步，再次去了布达拉宫前的广场。夜景下布达拉宫被灯光渲染得通体透亮，明耀灿烂。广场里有个小公园，亭台水榭，垂柳依依，偌大一个布达拉宫被湖水倒影着，恰似天上宫阙。两人步行到宽阔的广场上，一阵音乐声从晚风里飘过来，彩色灯光喷泉射起了水柱子，在音乐声中变化着各种新奇图案。看着眼前的美景，丁一叹道："此生无憾矣！"

五十七　罗布

　　因为丁一这个旅游团的成员都是持的美国护照，所以旅行社专门为这帮美籍华裔教授配备了懂英文的罗布作导游，虽说有点画蛇添足。小伙子个头高高的，肤色深褐，聪明能干，性格温和，英语也不赖。有时他在讲解景点典故时，常常会有其他游客站在旁边蹭听，于是他就改成英文讲解。不相干的游客见状，知趣地离开。

　　大家混得熟了，罗布也能谈一些自己的真实想法。当然不是在车上，那里有电眼监视系统。

　　这天去哲蚌寺需要爬一段坡，丁一和罗布走在一起。丁一同罗布闲聊，问他过去干过些什么和将来的打算。

　　罗布说："我小时候放过牦牛。后来想过当僧人，可是需要推荐和选拔，再说我也吃不了那个苦，没去成。再后来进了学校学习英语和导游专业。"

　　"家里负担得了学费吗？"

　　"不需要付钱的，政府都包了。"这时罗布露出了喜色，显出开心的样子，露出一排洁白的牙齿。

　　丁一记起了青海司机给儿子取藏名的故事，说："看来中国政府的政策很扶持优待藏民，许多开销都免费。"

　　罗布说是，"我们的校舍也是政府免费修建的。另外西藏有许多对口建设项目，由内地每个省负责修建一个城镇，分片包干，都不要钱，又好又漂亮。"

　　"拉萨市的市容就大大超过了我的预期，非常新潮，非常现代化，又干净又漂亮，比许多内地城市还好。"丁一深有感触地赞叹。

　　罗布口气一转，说："我其实挺想出国留学的。"说这话的时候他两眼放着光亮，透着憧憬。

　　"好哇，是该出国好好看看，看看世界屋脊以外其它地方的人是如何生活的，开开眼界。"丁一鼓励道。

　　罗布眼神黯淡下来，摇着头，"可是我们不行。"

　　丁一一惊，问："为什么？"

　　"自治区政府对藏民卡得很严，不给办理出国护照。"

"那又是为什么？"丁一不解地问。

罗布回答："因为 2008 年西藏发生了'3.14 暴动'，失去了政府的信任，说是有流亡印度的达赖喇嘛政府在后面操纵。自那以后，政府对居住生活在西藏的藏民严加管理，不许藏民出国。"

罗布的话语引起了丁一的一段记忆。2008 年中国举办奥运会，火炬在世界各国传递。那时他在美国看电视，一些生活在海外的藏族人为了西藏的宗教问题和政治问题在欧洲和美国街头拼抢火炬，干扰传递。为了捍卫火炬，残疾女孩金晶还成了英雄。丁一想，看来中国政府对藏人存有戒心，要切断他们同外界的联系。达赖喇嘛是许多藏民心中的佛。昨天在罗布林卡十四世达赖喇嘛的寝宫里，他看见许多藏民对待十四世达赖喇嘛顶礼膜拜的态度，要不是亲眼所见，很难相信这是真的。

因为听罗布只提到西藏的藏民，丁一好奇地问："其它省份的藏民受不受影响呢？譬如青海和四川的藏民。"

"他们不受影响。青海和四川的藏民可以申请护照出国。"

"那你可以考虑移居到青海和四川去呀，然后申请出国。"丁一建议道。

"太麻烦，也不现实。在西藏，藏民从一个地区到另外一个地区都要提出申请，更不要说跨省了。"罗布一付失落的样子。

虽然丁一近几年生活工作在中国，看来对中国的一些事情还是一无所知。他想安慰怀揣着愿望、心有不甘的罗布，不知从何说起。想了想，又问："你们允许在中国的其它地方工作吗？譬如北京。"

罗布点点头。"这个政府没有限制。只要不出国，哪里都可以去。我去过北京，可是我醉氧，不适应。"

"什么是醉氧？"丁一听了一头雾水。

"就是头晕。我长期生活在西藏高原，适应了低氧环境，到了高氧地区身体会不适应。"

"哦。"丁一只听说过高原反应，没听说过醉氧，觉得新奇。"你是拉萨人吗？"

"不是。我家住在昌都。"丁一以前听说有个"昌都战役"，50年解放军和藏军在昌都结结实实打了一仗，导致了西藏的和平解放。

"一年回去几次？"

"不到一次，因为我的父母都住在拉萨，我已经没有必要回去了。我还有个弟弟22岁，也在拉萨工作。昌都家里已经没有人了。"

美国时兴小费文化。本来旅行团的人商量好每人出一百块人民币，作为小费给导游和司机。钱已经收齐了，放在丁一这里，等适当的时机给他们。这时丁一心血来潮，或者说想安慰罗布，提前掏出了藏在身上的小费递给了他，并请他转交一半小费给司机，两人平分。

五十八　哲蚌寺　色拉寺

哲蚌寺修在距拉萨西郊5公里的根培乌孜山半山腰，需要爬许多台阶才能到达各个大殿。依山而建的整个寺院逐级而上，群

195

楼耸立层次分明，房舍相依错落有致，庄严宏大且富丽堂皇。红墙佛殿、扎仓僧舍，金顶八宝，法轮宝幢，皆历历在目，激励凡心。寺庙南面风临开阔的谷地平川，一眼望去拉萨河弯曲贯穿而过，实乃一块风水宝地。

诞生在塔尔寺的宗喀巴大师 16 岁离开青海后，前往西藏游学，广交佛缘，专研佛经悉心佛事。1409 年他在拉萨大昭寺创办了传照大法会，继而创建了甘丹寺，担任首位法台。至此标志着他苦心创立的格鲁（善规）派已经形成，得到全藏僧俗信徒的信奉。

在信徒与日俱增，格鲁派势力日益强大的背景下，1416 年（永乐十四年），宗喀巴弟子绛央却杰兴建了哲蚌寺，让门下 7 弟子分别主持寺中 7 个札仓（经院）。寺中的甘丹颇章为达赖二世根敦嘉错主持修建，第二、三、四、五世达赖均在此坐床。公元 1464 年，哲蚌寺建立僧院，传授佛教经典。最盛时有僧众万余人，是喇嘛教最大的寺院。明万历六年（1578 年），索南嘉措被赠以"圣识一切瓦齐尔达赖喇嘛"的尊号，达赖喇嘛的称呼由此产生。索南嘉措得此尊号后，不居前功，追认其前两世为第一、二世达赖喇嘛。

五世达赖喇嘛阿旺罗桑嘉措在哲蚌寺甘丹颇章逐步掌领西藏地方政教大权后，结束了西藏分裂的局面，确立了格鲁派在藏传佛教中的统治地位，建立了甘丹颇章王朝，成为在 1642 年至 1682 年期间西藏政教合一的最高领袖。五世达赖喇嘛雄心勃勃，其后开始修建布达拉宫。四十三年后布达拉宫建成时，他早已圆寂，他的灵塔被设在了里面，迄今为止仍是布达拉宫最大的一座灵塔。由于历世达赖喇嘛皆以哲蚌寺为母寺，因此该寺在格鲁派寺院中地位最高。哲蚌寺里供奉着二到四世达赖喇嘛的灵塔，密不示人。

　　罗布向大家讲了一个传说。宗喀巴大师临终前，把三个弟子叫到卧榻前。他们分别是甘丹寺既定法台贾曹、色拉寺法台绛钦却杰和哲蚌寺法台绛央却杰。大师说："我将离开人世了，没有什么东西留给你们，只有一个旧背架，它跟了我几十年，你们把它拆下来，各拿一份作纪念吧！"徒弟们按照他的意愿，将背架分成三份，贾曹拿了框架，绛钦拿了木板，绛央最后动手，只剩下一根牛毛绳了。大师笑着说："这下子，你们把权力都让哲蚌寺拿走了。框架也好，木板也好，离开了绳子，能凝聚在一起吗？"

　　再往寺院上走，背面山坡上有一个白法螺坡地，山石上绘有佛像。罗布说每年雪顿节的第一天哲蚌寺都会举行晒佛仪式，寺内的僧人在这里展示巨幅释迦摩尼唐卡画像，揭开雪顿节序幕。"雪顿"藏语意为"酸奶宴"。印度佛教戒律规定夏季三月僧人不准外出以免踩杀昆虫。在西藏最早继承这一传统的是哲蚌寺和色拉寺，最初也和印度一样，在僧人夏季安居时期，地方头人和百姓向僧人贡献奶酪。

　　接下来众人驱车去参观了拉萨三大寺院里的色拉寺。色拉寺位于拉萨北郊的乌孜山南麓。明永乐十七年（1419），宗喀巴的另一个弟子绛钦却杰在内乌宗首领南喀桑布的资助下修建了色拉寺，寺院建成于明宣德九年（1434）。后来绛钦却杰应召赴北京，受封大慈法王。回藏后他将钦赐经像等珍藏于寺内，其中包括永乐皇帝所颁赐的第一部藏文刻本大藏经《甘珠尔》。色拉寺内还保存着上万个金刚佛像，大多为西藏本地制作。大殿和各札仓经堂四壁保存着大量彩色壁画原作。最著名的塑像就是大殿里的"马头明王"像。寺内有结巴、麦巴、阿巴三札仓（经院）和三十二个康村，全盛期寺中有僧 8000 余，规模略次于哲蚌寺。这样甘丹、哲蚌、色拉三寺合称为拉萨三大寺院。

大致介绍完了色拉寺的历史，罗布告诉大家，来色拉寺最要参观的是僧人辩经。虽然辩经在其它寺庙里也有，但色拉寺的辩经在藏区最为有名，且对游客开放。除了星期天，每天下午 3 点开始。看看时间快到了，众人在罗布的带领下急急忙忙径直去了辩经场。

进了辩经场，院内古木参天，阻挡住了高原刺眼炙热的阳光。庭院当中喇嘛们身穿藏红色的露肩喇嘛服、光着脚，分成不同的人数组合辩论经文，大多一个坐着，一个（或多个）站着。站立者发问，席地者答辩，动作夸张，十分有趣。站立者面对对方，采用各式各样的手势和丰富的肢体动作，甚至怒目而视、手挥念珠、单脚独立并大力击掌以壮声威。

看着场面宏大的激烈辩论，专家教授们感到新奇，不停地向罗布提问。罗布说这里的辩经活动已有六百多年的历史了，辩论的是佛教里面的逻辑问题。辩论是佛教教义的一种学习过程，是藏传佛教喇嘛攻读显宗经典的必经方式。辩经分为对辩和立宗辩两种形式。对辩时，其中一方提问，另一方回答，且不许反问，告一段落后再反过来，直至一人无法问出。立宗辩时辩者无人数限制，立宗人自立一说，待人辩驳，多坐于地上，只可回答不可反问。提问者不断提出问题，有时一人提问，有时数人提问，被提问者无反问机会。辩论者双方的三要素是：智慧具足、心机熟练、通晓经籍。辩论四根本是：主张、见解、戒禁和我论。辩论三过失是：内容过失、思维过失和语言过失。所以，辩经的目的不是要争出个你输我赢，而是通过辩经的形式，提高个人对于佛法的领悟程度。

听了罗布的讲解，有个教授插话："美国的博士生学习也有类似的课程，叫 seminar。"

月琴看见有的红衣僧人在提问时右手向后高高扬起，手臂向下劈落，和左手相拍发出清脆的响声，然后将右手向下后拉起，对答者发问。她迷惑不解地问："他们是不是要恐吓对方？"

罗布笑了，"不是。这个右手扬起的动作说明文殊菩萨的智慧就在身后。而两手掌相击发出声响，代表着三层意思。第一层为一个巴掌拍不响，世间一切都是众缘合和的产物。第二层为掌声代表无常，一切都稍纵即逝；第三层意为清脆的响声击醒你心中的慈悲和智慧，驱走恶念。待答者答后，或无言以对之时，发问者右手向下后又拉回，是希望通过自己内心的善念和智慧，把在苦难中的众生救出来。

在辩经场，除了游人观辩之外，还有当地人带着老人小孩来祈求僧人用香灰抹在老人孩子的鼻尖，以期佛祖福佑。

晚上大家让罗布推荐一个藏餐，入乡随俗。罗布为大家在拉萨订了一个叫"蒲巴仓"的藏族餐厅，里面摆放着藏式宽大的桌椅。众人点的都是藏菜，糌粑饼、青稞酒、藏香猪、手抓羊肉、牦牛肉……。酒酣耳热之际，有丝竹之音传过来。一男一女或两个女的和着小乐队的节拍清唱，腰肢略微扭动，华亮的藏服映衬着高原红的脸颊。其中一个女的嗓音清亮清脆，音调拉得比喜马拉雅山还高，具有典型藏族歌女的嗓门。

五十九 仓央嘉措

　　按照行程安排，游览了拉萨后他们去了日喀则。路途中丁一又同罗布聊上了，他问罗布，诸位达赖喇嘛中，最崇拜哪一位？

　　罗布不假思索地说："仓央嘉措"。

　　丁一觉得诧异，"就是那位被罢黜的六世达赖喇嘛？为什么是他？布达拉宫里连他的灵塔也没有。"

　　"那又如何。他是一位伟大的诗人和情圣，活出了自我，自然是我们年轻人的偶像。他写过许多优美的情诗，譬如'住在布达拉宫，我是雪域之王。流浪在拉萨街头，我是世间最美的情郎。'"罗布问丁一："你读过他写的诗吗？"

　　丁一点点头，"我很喜欢他的那首流传甚广的《问佛》。"

　　罗布赶紧说他会背诵这首诗。丁一说这首诗很长，能背诵下来不容易。

　　罗布看着丁一持怀疑的态度，就自信地背诵起来：

我问佛：为何不给所有女子闭月羞花的容颜？
佛曰：那只是昙花的一现，用来蒙蔽世俗的眼。
没有什么美可以抵过一颗纯净仁爱的心。
我把它赐给每一个女子，
可有人让它蒙上了灰。

我问佛：世间为何有那么多遗憾？
佛曰：这是一个婆娑世界，婆娑即遗憾。

没有遗憾，给你再多幸福也不会体会快乐。

我问佛：如何让人们的心不再感到孤单？

佛曰：每一颗心生来就是孤单而残缺的，

多数带着这种残缺度过一生，

在与它圆满的另一半相遇时，疏忽错过，

就已失去了拥有它的资格。

我问佛：如果遇到了可以爱的人，却又怕不能把握该怎么办？

佛曰：留人间多少爱，迎浮世千重变。

和有情人，做快乐事，

别问是劫是缘。

我问佛：如何才能如你般睿智？

佛曰：佛是过来人，人是未来佛。

佛把世间万物分为十界：佛，菩萨，声闻，缘觉，天，阿修罗，人，畜生，饿鬼，地狱；

天，阿修罗，人，畜生，饿鬼，地狱为六道众生；

六道众生要经历因果轮回，从中体验痛苦。

在体验痛苦的过程中，只有参透生命的真谛，才能得到永生。

凤凰，涅盘。

佛曰：人生有八苦：生，老，病，死，爱别离，怨长久，求不得，放不下。

佛曰：命由己造，相由心生，世间万物皆是化相，心不动，万物皆不动，心不变，万物皆不变。

佛曰：坐亦禅，行亦禅，一花一世界，一叶一如来。春来花自青，秋至叶飘零，无穷般若心自在，语默动静体自然。

佛曰：万法皆生，皆系缘份，偶然的相遇，暮然的回首，注定彼此的一生，只为眼光交汇的刹那。

缘起即灭，缘生已空。

我也曾如你般天真，

佛门中说一个人悟道有三阶段："勘破、放下、自在。"

一个人必须要放下，才能得到自在。

我问佛：为什么总是在我悲伤的时候下雪？

佛曰：冬天就要过去，留点记忆。

我问佛：为什么每次下雪都是我不在意的夜晚？

佛曰：不经意的时候人们总会错过很多真正的美丽。

我问佛：那过几天还下不下雪？

佛曰：不要只盯着这个季节，错过了今冬，明年才懂得珍惜。

我问佛：你多大？

佛曰：我就算一岁，我也是佛。你就是一百岁，如果固守自己的心灵，那也是人。

我问佛：世事本无常是什么意思？

佛曰：无常便是有常，无知所以无畏。

我问佛：为什么我的感情总是起起落落？

佛曰：一切自知，一切心知。月有盈缺，潮有涨落。浮浮沉沉，方为太平。"

罗布用抑扬顿挫的语调背诵完了，车上其他人众停止打牌，皆拍掌叫好。罗布说："也有人说这首诗加了许多现代人的续貂，不完全是仓央嘉措写的。"

谁作的这首诗对丁一来说不是很重要，现代人借这首诗寄托自己的人生感悟也未尝不可，就当作是集体创作的罢了。每次他回味这首诗里的哲理，心头有如沐浴春风般地被点化。

旅途中能同罗布以这种方式谈经论佛，丁一很开心。他若有所悟，喃喃自语："六世佛祖还说过一句名言，'世间事，除了生死，哪一件不是闲事？'"。

据《圣祖实录》记载，仓央嘉措被罢黜押解至青海湖滨时，在西宁口外因病去世，享年24岁。

六十　扎什伦布寺

丁一望着窗外，默默地看着一路相随的雅鲁藏布江，这里属于雅鲁藏布江中游流域。这条世界上最长的高原河流两岸风光无限，雪山夹道，河面宽阔，河流网状交错。和丁一脑子里的荒凉景象相反，沿路人烟稠密，田野里青稞郁郁葱葱如浪翻滚。公路两旁树木成荫，牛羊成群，加上山花烂漫，一派富庶升平景象。河滩上和大山里有不少修建了半截的桥梁告诉人们，中国的西部建设正在加紧进行，这一带已经不再与世隔绝了。

　　慢慢山体开始抬升，河床变窄，河流也夹在悬崖陡壁间咆哮起来。在一处弯急的地方，罗布让大家下车休息一会，欣赏雅鲁藏布江的磅礴气势。丁一站在岸边，眼前的景色和刚才看见的大不相同。脚下湍急的河流轰响，浪花飞奔直扑岩石。还有一条装饰有经幡的铁索桥晃悠悠地架在狭窄的河道上，几个藏民正牵着牛过河。

　　众人在雅鲁藏布江边短暂停留后，继续前行。进入日喀则地区，需重新过边防检查站，罗布下车为大家递上了入藏函。到了日喀则市区，车又停在了市公安局门前，罗布进去为这些华裔外国籍专家教授备案，丁一也进去代表大家填了旅行申请表。

　　等一切手续办妥，根据安排，一行人前往参观扎什伦布寺。寺院位于城西的尼色日山坡上，是格鲁教班禅喇嘛的大本营。它与拉萨的甘丹寺、哲蚌寺、色拉寺和青海的塔尔寺及甘肃的拉卜楞寺并列为格鲁派的"六大寺院"。

　　1447 年（明正统十二年），宗格巴最小的弟子根敦朱巴（后来被追溯为一世达赖喇嘛）在后藏大贵族曲雄郎巴·索朗白桑和琼杰巴·索朗班觉的资助下历时 12 年兴建了扎什伦布寺，供奉释迦牟尼镏金铜像。寺建成后，根敦朱巴任第一任法台，又陆续修建了许多密宗佛殿、大经院、展佛台、大小佛殿和三大扎仓。住寺僧侣达 1600 余人，来源遍及后藏、阿里地区、以及境外的尼泊尔、克什米尔地区。

　　到了 1600 年，四世班禅罗桑确吉坚赞任扎什伦布第十六任主持，六十年间对该寺进行了大规模扩建。四世班禅是第一个被册封的班禅喇嘛，从此扎什伦布成了历代班禅喇嘛的驻锡之地。罗布告诉大家，据记载第一世达赖喇嘛圆寂后，第二世达赖喇嘛拜第一世班禅喇嘛为师。第一世班禅喇嘛圆寂后，又反过来拜第二世达赖喇嘛为师，历史上达赖喇嘛和班禅喇嘛互为师徒，相互提携，成为一段佳话。

　　他们到时正值夕阳西下，整个寺院被涂上了一层神秘的金辉，神圣而庄严。寺院依山坡而筑，各个大殿横向排开，背附高山，依次递进，疏密均衡，和谐对称。寺院内有一座历代班禅灵塔殿。塔内藏有历世班禅的舍利肉身。罗布告诉大家，自四世至九世班禅大师圆寂后，都曾各自建了灵塔保存肉身，并建供放灵塔的金顶祀殿。可惜在文化大革命中，这些精美的历史建筑大部被毁，班禅尸骨分离。　四世班禅的灵塔七十年代重建在原五世班禅的灵殿里。1984 年国家拨款重建，在十世班禅大师确吉坚赞的主持下，将僧侣们收集保存的五世至九世班禅合葬，灵塔和祀殿历时四年重建竣工，定名为班禅东陵札什南捷（吉祥胜利之意）。

　　月琴问："那一至三世班禅的灵塔呢？"

　　罗布回答："一至三世班禅的灵塔祀殿没有修建在扎什伦布寺。一世班禅曾任甘丹寺第三任池巴（住持），圆寂后灵塔修建在甘丹寺。二、三世班禅生前任恩贡寺（日喀则江当乡）池巴，圆寂后其灵塔修建在恩贡寺。"

　　他们来到第十世班禅确吉坚赞的灵塔前，罗布说他 89 年来扎什伦布寺住持班禅合葬灵塔期间，说了一句"开光典礼办完，便遂了我最大的心愿，就是死了也瞑目。"不日果然在主持合葬灵塔落成仪式中心脏病发作而圆寂，时年 51 岁。他的遗体在扎什伦布寺的则甲大厅供奉了 4 年零 8 个月，接受信众瞻仰朝拜后，于 1993 年 8 月 30 日被安放在耗资 6406 万元修建的黄金皮灵塔祀殿释颂南捷。

对于十世班禅，丁一和其它教授们多少都有些熟悉，以前报纸上经常叫他为班禅额尔德尼。1962年他写过《七万言书》，反映藏文化被破坏的情况，结果被批斗，文革中更是被关进秦城监狱。他77年获释后成了一名北京普通市民。78年和国民党降将董其武的外孙女李洁结婚，生有一女，名叫仁吉旺姆。

这时寺院的上空隐隐传来嗡嗡的念经声。大家寻声探去，在一座佛堂里看见许多小和尚身披着黄色袈裟坐在蒲团垫子上大声地背经，一个个摇头晃脑，专心致志。看着这历尽劫波后法事依旧的场景，大家深感岁月悠悠，时光轮回。

六十一　珠峰大本营

第二天为了赶到珠峰大本营住宿，旅行团一大早出发。结果刚上路车就在日喀则市区被堵住。打听之下，交警说常年住在北京的班禅十一世回到了西藏，途径日喀则，他的车队就在前面，其它车辆需等他的车队过去后才能通行。大家戏说，原来班禅也搞特权。大家一直等到班禅的车队过去后才继续行驶。

车窗外是刷刷而过的田野，气候宜人，景色不同于一般的高原景象。广袤的青稞地一直平铺到天边的大山脚下，一片富饶丰收的景象。车道两旁绿树成荫，密集着许多藏式村落，散发着独特的异域魅力。有意思的是这儿每家每户的房屋和院墙上都糊了不少圆饼样的东西，黑乎乎的。众人不解，他们问罗布是怎么回事？

罗布说："这些是干牛粪。在藏区这样的高寒地区，极度缺乏可以用作燃料的植物。农村和牧区一日三餐和取暖都要靠牛

粪，牛粪是他们生活中不可缺少的必需品。平常家里人不管有多
忙，都要抽空去捡一些牛粪调匀，贴到院墙上，用手拍实。几天
后，再把干透的牛粪取下来，整整齐齐地堆在房檐或院墙上，或者
在房前屋后的空地上堆成垛。牛粪代表黄金。谁家墙上糊的牛粪
多，就代表谁家的钱多。"

"何以见得？"丁一问。

"西藏当地人的主要资产是牛羊，牛羊越多就代表钱越
多，当然牛粪自然也就越多。所以这里的富裕人家不难辨认，观察
一下谁家的牛粪多少就行了。"

罗布的解释让众人豁然明白过来。大家发现，各家各户的
牛粪堆成了不同的花样图案，有一种装饰艺术美。看来人们对生活
的热爱在哪里都一样，藏人就地取材，因地制宜地美化环境。

途中经过海拔 5248 米的嘉措拉山口后，进入珠峰国家公园
辖区，又办理了过境检查和登记手续。下午到达"珠穆朗玛国家公
园"入口处，这是世界上最高的国家公园。这里有个观景台，一块
巨石上写着"珠穆朗玛国家公园"。站在观景台上面，远远看见了
喜马拉雅山群峰。罗布说："除了南极与北极，这里就是地球上的
第三极了。你们这几天玩的地方，被誉为'世界屋脊'。除了最高
的珠穆朗玛峰外，那一字排开的山峰是 8516 米的洛子峰、8463 米
的马卡鲁峰、8201 米的卓奥友峰和 8012 米的希夏邦马峰。在藏族
民间传说的神话故事中，珠峰及左右两侧的四座高峰被誉为'长寿
五姊妹'。"

穿过 318 国道的"珠穆朗玛国家公园"的大门，他们继续
向珠峰大本营进发。罗布如数家珍地继续讲解："喜马拉雅山藏语

意为'雪的故乡'。喜马拉雅山脉西起克什米尔海拔 8125 米的南迦帕尔巴特峰，东至雅鲁藏布江大拐弯处海拔 7782 米的南迦巴瓦峰，全长 2450 公里，宽 200～350 公里，是世界海拔最高的山脉，其中有 110 多座山峰高达或超过海拔 7350 米。藏语为'第三女神'的主峰珠穆朗玛峰，又名'圣母峰'，海拔高达 8844.43 米，由中国与尼泊尔两国共同拥有，其中北坡与东坡在中国西藏境内，而南坡与西坡在尼泊尔境内。早在 20 亿年前，喜马拉雅山脉的广大地区是一片汪洋大海，经过漫长的造山运动，这一地区逐渐隆起，形成了世界上最雄伟的山脉，现在的珠穆朗玛峰平均每年增高 1 厘米。"

　　沿着盘旋的山路迂回前进，山路越来越难走，出现许多个弯道。来到一个路段，罗布介绍说："这里是切村到云加村的公路段，有 108 拐，被誉为天梯之路。"车子沿着公路转来转去，众人有种晕晕乎乎的感觉。

　　经过一天的跋涉，终于到达了珠峰大本营，这里与珠峰的直线距离仅有 20 公里。和西藏的许多景点一样，大本营少不了经幡，和远处的珠穆朗玛组成了一幅绝美的画面。这里没有永久性建筑，住宿都是临时搭建的帐篷，全部是男女同住的大通铺，按床位收费，没有热水，厕所也是露天的。丁一他们和其它人共一个帐篷，其中有两个是出来结婚旅行的新婚夫妇，一人背着一个小氧气罩吸氧。

　　罗布介绍："珠峰有两个大本营，一个是官方任命的登山用的大本营，一个是民间的大本营。后者是用来接待到珠峰旅游住宿的营地，就是我们现在住的地方。想看官方大本营的，可以自己去。"

丁一对月琴说："要不要去看看？"月琴尽管身子感觉沉晕乏力，还是勉强点头同意了。那对年轻夫妇听说他们要去，也跟着去了。

到了官方大本营，是一片乱石的旷地，好不荒凉。丁一注意到不远处是一片墓地，不太引人注意，走过去一看，原来是很多登山运动员的衣冠冢。他们人还在山上，没有办法回到这里，永远留在了珠峰的怀抱里。丁一他们脱下帽子，对着衣冠冢默哀致敬了一会。

回来的路上，他们碰见了一队运送给养的马车队，才明白过来，这里的吃喝拉撒，都靠这些马车运送。

回到大本营，又碰上当地藏胞在卖采来的各种海螺化石。大大小小的化石据说是侏罗纪时代的文物，月琴买了一块海螺化石做纪念。那对新婚夫妇买了好些，说是回去送给亲友们。

有意思的是这里居然有个帐篷邮局，堪称世界上海拔最高的邮局了。月琴买了三张明信片，一张寄到美国自己家里，一张寄给儿子，一张寄给女儿。邮局的藏族员工在每张明信片上盖了三个邮戳。丁一则买了几枚珠峰纪念章留作纪念。新婚夫妇也买了纪念品和明信片，女孩高兴地说这些太有纪念意义了。

吃过简单的晚餐后，大家早早就寝。牦牛粪的火炉把帐篷里烧得很暖。只是大家和衣睡下后，感觉褥子味道很重，不免辗转反侧。丁一迷迷糊糊地睡着，半夜发现身边的月琴也在翻身。丁一怕吵到别人，附在月琴的耳边悄声说："我们何不到外面去看星星？"

两人摸索着起床，来到帐篷外面，结果星空晴朗，喜出望外。浩瀚的银河像瀑布一样挂在眼前，仿佛伸手就能捞起里面的星星。他们发现不远处有两个人头靠头地在窃窃私语，原来还是那两个热恋中的新婚夫妇。

女孩说："这就是传说中的珠峰大本营星空呀？多美呀！"

男孩回答："能有幸见上一面，永生难忘！"

女孩说："海枯石烂可比不上这银河的永恒。"

男孩说："那我就变成银河里的一颗星，永远看着你，和你对眸。"

"嘻嘻。"

孩子气的甜蜜对话让丁一月琴觉得好笑，又非常羡慕，他们已经过了那个浪漫的年龄。可是两人忍不住还是握住了手，头靠在了一起，静静地仰望星空。呆了一会觉得寒冷，他们又回到了温暖的帐篷里继续睡觉。

第二天一大早，帐篷外有人喊："日照金山！"

众人一骨碌爬起纷纷冲出帐篷，果然早上的阳光照射在珠峰顶，山脚下有一抹云层轻轻托起坚韧雪峰，像巨大的钻石横空出世。

六十二　萨迦寺

用过早餐，大家恋恋不舍意犹未尽地离开了珠峰大本营，沿路返回。下午到达位于重堆本波山下海拔高度 4316 米的萨迦寺。这里是萨迦教的大本营，始建于北宋熙宁年间（公元 11 世纪）。13世纪萨迦王朝统治全藏70余年时间，此处曾是西藏的政治、军事、文化中心。

藏传佛教包括四大教派，系创建于西元8世纪晚期的宁玛派（俗称"红教"）、公元11世纪中叶发展起来的萨迦派（俗称"花教"）、创建于11世纪的噶举派（俗称"白教"）以及创建于11世纪的格鲁派（俗称"黄教"）。前面丁一他们参观的寺院都是格鲁派的，在藏区势力最大。可是历史上，萨迦派曾经执藏传佛教的牛耳。

以仲曲河为界，萨迦寺分南北两院。宋元时期历代萨迦法王先后在山坡上扩建萨迦北寺，形成了逶迤重叠的萨迦北寺建筑群。萨迦北寺共有拉康（佛殿）、贡康（护法殿）、颇章（宫殿）、拉章（主持宅邸）等建筑。本来萨迦寺1961年被中国国务院确定为第一批全国重点文物保护单位，可惜建于宋元时期的北寺在文化大革命中被彻底毁了，变成一片废墟。21世纪初，中国将萨迦寺、布达拉宫、罗布林卡共同列为西藏"三大重点文物保护维修工程"。萨迦北寺仅贡康努、拉章夏、仁钦岗等少数建筑得到修复。罗布指着对面一片山坡说，北寺的面积是南寺的8倍！众人听了无不痛心疾首，望山凭吊被毁的古迹。

所幸的是主要在13世纪扩建的南寺被保护下来了，原因却非常滑稽。在北寺被推倒后，当时的官员想通过南寺让后人看到过去的寺庙有多奢侈，是如何榨取老百姓血汗的，被作为反面教材保留下来。和格鲁派黄教的寺庙相比，萨迦寺果然不同。寺庙里面的颜色多以红色为主，间以黑白色。红色象征文殊菩萨，黑色象征金刚护法神，白色象征观音菩萨。三色成花，故萨迦教称为"花教"。南寺的主体建筑拉康钦莫大殿屋檐下挂有许多铃铛，风中不断鸣响，这是格鲁教寺庙所没有的。殿内有巨大的圆柱 108 根撑着屋顶。殿顶的白玛草上镶有多种铜鎏金图案，配以幡幢，正面立有鎏金宝瓶，两侧是孔雀、宝幢，其他三面均为角立宝幢。大殿外东面为金色的二鹿听经、圆镜、海螺。南、西、北三面装饰着梵文"六字真言"和圆镜。萨迦王朝为政教合一的地方政权，曾经长期统治着藏区。所以萨迦寺除寺院建筑之外，还有不少官署、府邸类型的建筑。

　　参观南寺拉康钦莫大经堂时，众人被佛像后面的经书墙吸引住了。罗布说："这个大经堂是萨迦寺内藏书数量最多之处。传说此处的图书是八思巴担任萨迦法王时集中了全西藏的书写家抄写而成的，至今仍然保存完好。经堂后部及左右两侧靠墙处都是通壁大书架，书架上放满了大小版本经书约 2 万多函，其中最大的一部是名为《八千颂铁环本》经书，长 1.31 米，宽 1.12 米。"

　　看着书籍堆积如山的藏经壁，月琴问："都有些什么有名的经书说来听听，好让我们开开眼界。"

　　罗布回答："太多太多了，最有名的包括《甘珠尔》、《丹珠尔》、《帕巴杰东巴》（金环经）、《宗派源流》、《恒特罗部》、《道果》、《量释论》、《萨迦更崩》、《萨迦历任法王传记》、《普巴经》、《释迦传记》等等。这些经典中，有很多是珍本或孤本。所以有些学者认为萨迦寺的藏书和壁画可以和敦煌媲美。

　　"除了这个大殿，北寺原来还有'乌孜'和'古绒'藏书室。'乌孜'是萨迦寺最早的藏书室，传说在八思巴时代之前便放满图书，八思巴时代又有少量珍本图书藏入该室。该室除了藏有大批古藏文抄本之外，还有许多梵文贝叶经、汉文经卷。北寺'古绒' 藏书室收藏着天文、历算、医药、文学、历史等方面的藏文图书 3000 函，其中不少是宋朝、元朝、明朝的手抄本和稿本，而且多数是萨迦寺历代法王批注校释过的版本。此外，该处还藏有一部明朝永乐八年附有御制后序的中国内地印制的《华严经》。文革期间，为了避免遭到损坏，当地群众和寺内的高僧对寺内的文物和经书进行了转移，有很多存放在老百姓家里。文革结束后，萨迦寺重新开寺，老百姓陆续把经书和一些珍贵文物返还给寺里。正是由于他们的精心保护，萨迦寺目前拥有最多的藏传佛教经文，也因此被誉为中国的'第二敦煌'。"

丁一问罗布，八思巴是谁？

罗布介绍："这个八思巴可是个了不起的人物，他是吐蕃萨迦人。公元 13 世纪初期，以成吉思汗为首的蒙古部落兴起，用武力统一了中原。忽必烈重用萨迦法王，八思巴成功地说服忽必烈及其子女信仰佛教，成为佛教徒，并为他们灌顶受戒。公元 1260 年他被尊为大元帝师，赐玉印，统领天下佛教徒，并协助元朝管理西藏，统领西藏十三万户，萨迦派势力达到鼎盛时期。他还帮助忽必烈制成蒙古新字，成为当时蒙古的官方文字。1265 年他回到萨斯迦成为西藏佛教萨迦派第五代师祖。期间他对萨迦寺进行了修缮，造了许多佛像和灵塔，并雇人用金汁书写大藏经，就是你们现在看到的这许多经书。当时元朝政府派遣了大量的内地能工巧匠参加修建萨迦寺。因此萨迦寺同时蕴含了西藏、蒙古和汉族的建筑元素，是三种建筑风格的结合。1280 年他 45 岁时圆寂于萨迦，被追谥为'皇天之下，一人之上'的称号。八思巴去世后，元朝中央的帝师制没有改变，帝师职位一直由萨迦派高僧继任而延续，总共产生了十几位帝师，直到元朝的灭亡而终止。反过来西藏的文化传统也深受蒙古的影响，譬如大家常见的给客人献哈达见面礼就是从蒙古国那里学来的。萨迦寺的镇寺之宝是忽必烈赠给八思巴的一个黑木匣子，匣内有一只极大的白海螺，仅在宗教吉日才开启该木匣，捧出白海螺，由高僧吹奏。"

众人听了连连咂舌，真是孤陋寡闻了，对这位八思巴肃然起敬。原来萨迦派在中国元朝历史上起过这么重要的作用！

罗布继续介绍："萨迦寺保存着元朝中央政府给萨迦地方官员的封诰、印玺、冠戴、服饰。有宋元时期以来的各类佛像、法器、供品、刺绣、瓷器、法王遗物等等。其中历史悠久、价值极高的文物有两颗印，一颗为玉质梵文印，一颗为刻有汉、藏、蒙三种文字的铜质三体印。萨迦寺存有历史档案文件十多箱，据说其中很多是萨迦派执政时期的重要文件。另外还有乌拉差役、税收、封文、民间诉讼等方面的文件。萨迦寺藏有印版 2000 多块，包括'萨迦历代史略'、'萨迦教主法王传记'、'萨迦传法记'等等。"

大家非常庆幸这些宝贵文物在劫难中被保存下来了。丁一不无担忧地说，现在电子扫描技术发达，应该组织人力物力把经书都扫描下来存档，避免文革时期的事情再重演。

罗布说："这个工程太浩大了，必须动用国家力量才行。"

他继续滔滔不绝，如数家珍。"根据不完全统计，萨迦寺的佛像约两万余尊，不少是元朝、明朝以来的佛像。南寺有一面佛像墙，有 5400 多尊佛像。萨迦寺有四件珍宝，贡布古如（竹青白瓦巴从印度请来的依怙神像）、朗结曲丹（大译师帕白洛扎瓦修建的佛塔，塔内经常出水，被视作神水）、文殊菩萨像（萨班的本尊像，据说在该像前念文殊经七天，便可打开智慧之门）、玉卡姆度母像（八思巴供奉的本尊像）。萨迦寺收藏的唐卡有 3000 多幅，根据鉴定，宋朝、元朝、明朝时期的唐卡便有 360 多幅。其中《八思巴画传》最为珍贵，原套 30 轴，今藏 25 轴，流失 5 轴，此套唐卡描绘了八思巴一生的活动及业绩。"

寺院要关门了，他们出了大殿后按当地习惯沿着寺庙高大的红色围墙顺时针走。墙上都是金色转经筒，夕阳里大家在铃铛声中排着队依次转着转经筒，乞求上苍保护好这些来之不易的萨迦文物。

罗布说："萨迦寺是藏传佛教萨迦派的主寺，在中国青海省、甘肃省、四川省、云南省、不丹、尼泊尔等地有分寺 150 座。"

有个教授说："听说美国也有。"

六十三 满拉水库

第二天罗布对大家说："前几天大家看了太多的西藏寺庙和文化历史，可能产生了审美疲劳。从今天开始，我带大家看西藏的风景名胜。这也是一种修行和缘分。"

他们先来到位于江孜县年楚河上游的满拉水库。罗布介绍，满拉水利枢纽工程是中国国家计委和水利部 1995 年投资兴建的，2001 年竣工，将拉萨和日喀则为中心的藏中电网连成一片。江孜县年楚河流域是西藏重要的商品粮产地，全流域虽然人口占西藏总人口的 7%，但耕地面积却占全西藏耕地面积的 21.1%，且土地肥沃。满拉水利枢纽工程控制并保证了这里 40 万亩的灌溉面积，每年可增产粮食 3700 万公斤。"

"我说呢，怎么一路过来一望无际的庄稼长势良好，不像蛮荒之地。"一位研究院院长说。

大家爬上一座小山坡，山头上拉满了色彩鲜艳的经幡，风中猎猎作响，藏区风情十足。站在海拔 4354 米的斯米拉神山山口俯视水库，湖岸凹凸蜿蜒，山峰陡峭高耸且植被稀疏，狭长的水库中一个个的小岛都静静地躺在那里，有一种特别的神灵魅力。大家问罗布"斯米拉"在藏语里是什么意思？

罗布回答是天珠的意思，他解释道："天珠是一种天然风化形成的类似于玛瑙的宝石，相传是天神的宝物，因为出现了缺陷，被贬降到人间。藏族人奉天珠为心中的珍宝，并虔诚地收藏供养，世代相传。"

月琴对天珠的传说有所感触，"其实我倒觉得这个水库本身就像一枚温润碧绿的天珠镶嵌在这大山里。你们看，湖中那个岛上有座孤独的古堡。"

"大概修水库前它就在那里了，原先是在山顶上的，现在被水围住了，孤零零地倒显得有几分神秘别致。"丁一猜测回答。

忽然丁一觉得有人拉他的裤脚管，回头一看，是一个藏族小女孩。她仰着头瞪着大眼用纯正的汉语说："伯伯，买一块经幡挂起来吧。吉祥。"

"谢谢，我不需要。"丁一回过头去继续同月琴说话。

不料小女孩纠缠不休，"伯伯买一块经幡嘛，我今天不上学，专门来这里勤工俭学，已经很久没人买我的经幡了。我才六岁。"

才六岁？！两人不由得又回过身来，低下头看着女孩。看来小女孩很有经验，知道如何博取同情。于是夫妇俩买了一幅经幡挂在了绳子上。

"好人有好报。"小女孩高兴地祝福二人，高原红的脸蛋上绽放出了笑容。

去羊卓雍措的半路上要途经乃钦康桑峰（7191 米），传说为藏传佛教四大山神之一的西方山神诺吉康娃桑布的居住地。这里有卡若拉冰川，位于乃钦康桑峰的南坡，海拔 5600 米，面积达 9.4 平方公里。冰川从山顶云雾飘缈处一直延伸到离公路只有几百米的路边。路边立有牌子，电影《红河谷》、《江孜之战》、《云水谣》曾在此拍摄外景。

山顶冰舌从云雾后面伸出来，悬挂在半空，非常壮观。冰川下面有一座庄严神圣的白色藏塔，也披着彩色的经幡。丁一看着路边的牌子上标明海拔高度 5600 米，不敢相信自己已经上到地球这么高的高度了。他正仰着头欣赏白塔上方的冰川，耳边突然响起了一个女子沙哑甜美的声音，"先生，想合影不？"

丁一转过头来，看见一个穿着鲜艳藏装的女郎眉清目秀地站在他旁边，眼球黑白分明，露出一排洁白的牙齿，落落大方。丁一不解，问："谁和谁合影？"

女郎指着丁一，"你和我合影呀，留下一段美好回忆。"

这时丁一看见罗布在远处向他做手势，点钞票的样子。丁一明白了，这是有偿服务。

看着丁一犹豫的样子，女孩大方地问："难道我不漂亮吗？许多人都喜欢和我合影呢。"

"不是，你很漂亮。是我不漂亮。"丁一弄明白了对方的意图，机智地回答。

"您太谦虚了，这么一个大帅哥，能和您合影，是我最大的荣幸。来，在这世界屋脊上，我们俩以冰川为背景合个影，这是可遇不可求的机遇和缘分。希望这里的神山圣水能够给您带来平安，身体永远健康。"女孩子伶牙俐齿地说，汉语很流利，眉眼间闪动着秋波，而且胳膊一下子挽住了丁一的手臂。

丁一神色有点慌张，四处张望，他在寻找月琴，看见她在不远处正和一个卖首饰挂链的商贩讨价还价。他情急生智，对女郎说："我太太在那边，看见我和别的女孩合影会有意见的。我这人妻管严。"

女孩向月琴瞟了一眼，识破机关，不买账地将嘴角翘起，"您骗不了我。嫂子一看就是一个和善大度的厚道人，心眼好。和一个藏族姑娘在卡诺拉冰川前合影，她不会计较的。不过如果您有顾虑，我可以给您当模特，光拍我也行。半价？"

"这样吧，我把太太喊来一起合个影。"丁一看见月琴正被那个摊贩纠缠着，想帮月琴解围。

"那样太好了！"藏族女郎高兴地喊道。

"月琴，快过来。"丁一冲着月琴喊道。月琴急急忙忙地过来，摆脱了商贩的纠缠。

丁一又向罗布招手，让他帮忙拍照。

拍完照，女郎接过钞票说声谢谢，又去招揽别的游客了。

丁一对罗布吐了吐舌头，说："你们这里的藏族姑娘很大方很开放呀！"

六十四　羊卓雍措湖

翻过界山卡若拉冰川，眼前顿时开阔起来。翠绿的草原上开满了一片片的小黄花，烘托出生机勃勃来，丁一他们来到羊卓雍措湖区了。广阔的蔚蓝湖水比起满拉水库更具气势，立刻引来了大家的惊喜。

对着满眼羡慕的众人，罗布说："此湖的藏语意思就是'碧玉湖'，为西藏三大圣湖之一，大约是杭州西湖的 70 倍，为高原堰塞湖。湖水最深处有 60 米，属淡水湖，湖面海拔高度 4441米。"

司机将车停在湖旁，让大家欣赏美色。站在明媚圣洁的湖边，众人大口饱吸高原稀薄的新鲜空气，浏览湖光山色，一个个都被湖水的纯净美丽深深打动。镜子般的湖水倒映着 7206 米高的金抗沙峰，山峰雄伟，危岩嵯峨，山顶覆盖着皑皑白雪。指着凌驾于圣湖之上的金抗沙峰，罗布说刚才到过的卡若拉冰川就在峰的南麓，金抗沙峰是后藏地区最重要的神山。羊卓雍措的水源来自四周念青唐古拉山脉的雪水，没有出水口，雪水的流入与自然的蒸发达到一种奇妙的动态平衡。除了金抗沙峰，附近的山峦叠嶂也别具一格，突起的群峰在蓝天白云下显得气势非凡，秀丽与雄奇并存。阳光这时从云层里穿射下来，为起伏的山峦投上一层薄薄的金光。阳光在山间缓缓移动着，将山坳里的藏寨抹得时明时暗，也掠过河滩上悠然自得的牦牛群和马群，一派安详和睦。

　　有个教授好奇地问："海拔这么高的地方，湖里有没有鱼？"

　　罗布回答："当然有哇。这里是西藏的鱼库，有西藏最大的人工养殖渔场，以养殖高原裸鲤和裂腹鱼为主。"

　　"因为水葬的习惯，藏人不是不吃鱼吗？养鱼干什么？"教授们不解地问。

　　"送给你们汉人吃呀。这里的鱼都运往内地了，销路很好。"

　　正说着，有零零散散的藏民从他们身边走过，手里拿着转经筒摇晃。大家问罗布是怎么回事？罗布说，许多虔诚的信众每年都要徒步绕湖一圈，乞求佛保佑平安。

　　"我的天，那得花多长时间呀？"众人对藏民的拜神精神惊叹佩服不已。

　　罗布解答："羊卓雍措圣湖长 125 公里，最宽处 3 公里，走起来起码需要一个月左右，等于到拉萨朝圣一次。"

　　有教授问："为什么说是圣湖呢？"

　　罗布回答："第一，藏族人崇拜羊卓雍措，因为它是藏区女护法神-羊卓雍措达钦姆的驻锡地。在湖的西南岸、浪卡子县城北 10 公里处有藏传佛教香巴噶举派的桑顶寺，该寺是西藏唯一由女活佛主持的寺庙。第二，这里之所以被称为'圣湖'的最大原因，是因为达赖喇嘛灵童转世的挑选在羊卓雍措举行。达赖圆寂后，西藏上层僧俗组成负责寻找灵童的班子，先要请大活佛打挂、巫师降神，指出灵童所在的大方位。然后到羊卓雍错颂经祈祷，向湖中投哈达，宝瓶，药料等。主持仪式的人会根据湖中的显影，指示灵童所在的具体方位。这个仪式开始于 1682 年五世达赖喇嘛圆寂之后，以这种方式从门隅地区找到了他的转世，即后来的仓央嘉措六世达赖喇嘛活佛。他十四岁那年由第五世第巴桑杰嘉措携僧团从门隅将他迎请回布达拉宫，途径浪卡子宗，五世班禅罗桑益喜从日喀则赶来，在桑顶寺为他受戒，结为师徒。

噢，又是那个红尘心未了的仓央嘉措！原来他是第一个从这里被选中的达赖喇嘛。丁一想象着当年仓央嘉措经过这里前往拉萨时的心境，虽然贵为六世佛祖，踏着湖边的芳径香踪，眼望渐行渐远美如天仙的碧玉湖，深深为情所困。他一定带着无奈的心情去寻找心灵的菩提洲，留下的却是那且行且吟，断断续续的诗句如同藏花般随风飘来：

- "我放下过天地，却从未放下过你，我生命中的千山万水，任你一一告别。"
- "假如真有来世，我愿生生世世为人，只做芸芸众生中的一个，哪怕一生贫困清苦，浪迹天涯，只要能爱恨歌哭，只要能心遂所愿。"
- "我们的爱比死亡还要理所当然。"
- "与卿再世相逢日，玉树临风一少年。"

众人在湖区流连忘返，一共停留了三个景点，两个在湖边，一个在山顶。晚上要赶回拉萨，虽然意犹未尽，不得不在天黑之前赶下山。

盘山而下，路边有一处江河谷景点，大山谷面临着雅鲁藏布江。这里有一堆藏人牵着藏獒，收费让游人合影。车子在雅鲁藏布江边的一处观江亭处停了下来。和几天前看见的逼陡雅鲁藏布江不同，这里江面宽阔，河水涛涛，河柳密集。时值夕阳西下，山峦叠影处，山坡上立着一个寺庙显得特别醒目，其金顶瞬间被夕阳点亮，如同抹上了一层佛光。

丁一询问罗布："能否到那座寺庙去看看？太漂亮了！"

罗布说："不行，你们的入藏函不包括那所寺庙。"

六十五 纳木措

回到拉萨歇了一晚，第二天继续前往纳木措。从拉萨到纳木措有 500 多公里，路途遥远，于是众人又开始大呼小叫地在车上打起牌来。

公路沿着念青唐古拉山脉下的断陷盆地行走，两侧 6000 米以上的皑皑雪峰一路相伴，还可以看见硕大的冰川在云层里忽隐忽现。看得多了，大家已经不以为奇。途中经过羊八井，大家好奇地问这是哪里？罗布介绍，这里是西藏有名的地热地区。

"你是说温泉吧？"

"不光只有温泉，还有热泉、沸泉、喷泉孔、水热爆炸穴，间歇喷气井、热水塘、热沼泽等。东部有一个面积为 7350 平方米、最大水深 16 米的热水湖，水温常年保持在 30 至 40 摄氏度。湖面碧波荡漾，热气腾腾，如临仙境，里面可以沐浴游泳。你们汉人污蔑我们藏民一生只洗三次澡，守着这么好的地热资源，可能吗？"罗布的最后一句话引得大家哄笑起来，确实有这么一说。

"我想泡高海拔地区的温泉，享受藏人待遇。"打牌的教授中有人开玩笑地喊道。

"不行，我们这些老外不能享受这个级别的待遇。入藏函上面没有这个项目。"丁一诙谐地代替罗布回答了。

罗布继续介绍："过去这里是一块牧场，地下不停地冒出热水，热汽日夜蒸腾，地热活动十分强烈，规模宏大。从1974年开始，国家拨出2亿多元资金，开发出了热资源。1975年打出了我们国家第一口湿蒸汽井，中国第一台兆瓦级地热发电机组在这里成功发电，进入了工业性发电阶段，现在年发电量在拉萨电网中占45%。"

看着窗外热气腾腾的景象，众人津津有味地听着。有人问："这里没看见寺庙哇。"

"有。前面我们参观的多是格鲁派和萨迦派的寺庙，羊八井盆地西部有个羊八井寺，是西藏佛教噶玛噶举红帽系的主寺。"罗布回答。

纳木措在念青唐古拉山的另外一侧，需翻过念青唐古拉山山脉。车子弯七弯八在大山里转，一路爬坡。有处地方塌方修路，车程耽误了几十分钟。等他们终于来到5190米的那根拉垭口时，司机停下来，说有块石碑可以照相留念。他也需要歇歇。

那根拉垭口照常挂满了五彩经幡，在穿山风里猎猎作响。果然有一块碑牌立在那里，让人意外的是除了标明高度和地名，上面还写着仓央嘉措《那一世》里的诗句。

更让人意外的是许多戴着氧气罩的游客为了和碑牌合影而争执，互不相让，弄得谁都没法照像留影。司机笑着说，这里天天打架，见怪不怪。

大家站在垭口，可以远远地看见山那边蓝色的纳木措静静地躺在群山的怀抱里，一片光亮妩媚。罗布在经幡旁为大家解说：

藏语里纳等于天，措等于湖，纳木措即天湖的意思。纳木措为西藏第二大湖，中国第三大咸水湖，是世界上海拔最高的大型湖泊。纳木措湖面海拔 4718 米，东西长 70 多公里，南部宽 30 多公里。本来纳木措是西藏的第一大湖，面积还在不断增加。可是另一个叫作色林措的湖增加更快，目前已经超过了纳木措成了第一大湖。据考察纳木措形成于 200 万年前，初始湖面开阔且湖水很深。后因西藏高原不断隆升，气候日趋干燥，湖面随之缩降。现今在纳木措的外围留有三层古湖堤岸的遗迹，其中最高的一层高出目前的湖面 80 米。每年进入冬季，湖内会结冰，至第二年六月中旬冰才完全消融，故有大半年的冰期。

　　穿过那根拉垭口后，他们继续下山，直奔纳木措湖区。广阔的湖水调节着湖区的气候，一眼望去，这里水草丰美，为良好的天然牧场。无边无际的草原翻滚着成片成片的牛羊群，散落着稀疏的藏棚。间或飘起的一缕缕烟儿连接着念青唐古拉山上的云舒云卷，地阔天清里尽显高原纯净和安宁之美。罗布说："纳木措是西藏的三个圣湖之一。每逢藏历羊年的'萨葛达瓦节'期间，有许多信徒从西藏当地和青海、四川、甘肃、云南远道来此转湖朝圣，以寻求灵魂的超度。"

　　车子在草原上奔跑，一直开到伸进湖中的扎西半岛，"扎西"是藏语"吉祥"的意思。半岛由石灰岩构成，长时间的溶蚀形成了千姿百态的石林、溶洞以及天生桥等地质形态，还有一个很大的莲花生洞，洞里有自然生成的莲花生灵塔。在停车场停好车，众人沿着半岛的转经路走到湖边，到处堆满了玛尼堆。路边有两块迎宾石，也称为夫妻石，上面挂着无数条长长的经幡，前面的围栏里堆满了钱币，为信徒们来这里许愿求神拜佛所扔。

罗布告诉大家："在西藏古老的神话里，念青唐拉是全西藏著名的护法神，也是北部草原众神山的主神，拥有广袤的北方疆域、丰富的财宝和无上的法力。而纳木措为纳木措琼姆，她是护法主神帝释天的女儿。念青唐古拉山和纳木措是生死相依的情人和夫妇。他们相亲相爱，共同呵护着藏北草原，为北方世代繁衍的藏族带来福祉。"

听了罗布的解说，大家远远望去，深邃而疏朗的蓝天与清澈透明的湖水水天相融，浑然一体。果然念青唐古拉山因纳木措的衬托显得更加英俊挺拔，而纳木措因为念青唐古拉山的倒映愈加绮丽动人。丁一和月琴同时回头看了一眼夫妻石，不免会心相视而笑。他们让罗布在夫妻石前拍了一个合影。

来到湖边，一大群当地人牵着牦牛吆喝着让大家骑着照相。团里每个人都交了钱，坐上了牦牛背。牦牛听话地退到水里，让众人以念青唐古拉山为背景拍照。大家戏说这是为当地藏民的富裕生活尽自己的微薄之力。

六十六　巴松措

丁一一行回到拉萨住了一夜，第二天驱车前往西藏之行的最后一站林芝。不知怎的，大家有点依依不舍，雪域高原文化历史博大精深，给这帮美国华裔专家教授们留下了深刻的印象，让人难以割舍。丁一拿出昨晚在拉萨街头买的纪念品微型转经筒转了起来，心中默念这几天来的所见所闻。

进入林芝地区时，自然又要办理入关手续，按下不表。林芝海拔相对较低，一路沿 318 国道和林芝-拉萨高速公路下坡而行，大家感觉到了耳膜气压增强。今天大家似乎没有心情打牌，都默默地注视着窗外，珍惜眼前看到的一切。道路两边山坡峻陡，云烟缭绕，层峦叠嶂一片翠绿。山坡上先是伏地灌木，然后是低矮树丛。随着纬度的降低，郁郁葱葱的植被渐渐覆盖住山体，松树笔挺成林。玉绿的尼洋河沿着山脚下欢腾奔流，时宽时窄，时缓时急，一路相伴。云海中隐约可见高压电线支撑架在俊秀挺拔的山间矗立，不得不佩服架线工人的艺高胆大。

下午时分到达位于高峡深谷里的巴松措湖区景点。罗布为大家买了门票，乘风景区内的绿色大巴车盘山而上，前往湖区参观。罗布告诉大家："巴松措又名措高湖，藏语中是'绿色水'的意思，湖面海拔高 3480 米，是一个冰川堰塞湖。"

到了湖边景点下车，天空晴朗碧蓝如洗，四周雪峰环绕，原始森林青山如黛，佳木苍莽，湖水荡漾碧绿清透。

"快来看，湖里有鱼！"有个教授眼尖，招呼大家。果然，透明的湖水里可见游鱼如织穿梭，沉浮自如。

月琴喊道："我特别喜欢西藏的水，都是这么清澈碧绿，一点污染也没有。"

距岸边大约一百米处有一座湖心岛，罗布告诉大家这个岛同纳木措的那个岛一样，也叫扎西岛。扎西岛和岸边由浮桥连通，上了扎西岛，自然又是经幡飞扬。岛上有一座白色的灵塔和一座土木结构的 "错宗工巴寺" （意为"湖中城堡"）。罗布难掩兴奋，如数家珍，说措宗工巴寺属藏传佛教的红教宁玛派寺庙，建于唐代末年，距今已有 1500 多年的历史了。殿内供奉宁玛派创始人莲花生大师，还有千手观音和金童玉女。所以巴松措是宁玛教的圣湖。罗布说自己信的就是宁玛教。

罗布介绍说莲花生大师是天竺高僧，公元八世纪应吐蕃王朝第三十七任赞普赤松德赞迎请入藏弘法，创立了藏传佛教最早的教派宁玛派。他创建了西藏第一座佛、法、僧三宝齐全的佛教寺院桑耶寺，是藏传佛教的奠基者和创始人，在藏传佛教信徒中享有崇高地位。在西藏，到处都可以听到与莲花生大师有关的神话和传说，只要是与莲花生大师相关的事物，都被当作神物加以供奉和膜拜。

在进入寺庙时，有人惊呼："看，大门两边有木刻的男女生殖器！佛门重地怎么会有这玩意？"

罗布笑起来了，解答："不要大惊小怪，这是有历史原因的。宁玛派是藏传佛教中最早的教派，带着印度教与西藏原始苯教的浓厚色彩，推崇生殖器崇拜，信徒不仅可以娶妻生子，而且还允许男女双修，其创始人莲花生大师自己就有两位妻子。宁玛派这种宽松的修行方式最终损害了自身的声誉。娶两个妻子也许对真正潜心于修行的人来说无可厚非，但这也导致了越来越多心怀不轨、动机不纯的人加入宁玛派，僧侣与世俗争权夺利，娶妻生子甚至欺男霸女，最终导致整个宁玛派戒律松弛，乌烟瘴气，越来越不得人心。这种状况终于引发了宗喀巴大师对藏传佛教进行改革，重整清规戒律，创立了更得民心的黄教格鲁派。从此宁玛派地位下落，影响力越来越小。现在的宁玛派佛教也禁止僧侣娶妻生子，修行更加严格规范。在寺院门口摆放男女生殖器雕像，也是尊重历史传承吧。"

看着眼前的山清水秀，罗布的介绍让丁一又想起了六世达赖喇嘛仓央嘉措，他也出生在世代信奉宁玛派佛教的家庭，父亲就是个红教喇嘛。所以当仓央嘉措被认定为五世达赖转世灵童后，发现格鲁派佛教清规戒律严禁僧侣结婚成家、接近妇女，难怪他难以接受。他不惜背叛教规，写出了许多歌讴爱情的诗篇。这是历史的一个错误选择。

参观完了寺庙，大家又爬到湖区的达切拉观景台登高远望。这里角度绝佳，视野开阔，整个湖区尽收眼底。不同于开阔深广、气势庞大的纳木措和羊卓雍措，巴松措显得娇柔紧凑，风姿绰约，性情温柔地依偎在苍松翠岭的怀抱里。湖心岛更如同一枚挂在少女光洁胸前的胸坠，习习生辉。真个是佛教圣地，菩提仙境。

丁一对月琴说："仓央嘉措说过：即使真的有来世，今生错过的，来世还是会错过。所以我们今生必须来这里，也不曾错过你我。"

月琴笑着揶揄道："你最近动辄仓央嘉措，沾了他不少的习气。不过那天打牌，听见你和罗布谈论仓央嘉措，他的诗写得确实很美。你能再背诵一首他的诗来听听吗？"

罗布在一旁接腔说："他有一首诗叫《那一眼叫永远》，是这么写的：

连明天都把握不住，我还是喜欢对你说永远

你可以怀疑我，怀疑明天

但一定要相信我的话，相信永远

永远是明天的明天，比明天更远

我看见你，就看见永远

228

连今天都不知如何度过，我还是喜欢对你说永远

明知道诺言难以兑现

能给你的，也只有一个诺言

永远在河的对岸，山的那边

你看见我，就看见永远

别人有一片草原，容不下一个我

你只用一根草，就拴住了我

这根草叫永远

别人有一座宫殿，留不住一个你

我只看了你一眼，就拴住了你

这一眼叫永远。"

月琴听完大喜，"哇，能在这种如梦如幻的地方欣赏这种优美动人的诗篇，真是太好了！会不会又是后人杜撰的呢？"

"管它的呢，只要喜欢就行。"丁一帮罗布回答。

六十七　鲁朗

去鲁朗林海风景区的路上，罗布照例去公安局办了相关备案手续，然后他对大家宣布，这是最后一次办理过关手续，以后再也没有了。这也意味着，这次的入藏行程行将结束。

鲁朗林海的藏语意思为"龙王谷"，座落在深山老林之中，处于雅鲁藏布江涌入的印度洋暖流水汽地带。虽然海拔在 2700 到 4200 米，这里却属于半湿润气候。这条长约 15 公里，平均宽约 1 公里的高原狭长地带素有"西藏江南"和"雪域瑞士"之称，即有高原的挺拔，又有江南的佳秀。

车在苍茫的林海山路上旋转，穿行在云雾缭绕中，下望但见山谷溪流蜿蜒，泉水潺潺。他们先去了一个观景台，想看主峰高 7782 米、有冰山之父美誉的南迦巴瓦峰。可惜天公不作美，山峰被云层挡住了。

罗布指着山坡上的杜鹃花丛说："每年 4 月中旬到 6 月初是杜鹃花盛开的季节，如果你们那时来，这里漫山遍野的杜鹃花欣欣向荣地绽放，一片绚烂。"

他们在一高处观景台下车，凭栏眺望。两侧青山由低往高分别由灌木丛和茂密的云杉、松树组成，中间谷底是绿茵草甸，抹着一缕靓丽的阳光。色彩明艳的野花夹在树林里，竞相开放，美不胜收，山峦之间星罗棋布着藏家风情浓厚的农牧民村落。山顶云层翻滚，时而轻薄如纱，时而厚重如絮，尽显大气磅礴、气象万千之势。近处抬头，但见松针上挂满了水珠，粒粒晶莹反射着从云层中偶尔露出的阳光，散射着细小的金光。

从高处继续下行，他们来到谷底的鲁朗花海牧场，是一处高山原始冷杉林包围着的草甸。在这里可以骑马，也可以射箭。骑马太花时间，于是众人决定射箭，每支箭 2 元，射中奖励两支箭。绿茵的山坡上二十米开外架着几个靶子，有几个藏族女射手辅导游客射箭。丁一先来，他张弓搭箭，拉开架势瞄准，脑子里想象着《水浒传》里的神射手花荣，回忆着奥运会里选手们的架式。

月琴在一旁夸道："蛮像那么回事的嘛。"

藏族女射手则毫不客气地纠正，"前面的手放低一些，后面的手抬高一些。两腿不要张得太开。身体不要发紧，放松些。"然后手把手地改正丁一的动作。

丁一试射了五支箭，一发没中。其他几个人也试了试，也没中。月琴嫌大家不争气，也上去试，结果居然射中了一箭。大家夸奖说，果然巾帼厉害。月琴回答，那只射中的箭我是闭着眼睛射出去的。众皆大笑不止。

藏族女射手也跟着笑，笑完了拿起弓箭，嗖嗖嗖嗖嗖，一口气射出了五支箭，百发百中。众人一阵惊呼，对藏民的身手矫捷佩服得五体投地。

这里有个湖边鲁朗国际旅游小镇，藏式建筑错落有致，互为陪衬，被森林和草原包围着，远看似一幅色彩搭配得当的中国山水画卷。罗布说："为了让游客能欣赏到西藏各地的建筑风格，这些建筑物的设计复制了拉萨、日喀则、昌都和那曲的民居风格。这里的石锅鸡非常有名，以当地产的菌类和高原鸡为原料，可以和藏香猪、手扒羊肉媲美。大家愿不愿意尝尝？"

大家哪有不同意的，他们选了一家临湖的藏家石锅鸡餐馆入座。服务员上来伺候，在桌子中央放了一个大火锅用来炖鸡，然后介绍这种石锅由富含特殊矿物质元素的石材制作而成，可以补充身体所需的各种微量元素。不一会，她端着切成块的土鸡倒进锅里，点燃炉子慢慢炖。她在旁边放了不少菌类、豆腐、粉丝和新鲜蔬菜，吩咐大家等汤滚了往里加。

说笑间，锅里飘起了一股淡淡的药材香味，大家忍不住伸筷子尝起来。品尝之下，鸡肉嫩而且有弹性，火候正好，味道十分鲜美。于是将配料纷纷下锅，开吃起来。一面看着窗外的泛黄青稞田和爬到窗沿的藏花，一面谈着一路上看到的美景，众人止不住欢声笑语。

吃饱喝足后，罗布又带着大家去林芝的"柏树王园林"景点。一进门，山坡上古柏擎天，里面有 1000 多棵巨柏，许多树龄都在两三千年以上。柏树和柏树之间修了栈道供游人行走。他们来到其中最大的一棵柏树面前，树高 50 米，胸径 15 米，标明树龄三千二百多年，其下堆积缠绕着哈达。在众人的啧啧赞叹声中，罗布介绍，这颗树为世界柏树之王，需 12 个成年人合围才能抱住它，被誉为"活的文物"，当地老百姓视其为神树。

丁一去过美国加州的巨杉国家公园（Sequoia National Park），里面有的杉树树龄达到 2000 多年，也是需要十几个人合围。没想到这里的柏树树龄更高，简直不可思议，世间竟有这般奇物！他问罗布："林芝这么漂亮，这次怕是看不完了。林芝还有哪些风景我们没有看到？为以后做个参考。"

罗布脸露遗憾，"林芝还有个风景绝妙的地方叫雅鲁藏布江大峡谷，是世界上最为奇特的马蹄形大拐弯。它抱拥的山岭最高海拔 7782 米，而最深处的谷地深达 6009 米，落差有 1000 多米，为世界上最深的峡谷。大峡谷分布着从高山冰雪到热带雨林九个垂直自然带，你们美国的科罗拉多峡谷根本没法和它比。只可惜大峡谷不对外宾开放。"

专家教授们显然在网上见过大峡谷壮观的照片，开始愤愤不平，觉得被歧视了，嚷嚷道："好歹我们也是中国请来的专家，为中国做了许多贡献，国家应该特殊照顾我们才是，应该为我们开通一个西藏旅游特别通道！"

罗布继续馋人，"还有，林芝 3-4 月份桃花盛开，是观赏的好季节。想想看，雪山、春江、桃花、藏女，那是一番什么样的景象？"

"那我们春天再来一次！"

"不行。因为 '3.14 暴乱' 事件就发生在三月份，所以3-4 月份西藏对国外游客是不开放的，外宾办不到入藏函。"

大学者们一个个听得垂头丧气，有气无力地要求道："那你给我们讲讲林芝的前世今生吧。"

罗布有点可怜这帮华裔专家教授，倾其所知给大家讲解起来。"林芝的藏文叫'尼池'或'娘池'。林芝是解放后搞测绘的人根据当地的物产特点改的名。考古表明早在 4000 到 5000 年之前林芝地区已有人类从事刀耕火种的农业。林芝历史的最早文字记录见于工布第穆摩崖石刻上······。"罗布侃侃而谈，滔滔不绝，众人听了只咽口水。

"柏树王园林"是西藏之行的最后一个景点，参观完后大家回到了林芝市。第二天司机和罗布将大家送到林芝机场，依依惜别。临下车时，大家分别对着前面的监控摄像头作了个鬼脸。

同罗布和司机分手作别时，丁一对罗布说："希望你将来能有机会去国外留学。"

罗布苦笑了笑，这次轮到他垂头丧气了。

众人进到机场里面，只见几百个复员军人在排队托运行李优先登机，个个脸庞上透着高原红。

六十八　孔子学院

游完了西藏，丁一和月琴踏上了回美国的班机，在机场碰见了熟人郑久。

郑久早年间去美国留学，后来回到中国经商，赚了不少钱。他头脑会来事，不久前在南方某市鼓捣着建立了一个生命研究院，担任院长。为了造声势，他请丁一和中国的许多学术大伽来站台助威。郑久还万里迢迢请来了做博后时认识的一位九十多岁高龄的诺贝尔奖得主来华助威，并以这位科学巨擘的名字给研究院冠名，达到师出有名的目的。

记得生命研究院举行奠基仪式的那天，郑久搀扶着颤巍巍、步履蹒跚的美国科学家进入会场，博得掌声雷动。除了丁一一帮捧场的学术界人士，还有市里各级领导和投资商参加了奠基仪式。一时间热闹非凡，剪彩相庆。

会场上丁一问郑久花了多少钱请来这位美国科学家。他伸出了一个指头。

丁一猜说："一万？"

郑久摇摇头，做出不以为然的表情。

丁一发挥了想象力，说："不会是一百万吧？"

郑久露出神秘的笑容点点头。

丁一说："难怪他不顾年老体衰，万里迢迢来参加这个奠基仪式。你这是物有所值啊。"

郑久得意洋洋地说："这年头，有钱能使鬼推磨。再高贵的人也不得不在金钱面前下跪。请不来是因为你给的钱不够多。哈哈。"

"谁愿意出这么多钱呢？"

"当然是投资商呀。他们拿下这块地所赚的钱比冠名费多了去了。"

往事历历，这时在机场的郑久神情疲惫，情绪似乎不高。于是丁一小心翼翼地问："你那个研究院现在办得怎么样了？该出成果了吧？"

"别提了，他们刚刚把我踢了出来，院长的职务也给撸了。"

"啊！怎么会是这样？"丁一听了大吃一惊。

"利用我的关系，把地圈到手后，那帮忘恩负义的投资商组成的董事会过河拆桥，投票把我罢免了，说我不适合当领导。我被他们骗了。"

在中国呆过一段时间的丁一见怪不怪，知道常在河边走，哪有不湿鞋的道理。

回到美国家中，丁一觉得浑身轻松自在。他在中国当院长的这几年里，月琴大部分时间一个人在美国度过，除了她到中国或是丁一休假回美国团聚。现在好了，又可以享受两人世界了，不必再受两地分居之苦。

丁一身上还披着青藏高原的气息，来到家里久违了的前后院。院子里的花花草草似乎认识他，微风中摇摆欢迎，逗得他满心欢喜。看着有些杂乱的树枝，他决定这两天把院子修剪整理一下。

　　家里的冰箱空空如也，丁一月琴两人开着车到附近的超市买食品。从中国嘈杂的都市回到这座安静有序的城市，看着路旁的建筑和树木，丁一似乎有点生疏的感觉，不太习惯车道上大家彬彬有礼开车互谦的样子。两个国家，两种文化，两个不同的世界。

　　进了宽大的超市，在琳琅满目的货架间穿行如同逛马路，两个人很快就装满了一车子的食品。丁一拿的都是月琴喜欢吃的，月琴拿的都是丁一喜欢吃的，这样两个人喜欢吃的食物都有了。看着花柜上摆满了室内鲜花，丁一想把家里打扮一下，于是拿了一盆兰花，但被月琴阻止了。

　　"我们马上要去佛罗伦萨旅游，等回来后再买吧。没人照看花会枯死的。"月琴提醒说。见月琴说得有道理，丁一把花放了回去。

　　两人买得正起劲，忽然老远有个人和他们打招呼，"老丁，你回来了？许久不见。"

　　来人是他们学校孔子学院的齐院长，秃着头，一个热心人。丁一上前握手，"齐院长你好！孔子学院现在办得如何？又组织了什么活动？"以前孔子学院经常从中国邀请艺术团体或学术团体来搞文化交流活动，在当地很有些影响。

　　"不敢不敢，孔子学院撤了，我也不是院长了。"齐院长胡子拉碴，眯缝着眼说。

　　"为什么撤了？"丁一和月琴吃惊不解。

　　"孔子学院是中美两国联合办的。中方是教育部出钱聘请中国教师，美国是国防部出钱给学校租地方。最近中美两国关系紧张，弄掰了，美国国防部不发钱资助办孔子学院了，为的是防止中国的文化渗透。美方资金一中断，我们学校只好停办了孔子学院。"齐院长一边唠叨一边摇头，"川普这个倔老头，把好好的事情搞得糟透了。"

"现在是大势所趋，中美两国关系处于低潮，你也别太介意。"丁一安慰他。

"也没什么，我还是教我的书。"齐院长也是教授，当孔子学院的院长是额外的差事。三个人感慨了一会时局多变，世事无常，然后互道再见。

临去意大利前，丁一去了一趟医学院院长办公室。即将卸任的老院长接待了他，给他分别介绍了秘书们。见到即将上任的院长，秘书们团团围着丁一问长问短。丁一看见前台收发秘书唐娜胸前别着一枚本校徽章，称赞好看。

唐娜喜笑颜开，自豪地说自己年过六十，前不久修完了所有的大学课程，拿到了学士毕业证书。

"恭喜恭喜。"丁一祝贺满脸皱纹的唐娜，唐娜的成就让丁一刮目相看。前院长站在一旁告诉丁一，唐娜上高中时怀孕，没能上大学，然后一直工作到现在。她到了快退休的年龄，决定把大学读完，了却一桩心事。

唐娜拿出一张照片给丁一看，说："这是在毕业典礼上我和我孙子的合影。"

丁一接过照片，看见带着学士帽的唐娜手里抱着一个胖嘟嘟的小孩，两人都笑得合不拢嘴，开心极了。

六十九　佛罗伦萨

　　丁一是个文化人，对文学艺术和历史颇感兴趣。借美国学校院长工作交接之际，还没上班之时，忙里偷闲，决定同月琴去游览心仪已久的意大利文化名城佛罗伦萨市。

　　丁一对佛罗伦萨情有独钟，因为它是文艺复兴的发源地。从十四世纪到十七世纪，文艺复兴一直延续了四个多世纪，这和藏传佛教格鲁派的兴起不谋而合。文艺复兴促使了欧洲从中世纪向近代社会的转型，让欧洲一跃成为世界发展的领头羊和列强。文艺复兴是一次深刻全面的上层建筑和社会政治体制的变革，其最耀眼的成就体现在绘画艺术，雕刻艺术和建筑艺术的发展上，成为了整个文艺复兴的枢纽。群星璀璨中，涌现出了许多佼佼者，他们有一个共同特点，就是都曾出生或活跃在佛罗伦萨一带，譬如达芬奇和米开朗基罗。丁一好奇为何佛罗伦萨在几个世纪的时间内不间断地产生出如此众多的巨匠，想一探究竟，寻求答案。他想亲眼看看那些数不胜数的古典建筑及绘画雕塑艺术。

　　这几天在家里有点空闲，夫妇俩分片包干，分头赶紧恶补佛罗伦萨和文艺复兴方面的相关知识，读了一些与文艺复兴有关的书籍和网文。茶余饭后，丁一和月琴俩经常交换意见，讨论为何文艺复兴会发生在意大利，而不是在世界其它的地方。月琴认为：文艺复兴的兴起是由当时意大利的多种因素决定的，包括独特的政治结构，广泛的贸易通商，社会的公民意识，几代美第奇家族的无私捐助。当然还有拜占庭王朝的覆灭，导致了大量学者涌向意大利。这些学者携带了大量保存下来的希腊古典书籍来到意大利，讲授传播希腊语和经典文献，重新复活了古希腊古罗马的文明，强调以人为本的思想，推动了思想解放运动，冲破了中世纪的神学禁区。另外发生在 1348 和 1350 年的鼠疫也改变了人们对生命轮回转世的看法，强调享受现实生活。

丁一觉得月琴分析得有道理，补充道：一个不可忽略的因素就是中世纪的意大利有许多发达的通商城市，与古罗马有着千丝万缕的联系。以这些城市为中心，意大利分为许多小国家和地区。比如南方的那不勒斯王国，中部的佛罗伦萨共和国和教皇辖地，北部的米兰地区，西部的热那亚地区，东部的威尼斯地区。这些商贸发达的城市各自为政，互通有无。丁一进一步阐述，这种即紧密又松散的政治地理结构同中国历史上同样缺少集权统治的春秋战国时期非常相似。那时的华夏也是分为不同的诸侯国，也是诸子百家，百家争鸣，百花齐放。两千多年过去了，孔子、老子、庄子、孟子、荀子、墨子等等仍然是人们的热门话题和偶像；法家、儒家、道家、墨家等等各个学术流派至今还深深影响着炎黄子孙的思维和行为方式，其道德准则维系凝聚着东方的泱泱大国，千年不散。丁一认为，中国的先秦时代和意大利的文艺复兴异曲同工，前后呼应，在东西方同时证明了思想文明的兴起促进解放了人们的思想禁锢，推动了时代的前进。

两口子好久没有这么尽兴了，你来我往，一唱一和，举杯越谈越深入。兴到浓处，不觉月上枝头，霜露满窗。佛罗伦萨是那么地吸引人，如同天上的那颗太白星般耀眼，让人向往。

在美国休息了一个多星期，两人飞过大洋，启程去了佛罗伦萨。

下了飞机，丁一和月琴乘直达班车到达繁华的市区。他们在佛罗伦萨市中心订了一家旅店，住的是一间阁楼式房间，两层楼，里面装潢得古色古香，艺术气氛浓厚。旅店为他们在案桌上放了一瓶未启封的香槟，还有一盘新鲜水果。两人吃了一些水果，各倒了一杯香槟拿在手上，来到二楼卧室。卧室有扇落地门窗，通到屋顶阳台，阳台上摆有几盆鲜花，正开得火艳热烈。这里可以看见城市一栋栋房屋的黄褐色瓦顶，波浪式连绵不绝，上面到处都架着鱼脊天线。远远望去，各种古典建筑的顶端从各个方向冒出来，耸立在空中向他们俩召唤。丁一和月琴看得心里痒痒的，有一种急不可赖的冲动想一探究竟。

歇息了一会，两人出了旅店，出门就是熙熙攘攘的大街。两人沿着狭窄的人行道边走边看两旁的店铺，古典的橱窗里是些明眸皓齿的模特儿图片广告，姿色撩人。暮色中夕照的残光和各色刚刚开启的灯饰将这些店铺打扮得倩丽明亮，古朴中透着华丽新潮，流光溢彩。两人不知不觉来到了佛罗伦萨主教堂广场（Piazza del Duomo），抬头仰望圣母百花主教堂（Cattedrale di Santa Maria del Fiore），乔托钟楼（Campanile di Giotto）和圆拱顶（Duomo）建筑群，显得神圣而硕大。

"我的天！这么华丽壮观。你看这些建筑墙面上的图案和人物雕凿得多么精细！"月琴看着建筑的墙面外表，露出了欣赏的表情。

街边有个"i"中心广告介绍引起了两人的注意。广告鼓励游客买市区各个景点参观的联卡（Firenze card），72 小时之内可以凭卡自由参观各个主要的景点，还可以不用排队。两人去过许多欧洲城市，知道这类城市联卡非常有用，省时省钱。于是两人趸进"i"中心，一人买了一张联卡，随卡还附送一张详细市区景点地图。

　　一个年轻漂亮的女服务员看着他们是新来的外国游客，问他们打不打算爬主教堂的圆拱顶？如果打算爬，需提前订时段票，在指定的时间内排队上去。女服务员带着亲切的笑容说上面可以俯瞰全市的景观。这个太有诱惑力了，于是两人买了第二天上圆拱顶的票。

七十　天堂之门

　　时差的原因，丁一和月琴第二天醒得很早。睡不着觉，两人说干脆乘还没有游客，何不去欣赏早晨的圣母百花主教堂，那里有个'天堂之门'等待着他们。于是两人兴冲冲地出了门。

　　他们到广场时，天刚麻麻亮，四周楼房上显出了微曦的反光。他们径直来到了主教堂洗礼堂（Baptistery）的北门和东门。1401 年洗礼堂准备修建北门，佛罗伦萨纺织品商业协会出面征集方案，题材定为圣经里的"艾莎克殉难"故事。经过激烈竞争，由季培尔底和菲利波的作品方案一决胜负，经过评议，最终由年仅 22 岁的季培尔底获胜。他胜出的原因是因为他的方案体现了艺术的写实主义，动态组合和透视技术，这些标准成了后来文艺复兴的基石。许多学者遂将 1401 年发生的这个标志性事件定为文艺复兴的正式开始时间。当时参赛的这两件样品图案被收藏在巴杰罗雕像博物馆（Bargello sculpture museum）内，永久保存。

　　获胜后的季培尔底闭门造车，潜心创作，花了 21 年的时间创作出了铜质北门，表现了《旧约全书》里的 20 个场景，并将自己的头像也镶嵌其中。当这幅杰作呈现在世人面前时，好评如潮。大为满意的纺织协会于是又将东门的创作权也交给他，任其自由创作，不加约束。季培尔底不负众望，再接再厉，又花了 27 年的时间，在他临死之前创作出了东门，描绘的是《旧约全书》里十幅栩栩如生的场景，更上层楼。后来米开朗基罗仰望精美的东门艺术后，叹为天堂之门。季培尔底殚精竭虑，精益求精创作的这两个铜门成了两座巍峨的艺术高峰，难以跨越，奠定了其在文艺复兴中不可替代的地位。

晨风中两人站在两座门前，怀着景仰的心情高山仰止。这两座门是复制品，原件久经岁月的洗礼，被收藏在了主教堂附近的主教堂博物馆（Museo Dell' Opera Duomo）内。看着季培尔底用毕生精力呕心沥血、精心打磨的门雕，从事科学研究的夫妇俩被先辈的严谨创作态度和工作精神深深打动。他们觉得自己能站在门前，是何等的幸运！

太阳慢慢升起，金辉将主教堂和临近的圆拱顶、钟塔建筑群照得轮廓分明。这些文艺复兴时期的建筑物是人类文明的标志性建筑，地位显赫。街上行人渐渐多了起来，人们在主教堂前排起了一条长长的队伍等着进去参观。两人随着队伍一面向前慢慢移动，一面欣赏教堂的外表雕花和人物造型。这个教堂为世界第四大天主教堂，是文艺复兴初期代表性的意大利哥特式建筑，由坎比奥（Arnolfo di Cambio)设计。外面墙壁用的是绿色和白色大理石材料，庄严典雅。虽然教堂的主体部分于 1367 年完成，但其正面外表一直拖到 19 世纪才正式完工。

大约排了半小时，他们俩进了教堂通过安检。主教堂外部虽然华丽奢侈无比，内部却比较空荡。为了保护文物，曾经放在里面的许多雕塑艺术作品被移到了主教堂博物馆，不过还是有一部分文艺复兴时期的艺术品保留了下来，譬如壁画《站在佛罗伦萨前的但丁》。教堂大门的上方有一个世间独一无二的壁钟（The Duomo clock），两人看着好奇。好在主教堂里有屏幕看图解说，丁一和月琴投了硬币，带上耳机，选择了英文解说。解说介绍的壁钟很有意思，非常奇特，由乌切洛 1443 年设计，四角为四圣徒的头像。这个钟现在还在走，钟面只有一枚指针沿反时针方向走。罗马数字 XXIIII 在下方，但并不代表半夜。钟用的是意大利特有的时间（ora italica）。

主教堂和圆拱顶内部是连在一起的。圆拱顶顶端绘有一幅巨型油画《最后的判审》（Last Judgment，作于 1572-79），起先由瓦扎里创作。瓦扎里是米开朗基罗的仰慕者，因此画的灵感来自于米开朗基罗在梵蒂冈西斯汀的同名画作。画中有耶稣，圣母，圣徒，神学三德（信仰，期望，博爱），天使合唱，地狱等描绘。西方的神学也讲究生命的轮回和报应，和藏传佛教六道轮回异曲同工。画了三分之一时，瓦扎里去世，由祖卡里继续完成，他篡改了画风和画技。因此这幅画是两个画家不同风格的杂合体。

主教堂还有一个地下展览馆，是主教堂的早期建筑遗址（crypt）。主教堂原址是一个七世纪修建的教堂 （Church of Santa Reparata）。丁一和月琴自然没有放过，也下去参观了。

从主教堂出来，丁一夫妇看见附近狭窄的街道上有一家叫"宋"的中餐馆，于是进去点菜，月琴点了一道自己喜欢的清蒸鲫鱼。菜上齐了，月琴正津津有味地埋头吃着鲫鱼，发现丁一不动筷子，不免抬头看了他一眼，只见他含笑不语地望着自己。

"这么好吃的鱼，你干嘛不动筷子？"

丁一摇摇头。月琴含嗔地说："到底吃不吃？难道还要我把盘子举到齐眉不成？"

丁一笑嘻嘻地回答："我家原来有个属猫的。"

月琴听了噗嗤一声笑了。

七十一　圆拱顶

肚子吃饱了，两人去排队爬圆拱顶。大约又等了半个小时，才轮到他们爬顶，一共放行了二十几个人为一组过安检。石阶楼梯下层比较宽，越往上爬越窄。爬到半中腰有一个圆形廊道，可以通过有机玻璃挡板近距离观看油画《最后的判审》，人物大得夸张。两人看着几百年前的巨幅油画，惊叹当年画家们的辛勤劳动和忘我精神。他们向下看，圆拱顶底部的地面几何图形像巨大的花瓣展开，线条清晰，体现了菲利波的巧具匠心和慧思。

他们一面爬一面数，一共爬了 463 级阶梯，终于上到顶端圆形平台，来到外面。上面面积不大，人挤人，需侧身而过。两人选了一处地方凭栏而立，抬头远望，耳边风呼呼地直叫唤，佛罗伦萨全城光景果然尽收眼底。城区大部分建筑都是红砖黄墙，密密麻麻，看不见高楼大厦。古城保护得很好，游客们凭栏指指点点，辨认城区不同景点的方位。

丁一感叹道："当年菲利波竞选北门失利，终止了自己的雕像创作，专攻建筑艺术，建成了这座举世闻名的穹隆圆拱顶建筑，奠定了他在文艺复兴中举足轻重的地位。真是塞翁失马焉知非福，东边不亮西边亮。"

　　月琴说："那个时候的人好能干，什么都会。许多大伽都是全才，绘画、雕刻、建筑无一不通晓。丢了这个饭碗，捡起另外一个饭碗就是了。"

　　丁一忽然皱起了眉头，似乎有心思，被月琴察觉了出来，问他怎么啦。丁一愤愤地说："看着这些保护得这么完好的古典建筑，让我不由得想起了五朝古都北京城。当年傅作义为了保护有八百多年历史的北京城不被毁于战火，接受了共产党的和平解放条件，使许多文物建筑得以保存下来。可是解放后为了搞建设，片面听从苏联专家的建议，不顾梁思成夫妇的权力反对，将许多建于元朝、明朝和清朝的地标古建筑毁掉了。从 1952 年开始，70 多公里的元明清古城墙被拆得只剩下几百米，47 座门楼、箭楼、牌楼、鼓楼、角楼现在仅存 3 座。文革前左安门、中华门、永定门、广安门、广渠门、朝阳门、右安门、西便门、庆寿寺双塔、箭楼、瓮楼被拆；文革中崇文门、东直门、西直门、安定门、宣武门、崇文门、安定门、阜成门又被拆；现在留下来的唯有正阳门、德胜门和钟楼。文革后改革开放为了盖新大楼，又接着拆，成片成片的四合院没了，许多胡同消失了。这些建筑同眼前的佛罗伦萨古建筑的年代一样久远，要是能够保存下来该有多好呀！" 说着这些痛心疾首的事情，丁一的眼睛忍不住湿润了，一片泪光。

　　月琴听了丁一的话语顿感窒息难受，轻声附和着说："这些人的心真狠。如果北京的古建筑能够保护下来，比佛罗伦萨这座古城漂亮壮观多了。其实不光是北京，中国其它城市如济南、南京、长沙、开封等也都拆除了古城墙。"

　　两人默然无声地注视着佛罗伦萨古城区，羡慕非常。他们在上面呆了十几分钟，内心凭吊遥远的北京古城，缅怀哀思。

从圆拱顶上下来，两人接着直奔主教堂对面的洗礼堂。因为几个世纪前洗礼堂北门的传奇设计竞争，他们充满好奇心想看看里面是个什么样子。洗礼堂只有下午才开放。内部不大，很朴实，有一个小祭坛和布道台，屋顶部为尖尖的八角形，画满了涂金的宗教画。月琴对丁一说，这里让她想起了前不久在西藏看见的那些藏传佛教绘画，也是涂金抹银。洗礼堂历史悠久，建于大约公元 4 到 7 世纪，是主教堂建筑群里最古老的建筑。

从洗礼堂出来他们去了主教堂建筑群的最后一个景点，主教堂博物馆。博物馆是原佛罗伦萨共和国于 1296 年批准建立的作坊，用以监督近旁主教堂和钟楼的建造工程。1436 年主教堂和圆拱顶完工，作坊的功能改为维护这些有纪念意义的建筑群。经过几个世纪的日晒雨淋，环境污染，许多暴露在外面的雕塑艺术品呈现出了不同程度的损坏。1891 年作坊开始收藏这些珍贵的室外艺术品，在室内加以维修保存。作坊重新改建修缮后，发展成博物馆，现在收藏了 750 件艺术品，基本上是从主教堂、钟楼、圆拱顶和洗礼堂那边挪过来的艺术珍品。

两人在检查口出示了联卡，进了玻璃大门，抬头便是巨大的圣约翰和安琪儿的雕像（Saint John in Glory and candle-bearing angels），由蒂恰蒂于 1732 年创作完成。这幅巨雕原挂于洗礼堂内。

来到一楼主厅，宽大明亮的展厅以白色为背景和底色，展出了许多主教堂正面旧墙上往昔的雕像，它们是 19 世纪重建新墙时被挪到这里来的。转过身来，洗礼堂的南、北、东三个原始大门赫然在目，虽然同早晨看到的复制品相比有些磨损，仍难掩其光辉。隔着玻璃面罩，丁一和月琴站在大门面前，又一遍凝视着上面栩栩如生的画面，上面的山水、花鸟、树木、人物均历历在目，清晰可辨。

丁一不由感叹："欧洲的文艺复兴和后来波澜起伏的艺术创作都是起源于这三座大门。来，给我在这门前照个相，留下纪念。"

一楼还有许多展厅，展有米开朗基罗完成于 1547-1555 年的大型雕像"圣殇"（Pietà）。这座雕像曾经摆放在圆拱顶里面。据说是米开朗基罗为自己的墓地准备的。另外还有多纳泰罗创作的木雕玛利亚（Maria Magdalena，耶稣的女弟子），雕工非常特别。班迪内利 1547 年开始创作的洗礼堂唱诗班围墙上的浮雕也收集在这里。

博物馆有三层楼。二楼收藏着原放在钟楼上的 16 座雕像和 54 块浮雕，都是按原来次序摆放的。浮雕表现了日月星辰，男女诞生以及人们日常的生活景象。二楼还展览有各种主教穿的法衣、帽冠、由银和珐琅做成的十字架，尽显奢华富丽。其中有个原来放置在洗礼堂的银质祭坛，表现圣约翰的生活。银匠用了两百公斤银子，花了 100 年才完成这座祭坛，其精美程度令人咂舌。

这些文物被保护得如此之好，又深深刺痛了丁一的心。他说："我想起了大昭寺和西藏其它寺庙内的文物在文革中被惨遭毁灭的情形。藏传佛教和文艺复兴的年代差不多，命运却截然不同。你说，为什么不同的人对待自己历史的态度会如此地大相庭径？"

月琴也在思考这个问题，但是回答不上来。

七十二 美第奇

　　佛罗伦萨的美第奇家族（Medici）是佛罗伦萨 13 到 17 世纪时期欧洲的名门望族，拥有强大的经济、宗教和政治势力。美第奇家族的第一位成员是位药剂师，姓氏 Medici 即来源于此，美第奇族徽上的圆球代表药丸。后来美第奇家族从事羊毛加工业，走上了致富的道路。随着财富的增加，美第奇家族开始涉足金融业，美第奇银行成为当时欧洲最有钱的银行之一。有钱好办事，美第奇家族成员开始积极参政。其辉煌的族史中先后产生过三位教皇，多位佛罗伦萨的统治者，一位托斯卡纳大公，两位法兰西王后，和一些英国皇室成员。最难能可贵的是美第奇家族成员颇具历史和艺术眼光，一贯积极支持赞助艺术家们的创作活动，给予大量的钱财支持，为文艺复兴推波助澜。

　　美第奇如雷贯耳的历史地位让丁一和月琴一心想了解这个家族。这天他们来到了圣洛伦佐大教堂（Basilica di San Lorenzo），美第奇家族的主要成员几乎都葬在这里，是美第奇家族的族堂。这座教堂始建于 1393 年，1095 和 1461 年分别扩建，1740 年完成定型。

　　他们到时，教堂外的台阶上坐满了享受着日光浴的游客，一群鸽子围绕着游客探头探脑，等待舍食。台阶上有个娇俏的女提琴手在拉小提琴，她穿着一袭蓝紫色的宽大长裙，鬓结高盘，雪白的手指在琴弦上熟练地滑动，奏出优美的旋律，琴声在教堂的高墙下回旋。两人聆听了一会，月琴说："她拉得这么好，一定受过专业训练。"

两人凭联票进入圣洛伦佐大教堂，据介绍欧洲许多天主教堂的内部结构均是在这个教堂的形式基础上发展起来的。教堂的墙壁上挂满了精美油画，多为文艺复兴时期所作。尤其珍贵的是里面有个多纳泰罗建的讲道坛，上面雕刻描述了耶稣殉难的过程。他们步入教堂底部，是墓葬的地方，埋葬着美第奇家族几乎所有的成员，有的在地下，有的镶嵌在墙上。

紧挨着圣洛伦佐大教堂的是美第奇小教堂，下午开放。进门不远处安娜·美第奇的全身雕像端坐在那里，她是美第奇家族的最后一位有影响的成员。随着她的去世，延续了几百年的美第奇家族终于完结，成了一个响亮的历史符号。接着往里走有个八角形的王子小圣堂（Cappella dei Principi），建于17世纪初，由斐迪南一世公爵赞助。尼基蒂在助手的帮助下花了四十年的时间，直到死才完成这个教堂。教堂里面葬有六位美第奇家族的公爵。整个王子小圣堂里面墨绿色和深褐色的墙壁布满了由彩色大理石拼作而成的绘画图案，头顶上的八角顶画着生动的宗教油画，图案和油画的精美奢华程度让人叹为观止。一缕缕阳光从天窗照射进来投在地面和墙壁上，殿堂显得肃穆庄严。

美第奇小教堂里另外还有一个新祭衣间（Sagrestia Nuova, New Sacristy），由米开朗基罗设计。米开朗基罗原本为美第奇家族成员在这里设计了四个石棺陵墓，但最终只完成了两个。一个是朱利亚诺公爵的墓，下面斜靠着"昼和夜"（The Night and the Day）的雕像。其中代表女性的"夜"被认为是米开朗基罗最完美的作品之一。另一个是洛伦佐公爵的墓，下面两个斜靠着的雕像代表"黎明和黄昏"（The Twilight and the Dawn）。此外还有一个三座群雕，中间抱小孩的圣母为米开朗基罗所作。米开朗基罗去罗马后，两侧的其它两座雕像（Saints Cosmas and Damian）由他的学徒蒙托索利和蒙泰卢波继续完成。

面对这些绝世珍品，丁一肃然起敬地叹道："多少有钱有势的人随着时间的推移烟消泯灭，无人再记得。可是美第奇家族凭着对艺术的积极支持和慷慨解囊，得以千古流芳。"

看完了教堂，他们去了一街之隔的美第奇宫（Palazzo Medici Riccardi），1444 年由米开罗佐·巴多罗米欧设计，也是文艺复兴时期的代表作之一。在这个宫里，美第奇家族一直住到十七世纪，直到美第奇成为佛罗伦萨的君主，搬到了佛罗伦萨市政府（Palazzo Vecchio）和皮蒂宫（Palazzo Pitti）居住。美第奇家族于 1659 年将美第奇宫转手卖给了里卡迪公爵，后来成为了佛罗伦萨市政府和辖区的所在地。

他们来到中庭，看见了一个站立雕像。月琴说："这个我知道，他叫俄耳甫斯，班迪内利创作。相传俄耳甫斯是太阳神和缪斯的儿子，他完美的歌声可以驯服野兽，让树起舞。他为了死去的爱妻欧律狄刻去向冥王求情。冥王有感于他的诚意，答应了，但有个预先约定，在到达冥府之门前不许回头看爱妻。于是俄耳甫斯在前，爱妻如影随形地跟在后面走出冥府。俄耳甫斯奇怪一路上没有听到爱妻的脚步声，以为她没有跟上来，于是在到达冥府之门时回头看了一眼，发现爱妻是自己的影子。结果爱妻立刻被冥王抓了回去。你瞧那雕像多么传神，俄耳甫斯的眼神是多么的悲伤。"

美第奇宫有个小型博物馆，里面的藏品从公元二世纪到十八世纪都有。上楼进门是贤士小圣堂（Cappella dei Magi，或 Magi Chapel），墙壁上是戈佐利的名画《朝圣之旅》（Journey of the Magic，1459-1461），描绘的是美第奇家族和盟友的活动。买下美第奇宫后，里卡迪公爵将居所扩充改建成了豪华的巴洛克风格，最典型的是用作舞场的艺术画廊（Galleria Riccardiana）。

艺术画廊里一排排摆满了椅子，大概是为什么活动准备的，两人走得累了，正好坐下来歇息，喝一口水。环顾四周，房间充满了金碧辉煌的华美，四壁镶着玻璃镜子。特别耀眼的是画廊的天花板（vault），画家乔达诺花了两年的时间于 1683-85 年创作描绘了美第奇王朝和 8 个神话故事，用的是巴洛格技法。看着这些精美的油画，缅怀美第奇家族对文艺复兴的丰功伟绩，两人沉浸在美的享受中。

七十三　新圣母大教堂

在佛罗伦萨游览了几天，月琴的脑子有些发胀。他对丁一说："这里的艺术品浩如瀚海，信息量太丰富，恐怕看不完了。"

丁一鼓励她，说："在佛罗伦萨，文艺复兴的许多名作都收藏在教堂里，来一趟不容易，不看太可惜了。今天我们去新圣母大教堂（Santa Maria Novella），那里有许多经典。"

用过早餐，他们一大早来到新圣母大教堂，朝阳的普照下教堂外面已经有了不少游客排队参观。进到教堂里面，迎面正中高高地悬挂着文艺复兴先驱乔托创作的经典名作"耶稣受难像"。这幅创作于 1289 年的油画给了后来的文艺复兴艺术家们许多的启迪。其下方不远的大厅里有个由卡瓦尔坎蒂建于 1443 年的讲道台（Pulpit），旋转而上的小楼梯颇具匠心，古朴庄重。两人慢慢走慢慢看，教堂两旁的高墙壁上镶嵌着许多名家的油画，外框均为大理石柱子装潢。深色的油画透射着几个世纪留下来的光芒。丁一指着其中马萨丘的经典油画"三体"说："好像这幅画是最早采用系统直线透视法创作的作品。马萨丘发明的直线透视法的准备工作痕迹在画中还可以看到，直接演示了文艺复兴时期油画画风从平面透视向立体透视转变的过程。"

大厅的前面是一个叫做托尔纳博尼（Tornabuoni）的小教堂，是新圣母大教堂的主要祭坛。耶稣祭坛后面保存了完好的壁画，描述的是圣母和圣约翰的故事，由吉尔兰戴伊奥和他的画室创作于 1485-1490 年。当时年轻的学徒米开朗基罗也在这个画室，参加了壁画的创作。托尔纳博尼小教堂的右侧是斯特罗齐小教堂（The Strozzi Chapel）。

他们来到教堂的底层，也有一个墓地回廊。回廊和相连的房间里有许多记录生平年月的墓碑石。墓地回廊齐腿的短墙上，有两个少女坐着休息，正低头看着手机。阳光温暖地照在她们清秀年轻的身体上，毫发毕现。她们投射在墓地上的身影不免让人联想起曾经生活在这里鲜活的修女们，她们已经长眠于此几个世纪了。

回廊旁有个叫"西班牙小礼堂"的大间屋子，建于 1343-1355 年。里面的装修工作由博纳尤托于 1365 至 1367 年完成。他在里面画满了壁画，都是经典的"耶稣遇难"故事。

看着画上的许多耶稣像，月琴说："在西藏是看不完的佛，在这里是看不完的耶稣。神的力量在哪里都是不可抗拒的。人们拜神，将神艺术化，从神那里汲取精神力量。"

他们来到紧挨着教堂的一个宽大庭院，里面长满了青草和柏树。这个建于 1340 到 1360 年的庭院曾经住着修道士。文艺复兴时佛罗伦萨两家贵胄和科西莫·美第奇大公爵出资，请人在庭院墙壁上画满了油画。油画描述着当时教堂社区的名人和宗教故事，对了解当时的风土人情和宗教文化历史弥足珍贵。每幅画的下面都标有作者及作画的时间，多为 1570－1590 年创作。由于年代久远，油画有些地方剥离损坏了，由后人修复补齐，也清楚加以注明。这些画在墙壁上的油画沿着四方长廊一直排到了尽头，然后折向另一方向，蔚为壮观。

看着这些数量众多的高质量油画，两人想象着那时的绘画艺术创作蔚然成风，画家们个个大显身手，人才辈出。丁一沉吟："佛罗伦萨活跃着这许多有才华的画家，文艺复兴想不兴旺都难。"

庭院的画廊步道下面埋有许多墓石。月琴说："踩着墓石欣赏这些油画，感觉有点怪怪的。"

丁一说："这样更能让你产生一种回到那个时代的感受。不是吗？"

走廊旁有一扇门，里面立了许多柱子。进去看了说明才知道，原来这里是当年美第奇的私人图书馆。现在里面空荡荡的什么也没有，只有光柱从石窗里射进来，仿佛在述说文艺复兴时的故事让人凭吊。

出门的时候已经中午时分，新圣母大教堂前的广场游客众多，熙熙攘攘。他们挑选了一家餐馆用餐。

虽然人在外面旅游，月琴心里却惦记着丁一的新工作。以前丁一回中国当医学院院长，她不太同意。这次丁一回到美国当医学院院长，她还是不太同意。她对丁一说："你刚从中国的院长职位上退下来，本来希望你能享受一下清福，陪我到处走走，看看大千世界，可是劝你不听。这次你接下了新院长的职位，悠着点干，你也老大不小了，要多注意身体。"

丁一理解她的心情，回说："我会注意的，不用担心。现在华人在美国科技界做得非常出色，可以说已经冲破了学术界的天花板，当系主任的也不少。可是呢，你看有几个是当院长的？凤毛麟角。这是现在摆在华人面前的行政天花板。分析起来因素很多，主要和华人的惰性有关，喜欢局限在自己的小圈子里，不太愿意为大家服务，只愿埋头做自己的学问，缺少为公众社会服务的精神。当然语言能力不足也是一个制约因素。不光在学术界，工业界也是如此，当 CEO 的很少。再看印度人，学术界当院长校长的，工业界当 CEO 的比比皆是。这次机会难得，我有自己的优势，已经有了在中国当院长的行政管理经验。我想带个头，做个榜样，带动大家一起提升华人走向高层的形象。"

月琴明白，丁一身上有许多优点，不当院长可惜。比如性格成熟稳重，能容忍别人的缺点，善于团结人，心底无私，有远见。她明白丁一这么做是为了冲破美国社会对华人的偏见。和上次他到中国当院长一样，她只好认命了，自己的职责就是做好后勤工作。再说了，这次和上次有一个很大的不同，就是丁一回到了自己身边，看得见摸得着，两人可以天天生活在一起。

七十四　大卫

　　第五天早晨在楼下早点店吃早餐，丁一对月琴说："今天可是重头戏。要去看'大卫'了。"

　　月琴问："在家准备这次旅行时，你负责看介绍'大卫'的资料，讲点故事来听听。"

　　丁一一面吃着羊角面包喝着牛奶，一面向月琴讲道："这个雕塑最先由杜乔于 1464 年开始创作，后由罗塞利洛于 1475 年接手，都因为不够完美或雕像的稳定性而被教堂拒绝了。未完工的大石块被遗弃在作坊的后院里，长达 25 年无人问津。1501 年，26 岁的米开朗基罗接手了这个项目，他对雕凿英雄'大卫'非常上心，全副身心投入到创作之中，日以继夜地工作。他睡得很少，即使睡觉，也是和衣而眠，连靴子也不脱。教堂作坊的后院是露天的，下雨时他就在雨水中工作，淋得透湿，并从中得到启发。他做了一个蜡的模型放入水中，然后慢慢放掉水，根据蜡模型逐渐露出水面的部分依样画葫芦地雕凿。其他艺术家创作大卫时，多以大卫割下歌利亚头颅的瞬间为题材。米开朗基罗则不同，着眼于决斗开始前的一刻。大卫显得紧张，精力高度集中，非常警惕地望着前方。米开朗基罗一共花了两年的时间完成了这件使他扬名立万的历史巨作。他化腐朽为神奇，点石成金。据档案记载，米开朗基罗的创作是在保密中进行的。"

　　"'大卫'的背景故事讲的啥呀？"月琴问，喝了一口浓浓的咖啡。

　　丁一继续道："'大卫'的创作题材取自于经书故事里牧羊人大卫和菲利斯巨人歌利亚之间的一次决斗。相传以色列第一任国王扫罗率领犹太人同非利士人相持于伊拉山谷。连续 40 天，非利士勇士歌利亚每天两次来到阵前叫阵，让犹太人派人单挑决胜。犹太人里无人敢应战，最后放羊倌大卫挺身而出，接受了挑战。国王扫罗苦于无人，勉强同意授予大卫铁甲让他出战，但被大卫拒绝，嫌铁甲太笨重。大卫带了自己的投石器，从河里捡了五块石头上了阵。凭着对上帝的信仰和勇气，大卫使劲全力射出了一块石头，正中歌利亚的前额，歌利亚应声倒下，被大卫取下首级。"

"'大卫'的故事传奇色彩很浓，听你这一说，我想马上去看了。"月琴被故事吸引，显得有点等不及了。

早点店的生意很好，顾客们进进出出，讲着他们听不懂的意大利语。

两人吃完早餐就直奔艺术学院博物馆，果然人山人海。他们拿出联卡，从优先通道进去。里面的过道陈列着米开朗基罗未完成的"奴隶"四尊和"圣马修"雕塑。从米开朗基罗这些未完成的作品身上，可以欣赏窥视他雕刻进行的步骤和理念。他曾经说过，雕刻匠只是上帝的工具而已，根本不需创造，只需发掘展示出大理石内部已经存在的强健人物形象即可。他所做的工作是将多余的部分铲除，让雕像露出真容。和大多数雕刻家不同，米开朗基罗雕凿时不用石膏模具，而是在大理石上从前面往后面直接开凿，随心所欲。

穿过排列的"奴隶"雕像，他们越过人群的头顶看见了高大的"大卫"，在浅绿色的墙壁色彩的衬托下，形象高大英勇，身体上的血管毕现，果然是文艺复兴时期的巅峰之作。游客们抬头瞻仰，频频发出惊叹声。"大卫"四周被围起来了，因为曾经有个疯子用铁锤将"大卫"雕像的脚指头敲了下来。

　　丁一和月琴看着，围着"大卫"雕像转了好几圈，反复欣赏，交谈心得。丁一说："据说雕像最开始计划是放置到佛罗伦萨主教堂的露天天台上，为一系列群雕中的普通一员。但米开朗基罗的雕像对圣经英雄的诠释理解大大超出了教堂董事会的期望。看着这件满目生辉的杰作，董事会和共和国的行政长官索代里尼于心不忍，决定不按原计划将'大卫'放在教堂天台上让其日晒雨淋，而是另寻一处地方妥善存放。董事会召集了三十多位成员进行讨论，其中包括艺术大师达芬奇，波提柴里和达圣加洛。经过长时间讨论，董事会最后决定将'大卫'放在佛罗伦萨的政治中心市政广场，以代表佛罗伦萨自由解放的共和思想。为了妥善保护好这个文艺复兴的标志性杰作不受损坏，1873 年'大卫'被迁到了现在这个室内地方供人瞻仰。然后在原地放了一个复制品。"

　　他们穿过挂满了油画的一侧通道，来到一个石膏模特馆。里面展出包括两部分内容，一是巴尔托利尼和他的门生潘巴洛尼创作的石膏模型，二是佛罗伦萨历来获奖的油画和雕塑作品。其中一个石膏模型标明，这个模特玛利亚是西班牙国王查理四世的女儿，后来和波旁君主路易斯一世结婚。

　　出了石膏模特馆，他们来到巨型雕像大厅，詹博利尼创作的石膏模型"强奸萨宾女郎"位居正中。丁一告诉月琴，用它复制的大理石雕像位于市政广场的"佣兵凉廊"内，其艺术成就和"大卫"齐名，珠联璧合。

　　从艺术学院博物馆出来，他们在附近的一家小店吃了午餐，又在路边的一个老太太开的袖珍店里买了八个橘子，然后马不停蹄地进了近旁的圣马克大教堂（The Museo di San Marco 大教堂）参观。这座教堂最初建于 1267 年，十五世纪时，科西莫·美第奇安排自己最喜欢的建筑师 米凯洛佐对教堂进行修复和扩建，成为自己的隐居地。

参观时他们立在一座雕刻于 1498 年的铜质雕像前，他是行乞修道牧师萨佛纳罗拉，像一个黑色的幽灵。在一个不长的时间里面，萨佛纳罗拉牧师曾在佛罗伦萨呼风唤雨，影响并改变了文艺复兴的发展方向。面对美第奇家族的强权政治，他提出了一系列反宗教腐败、反专制、反剥削的倡导，唤醒民众推翻美第奇家族的统治，导致了美第奇家族的放逐和大众共和的建立。他思想偏颇，鼓吹进行宗教改革，煽动捣毁非宗教的艺术和文化，宣称佛罗伦萨为新耶路撒冷和基督教的中心。由于他拒绝听命于罗马宗教的旨意，被罗马教皇逐出教会。他拒绝接受驱逐令，引起了佛罗伦萨当政者的恐惧和不满。迫于罗马教会的压力，萨佛纳罗拉和两个追随者在佛罗伦萨的市政广场被市政府宣判死刑，绞死焚尸。因此他被某些新教传教士（Protestants）捧为叛逆先驱加以崇拜。

圣马可大教堂还有个修道院，二楼有许多修道士禅修的学习单间，里面都画有耶稣遇难的壁画，是文艺复兴时期一个叫安吉利科的多明尼僧侣留下的。楼上楼下的走廊上也有不少他画的画。

在修道院的僧侣餐厅内，悬挂着一幅吉尔兰戴伊奥 1480 画的"最后的晚餐"。这个吉尔兰戴伊奥是米开朗基罗的师傅，米开朗基罗曾经在他的画室当学徒。图中耶稣告诉他的十二个信徒，他们中有一个是叛徒，但没有点明是谁。在晚餐上耶稣将面包递给信徒，说这是我的肉，将酒递给信徒，说这是我的血。他知道自己将不久于人世。吉尔兰戴伊奥在佛罗伦萨一共画了三幅"最后的晚餐"。十五年后达芬奇在米兰画了一幅更加有名的"最后的晚餐"。有意思的是两人的"最后的晚餐"都画在餐厅里，让僧侣们吃饭时看，时刻铭记在心，不要做叛徒。

七十五　乌菲兹美术馆

市政广场几百年来一直是佛罗伦萨的政治行政中心，它像一个枢纽牢牢控制着佛罗伦萨的历史进程，也左右着文艺复兴的进程。围绕着市政广场有许多景点，最著名的包括乌菲兹美术馆，佣兵凉亭和建于 1299 年的行政旧宫及塔楼。

第六天早上 7 点，丁一夫妇俩前往佛罗伦萨市政广场。广场上矗立着海神喷泉和科西莫一世骑马雕像。海神喷泉群雕由班迪内利设计，巴尔托洛梅奥和詹博利尼于 1563-65 完成。据说海神的形态同雕像的赞助者科西莫·美第奇一世很像。喷泉旁边的科西莫一世骑马雕像则由詹博利尼创作于 1594 年。两座雕像在清晨里俯视广场，显得魅力四射。

海神喷泉斜对过是佣兵凉亭，这里是举行公共仪式和行政长官宣誓就职的地方。凉亭里的几组雕塑同文艺复兴时期大多数的作品一样，看上去很血腥、很暴力、很色情，很刺激。丁一指着雕像对月琴说："市政广场一带的背景知识是你负责的，该你来介绍了。"

月琴笑了笑，说："昨天你讲解得不错，今天我尽量不落后。"

她清了清嗓子，指着詹博利尼的"强奸萨宾女郎"雕像说："昨天我们已经在艺术博物馆里面见过这座雕像的石膏模型

259

了，不用再介绍了。"然后她指着其它雕像一一讲解。"这座雕像是费迪创作于 1865 年的'强奸波吕克塞娜'。希腊神话里，波吕克塞娜是特洛伊末代国王普里阿摩斯的女儿；这座青铜像是契里尼创作于 1545-1554 年的'珀耳修斯和美杜莎的头颅'，它描述了希腊神话英雄柏修斯斩首蛇发女妖美杜莎的瞬间。相传任何人只要看一眼藏在蛇发后面美杜莎的脸就会变成石头。契里尼是文艺复兴时期矫饰主义最重要的艺术家之一；这座雕像是詹博利尼创作于 1599 年的'赫拉克勒斯痛殴内萨斯'。神话里说，半人半马的怪物内萨斯驮着大力神赫拉克勒斯的妻子德瓦尼拉过河，想非礼她。被河对岸的赫拉克勒斯看见，于是放了一枝九头蛇毒箭射中了内萨斯的胸脯。内萨斯临死前施了一条毒计，告诉赫拉克勒斯的妻子，自己的血可以让赫拉克勒斯对她永远诚实。愚蠢的妻子果然相信了这个谎言，将内萨斯中了毒的血液散在地板上和绳索上，毒死了自己的丈夫；这座'斯巴达王抱着普特洛克勒斯'雕像里的普特洛克勒斯是希腊神话中的战士，在特洛伊战争中被杀；那座是古罗马时期复制的古希腊铜质'帕斯奎诺组像'中的大理石组像之一。"

月琴一口气说了许多，停顿了一下，指着台阶旁的一头石狮子说："这头狮子来头不小，是公元前 2 世纪的作品。前面那座行政旧宫门前的复制品'大卫'雕像，就是你昨天说的以前真'大卫'的原始放置地方。行政旧宫门前的另外一边那座雕像叫'赫拉克勒斯和卡库斯'，由班迪内利完成于 1534 年。这座雕像的完成充满了权力之争，随着美第奇家族的两次被放逐，由谁来创作这尊雕像也在米开朗基罗和班迪内利之间反复了几次。雕像寓意美第奇最终战胜了佛罗伦萨共和国的民众力量，重新执掌权力。这尊雕像象征着肌肉的力量，而大卫雕像则象征着精神的力量，两者都是美第奇所看重的。"

"满分！"丁一拍起了手，对月琴的解说大加赞扬。

太阳升起来了，为佣兵凉亭群雕镀上了一层金色的色彩。一些闲适游客坐在佣兵凉亭的台阶上享受着初阳的照耀，古今同框。历史就如同这阳光，悄悄地来，又悄悄地走，让人回味无穷。

接下来两人到紧挨着的乌菲兹美术馆（Uffizi Gallery）凭联卡从快道入内。乌菲兹美术馆原来是档案办公室，后来被美第奇家族买下来放置艺术藏品，成了文艺复兴绘画艺术藏品最为丰富的美术馆。这里成列了文艺复兴时期各种画派的作品。1737 年，美第奇家族最后一位有影响的成员安娜·美第奇和佛罗伦萨市政府签订了一个著名的家庭条约（Patto di famiglia），将历代美第奇家族的艺术藏品和庄园都捐赠给托斯卡纳政府托管，其中包括乌菲兹美术馆。1765 年乌菲兹美术馆正式对公众开放，1865 年成立为美术馆。

两人拾级而上，沿着乌菲兹美术馆二楼东西两个长廊观赏，细细品尝考究众多的文物。长廊两边连着许多套间，里面都是经典油画，主要为十三世纪到十八世纪的作品。在这里，他们看见了许多绝世珍品，如波提切利的"春"和"维纳斯诞生"，达芬奇的"东方三圣来朝"，米开朗基罗的"三圣堂"，提香的"乌尔比诺维纳斯"。

站在一幅油画面前，月琴看着介绍对丁一说："你看，那个圣母麦当娜的脖子是不是很长？那是帕尔米贾尼诺于 1534-40 年创作的长脖子圣母。"

月琴显然做足了功课，劲头十足，一路看画一路解说："这幅'维纳斯'是克雷迪 1490 画的。达芬奇曾经受到过他的影响，后来又反过来影响他。这幅'塞维利亚卖水者'是维拉斯凯兹 1618-22 年画的，他是西班牙画家，其画风深受后来十九世纪写实和印象画派的同时推崇。"

"知不知道这幅画有什么讲究？"月琴指着一幅油画问丁一。丁一摇摇头。

"文艺复兴时期有股逆流，称作矫饰主义，不认同文艺复兴倡导的艺术理念。这幅画的作者阿洛里是矫饰主义的最后杰出画家之一。"月琴小小得意了一番，似乎满足自己的表现。

有一幅叫"巴克斯酒神"的油画非常传神，画的是手举红酒的巴克斯，吸引了他们的注意力。月琴告诉丁一，画的作者叫卡拉瓦乔，他性格暴戾，情绪激动，曾经因为口角致死人命，逃亡那不勒斯。后来在另外一场斗殴中他的脸庞被毁，39 岁时死于谋杀，一说死于铅中毒。他的极端性格决定了他的绘画风格，特别是用光给人印象深刻，明暗对比强烈。他有相当一批追随者，唤作"Caravaggisti"。他对后来的巴洛克绘画发展影响深远；还有旁边这幅画，叫"罗马的慈善"，是在英国的一个古董市场发现的，1994 年捐赠给了 Uffizi 博物馆。作者曼弗雷迪是卡拉瓦乔的追随者之一，是 Caravaggisti 画派集大成者，他对后来法国画风影响巨大。"

"行呀！你干脆留下来当讲解员算了。"丁一对月琴刮目相看，开起了玩笑。

"看文献时很感兴趣，于是就记下来了。以后退休了，我就专研西方绘画作为业余爱好。文艺复兴时的画家们不断创新探索，各出奇招，百花齐放，使绘画艺术达到了高峰，至今难以逾越。"

丁一表示理解，并打了个比喻，"这就像中国后来的诗词创作难以翻越唐诗宋词的高度一样。"

不知不觉中他们来到了一个古罗马雕像展厅，月琴眼睛一亮，说："这一定是尼俄伯展厅了。根据希腊神话，尼俄伯有十四个孩子，七男七女。尼俄伯沾沾自喜，嘲笑拉托那只有两个孩子。愤怒的拉托那是派自己的两个孩子太阳神阿波罗和月神阿耳忒弥斯去杀死尼俄伯的十四个孩子。太阳神负责射杀男孩，月神负责射杀女孩。孩子们被弓箭射死后，尼俄伯悲伤不已，化为了大理石。这里的 12 座雕像代表四处奔逃的恐惧孩子们，你看那座雕像是尼俄伯正护着自己最小的女儿不被射杀。"展厅中央立有解说牌，上面介绍：乌菲兹美术馆这座展厅里的雕像是罗马时期复制古希腊时期的作品。这组雕像群于 1583 年在罗马附近被发现，当时的费迪南多·美第奇红衣主教买下来置放于自己在罗马的别墅内。1770年这些雕像被移到了佛罗伦萨。

七十六　行政旧宫

参观完了乌菲兹美术馆，他们接下来去了紧临着的行政旧宫（Palazzo Vecchio）。行政旧宫建于 1299 年，本来属于佛罗伦萨公民的权力机构，文艺复兴时期被美第奇家族占用主政多年。1540 年科西莫·美第奇一世将自己的家从美第奇宫搬了过来，这里便成了美第奇名副其实的官邸宫殿，直到 1569 年科西莫·美第奇一世升为托斯卡纳大公爵，搬去了更为豪华的皮蒂宫。

　　宫殿一楼是个高大的大厅，丁一和月琴去时一个单位正在这里举办活动，气氛热烈。两人只得站在大厅的一端仔细端详大厅里面的壁画和雕塑，布置得像一座艺术殿堂。她们上到二楼和三楼，每个办公房间的四壁到天花板也都是壁画，眼花缭乱，内容颇为丰富，基本都是 15 到 16 世纪的作品。 特别是用作内政会议厅和法院的大房间，壁画更是精美绝伦，色彩缤纷，散发着浓浓的文艺复兴特有的艺术气氛。这间屋子有座"朱迪思和 荷罗孚尼"雕像高高矗立在房间内，是多纳泰罗 1457-1464 年创作的。

　　"在艺术气氛这么浓厚的地方办公，能够集中精力吗？"月琴开玩笑地质疑。

　　"那不一定，说不定会提高办公效率，提高办案的人情味。"丁一发表了不同的看法。

　　"这里有个塔楼，好像也可以观看市容。要不要爬？"月琴问。

　　丁一看了一下手机上的时间，回答："我们还要去巴杰罗艺术馆，恐怕时间不够了。"

　　位于闹市中心的巴杰罗美术馆（Palazzo del Bargello）原来是一座城堡，建于 1255-1350 年。乌菲兹美术馆的藏品实在太多，共有十万多件，没地方放，许多艺术珍品只好堆放在仓库里。为了能让观众看到尽量多的藏品，1859 年佛罗伦萨政府将一部分文艺复兴时期的雕塑品移到了巴杰罗美术馆展览，成了乌菲兹美术馆的一个分馆。

历史上巴杰罗美术馆曾经做过市长办公室，是中世纪的一个警察局，兼做监狱直到 1786 年。进门后，他们看到了一座壁垒森严的高墙大院，体验了一把古代意大利的治安建筑。抬头望去，庭院的一角是座高高的筒子楼，建于 1256 年。这座筒子楼下面的狱室是整个监狱里待遇最差的，关押的第一个犯人来自于沃洛格纳诺，因此筒子楼叫沃洛格纳诺塔楼。

大院内展有许多雕像。其中群雕"萨拉格兰德喷泉"（Fountain for the Sala Grande）是石膏复制品，它的大理石原件创作于 1556-1561 年，原来置放于皮蒂宫的波波利（Boboli）花园内，可惜十七世纪被拆散了。丁一和月琴逐次观看了其它雕像，有詹博利尼 1572-1576 年创作的"海神"（Oceanus），卡米利安尼 1560 年创作的"河神"（River Gods），丹蒂 1572-1573 年创作的"科西莫·美第奇一世"（Cosimo I de Medici），加米托 1874-1876 年创作的"钓鱼小孩"，件件栩栩如生，神采奕奕。

大院回廊里有个雕像馆，走到里面，展厅陈列着文艺复兴时期的名雕，满目生辉，让两人惊喜连连。这里有特里博洛 1545 年创作的"菲耶索莱寓言"（Allegory of Fiesole），丹蒂 1561 年创作的"荣誉战胜诡计"（Honour Triumphant over Deceit），詹博利尼和弗兰卡维拉 1575-1580 年创作的"佛罗伦萨战胜披萨"（Florence Triumphant over Pisa），丹蒂 1559 年创作的"摩西和盘在十字架上的蛇"（Moses and the Brazen Serpent），詹博利尼 1580 年创作的"飞腾水星"（Flying Mercury），班迪内利 1551 年创作的"亚当和夏娃"（Adam and Eve），米开朗基罗 1505 年创作的半成品"麦当娜和孩子以及年轻的圣约翰"，沃特拉 1564 年创作的"米开朗基罗半身像"（Bust of Michelangelo）。馆内还有两座放在一起的"巴克斯酒神"（Bacchus）雕像，一座是圣索维诺 1511-1512 年创作的，一座是米开朗基罗 1496-1497 年创作的，风格非常不一样。

　　他们沿着中世纪的庭院石阶楼梯上到二楼，有一个长长的走廊。走廊上摆放着一男一女两个雕像，即弗兰卡维拉 1589 年创作的"詹森"（Jason）和詹博利尼 1570 年创作的"结构美学"（Architecture）。

　　走廊尽头通到一个大厅，里面主要是多纳泰罗的作品，包括他的最著名的铜质雕像"大卫"。这个铜质小"大卫"创作于 1440 年，和后来米开朗基罗创作的大"大卫"有异曲同工之妙。这座雕像面前围了不少游客，到巴杰罗美术馆来的游客大部分都是冲着这个小"大卫"来的。多纳泰罗的杰出学生贝尔托尔多的展品"战斗场景"（Battle Scene）也在这间大厅里。贝尔托尔多曾经教过少年时期的米开朗基罗学习雕塑。

　　最引人注目的当属当年参加圣百花主教堂洗礼堂北门设计竞争的两枚铜质样品，挂在墙上。丁一和月琴站在这两块文艺复兴时的开山之作前，重新受到洗礼，内心又涌起了激情。

　　丁一对月琴说："我们是不是很幸运，我仿佛看见了当年那激烈的竞争场面。"

　　月琴回答："在这些艺术杰作面前，我们是多么地微不足道啊！"

　　但丁的诞生地离巴杰罗艺术馆不远，喜欢文学的丁一要去看看。他们沿着狭窄的街道信步索去，有时不得不贴着墙根给载着游客的脚踏三轮车让路。在一条窄巷子里他们找到了这个袖珍型的博物馆，游客不多。博物馆的楼上陈列着但丁"神曲"的几本古印本，墙上贴着"神曲"的全诗。简陋的陈设让两人多少有些失望，感觉文学在这个艺术之都被埋没在浩如烟海的绘画和建筑之中。

七十七 圣十字教堂-皮蒂宫

佛罗伦萨四大教堂之中，圣十字大教堂（The Basilica di Santa Croce)非常特别，受到丁一和月琴的敬仰。这里埋葬着文艺复兴时期的旗手人物但丁、米开朗基罗、和伽利略的墓穴或衣冠冢，因此被称为意大利的光荣神殿。但丁的成就是文学诗歌，米开朗基罗的成就是艺术，伽利略的成就是科学。三个巨匠代表了三座山峰。圣十字大教堂建于1294-1385年，由坎比奥设计。法国国王曾经给圣十字大教堂赠送过一个十字架，因此得名。在佛罗伦萨的第七天，丁一和月琴拜访了这座教堂，瞻仰膜拜文艺复兴的先驱们。

教堂前的广场很热闹，聚集着许多青年学生，他们坐在长凳上或台阶上晒着太阳，嬉笑打闹，洋溢着青春的气息。教堂前右侧是但丁站立的雕像，目光深邃凝视前方，他的背后是一只忠实的鹰。从侧门进到教堂里面，首先来到但丁的衣冠冢前。但丁是文艺复兴时期的伟大诗人，《神曲》的作者，生于佛罗伦萨。但丁生前不被教会容忍，被放逐在外，死时56岁，被葬于意大利东北部城市拉文纳（Ravenna）的圣弗兰西斯克大教堂（Basilica di San Francesco）。为了纪念这个佛罗伦萨之子，人们在这座教堂里为他立了一个衣冠冢缅怀他的丰功伟绩。

站在偶像面前，丁一忍不住朗诵起但丁"神曲"里那激情满怀的诗句来："走你的路，让人们去说吧！要像一座耸立的塔，绝不因暴风雨而倾斜。我们可以活得平凡，但是我们绝对不能活得平庸。"

紧挨着但丁衣冠冢的是米开朗基罗的棺墓，由瓦扎里设计建造。因为不满亚历山大鲁·美第奇的独裁，从 1530 年开始米开朗基罗就自我放逐，他的最后 30 年是在罗马度过的。1564 年 2 月 18 日他 88 岁去世后，起先埋在罗马。科斯莫·美第奇公爵获悉这个消息后，宣称既然生前不能聘用他，死后也当将他厚葬于佛罗伦萨，以表歉意。经过密谋，米开朗基罗的侄儿和继承人莱昂纳多担当起了偷尸的任务。他用一捆干草裹着遗体，装成货物将米开朗基罗运回了佛罗伦萨，神不知鬼不觉地连罗马教皇也不知道。米开朗基罗的下葬仪式颇为隆重。

但丁和米开朗基罗的墓对面是伽利略的墓。伽利略 1633 年因支持日心说被罗马宗教法庭判为异教徒，指责他从事异端学术，不许以基督教仪式下葬。1642 年他去世后，埋在圣十字大教堂的美第奇礼拜堂隔壁的小屋内。直到 95 年后的 1737 年，他的遗体才迁葬于大教堂圣殿里现在的这个位置。

他们在三人的墓前徘徊良久，感慨良多，月琴说："杰出的人才常常会受到不公正的待遇，这三位伟人在死之前都不是很得志，太可惜了。"

丁一点点头，"挫折往往使人奋进，不公正的待遇掩盖不了他们的光芒，历史没有忘记他们。虽然风欲摧之，木必秀于林。"

教堂里还有其他人的棺墓，其中一座被称之为佛罗伦萨的"诗歌和艺术女神"（the liberty of poetry and art）的雕像是为意大利剧作家尼科利尼而作的，看上去颇像纽约的"自由女神"像。

大教堂里面有 16 个分隔礼拜堂，乔托和他的学生们在礼拜堂里面画了许多精美的壁画。教堂外面有个修道院，绿草芳碧。院子的回廊有个餐厅，里面也悬挂着一幅"最后的晚餐"，是瓦扎里 1546 年画的。1966 年佛罗伦萨发大水，这幅画被漫泡在水里至少 12 个小时，受损严重。经过 50 年时间的修复工作，此画奇迹般地于 2016 年重新展出。

下午他们去了亚诺（Arno）河对岸的皮蒂宫。皮蒂宫由佛罗伦萨的银行家皮蒂始建于 1458 年，原计划超越美第奇宫，一比高下。后来皮蒂家族的财政出了问题，1549 年转手卖给了美第奇家族，遂成为美第奇家族的主要居住地。美第奇家族最后一位有影响的成员安娜·美第奇就出生在这里。

一踏进宫里，两人发现这里原来是艺术珍品聚集之地，光耀闪目，多得数都数不过来。美第奇家族的豪华起居房间一共有 14 间，墙壁和天花板上的装饰画以及房间里摆放的雕塑和室内用品将美第奇家族的华丽高贵和养尊处优诠释得淋漓尽致、精美绝伦。有一幅油画真实地记录了皮蒂宫当年的群朋毕集的盛况。

皮蒂宫还有个宫廷艺术画廊（Palatine Gallery），一共有 28 间屋子，里面藏有 500 多件文艺复兴时期的绘画作品，包括拉斐尔，提香，佩鲁吉诺，科雷吉欧，鲁本斯和科尔托纳的原创作品。皮蒂宫的艺术奢华绚丽和规模是佛罗伦萨其它景点没法相比的，其气势和藏品盖过了欧洲的许多皇宫。虽然说两人前几天已经看过了浩如烟海的佛罗伦萨的艺术品，但他们还是被眼前的无价之宝给震撼了。

看着满眼的金碧辉煌，月琴说："美第奇家族曾经有享受不尽的荣华富贵，在许多人的眼里没有虚度光阴，可终归还是成为时光的匆匆过客，留下来的只是千载空悠，供人凭吊。"豪华的皮蒂宫给两人留下了些许惆怅和遗憾。

皮蒂宫有一个规模很大的山坡后花园，叫波波利花园（the Boboli Gardens）。两人在花园里走着，彼此攥起了手，漫步沿着花香馥郁的阶梯拾级而上。半坡上是一汪水池喷泉，被附近花圃里面花草芬芳环绕着，蜂飞蝶舞，景色十分宜人。他们深深呼吸着四周柏树散发出的清香，谈着佛罗伦萨，谈着意大利，谈着文艺复兴，沉迷倾心于佛罗伦萨特有的文化风情里。佛罗伦萨的文化底蕴除了体现在著名景点外，还体现在街头巷尾不经意的一瞥所带来的赏心悦目。那一砖一瓦、一花一木、一门一窗，让人有一种感触、一种回味、一种陶醉、一种心情。他们品尝着这个艺术古都的人文气息，浸润其中不能自拔。两人体会到旅游是一种完美的修行和学习过程，以臻达到人生的提高和自我完善。

七十八　米开朗基罗广场

亚诺河南岸除了皮蒂宫，还有一个米开朗基罗广场（Piazzale Michelangelo），位于一座小山坡上，从这里可以俯瞰佛罗伦萨全城。这个广场是 1869 年由波吉设计，作为当时佛罗伦萨城市扩建的一部分。那时的佛罗伦萨是意大利的首都。

丁一和月琴从皮蒂宫出来已是黄昏时分，他们随着人流来到山坡上的米开朗基罗广场。山上有个圣米尼亚托教堂，免费参观。同看过的其它教堂比较起来，这个教堂显得简朴一些。他们俩还是进去看了一下，正好有个唱诗班在里面唱圣歌，信徒的虔诚没有一丝一毫的减少。

出了教堂，他们来到米开朗基罗广场。巨大的广场上竖立着米开朗基罗"大卫"雕像的青铜复制品，"大卫"的底座则为米开朗基罗 "昼与夜"、"黎明与黄昏" 雕像寓言的四人组合体，也是青铜复制品。这些雕塑代表了米开朗基罗一生的最高成就。广场的阶梯上坐满了游客，有个年轻歌手弹着吉他在为观众表演。

太阳慢慢下山了，平台上人潮涌动，争相观看日落古城的壮丽辉煌，游客纷纷用手机拍照留影。

丁一夫妇挤在人群中，凭栏眺望河对岸的市区，这时的亚诺河两岸呈现的是一片光明灿烂及平和的景象。一片橘黄色房屋顶上他们又看见了凸显出来的佛罗伦萨主教堂、乔托钟楼、穹隆圆拱顶、圣十字大教堂、行政旧宫、乌菲兹美术馆、巴杰罗美术馆……，过去几天两人在佛罗伦萨到访过的各个景点重现眼前。他们重新回忆那些绝世艺术精品，回顾人类创造的这一段辉煌历史，难免心潮起伏，思绪泉涌，心中充满了羡慕和敬仰。环顾四周，敬仰和虔诚挂在每个注视着市区的游客脸上。

晚霞将亚诺河水浸泡成了不同层次的红色，由桔红变成深红，继而暗红。两岸灯火一一点亮，柔和的灯光和街边的楼房投射到波光粼粼的河水里，将色彩打乱，充满了印象派浪漫的画意。再看河水托着的中世纪老桥（Ponte Vecchio），上面车来人往，晚风中别是一番情趣。

月琴说："这一趟佛罗伦萨之行太值得了！"她问丁一："你有什么感想？你寻求的答案有了吗？"

丁一望着眼前的美景若有所思，"我一直在想，现在美国和中国冲突激烈，根源到底在哪里？光是从经济利益和国家利益层面来考虑，未免太肤浅了。我想这是两种历史文化的时空冲撞。西方社会的美学讲究'实'，譬如我们在这里看见的许多雕塑和绘画，非常逼真，非常性感，坦胸露乳，血腥暴力，讲究的是一种淋漓尽致的实际效果和视觉感受。这种表现形式在中国是行不通的。"

月琴问："那中国讲究的是一种什么样的表现形式呢？"

丁一略微沉吟，回答道："中国讲究的是一种意象美，一切尽在不言之中。"

"举个例子看看。"

"中国有首唐诗，崔护写的：'去年今日此门中，人面桃花相映红。人面不知何处去，桃花依旧笑春风。'是不是很美？"

"美极了！有情有景，情景交融。"

"这种美学讲究的是'虚'，需要发挥想象力，你得用心琢磨，用心体会，才能品咋出其中的美味，而且有余韵。中国的这种美学观点也反映在为人处世上，叫作'虚以委蛇'。"

"你这几年在中国官场都学到了什么虚的东西？"月琴剑眉微挑，有意逗丁一。

丁一不与她周旋，自我回答："这次的旅行给了我启发，不同的文化历史决定了不同的东西方思维方式。其实现在中美之间的各种冲突往深处探究，是两种意义上的文化冲突，通过冲突寻求某种再平衡。你看美国这边大吼大叫大刀阔斧增加关税是实，中国那边不卑不亢不急不慢是虚。不管是虚还是实，关键是双方都要学会尊重对方、欣赏对方。'实'和'虚'是两个既对立，又统一的文化范畴。推演开来，当中国院长和当美国院长应该用不同的工作作风和行政手段。我得适当调整自己，不能将中国当院长的一套行政管理方式简单地照搬到美国学校来，那样是行不通的。世界上没有什么灵丹妙药解百病，要针对性地下药。"

"你到底是科学家，还是哲学家，或者是美学家？"

"都是，又都不是。"

"你这是'虚'的表现。"

七十九　比萨

游完了佛罗伦萨，丁一和月琴租了一辆意大利产的甲壳虫小车驰骋去了比萨，一路风光旖旎，不在话下。

到了比萨，街道整洁干净。他们订的大酒店距离比萨斜塔（Leaning Tower of Pisa）不到 100 米的距离，安顿好后两人急急忙忙前去瞻仰这个儿时就听说过的名胜古迹。他们买了联票，先在比萨斜塔前排队。轮到他们了，一组二十人沿着歪歪斜斜的螺旋楼梯往上爬，一共 296 级台阶。每级台阶的大理石台面都被几个世纪来无数双脚踩踏磨出了凹坑。到了斜塔顶层平台，不免有倾斜和失重的感觉，两人略微炫目不适应。

　　比萨斜塔始建于公元 12 世纪，完成于 14 世纪。斜塔当初的设计师是谁一直是个谜，建筑师前后到有几个，他们的名字雕刻在塔身的石柱子上。斜塔修建时，一开始基座就有问题，有惊无险地倾斜矗立了几百年。塔顶上有七口青铜大钟，代表着音乐符号中的七个音阶。丁一还记得小时候父亲讲解的伽利略自由落体运动和加速度定律，现在终于站在了它的顶端。丁一想看看伽利略当年是如何将两个质量不同的炮弹丸从塔上丢下去的，以证明物体的下降速度与质量无关。可是四周被铁丝网围了起来，不能如愿以偿。

　　他们沿着塔顶的圆形转了几圈。塔高风大，塔顶的一面旗帜被吹得呼啦啦直响。极目望去，比萨这个城市和意大利的许多城镇一样，铺满了橘黄色的街道房屋，安静地躺在斜塔下，上铺殷蓝的天空。远近有许多高高低低的塔楼，像一支支铅笔插在房屋上，似乎要用蓝天当作画板作画。一群生龙活虎的年轻人在呐喊，看声波能够传递多远。一对上了年纪的伉俪则坐在古钟下，双目凝视着远方，似乎在品尝岁月带来的甘甜。

　　站在塔顶俯视下方的主教堂广场（The Piazza dei Miracoli, Square of Miracles），朝拜的人群熙熙攘攘，细小如蚁。紧靠着比萨斜塔的是始建于 1063 年的比萨大教堂（Piazza del Duomo），建筑师是布斯切托和雷纳尔多。另外还有窝头状的洗礼堂（Pisa Baptistry）和长方形的纪念碑公墓（Camposanto Monumentale, or Monumental Cemetery）。几座白色大理石建筑物规整地立在绿茵草地上，阳光下显得神圣庄严。

　　从塔上下来，他们参观了大教堂、洗礼堂、纪念碑公墓建筑群。大教堂里面悬挂有多幅 16-17 世纪的油画，以主祭坛后面墙上的 27 幅油画最为精美，描述的是旧约里耶稣的故事。可歌可泣的油画由托斯卡纳本土画家萨托、索多马、 和贝可米创作。有位坐在轮椅上的游客，独自一人观画，然后来到祭坛前，在胸前手划十字，仰望着耶稣祷告。

　　大教堂对面的比萨洗礼堂为罗马天主教堂，始建于 1152 年，完成于 1363 年。圆形大厅里面的两个石柱上刻着设计者迪奥替萨尔维的名字。有意思的是如果站在某一个点，丁一和月琴可以听到大厅远处其他人的谈话声音。

　　来到纪念碑公墓，里面都是墓地，整齐地铺在地上，一个一个紧紧相连。阳光从镂花空面的墙壁透射进来，照在墓厅里面竖立着的各式墓碑上，印出了光影花格。不少墓碑配有雕塑人像，颇具艺术观赏性，默默无言地伴随着墓主度过寂寞时光。有些墓碑前摆放着鲜花，给宁静的墓厅带来些许生气，引人追思。

　　出来后，两人意犹未尽，在主教堂广场上从不同角度欣赏斜阳里的比萨斜塔，光影将斜塔的建筑演绎得美轮美奂，无与伦比。草坪上坐满了年轻人，或躺或坐，三三两两述说情话。还有不少游客在草坪边缘做着托举斜塔的动作，大呼小叫地嬉笑。所经之处，满眼的蓝天白云、典雅建筑、绿茵草地、游人如织，组成了一幅赏心悦目的画面。丁一夫妇看得心花怒放，如痴如醉。草坪开始浇水了，雾状的细小水珠将阳光分解成了七彩虹光，为古建筑平添一分迷幻虚境和神秘。

　　看看时间不早了，月琴提议去亚诺河边看看。等他们到达市区河边时，正值夕阳西下，河水和两岸的桔色建筑在夕阳时分被涂上了一片金红色彩，赋有诗意的浪漫。他们还记得在佛罗伦萨的米开朗基罗广场看亚诺河的美妙时光。亚诺河从佛罗伦萨淌流到这里，像一根绳索将两座文艺复兴的古城串联在一起。河边有个冕圣玛利亚小教堂（Santa Maria della Spina），里面有个工作人员介绍，此教堂始建于公园 1230 年。因为原址经常发大水被亚诺河淹没，教堂 1871 年被搬迁到这里。沿着河边漫步，两人欢喜地从这头走到那头，穿过桥，又从那头走到这头，将自己彻底融入油画般的色彩中去。

紧靠着河有条商业步行街，人群熙熙攘攘，摩肩擦踵。街两边商店林立，霓虹招牌吸引着游客。月琴在一家皮货店看中了一款皮制背包，产于佛罗伦萨。丁一说要是喜欢就买下，月琴毫不客气地说喜欢。丁一笑着掏出钱包付了款，博得女店主的夸奖，丁一倒不好意思起来。

月琴背着新包出了皮货店，两人融入游客中继续逛完了步行街。夜幕已降，两人往回走，过桥时灯影幢幢，河中有一队皮划艇过来。选手们动作整齐划一，用桨打碎了河水的宁静，挑起的水珠在两岸的灯火中习习闪光，为夜色带来一片灵动。

回到了旅店，两人在斜塔广场边的一家餐馆用晚餐。这时大教堂和斜塔等各个建筑被灯光映照得通体透亮，醒目地矗立在黑色的夜空下，引人遐思古今。晚餐后两人恋恋不舍，又围着比萨斜塔和大教堂转了一圈，算是为这趟文艺复兴之旅画了一个圆满的句号。

八十　新西兰

　　赵毓华提前退休了。无论是工作上还是私人生活上，她这一辈子经历了太多事情。她觉得自己像一只飞翔了太久的鸟儿，疲倦了，该歇息了。

　　她看到熟人圈子里杨杰发的漂亮新西兰游记，心动不已。杨杰的游记写得知性乐观，充满了对大自然的热爱。他在游记里说："延长生命有二法，一是延长生命的期限，二是在有生之年让生命过得充实美好。和大自然交朋友，旅游是千金难买的财富，过期作废。旅游不是隐士般的生活逃避，而是一种积极进取的生活态度和对美好的炽热追求。"赵毓华觉得这些话说得太对了。离婚以后，她一直过着单身生活。现在有了空余时间，她也想追求一下旅游的时髦和快乐。

　　从杨杰拍摄的一帧帧精美的画面里，赵毓华领略到了新西兰的美丽风光，青山绿水一路广阔起伏，展现了一幅幅抒情般的田园画卷。欧洲移民的后代们经过几代人的努力，将这天涯海角蛮荒之地打扮得如诗如画，到处演示着生命的旋律和华章，生命的轮回生生不息，欣欣向荣。新西兰的景色丰富多样，像一面多棱镜将生命的各种形式和各个层次含义细细分解，如同万花筒般精彩纷呈。杨杰介绍说："穿行在新西兰的大地上，自己有一份亲切感和归属感。新西兰是一个大课堂，她用精美绝伦的自然景观作为实例讲述着生命的经典哲学含义。"赵毓华决定去一趟新西兰，根据杨杰的介绍，决定先在北岛花上一个星期，然后在南岛花上两个星期。行程先北后南，季节定在 11 月至 12 月，因为那时是新西兰的晚春和初夏季节，到处花儿朵朵，生机盎然。

　　赵旒华将一切收拾停当，轻装简便地从中国踏上了去新西兰的飞机。坐在她身旁靠窗的是一位郁郁寡欢的年轻女孩，她秀气的脸庞上隐隐显出两个浅浅的眼袋，点染着淡淡的黑晕，显然睡眠不足。女孩大部分时间眼望窗外的白云发着呆，默不作声。

　　赵旒华感觉得出女孩有很重的心思。虽说不便打扰，无奈旅途太长，女孩间或要去上厕所，赵旒华需要起身让路，两人不免搭讪起来。待女孩回座后，赵旒华问起女孩是不是去新西兰留学的。她回说不是，含混着说是去旅游的。于是两人交换起各自的行程计划。让赵旒华惊奇的是女孩竟然没有任何行程计划。赵旒华大惑不解，这太不正常了。

　　"我这是自由行，走到哪算到哪。"女孩低声搪塞地说。

　　"你好像不是很快乐呢。有什么心事可以和我分享吗？"赵旒华坦言道。

　　不想一句话戳到了痛处，女孩嘤嘤地哭了，不断用手背擦眼泪。抽泣了一会，她说自己是一个在校大学生，失恋了。相恋了两年的一个高年级男生毕业后移情别恋，最近同另外一个女人结了婚。女孩心灰意冷，这次去新西兰出走，就没有打算再回来，连房间旅店都没有订好，也没有买回程机票。女孩子的城府不深，将自己的心思和盘托出。

　　难道轻身？！这个念头划过了赵旒华的脑海，这是许多痴心傻女孩失恋后的第一选择。

　　"你学校的老师和同学们知道你要去新西兰吗？"

　　女孩摇摇头，"我没有告诉任何人。"

　　"你父母知道吗？"

278

女孩又摇摇头，"我父亲已经去世几年了。我母亲另外结了婚，她除了给我付学费和生活费，很少关心我。我已经有了一个同母异父的小弟弟。"

"哦。" 赵旒华寻思了一会，说道："这样吧，要不你和我一起旅游，反正我也是一个人，两个人做个伴。行程我都计划好了，自驾行，旅店也都订好了。我们俩同住同游，开销我包了。你看怎么样？"赵旒华决定不放过这个涉世未深的失恋女孩，害怕一松手她就那个了。

"你叫什么名字？"赵旒华问女孩。

"萧丁丁。"

"我叫赵旒华，你就叫我赵姨好了。"

"我不想给您添麻烦。"女孩显得犹豫不决，没有信心。

"我年纪大了，需要个人手帮我拿行李。我看你行。"赵旒华给了萧丁丁一个理由，又说了许多开导的话。

在新西兰北岛的大城市奥克兰下了飞机，女孩跟在赵旒华的后面，显得不知所措。赵旒华像一个长辈一样上前挽着女孩的胳膊，说："跟我走吧。我们去取行李。"

取完行李，两人一起走向租车公司的简易小房间。雇员问她们要不要租一个导航装置，赵旒华回说不要，她用的是美国 T Mobile 的信网服务，全世界流量免费无限上网，可以看导航图。雇员帮他们办理完手续，叮嘱赵旒华，租的车不许跨岛，北岛的车不能通过轮渡运到南岛，需在南端的惠灵顿市轮渡码头还车。待过了库克海峡到了南岛，再到出租车的工作台提取另外一辆车。还车时机场和码头都有一个箱子，将钥匙投入即可走人。

取车后，萧丁丁主动帮助赵旈华搬行李上车，然后垂手站在一旁，有点不好意思。

赵旈华问："你会开车不？"

萧丁丁摇摇头。

"那你坐到客人席位上去。我来开。"

坐到驾驶座位上，赵旈华用手机导航图搜索了一下机场附近的超市，按图索骥先去一家超市买了路上的食品。

就这样，赵旈华在飞机上捡了一个旅行的小伙伴。

八十一　奥克兰

赵旈华和萧丁丁按照手机导图的指示开车进入市区，在熙熙攘攘的街道上穿行。她们找到了入住的旅店，将车停在旅店的车库，然后到前台签了房间。乘电梯上楼，按门牌号找到自己的房间，里面摆放着两张单人床，配有电炉和简单的炊具。

"太好了，我们可以自己做饭啦！"赵旈华高兴地喊道，吩咐萧丁丁将从超市买来的食物放进冰箱里面。离婚以后，赵旈华一直过着单身生活，喜欢用美食调剂生活，是个烹饪高手。她这样做，一半是为了身体健康，一半是打发时间。

"你会做饭吗？"看着萧丁丁长着一双纤细的双手，赵旈华发问。

萧丁丁摇摇头，说不会。

赵旈华心里叹道，现在大陆的年轻人，问十个倒有七八个回答不会做饭。

"你在学校吃什么呢？"

"我在学校吃食堂，周末在外面吃馆子。"萧丁丁直言相告。

看来她母亲和继父对她还不错。在赵旒华执教的中国学校里，许多贫困学生需要自己打工养活自己和缴付学费的。

收拾停当，看看时间还有点早，赵旒华建议上街去看看。

第一次来到南半球，两人充满了好奇之心。她们看见满街的行人中有不少是中国游客，大声喧哗地说着华语。还有旗杆上写着中文的旅行团，后面跟着一大群带着同款式太阳帽的中国大爷大妈，逶逶迤迤，东张西望，指指点点。

走了不远她们发现附近有一个小山坡，上面覆盖着郁郁葱葱的大树，树根凸起，盘根错节，树干横行扭曲，粗壮无比。两人气喘吁吁地爬到了上面，原来是奥克兰大学的校园，整洁漂亮，满目锦绣。校园里面有花坛和蓝色喷水池，还有不少学校的名人雕像。绿茵草地上长着笔直的椰子树和奇形怪状的巨大榕树，在草地上留下一大片阴影。繁茂的绿叶上端冒出一座白色钟楼，透着歌德式建筑的古色古香，一副典型的象牙学究府气派。

两人好奇，走进钟楼里面一探究竟，原来是学校的行政楼，里面墙上整整齐齐贴着教学活动表格。锃亮的楼梯扶手扭着优美的曲线盘旋而上，阳光将栏杆的图案印在奶白色的墙壁上。一位着衣庄重的女教师留着短发，正从上面款步而下，皮鞋声在楼梯台阶上击出了有节奏的清脆响声。

女教师看见两个陌生人在张望，停下脚步询问："你们有事吗？"口音吐词清楚，温婉动听。

赵琉华忙用英文回答："我们是游客，看见这栋钟楼很漂亮，进来参观。不好意思打搅了。"

"没关系，我们学校有许多中国来的学生。这里经常有中国家长带着自己的孩子来参观。这是你女儿吗？欢迎她将来考虑来我们学校学习。"

萧丁丁显然懂英文，忙用一口标准的英文回答："我已经是大学生了，我们是结伴一起旅游的。"停顿了一会，有点不好意思地补充道："她是我姨妈。"

"原来是这样，欢迎参观。"女教师迈着优雅的步子走开了，修长的身影在水磨石上移动着。

赵琉华好奇地问萧丁丁："你的英文不错呢！哪里学的？"

"我父亲原来是大学的英语老师，从小就教我英文。考大学时，我曾经想过报考外语学院的。"

从钟楼出来后，向校园上方望去，市中心的天空之塔像一枚巨针直插蓝天，高耸入云。校园的草坪上躺着许多学生模样的人，路边的长椅上有几位教授正和学生谈论着什么。言谈举止中，那些学生像是从中国大陆来的。萧丁丁好奇地看着他们，似乎有所触动。

赵琉华注意到了她的微妙表情变化，问她："你在学校学的是什么专业呢？"

"美术绘画。"

"噢，"赵琉华有点意外，接着说："那我得给你买些纸张和画笔了，新西兰很漂亮，对你是个很好的写生机会。绘画的人一定也会照相，我刚买了一台新相机，还不大会使，要不先给你用？"赵毓华说着从背包里掏出一台崭新的桥式相机，不由分说地递给了萧丁丁。

"来，先给我在这里拍一张。"赵毓华吩咐道，自己摆好了姿势。

萧丁丁挺内行地先调试了一下相机参数，纠正着赵毓华的摆姿，然后用镜头瞄准赵毓华，忧郁的表情终于露出了一丝笑容。

游完了校园，她们步行下坡到了海滨码头一带，蔚蓝色的海水里停泊有许多大型游轮。阳光虽然炙烈，和煦的海风吹过来倒也不觉得热。两人沿着海滨大道行走，赵毓华看见街边有一家美术用品商店，进去想为萧丁丁买绘画用的纸张和画笔。萧丁丁推说不要，赵毓华哪里肯听，执意要买。萧丁丁只好随她去。

出来后赵毓华问萧丁丁想去哪？萧丁丁说想去天空之塔看看，赵毓华同意了。买票时，竟然可以用支付宝付款，赵毓华大喜过望。看来新西兰真的同中国大陆接轨了。

她们排队乘电梯上到了塔的顶端。隔着玻璃墙 360 度观看整个市区。刚才去过的校园这时在脚下显得像个雅致的翠绿盆景。极目远望，偌大一个城市紧靠着大海，船舶和车辆忙碌来往着，一切有条不紊。

两人环绕着大厅慢慢走，慢慢看，萧丁丁不时停下来用相机拍着看中的景色。

八十二　罗托鲁阿

　　根据杨杰的网上游记，新西兰是属于海洋性气候的岛国，火山地震频发。北岛罗托鲁阿小镇一带的地热景观旅游资源极其丰富多彩，散布在小镇四周方圆几十公里的范围内，大多掩藏于山峦茂林之中。这里还有巨大的火山口形成的湖泊。因为和地质活动有关，溢出的矿物质将湖水溪流染成彩色，杨杰拍出的照片色彩缤纷，特别吸引赵旒华。

　　赵旒华和萧丁丁开着车离开了大都市奥克兰，一出市区，沿途新翠景色扑面而来，满目爽朗。到了罗托鲁阿镇，镇子的湖边有个地热公园，雾气蒸腾，里面有许多温泉，大小不一，都从地底往上冒着泡泡。镇上有多家温泉服务设施供游客消费。穿过小镇，她们先去了提普阿（Te Puia）毛利村，买票进去看间歇性地热喷泉，非常壮观。毛利村里充满了刺鼻的硫磺味，地热泥浆池像煮熟了的糊糊，热气泡泡直往上涌。这里的景观让赵旒华想起了儿子小时候带他看过的美国黄石公园，从地球存在的那一天起，这种古老的生命形式就一直没有停止过。萧丁丁虽然话语还是不多，情绪却明显改善，活泼了许多。她拿着相机不停地拍照，还指着赵旒华站位，精心为赵旒华拍人物留影。

　　"你这是专业水准呀！" 赵旒华看了萧丁丁拍的人像照片大吃一惊，光影构图自然大方，瞬间神态捕捉准确。

　　"我们美术专业，摄影是必修课。"萧丁丁解答了赵旒华的疑问。

　　太阳快下山了，她们回到镇上，入住一家家庭旅店，发现是一对中国大陆移民来的年轻夫妇开的。旅店规范，电炉餐具齐全，赵旒华为两人做了一顿可口的晚餐。饭后两人在房间浴池里洗了地热温泉澡。

　　第二天一早，她们开车去了怀奥塔普（Wai-O-Tapu）地热公园，路旁树林子里都是腾腾的白雾蒸汽，遮天蔽日。买了票进了公园，赶紧去看女士诺克斯地热喷泉（Lady Knox）。到的时候，喷泉附近的座位上已经坐了不少观众。她们俩也选了一个位置坐下。喇叭筒状的地热喷泉这时显得很安静，出气口冒着断断续续的白色热气。等到 10 点 15 分，来了一个景区解说员，她一面解说，一面表演，将一包粉末倒进喷口。不一会儿喷泉口就开始往外喷射水柱，高达 20 多米，亲吻蓝天。赵旒华身边的萧丁丁激动得孩子气地大声叫了起来，相机响个不停。

　　地热公园里有一条木板步道，全长 3 公里。沿途散布着各种色彩的水池，大小不一。到了形成于 700 年前的香槟池，铁红色、褐色、橘黄色和蛋黄色的湖底沉积物交织在一起，在遮天蔽日的热气中呈现出朦胧的斑斓色彩，如同梦幻。

　　"他说要带我来这里的。"萧丁丁情不自禁地说，神色黯然起来。

　　"谁要带你来这里？"赵旒华听见了问。

　　"他。"

　　"你以前的男朋友？"

　　"嗯。"

　　"这就是为什么你要来新西兰的原因？"

　　"是的。我们曾经约好，一起来新西兰的。"萧丁丁的睫毛上有些湿润，看不清是模糊的泪水还是沾上的水蒸气。

"过去了的事情就让它过去吧，你应该开始自己的新生活。"赵旒华开导这个多情善感的女孩。

第三天她们去了 Waimangu 火山谷。一进公园，天下着微微细雨，新西兰特有的桫椤热带植物林在雨中墨绿油润，覆盖住谷底。公园非常人性化，为游客提供免费的雨伞，她们一人拿了一把撑着。峡谷不大，各种亚热带植物茂密，云遮雾罩，树上挂满了苔藓植物。来到煎盘湖（Frying Pan Lake）前，湖面轻纱笼烟，山峦叠嶂如仙山琼阁虚无飘渺。这里是世界上最大的温泉池。湖水沿着狭长的地沟峡谷或急或缓地流去，足足有两公里长。溪流两岸地貌巧思多样，长年累月的矿物质沉淀和厚厚的苔藓将峡谷装扮得如同一幅幅写意的油彩画。最有趣的是那些微型喷泉，发着轻微的呼啸声，将细小的水珠子高高喷洒在近旁的繁茂植物叶子上，湿润滴翠。涓涓不息的溪流一面冒着热气一面向前奔流，欢快地同两旁的花朵打着招呼，枝影横斜，带着浪漫的诗情画意。溪水近旁点缀着大大小小的水池，色如翡翠，尤其以阴间火山池（Inferno Crater Pool）最为美丽，藏在一个热带雨林的山坳里。

溪水下游有个 1886 年爆发的火山遗址（Warbrick Terrance），又是一番色彩的洞天。看见小路边热带植物的新叶卷曲，展现出漂亮的几何图案，萧丁丁举起相机对着树叶拍个不停，说要留着做绘画的素材。赵旒华看着她专心投入的样子，心想这孩子的艺术感太强了，难怪她的感情那么丰富、细腻、敏感。她们在这里乘景区巴士到达罗托曼哈纳湖（Lake Rotomanhana）边。远远望去，湖里漂浮着几百只黑天鹅。突然间一群黑天鹅飞起，在远山腾腾的白色蒸汽里穿行，一切显得那么的天然成趣。

八十三　奥卡雷卡湖

罗托鲁阿镇附近大大小小一共有 11 座火山口湖泊，大多是当年火山爆发留下来的。住在罗托鲁阿镇的第四天她们专门开车去看这些湖景。临出门前，萧丁丁将赵旒华给她买的画笔和画本拿上，放进包里。

赵旒华好奇地问："你今天要作画？"

萧丁丁回答："这里太美啦，我手痒，后悔昨天没有带上画具。"

"可是你拍了不少照片呀。"

"那是不一样的，画画才能真正体现出美学抽象的思维之美。"这些随口说出的句子，让赵旒华感觉到了萧丁丁的艺术修养深度。

她们开车经过一个叫蓝湖（Blue Lake）的地方，湖面一派烟雨迷蒙，垂柳飘拂，颇有中国江南水乡的韵味。她们在湖边停车场停下，萧丁丁坐在野餐桌旁摊开画本，开始聚精会神地认真画写生。赵旒华一个人沿着湖边散步，风将她的头发吹起，南半球的风好舒坦，温润贴心，丝丝有甜意。湖风肆意地将山峦间的絮云玩弄拉扯，魔术般地变着不同的花样，看得赵旒华醉心不已。

走了一会儿，她回过头来瞧了萧丁丁一眼，发现她也正看着自己，两人对笑了起来。赵旒华想，这个丫头一定是在画自己。通过这两天的相处，她发现萧丁丁是一个非常可爱的孩子，心地单纯善良，涉世不深。赵旒华只有一个儿子，前夫刘军本想添加一个女儿，无奈自己当年的工作太忙，实在没有时间和精力再养一个。现在年纪大了，反倒发觉要是有一个女儿该有多好。这么想着，一丝柔情涌上心头，对这个还是很陌生的女孩多了一份亲近感。赵羰华不解她的男朋友为何离她而去，得找个时间问问明白。

赵羰华走回到萧丁丁身旁，用慈爱的眼光看着她和她作的画。果然，寥寥数笔，萧丁丁将赵羰华的韵味和风采画进了风景里面，栩栩如生地勾画出了一个成熟女人的气质魅力。萧丁丁的才气禀赋异常，画得笔意娟秀老练，功底很深。

"你很有功底呢！"赵羰华将画捧在手里端详着，满心欢喜地夸奖道。

"喜欢吗？"萧丁丁睁大眼仰起头询问赵羰华。

"非常喜欢。"

"您要是喜欢，我一路画下去，等这个本子画完了，我就送给您。"萧丁丁真挚地说。

"那感情好，一言为定！"赵羰华欣然接受。

她们又来到奥卡雷卡湖（Lake Okareka）。湖区一户户人家依山傍水，家家掩映在花丛柳绿之中。将车停在一个湖边的小型停车场后，两人穿过一条热带树木遮起的林荫树道，弯弯曲曲不见天日。走了几十米，到了出口处，眼前豁然开朗，一大片湖水呈现在眼前。近旁有一大片粉色睡莲和挺立的芦苇，粼粼的水中立着几只白鹤悠闲自在。湖道旁有个牌子，介绍湖的形成历史。原来这里曾经是一个火山口，1886 年地动山摇，火山口喷出的石块和泥浆高达 15 公里。100 多年过去了，当年的火山口已经被水填满，一点痕迹也没有了，昔日的火山口形成了一个巨大的湖泊。远远望去，附近的山坡上果然到处散落着黑色坚硬的石块，能够想象得到当年火山喷发的猛烈情景。

　　沼泽地上架着宽宽的木栈道，平滑地伸向远方，看不到尽头。两人走在栈道上，看着两旁湖滩里长满了一丛丛纤细的水草和茂密的灌木。不知是什么小鸟，长着细长的腿，敏捷地在水草间快速移动，不时用细长的喙在泥中探鱼。稍微远一些的湖中，湖面上有许多黑天鹅在悠闲畅游，有的身后还跟着一排幼小的天鹅，拖在妈妈身后留下的波纹里。这画面太生动了！这么仙美的地方，居然只有她们两个人享受，真是太奢侈了。

　　当她们来到一个木亭子里时，萧丁丁又从袋子里拿出了画笔画本，抱歉地对赵旈华笑了笑，也不言语，然后描绘起眼前的优美景色来。

　　赵旈华笑着摇摇头，也不打扰她，一个人挎着相机径直往前走去。木栈道接上了岸边的土路，步道两边生长着奇特的热带植物，形似巨大的美人蕉，以前从来没有见过。山坡上牧草如茵，坡地点缀着蓬蓬柳树，旁边散放着牛羊。美妙的风景图画让赵旈华心情大好，步伐轻快起来。

　　走了大约一公里，心里惦记着萧丁丁，她开始往回走。老远地赵旈华看见萧丁丁还在那里作画，只是身旁多了几个人围观，看上去像是华人。到了跟前，萧丁丁已经画了好几张了。旁边观看的人嘴里不断啧啧连声叫好，夸得萧丁丁都不好意思了。

　　赵旈华和众人打着招呼，人家以为她们是母女，又恭维起赵旈华来。赵旈华脸露得意，也不解释，享受大家的好意恭维。

　　其中有个大男孩太喜欢萧丁丁的画了，问萧丁丁可不可以卖一张给她。萧丁丁想了一下，说这是给赵旈华画的，不行，但她可以专门为男孩再画一张。男孩得寸进尺，问能不能将自己也画进去。

萧丁丁眨着清澈的眼睛说可以，然后就画了起来。只见她的手指握着笔，老练地在纸上刷刷地画着，或轻或重，或急或缓，颇有章法。不一会儿，画面上就出现了男孩子的憨厚笑容，越来越清晰。萧丁丁又用彩笔在半身像的后面加上了湖水、黑天鹅、芦苇、山坡、柳树、牛羊，最后在画的一角签上了自己的名字，简练娟秀，不失潇洒。萧丁丁将这一页画纸裁下，递给男孩。

男孩子接过画看了满心高兴，赶忙掏钱。萧丁丁回说不要，是送的。

八十四　汤加里罗火山

离开了罗托鲁阿镇，她们去了北岛中部火山活动规模更大的汤加里罗火山国家公园（Tongariro National Park）。一路南下，地势渐行渐高，沿途的山地原野上盛开着漫山遍野的灌木黄花，花海托着远方高耸入云的火山群，在阴霾的苍穹下格外鲜艳醒目。这里有三座著名的活火山，分别是鲁阿佩胡（Ruapehu）火山，瑙鲁霍伊（Ngauruhoe）火山，汤加里罗（Tongariro）火山，都是活火山。鲁阿佩胡火山最后一次爆发发生在 2007 年 9 月 25 日。汤加里罗火山最后一次爆发发生在 2012 年 8 月 6 日。

她们下榻在紧靠着鲁阿佩胡火山脚下的汤加里罗城堡旅店（Chateau Tongariro Hotel）。酒店富丽堂皇，水晶吊灯高悬殿堂，一楼的大厅里布满了墨绿和臧红绒布沙发，从高大的落地窗口可以遥望圆锥形的瑙鲁霍伊火山。

晚上两人就在大厅的鲁阿佩胡餐厅用餐。看了菜单，萧丁丁惊奇地嫌这里的食物太贵了，每个人要一百多新西兰元。赵旒华安慰她说不要紧，自己买单。"你看，佳肴配着这窗外的雪峰，并不是其它地方可以享受得到的，物有所值。这顿晚餐需要在订旅馆时提前预订才行。"

看着赵旒华亲切安慰的笑容，萧丁丁这才放下心来。

第二天一早，赵旒华醒来看见萧丁丁不在房间里。她穿衣起床，来到窗口，只见远方山下晨雾覆盖着山底，山顶部分在云海里漂浮。瑙鲁霍伊火山拔地而起，它的上方云霞流雾不停地变换着，一片火红。旅店前的草坪上有一个娇小的身影，细看那是萧丁丁在孜孜不倦地拍摄火山晨景。赵旒华对这个谜一般的女孩越来越感兴趣了，就这么站在窗前盯着她看。她默默拿定主意，今天要向她问个明白。

萧丁丁带着一身寒气从外面回来了，高兴地告诉赵旒华她拍了许多火山晨景。两人梳洗时，赵旒华问萧丁丁："今天想不想去徒步？听我朋友介绍，这里的步道很有名呢，可以一直走到火山脚下。"萧丁丁连忙点头答应说想去。

于是她们下到楼下的豪华餐厅吃了早餐，然后一人挎了一个背包去了酒店附近的小镇。她们在小镇的咨询中心询问了步道的相关信息，要了一张步道地图。这里的野外步道有好多条，步行时间从几个小时到几天不等。她们选择了最短的一条塔拉纳基步道（Taranaki Fall Track），全长 6 公里。

　　她们先走火山熔岩形成的上步道，呼吸着旷野的新鲜空气，极目蓝天，观赏眼前的雪峰胜景。跨过一条从雪山流下来的溪流，她们一直走到离瑙鲁霍伊火山很近的地方。这座火山最后一次爆发发生在 1977 年，步道两旁散满了火山喷发后留下的熔岩碎石，上面覆盖包裹着地衣，褐色斑斓，当年的喷发一定很壮观。沿途不断碰见许多背着大背包的年轻徒步者，一个个精神抖擞大步流星地疾走。赵旒华走得兴致勃勃，萧丁丁却沉默不语地紧跟在后面。

　　走了大约一半的路程，在上步道和下步道结合处有个塔拉纳基瀑布（Taranaki Fall），飞流直下的水注直击巨石，溅起水雾，响声轰然。赵旒华提议在这里吃点东西填填肚子。

　　两人取出能量棒，喝着电解质水。赵旒华一边吃一边偏头问萧丁丁："看你一路心事重重，是不是还在想着他？"两人都知道"他"指的是谁。

　　萧丁丁犹豫了一会，然后点了点头。

　　"他是怎样一个人呢？为什么离你而去？你们吵架啦？"赵旒华学生时代当过学生会干部，多年来又一直管理着自己的实验室，和年轻人打交道非常有经验。有时候同人谈话开导，直来直去比拐弯抹角更有效果。

　　"我们没有吵架，两人好好的。毕业前夕他回老家了一趟，回来后就突然对我冷淡起来。我想不通。"萧丁丁小声说，眼眶里开始有了泪水。

　　"你们两人恋爱时谁主动一些？谁追谁？"

"他是我高班同学，入校时是他接的我。后来大家经常一起参加学校组织的野外写生活动，也都是他照顾的我。他还为我画过许多肖像画。他有一个绘画本子，上面全是画的我。"

"他只是喜欢你，还是爱你？这两者是不一样的。"赵旒华怕她不明白什么是真正的爱情。

"他说他爱我已经说过几千遍了。我爸爸去世以后，母亲另外成了家，学校假期时我不愿意回母亲的新家，一般都是在学校度过的。为了我，他有几个寒暑假都陪伴着我，也没有回家。我们还说好了，等我一毕业，我们就一起到新西兰来写生，旅行结婚。如果这不是爱，那爱会是什么呢？"萧丁丁睁着一双大眼迷惑地望着赵旒华问，里面饱含着绝望。

啊！原来如此。这个痴情的女孩原来恋恋不忘以前的约定，独自一人来到新西兰旅行践约。她爱他一定是爱得很深的。

"喜欢他的女孩子多吗？"赵旒华好奇地问，想帮助萧丁丁找出他们分手的原因。

"多。他才貌双全，可是他说只喜欢我。我也相信他，他对我的关怀无微不至。"

"你有他的照片吗？"赵旒华心里好奇，想看一看萧丁丁的前男友长得什么样。

萧丁丁不知是否应该给赵旒华看。犹豫了片刻，当碰到赵旒华亲切慈爱的眼神时，她掏出了手机。她打开一个文档，里面全是前男友的照片。

赵旒华手指滑动屏幕，认真地一张张翻看着，一个蛮帅气的男孩子，生龙活虎，阳光灿烂。虽然有点调皮的样子，但看不出一丁点花心花意和玩世不恭的模样。赵旒华隐隐约约觉得这个男孩和自己的儿子在某些方面有些共同的特点，不免产生了好感。

赵旒华看照片时，萧丁丁接着说："他才华出众，在全国的几个绘画大展中拿过名次。毕业分配时学校决定让他留校当老师，他当时也同意了，很高兴地和我分享了这个好消息。可是有天他来找我，突然说不想留校了。我问他为什么，他说要回到他父母身边去照顾他们，因为他是独子。自他离开后，就很少同我联系了。我写了许多封信给他，他才回了一两封给我，而且冷冷冰冰的。再后来又说他结了婚。怎么可能这么绝情寡义呢？这不是他呀！"萧丁丁说着，已经泪如泉涌，语音凝噎。

听完了叙述，赵旒华也是大惑不解。

休息了好一会，她们站起身继续走。下步道沿着一条溪流而行，溪流的水漫过滚滚的圆石，显得欢快无比。步道覆盖的树林遮天蔽日，阳光从树缝里穿过，投射到林间树木和地面上，鸟儿在树上鸣叫，宛然动听。美好的景色并没有带来好的情绪，赵旒华和萧丁丁沉默着，各怀心事往前走。

八十五　惠灵顿

他们沿 4 号公路继续南行，向新西兰首府惠灵顿（Wellington）进发。4 号公路多为盘山公路，四周峰高壑深，山岗上覆盖着绿茵的草地。上了一个山顶，忽见对面有一个陡峭的孤峰顶端长着一颗孤独的大树，茫然地兀自立在群峦雾障中。赵旒华将车停在了路边，知道萧丁丁一定会喜欢这个景点，切合她的心思。萧丁丁果然露出了会心一笑，伸出拇指给了赵疏华一个点赞，然后放下车窗开始拍照。

等她拍够了，赵疏华说："将来你要是发表作品，我给这颗树起个名字，叫'天地一树'，你看怎么样？"

"谢谢赵姨起了这么好的一个名字。"萧丁丁将头和相机缩回车内，点头同意。

从北岛去南岛的路线，一是飞过去，二是坐船过去。赵疏华计划行程时选择了后者，因为她非常想看看著名的库克海峡（Cook Strait），体验当年库克船长的经历。由海路去南岛，惠灵顿是必经之地。新西兰第二大城市惠灵顿于 1865 年取代奥克兰成为新西兰的首都，是世界最南端的国家首都城市，就凭这一点，赵疏华觉得也值得逗留一番。

开了几个小时的车，她们进入了市区。车窗外惠灵顿城市干净整洁，商业繁华。她们下榻的旅店在市中心，离海边很近，方便徒步参观各个市区景点。

她们照例去旅店前台要了一张市区地图，按图索骥，去了位于海滨繁华地带的新西兰蒂帕帕国家博物馆（Museum of New Zealand Te Papa Tongarewa）。这个博物馆还是在罗托鲁阿看女士诺克斯地热喷泉时，坐在身旁的一对新西兰中年夫妇极力推荐的。博物馆免费，上下分 6 层，有许多分馆，比较细致地介绍了新西兰的人文历史及其沿革变化。从这里她们知道，1888 年当时的英国移民者非常明智，和 500 位当地的土著首领签订了和平条约，大家得以多年和平相处，共同开发新西兰。这是殖民者和被殖民者之间关系比较成功的范例。

　　陈列柜里展示的毛利人用树皮和植物纤维做成的手工艺术品，对萧丁丁非常有吸引力，她用相机记录了这些艺术品。在一战博物馆内，按二比一比例塑造的战士形象显得无比高大。房间灯光暗淡，聚光灯打在塑像的脸上，战士们神色凝重坚毅，显示了战争的残酷和铁血。这时走过一个东南亚僧人，他站在塑像旁边，脸露悲戚，默默注视着沉重的战争场面。佛心和战争的主题在这里形成了鲜明的对比，非常适合用摄影语言来表述，赵旒华看见萧丁丁及时按下了快门。临出门时，游客们在罂粟花形状的纸片上写下感悟的话语，投进纸篓里，悼念阵亡将士。

　　第二天她们来到海边，沿着惠灵顿海滨大道漫步。这里风很大，赵旒华凑近萧丁丁耳边，说她在网上看过介绍，惠灵顿是世界上风速最大的城市，平均风速每小时 27 公里。

　　萧丁丁两眼似乎在寻找着什么。知道她是学艺术的，赵旒华问她是不是在寻找雕像"风中的慰藉（Solace in the Wind）"。萧丁丁说是，赵旒华指着前方，"你看那里，许多人都排队同他合影。"果然 Max Patte 创作的裸男铁雕立在海湾边，身体前倾迎风而立，仿佛马上要掉进海水里的样子。她们走了过去，同其他游客排着队同这个惠灵顿的标志性雕像合影。

　　不远处有一家冰淇淋店，她们一人买了一份意大利冰淇淋，一面吃着一面折入市区内，进入繁华地段。在一家商店旁，抬头看见了一个缆车的标志，箭头指着山顶，原来这里可以乘缆车上到山顶。看了售票处的介绍，这个缆车道已有百余年历史了。于是两人兴致勃勃地买了缆车票，5 分钟就到了山顶。山顶有个小平台，可以俯瞰市容，山下蔚蓝色的海湾旁大楼林立，明丽醒目。

"我的前男友曾经说过要带我来惠灵顿。可是如今只有我一个人来了，赵阿姨，我是不是很失败很倒霉？"萧丁丁嘟哝着嘴说。

"你还有我啦，泄什么气。年轻人不可以受了一点委屈失败就轻易放弃，生活的道路还很长，天下好的男孩多的是。"赵疏华知道了萧丁丁父母的情况，觉得自己应当作为一个长辈来关心开导这个缺少母爱的孩子。

"您真好，赵姨。你要是我母亲就好了。"

"我没有女儿，现在认你作干女儿也不迟呀。知不知道，你让我的这次旅行有了个伴，我很开心！"赵疏华毫不掩饰对萧丁丁的喜爱。

于是萧丁丁情不自禁地挽着赵疏华的手，两人情同母女，在山顶的天文台和植物园漫步。萧丁丁越来越依恋赵疏华了。植物园的花又大又艳，树木枝粗叶茂，许多鸟儿在里面串上串下，叽叽喳喳不停地叫唤。本来她们是买了缆车回程票的，结果没有用上，在浓荫坡道上一路走下山去。

八十六　库克海峡

那天下榻旅店时，前台店老板听赵疏华说她们还没有订过海峡的船票，有点着急，催促她们赶紧提前订票，以备不虞。老板告诫她们，常常有旅客临时买不到票的情况发生。如有需要，他们可以帮忙订票。回到房间，两人立马上网查询，发现最早一班和最晚一班船果然客满，好在中间几班船还有空位。库克海峡轮渡主要由 Interislander 和 Bluebridge 两家轮渡公司经营，但只有 Interislander 公司附近有还车地点。于是她们选择了 Interislander 公司，立马在网上下单。

离开这天，她们将车开到码头先还了出租车，将车的钥匙丢进一个箱子里。进了候船室，她们在行李托运处托运行李，和机场运作一样。候船室里的架子上有许多介绍南北岛的免费旅游小册子，光中文的就有好几种，他们捡自己需要的拿了几种。

排队登船后，本来以为只是一条普通轮渡，结果上去一看，轮船是一艘多层海船，不但巨大，而且里面条件非常豪华舒适，餐饮娱乐应有尽有。两人找了一个宽大的房间放下行李，靠窗坐下。看着尽善尽美的服务设施，赵疏华很满意，觉得杨杰游记里所言不虚。从这几天新西兰的旅游体会到，当地的旅游业处处为游客着想，工作周到，细致入微，有种宾至如归的感觉。

在鸣笛声中，海船起航了。两人起身在船里上上下下参观，发现许多游客和她们一样兴致勃勃地到处走动。船舱走道里挂着方向牌，各层功能一目了然。每层都有水酒柜台和卖三明治的餐厅。还有不少读书间，里面的皮沙发看着很惬意很舒适，三个小时的水程，读书是一种非常不错的消遣选择。走到外舱，俯身看见底层甲板上停满了轮渡车辆。出租公司不让车辆过岛，赵疏华思忖倒省去了托运车子的费用。

她们登到顶层外面的观景台，舱门一打开就被飓风刮得几乎站立不住。环顾四周，许多游客在大风中面向大海观览海景，全然不惧风的肆掠。这时广播里介绍，海峡两端连接的是太平洋和塔斯曼海（Tasman），最窄处也有 22 公里宽，为世界上最危险最不可预测的水域之一。虽然当年荷兰人阿贝尔·塔斯曼最先来到这里，却是英国的詹姆斯·库克船长带领船队于 1770 年第一个穿过海峡，因此这个海峡被命名为库克海峡。

库克海峡风高浪急，两岸礁石山峦随着巨轮的前行在风浪的拍击中反向徐徐而行，果然有几分海上探险的味道。游客们看得惊心动魄，难掩兴奋。这是赵旒华第一次横渡海峡。她觉得旅游和做科研一样，寻求的是新鲜感和刺激感，满足好奇心，开拓视野。无奈风太大，站了不多一会她有点受不住了。萧丁丁到底年轻，说还想多待一会。赵旒华一个人回到了船舱里去了。

赵旒华走后，萧丁丁一个人靠着栏杆看海峡风光，大风将她的头发高高扬起，拉成直线。记得有一次她和男朋友计划来新西兰旅游，网上介绍新西兰的人口密度很稀，每平方公里只有 18.2 人，大部分集中在城市，占总人口的 86.5%。新西兰的人口平均寿命女的 83.4 岁，男的 79.9 岁，为世界最高。男朋友羡慕地说，将来他们移民到新西兰来算了，两人白头到老长命百岁。

正在独自想着往事，身边来了一个人，用半生不熟的中文同萧丁丁打招呼。萧丁丁抬起头来一看，原来是先前碰见的那个男孩，在湖边她为他画过一张画送给他。

"这里的风景真美，可惜风太大，你不能画画。"男孩遗憾地说，同萧丁丁肩并肩，也靠着栏杆抬头观看远山在大浪中徐行。

"你们也去南岛？"萧丁丁诧异地问。

"我们一家都去。怎么不见你妈妈？"男孩指的是赵旒华。

"她受不了这大风。"

男孩侧过脸来看着萧丁丁，她的头发在风中乱舞，脸色透着些许忧郁。

半天没有听见对方的声音，萧丁丁转过头看男孩，发现他正盯着自己看。萧丁丁一下子脸红了，马上调转头，避开男孩似火的目光。

男孩子说："你那天画画的样子挺好看的。你的画非常棒，我每天至少要看十遍。"

萧丁丁心里怦怦直跳，像有个小鹿在撞。

"这里的风太大，我得走了。"萧丁丁留下男孩，回到了舱内。

终点站南岛皮克顿镇（Picton）快到了。赵旒华正想着萧丁丁怎么还不回来，就见她步履匆匆地进了舱屋，满脸红潮。

"你怎么啦？"赵旒华看出了异样。

"外面的风太大，有点受不了。"萧丁丁掩饰着自己。

船在皮克顿（Picton）码头靠岸了，赵旒华她们随着众人下了船，先取行李，然后去出租车公司取车。

真是撞见了鬼，那个男孩一家人也在那里等着取车。看见萧丁丁和赵旒华进来，男孩忙向萧丁丁挥手打招呼。

萧丁丁下意识地也伸出了自己的手挥了挥。

赵旒华望去，看见男孩子冲着萧丁丁笑，有点面熟，记起曾经在奥卡雷卡湖边见过他。

八十七　西港

　　赵旒华的南岛旅行计划是沿着西海岸一直开到南端，盘桓数日，绕道东岸向北，在达尼丁市（Dunedin）附近斜刺里穿到中部普卡基（Pukaki）和特卡波（Tekapo）两湖地区库克峰下，最后回到东岸的基督城（Christchurch）。

　　她们两人从北岛惠灵顿市坐船横渡库克海峡到达南岛皮克顿镇。重新取车后，先去小镇超市添足了必要的食物，然后沿1号公路前往西港镇（Westport）。为了了解新西兰当地民居的生活习惯，赵旒华在小镇上租了一家 B&B 家庭旅店（Bed & Breakfast）。开了三至四个小时的车，下午六点钟左右她们到达了家庭旅店。车开进长长的树道，只见中年女主人笑脸从屋里迎了出来，热情地打着招呼，自我介绍叫苏珊。苏珊说她先生在煤矿上工作，值班去了，要半夜才回家。

　　苏珊家门前长着一棵奇怪的树，从来没见过。看见萧丁丁举着相机对着树拍个不停，苏珊笑呵呵地说这棵树是她的宝贝杰作，原来她将盆栽的亚热带植物嫁接到亚热带树上去了。赵旒华左看右看，真是一件出色的植物艺术品。看着苏珊对自家庭院精心培植，联想到一路上看见新西兰人将河山装点得壮美别致，不由得由衷钦佩，啧啧连声夸奖。听了赵旒华的夸奖，苏珊回答说新西兰人喜欢把自己和周围环境打扮得漂漂亮亮，不光是为了给别人看，更是为了给自己欣赏陶冶，表示对生活的信心。

　　新西兰夏日要到晚上11点钟才会全黑，苏珊介绍说附近有个马车夫海滩（Carters Beach），那里有许多的海狮。赵旒华和萧丁丁决定一探究竟。她们开了十多分钟的车，果然有一片光洁海湾，细浪如练，夕阳如许，海面闪闪发光。赵旒华和萧丁丁下了车，登高远望，看见许多海狮躺在礁石上懒洋洋地晒太阳。萧丁丁取出画具，对着海景写生起来。金色的海洋一望无边，耳边只有海涛拍岸的响声。

这天晚上，苏珊在附近为她们预定了一家餐馆，两人在海滩边的餐厅吃了新西兰的特色菜银鱼（Whitebait）煎鸡蛋。

第二天起床，苏珊已经将牛奶、麦片、烤面包准备齐全。大家围着桌子一面吃着早餐，一面像老朋友聊着家常，欢声笑语充盈着温馨的小屋。苏珊介绍说，她有四个孩子，三女一男，男孩在基督城（Christchurch）工作，两个女儿在澳大利亚生活，一个女儿在德国，最大的孙子已经 20 岁了。她说老伴最近要换双膝，担心失去工作，没了家庭收入。她和老伴商量好了，准备在自己家空地里再建一栋小一点的房子，将现在这栋卖掉养老。普普通通的一家人，打的都是平常百姓人家的小算盘，拉着家常一下子拉近了彼此间的距离。早晨的阳光从窗子里照射进来，洒满了房间。赵旒华和萧丁丁用心听着苏珊唠叨自己的家庭生活，袒露内心世界。

看着文静的萧丁丁，苏珊非常感兴趣，问赵旒华："你女儿多大啦？"

赵旒华笑着纠正说："这是我侄女，在上大学，学艺术的。"赵旒华这才意识到自己还不知道萧丁丁的实际年龄。

"我看她喜欢摄影，不知她能不能将她拍的西港照片和我分享。我在网上做出租广告需要一些漂亮的本地图片。我们这里又安静又美丽，不是吗？"苏珊提出了一个小小的请求。

萧丁丁连忙答应了苏珊的请求，说等回去后将图片修漂亮一些再给她寄来。

餐后苏珊领着赵旒华和萧丁丁参观她的居所，自豪地说这栋房子是她先生自己设计修建的，他们住了几十年了。

看见墙上有一张世界地图，上面密密麻麻钉着许多图钉。赵旒华问这是什么？

苏珊得意地说："我的家庭旅店开张十七年了，这些图钉代表在我家住过的客人们来自的国家或地区。"

"这么多呀！"萧丁丁忍不住惊叹道。于是她和赵旒华拿起图钉，钉在了自己城市的位置上。

苏珊接着说："我们这里冬天生意清淡，到那时我们也会去世界各地旅游。几年前我和先生还去过你们中国呢。"

跟在她后面转，屋里屋外收拾得干净整洁，房前房后鲜花倚墙，枝叶扶苏，苏珊的能干和勤劳一览无余。

苏珊家的后院有个偌大的空地，种了不少蔬菜和果树。沿着木板墙放置着一排废弃的汽车橡胶轮胎，里面种着马铃薯。苏珊走上前去拔出茎叶，带出了硕大的马铃薯。她说今天晚上就吃它了。木板墙上有一种植物，赵旒华不认识。苏珊介绍，这种植物叫无花果（Fig）。

赵旒华非常喜欢这种和房东近距离接触的机会。旅游在外能有这种缘分，给匆匆旅途平添了几分人情味。

八十八　西海岸

离开西港，赵旒华和萧丁丁的南岛风景之旅正式拉开序幕。6 号公路像一根线，将南岛西岸一个个美妙的风景点珍珠般地串联起来。沿途海岸线蛇行起伏，右侧是宽广蔚蓝的海水，天地间一下子开阔起来。碧海蓝天下沿岸褐色礁岩嶙峋栉比，奇形怪状，天地遗物比比皆是。

"赵姨，你看那边海水里的礁石像不像海豚？"萧丁丁指着窗外远处说。

赵旒华向右边车窗外望去，海水中凸起了几块礁石，如同几条海豚跃出水面飞腾嬉戏，活泼生动。山路弯窄，又是单行道，赵旒华赶紧收回了目光，聚精会神地开车，生怕出车祸。

到了一处叫普纳凯基（Punakaiki）的海景高地，她们看见路边停了几辆车，也停了下来。她们登到观景台上四顾下望，只见海浪滔天，前仆后继地冲击着层层叠叠的礁石，激起千层浪。退去的浪潮似乎意犹未尽，在礁石四周画出了一道道优美的雪白曲线，海鸥点点，如同图画般言简意赅，海洋生命的壮阔一览无余。

再往前开，见路边有个杜鲁门步道（Truman track），两人又下了车，沿着步道往里走。起先是茂密的热带植物，遮天蔽日，走着走着渐渐露出了海边沙滩。这里的礁石被海水腐蚀得厉害，竖立的岩石上坑坑洼洼，被海水日积月累雕凿成了奇形怪状。前面有个雨靴状的礁石引起了萧丁丁的兴趣，她又拿起了画笔。

赵旒华脱了鞋拎在手上，一个人在海滩上行走，身后留下一串串脚印。细腻的沙子在脚下软绵绵的，脚底板踩踏在上面十分舒坦。待她回头看时，刚踩出来的脚印已经被吐着泡沫的海水抹去，不留痕迹。这不经意的一幕让她深有感触，思如潮水。人的一生真是瞬间即逝，以前在工作上和生活上的诸多如意和不如意的事情如同这沙滩上的脚印，都随着退休一一被抹去。

　　正想着，赵旒华忽然听见人语声，抬头一看，见三个人从一个大岩洞里钻了出来，打头的竟是那个在奥卡雷卡湖边见到的男孩。

　　男孩显然也看见了赵旒华，认出了她。男孩显得很兴奋，他向赵旒华挥了挥手，然后眼光在海滩上搜寻。当他看见了正在作画的萧丁丁时，难掩欣喜之色，马上跳下岩石冲了过去。赵旒华看见萧丁丁惊诧地抬起了头，她满脸羞涩地看着男孩。男孩不知对她说了什么，就一屁股坐在了萧丁丁身旁，看她作画。萧丁丁局促不安地恢复了画画的姿势，时不时地瞥一下身边的男孩。男孩并不说话，只是认真地看萧丁丁作画。

　　剩下来的两位年长者笑吟吟地向赵旒华走过来，大家打着招呼聊了起来。原来这一家人是从美国来度假的，男的是医学院教授，叫樊简，女的是医药公司的主管，叫红雪梅，说起来大家还是同行。他们说是一位叫杨杰的同事推荐来新西兰度假的。原来男的是杨杰的同事，他们的办公室相邻。赵旒华告诉他们说巧了，她也认识杨杰，也是杨杰推荐来新西兰的。这么一介绍，立刻拉近了双方的距离。

　　赵旒华很好奇那个男孩这个时候为什么不在学校上学。樊简回答说，他是家里老大，叫马丁，刚刚从耶鲁大学毕业。他想花一年的时间去社区做义工，然后考医学院，所以能抽出时间陪同父母旅游。赵旒华听了恍然大悟，忙说自己的儿子以前也是如此。

　　大家聊着，话题自然转到了萧丁丁身上。赵旒华将路上遇见萧丁丁的遭遇告诉了老樊夫妇。夫妇俩惊异中，感谢赵旒华的善心和帮助。从他们的言谈举止中看得出来，夫妇俩很喜欢萧丁丁，也看得出他们儿子对萧丁丁的倾心。

赵旒华问他们下面准备去哪里，结果发现两家都是按照杨杰推荐的路线行走，去相同的地方，于是说何不结伴而行。

等萧丁丁画完了速写，老樊将两家的决定讲给两个年轻人听。马丁一听跳了起来，连声说好。于是两家人分别开车，一起去下一站帕帕罗阿国家公园（Paparoa National Park），看煎饼岩景点（Pancake Rocks）。马丁坚持要坐到赵旒华的车里，好和萧丁丁在一起说话聊天。樊简夫妇同意了。

在车上，马丁夹杂着中英文不停地有说有笑，萧丁丁只是含笑不语。赵旒华从后镜里观察后座上的一对年轻人，心里既觉得意外，又有几分欣喜。她想，这下可好，萧丁丁可以走出感情的泥淖了。

在帕帕罗阿国家公园大门口下车后，有木栈道通向海边岩石。栈道两边的沙地上长满了一丛丛新西兰特有的热带植物。马丁同萧丁丁在前面走，赵旒华同樊简夫妇在后面跟着。到了崖边，岩石果然像一层层迭起的灰色煎饼，一眼望去连绵不绝。竖起的岩石有点像搭起的积木，幻化出许多的动物形态来，出神入化。赵旒华以为萧丁丁又要写生，结果她这时只顾和马丁在一起，并没有写生的意思。

岩石下面有个大空洞（Blowholes），随着海汐的起伏，海浪从洞里飞冲而出，浪花四溅如拉丝，发出时而沉闷时而高昂的巨大响声，像巨大的岩笛发出的天然之音。

大家正一路走一路看，新西兰天气多变，刚刚还是晴空万里，一下子又下起瓢泼大雨来。大家只得赶快回到车里。

接着两家又去了约瑟夫冰川（Franz Josef Glacier）。历史上这条冰川呈周期性的延伸和退缩。自 2008 年后，冰川处于退缩期。被冰川碾压过的裸露河床上乱石滚滚，壁如刀削，绝壁上挂了许多飞泄的瀑布，流入乳白色的冰川溪流里。他们沿着溪边冰川步道一直走到冰川脚下，冰川前面被拦住不让靠近，只能远远地观望像兔子尾巴一样长的冰舌。

八十九　萤火虫

　　两家的旅店都订在临近福克斯冰川（Fox Glacier）附近的小镇上，相隔不远。晚上大家一起去镇上的一家餐馆共进晚餐，畅谈旅游观感和趣闻。餐后，马丁说他听旅店前台介绍这附近有条小溪流，有萤火虫可以看。樊简夫妇说晚间怕着凉，赵旒华也不想去，马丁便同萧丁丁去了。看着他俩欢天喜地的背影，三个年长者会心地笑了。

　　樊简夫妇邀请赵旒华到他们旅店房间去喝茶聊天，赵旒华欣然同意。樊简夫妇订的房间是两层楼的复式家庭住房，楼下是生活起居和厨房，楼上是两卧室。红雪梅沏好了自己带来的茶叶，三人围坐着圆桌子边喝茶边聊天。大家是同行，有许多共同的话题和兴趣。聊得最多的还是当前中美之间的竞争冲突和那些在中美两国同时兼职的专家学者们。他们共同认识的人中有的被美国学校开除了，有的被中国送进了监狱，说起来不胜唏嘘。

　　听说赵旒华是千人计划学者，樊简夫妇问她没事吧？赵旒华回答说就怕有事，所以将中美两国的工作职位都辞了，提前退休算了。

　　"你还年轻，提前退休能习惯吗？"红雪梅问。

"慢慢适应吧。趁着现在身体还行，我想好好旅游，看看这个大千世界。杨杰说了，人来这个世界一趟不容易，应该给自己留下一些时间享受生活。"赵旒华敞开心怀，向樊简夫妇讲了自己一生的经历，当初如何想学成回国报效祖国，后来如何留在了美国成家立业，丈夫如何到中国创业时出轨导致了离婚，自己如何在朋友的劝说下回到中国当千人学者。借着向樊简夫妇叙述自己的经历，赵旒华把自己的一生梳理了一遍。末了感慨道："不知怎地人这一辈子就这样交待了，再也回不去了。"说罢不便伤感起来。

"可不是，这个世界永远属于年轻人，再辉煌的人生也有谢幕的时候。"虽然樊简年轻一些，也有紧迫感。他接着说："我的小孩都上了大学，以前忙得团团转变成了现在无事干，空巢的感觉立马显现出来了。这一辈子自问尊老爱幼，含辛茹苦，勤奋工作，该做的都做了，该有的都有了。一直都为别人活着，这次要为自己潇洒走一回。杨杰说得好：会不会玩是能力问题，怎么玩是方式方法问题，玩不玩是态度问题。玩要玩出名堂，玩得融会贯通，玩得随心所欲，玩得心领神会，玩得彻头彻尾，玩得死而后已。做到了这点，就可以成为一个纯粹的人，高尚的人，有道德的人，脱离了低级趣味的人。"

红雪梅插话："你那个同事杨杰是个明白人，跟着学着点。"

赵旒华说："根据我的经验，孩子们自有他们的主张，不用我们多操心。我看你家的儿子对我那个干女儿很有点意思呢。"说完抿嘴一笑。

　　红雪梅马上附和，"就是，他非常喜欢你家萧丁丁给他画的那张画，常常拿出来看。萧丁丁现在失恋了，说不定正好给这小子捡来一个便宜。"

　　赵旒华也想让萧丁丁从失恋中解脱出来，"要不我们多给他们两个创造机会？"说得大家哈哈大笑起来。

　　正说着，两个年轻人看萤火虫归来了，身上略带寒气。

　　"好看吗？"当妈妈的红雪梅两眼打量着他们俩，想从里面捕捉什么。

　　萧丁丁回答："漂亮极了！整条小溪都是萤火虫，像会飞的星星，大自然太有创意太奇妙了！"

　　看着她笑起来的模样，赵旒华和樊简夫妇跟着开心笑了。

　　冰川附近有个马瑟森湖（Matheson Lake），第二天上午两家离开旅店，沿着环湖的步道穿行在热带雨林和草甸中。新西兰气候温润，属海洋性气候，许多植物品种都是居住在北半球的人没有见过的。行走其中，如同置身于原始森林的天然氧吧里，环境静谧清幽。平滑如镜的湖水倒映着库克雪峰的俊伟，山顶云层翻卷，气势不凡。

　　走完了步道，他们在礼品店里买了一些纪念品，继续沿着海边往前开车，前往瓦纳卡镇（Wanaka）。在车上赵旒华问萧丁丁和马丁："你们俩都聊些什么呢？"

　　萧丁丁这两天的情绪和气色明显好了许多，她显得很开心的样子，说："他中文不太好，我英文不太好，我们混着讲双语表达。话题我问他美国的事情，他问我中国的事情。他说他现在正在纽约的一个平民医院做义工，帮助穷苦的病人登记。他正在复习，准备考医学院。"马丁听了笑眯眯地直点头。

　　他们先后在以巨浪闻名的蓝湾海滩（Blue Bay）和哈斯特（Haast）附近的骑士景点（Kights Point）下车。蓝湾风大浪急，白浪滔天，响声轰然。骑士高崖景点则居高临下，俯视海景雪浪碧水，辽阔壮观。过了船溪（Ship Creek）海滩，从海边开始进入瓦纳卡地区，拐向内陆，渐趋平静，渐入佳境，沿途的山岭开始云蒸霞蔚，异彩纷呈。

　　瓦纳卡湖（Lake Wanaka）和哈威亚湖（Lake Hawea）紧邻着，如同一对孪生姐妹，其美姿美颜难分高下。湖旁一丛丛盛开着的鲜花如同簪在少女头上的饰物，将湖区打扮得赏心悦目。行驶在两湖之间，大家的眼睛开始有些不够用了，心弦被不断地拨弄，生命之曲竟可以如此地动人。湖水清澈明亮，多姿多彩，分明是迷魂酒，多看一眼就多一分醉。

　　隐约中马丁记得在大学选修中文课时，中文老师讲过一个词叫"柔情似水"，用了许多比喻讲解其含义，当时他怎么也不明白是什么意思。看了眼前的景色，他似有所悟，问萧丁丁："眼前的景色是不是'柔情似水'？"

　　萧丁丁赶忙捂住嘴笑了。

九十　瓦纳卡

　　南岛的西海岸固然漂亮，让人眼花缭乱，但那只是开幕式，进入瓦纳卡地区后才是南岛旅游精华和神韵的开始。刚一踏足这片土地，赵旒华便有一种心灵被撞击的感受，山水的风姿秀骨天然自成，清婉绝色，没有一丝风尘艳俗的痕迹。萧丁丁更是两眼盯着窗外，贪婪地望着一切。

到了瓦纳卡小镇，两家将住处调整到了同一家旅店，便于协调行动。安顿好了后，两家人急急忙忙奔向瓦纳卡湖边，那里到处都是游客。有的躺在沙滩上晒太阳，有的在水里游泳，还有拍新婚照的，热闹非凡。湖边是成片成片的黄色鲁冰花，风过处暗香浮动扑鼻而来。一排翠绿的巨柳沿湖排开，湖风中松蓬着枝叶，飘起来沙沙作响。蔚蓝的湖对岸是连绵雪山，云翳下阴晴变换，很有气魄。

有意思的是湖中有一颗小树，名字叫"That Wanaka Tree"，蜚声天下。说它小，其实树龄已有七十多岁了。夕阳里"小树"依然像少女般在湖水中婷婷玉立，枝叶摇曳，掬水言欢。树前的沙滩上有许多游客在拍照留恋，大声惊叹中流连忘返。被小树吸引，萧丁丁忍不住又拿起了画笔，在一块大石头上坐下，画起了湖边景色。马丁则忠实地坐在她身边欣赏她画画，参与了指点和意见。

看着他们的亲密劲，赵旒华和樊简夫妇又会心地笑了，他们沿着沙滩继续往前走去，给两个年轻人留下空间。

太阳慢慢下了山，远山上漂浮的云层从雪白变成了橘色，继而深红，然后天色渐渐暗淡下来。萧丁丁沙沙的笔声随着色彩的变化响着，湖景跃然纸上。马丁看得入了迷。萧丁丁嘴角露着微笑，专心地画着，偶尔也停下来，回望一眼马丁，两人相视而笑。

萧丁丁在暮色中画完了最后一笔，收起画册，对马丁说："走啦。"

马丁没有离开的意思，依然坐着，"再坐一会，我有事情问你。"

太阳的最后一缕光辉在远山消失，夜空里剩下一弯勾月放着光明。

"什么事？"萧丁丁的心砰砰地跳动。

"听说你最近失恋了？"

对于这个突兀的问题，萧丁丁愣了一会，她猜想一定是赵姨告诉了马丁的父母，他们在背后谈论着她。萧丁丁低声说："这件事对你很重要吗？"

"能否说说他的故事？我指的是你的前任男朋友。"

"你真想听？"萧丁丁觉得有点奇怪，抓起一把沙子，让它们从指缝里慢慢溜走，如同时光流逝。

"我想听。"马丁肯定地说。

"为什么？"萧丁丁不解。

"因为你只有把他的故事倒出来后，腾出地方，心里才能装进另外一个人。"萧丁丁裸露的手臂能够感觉得出马丁沉重的鼻息。通过这几天的交往和昨天的萤火虫之夜，她懂得马丁的心情。

"好吧，我说给你听。上高中二年级的时候，我父亲得癌症去世了。"萧丁丁用这个惊悚的句子作开场白。

"这太令人遗憾和难过了，我事先并不知道这个，对不起。"马丁听了忙解释。

萧丁丁继续说："我父亲是大学英文教师，非常疼爱我，我是他的掌上明珠。像许多中国家长一样，父亲从小就想将我培养成为一个才女。除了绘画，我还会几样中国乐器，比如笛子和二胡，都是拜过师的。父亲觉得我有绘画天赋，鼓励我将来成为一名画家。可是母亲不同意，觉得我应该报考外语学院。为了我将来的前途，我的父母可没有少吵架。父亲去世后，为了实现他生前的愿望，我报考了美术学院，母亲非常不高兴。她那时忙着嫁人，赌气不管我了。

　　"失去了父爱，我成了一只可怜的孤雁。上大学的第一天，同学们都是父母和亲戚陪着，就我一个人孤单单地到学校去报到。这时来了一个男生，问我要不要帮忙，说着就将我的行李搬到了学生宿舍。他关心地问我为什么一个人来学校，我哭了。听了我的哭诉，他没有安慰我，反倒说：你这不算什么，我的父亲在我一出生时就因工伤去世了。母亲一急，奶水也没了，所以我小时候是米汤喂大的。说来也巧，我姓米，我母亲给我起的名字就叫米汤。听完了他的话，我忍不住笑了。他说他上大学时，也是一个人来的，这没什么了不起。于是后来他时时关心我，把我关心成了他的女朋友。"

　　远处有一堆篝火，有个小伙子在弹吉他，吉它声伴随着细浪的轻言细语断断续续地传来。萧丁丁中文夹着英文向认识了只有几天的马丁讲述着自己那些有情有义有痛有恨的往事。她声调透着甜美和苦涩，还有无奈和不解。

　　过了不知多久，赵旒华和樊简夫妇转了一圈回来，看见两个年轻人还在谈心。虽说不忍心打断他们，可是天不早了，大家得用晚餐。

　　看见长辈们回来了，萧丁丁讲了一半的故事只得打住，马丁听得津津有味，竟然一点妒意也没有。

九十一　皇后镇

　　第二天他们沿卡德罗纳山谷（Cardrona Valley）南下去皇后镇（Queenstown）。沿途道路弯曲，山峦壮色，山花烂漫。特别是坡地和谷底的蔻亥花（kowhai）和鲁冰花，漫山遍野夹杂在修长的密草丛中，迎风招展。这里是新西兰的初夏时节，不比北半球的冰天雪地，寒风怒号，寸草不生。昂然的春意让人情绪高昂，这段峡谷之路非常漂亮，如同穿行在如诗如画的巨卷里。遇有风景绝佳处，如果没有车辆过来，赵旒华会在路边作短暂停留让萧丁丁拍照。

　　他们登上一座大山的顶端，有个停车场瞭望台，两家人停了下来极目远望。站在风口环顾四周，几座大山对峙着，白云的阴影笼罩着深深的山谷，迎面是开阔的开口峡谷，山风扑过来在耳边呼啸。山脚下车道细如丝线在山间盘绕，起伏的绿茵草地和树木铺满了田野，长长的陡坡一直通往皇后镇。平视而去，不远处有客机齐眉飞向皇后镇，带着气流和轰鸣声。

　　皇后镇是新西兰南岛的名镇，地处各个知名风景点的交通要道。镇子被四周山湖的秀美紧紧包围着，如同拥翠头饰上的一颗明珠，夺人眼目。

　　镇子不大，街道房屋干干净净舒适闲逸，游客们络绎不绝，颇为热闹。在街上走着，赵旒华记得杨杰在游记里写过皇后镇有一家颇负盛名的汉堡包店 Fergburger，想去试试。她问其他人的意见，正好众人的肚子这时有点饿了，都点头同意。于是他们穿过古色古香的街道一路寻去。到了地方一看，门面不大，却排着长长的队，店里食客满盈。马丁让众人在外面的木凳上坐等，他和萧

314

丁丁有说有笑地去排队买汉堡包。等了二十多分钟，两人拿着几袋热烘烘的汉堡包过来分给大家，品尝之下，果然口感不错。

赵旒华问红雪梅："你们平时在家吃中餐多还是西餐多？"

红雪梅回答："中餐多，烧起来方便。不过有时周末也和老樊去西餐馆。如果是旅游，我们喜欢吃当地的食物，不论好坏。"

樊简插话："我们知道许多华裔出门旅游，每到一地到处找中餐馆，美其名曰说自己长着个中国胃。我告诉他们，饮食也是旅游文化的一种。到一个地方旅游，一辈子可能就来这么一次，合不合口味先不说，回去后人家问起来你去的地方都吃些什么，特色是什么，你得回答个子丑寅卯来，要不白来了一趟。"

赵旒华同意樊简的观点，说自己是世界胃，说完大口嚼起汉堡包来。

填饱了肚子，他们接着去了皇后镇的山顶观光台（Skyline Gondola）。坐缆车上到山顶，一览旖旎风光，小镇的布局方位一目了然。平目望去，镇子四周云舒云卷覆盖着擎天雪峰。山峰下的一汪碧绿湖水里游艇拖着白线，秀色里平添一分生气。

山顶有蹦极跳项目，马丁看了跃跃欲试。他告诉萧丁丁新西兰是蹦极跳的发源地，问她想不想一起去，萧丁丁吓得直摇头，身子往后退缩。于是马丁一个人走向了跳台，付了钱后，在雇员的帮助下系上保护绳索背心。他站在了跳台边缘，回头望了众人一眼，做了一个怪相，然后眼睛一闭纵身跳了下去。在萧丁丁的尖叫声中，马丁的身体一上一下地弹跳，他把双臂伸直，学着老鹰的姿态做飞翔状。

红雪梅大概看多了，见怪不怪地说："这是他最拿手的把戏。"

等马丁回到众人身边，赵骁华看见萧丁丁忙迎了上去，小声责备道："以后不许再这样了，吓死我了。"

马丁无所谓地回答："我不怕，挺刺激的，我已经跳了二十多次了。你不用为我担心。"

两人不由自主地说着贴己话，大概自己都没有察觉到。这些细微的变化让赵骁华看在眼里，喜上眉梢，知道有戏了。

下山后他们来到瓦卡蒂普(Lake Wakatipu)湖边码头。这里小店林立，游客人头攒动，不管看见谁，都是一脸笑意，一副喜气洋洋的模样。码头上有几个街头表演家在表演打击乐和管乐，欢乐之声在码头回荡。湖边的草地上和水泥台阶上坐满了青年男女，沐浴在阳光里享受着大好光阴，痴情于眼前的山水。他们用手中的食物挑逗海鸥，海鸥飞上飞下抢着游客手中的食物。

紧挨着码头的是一个大花园，游人免费进入。赵骁华他们信步迤逦入内，立刻被掩埋在满目的参天巨木里，公园里尤以柏树为多。沿着曲径通向深处，间或有喷泉流水，处处都是招人喜爱的花卉，或浓艳或清秀，更添湖边细浪拍岸，撩人心扉。草地上摇摇摆摆地有不少鸭子漫步，也不怕人，一直走到游客的脚下觅食。

红雪梅问赵骁华她们下一步的打算。赵骁华回说她要去神奇峡湾（Doubtful Sound）的一个小游轮上过一夜，行前就定好了船票，非常贵，不知萧丁丁该怎么办。红雪梅说这好办，让她跟着自己一家人就好了，她们去米尔福德峡湾（Milford Sound）。赵骁华说这样再好不过了。

九十二 蒂阿瑙镇

　　众人离开了皇后镇，沿 6 号公路继续前往蒂阿瑙（Te Anau）镇。一路艳阳下雄山俊伟，飞天拔地，吞云吐雾。

　　突然马丁指着远处大叫，"快看，那里圈养着梅花鹿！"

　　赵旒华也看见了，说："牛羊是新西兰早期移民从欧洲带过来的，现在他们又开始引进鹿了。"

　　沿途断断续续又出现了几个湖泊，一样地美丽诱人。他们在沿湖的几个景点下了车，深深呼吸着清凉甘爽的新鲜空气，贪婪地看着，沉迷于美景之中不能自拔。

　　离开湖区，经过一处叫五条河平原的地带（The Five Rivers Plain），是由英国拓荒者汤姆森根据家乡的五条河命名的。这里地势变成了缓慢起伏的山丘，广阔的绿茵坡地无边无际，连绵不绝同天相连，简直分不清地上的羊群和天上漂浮的云朵。路边有个休憩的地方，大家决定在这里吃午餐。

　　休憩之地立着一块牌子，介绍说这里和新西兰其它地方一样，曾经荆棘丛生，荒无人烟。和眼前美丽动人的大地相比，樊简说："这得花多大的努力才能有今日的一番景象啊，这是几代拓荒者们用辛勤劳动换取得来的。"

　　红雪梅接着说："早期移民没有现代化工具，难为他们用简陋的工具开荒砍树，披荆斩棘，让我们这些后人受益无穷。"

　　赵旒华附和道："应了中国的一句古话，'前人种树，后人乘凉'。"她又想起了西港遇到的房东苏珊来，她是英国的移民后代。

317

蒂阿瑙镇是两家行程的暂时分界点。从这里赵旒华要去神奇峡湾过一天与世隔绝的生活。樊简一家则去米尔福德峡湾。商量好了后，萧丁丁跟着樊简一家走，马丁自然乐不可支。

赵旒华和萧丁丁住进了濒临蒂阿瑙湖（Lake Te Anau）边的一家旅店，开门面对着大湖。门的一旁是一丛盆栽粉色玫瑰，纤细的枝条贴着墙壁舒张开来，花朵娇滴滴个个饱满绽放。门的另一旁的盆子里是一颗修剪成三角形的常青树，如同纪念碑的形状，上面结有小果实。门前草坪和小花园里树木修剪整齐，也是繁花盛开着，一切都显得那么地井井有条，精致养眼。

放下行李，她们像一对母女手挽着手去了小镇。小镇不大，基本都是游客。经过信息中心时，看见了一幅帆船形状的广告招牌，介绍附近有一个萤火蠕虫洞穴（Glowworm Cave）。广告吸引了两人的注意力，觉着有意思，于是进了信息中心买了船票前往参观。

她们同其他游客上了船，在蒂阿瑙湖里开了 10 几分钟来到洞穴所在地，是一处隐蔽的地方。下了船，游客们分为十几人一组，她们这组由一个男导游领着进了溶岩洞。洞里很暗，里面搭着铁支架步道供人行走。支架下是湍急轰响的地下河，水急速地在脚下飞奔，只觉两耳生风，有一股冷飕飕的感觉。洞顶上滴着水滴，岩石突兀，一不小心就会碰着头。导游用手电筒照着顶部，上面长着小指头长短的石柱，导游说这些石柱长了 12,000 年了，说明这是一处年轻的溶岩洞。走到溶岩洞深部，大家开始上了一艘停在那里的小船，导游告诉大家不要发声。四周漆黑一片，什么也看不见，船慢悠悠地摇晃着。过了一会，导游让大家抬头看，只见洞顶密布着许多般蓝色的小光点，像夜晚的星星，那感觉如同夜观星空。导游介绍这就是生活在洞中的蠕虫发出的荧光。

"太奇妙了！"赵旒华在黑暗中忍不住惊叹道。

出来后导游在演讲厅给观众讲解了荧光蠕虫的生活周期和习性，如何吐丝逮捕昆虫和吞噬的过程。自然界是神奇美妙的，每个生物品种都以自己奇特的生活方式适应着自己的生活环境，就像这个荧光闪闪的洞穴，举世无双。

在回程的船上，赵旒华和萧丁丁肩并肩地伏在船舷上看着船后溅起的浪花和远处夕阳下的雪山胜景。赵旒华问萧丁丁："你觉得马丁怎么样？"

一句话问得萧丁丁两颊绯红，低下了头不语。

"喜欢他吗？"赵旒华进一步试探。

萧丁丁满脸羞怯。过了一会，她点点头，嗯了一声。

"丫头，你要是真心喜欢，可别错过了这个机会。过了这个村，就没有这家店了。我看他人不错。他每次看你的时候，他的眼睛告诉我他一定也非常喜欢你的。"赵旒华明显想促成此事，一语道破。

"干妈，不许这样逼人的。"萧丁丁真心急了，满脸娇嗔。

九十三　神奇峡湾

天一亮樊简一家开车过来接走了萧丁丁，他们要在米尔福德峡湾呆上两天。

随后一家小型旅游公司开车来旅店接赵旒华去神奇峡湾，她将不需要的行李暂时寄存在旅店里，轻装上阵。他们先去公司所在地马纳普里（Manapouri）小镇，见到了这次行程的司机兼导游詹森和厨司凯乐布，全团一共 10 位团友。在轮渡码头，詹森为大家每人买好了船票。

船在马纳普里湖上飞驰，水天一色，渡客们纷纷登上船顶饱览两岸山峦辽阔之势。快到西臂（West Arm）时，一座大型水电站（Hydroelectric power station）矗立在那里，高压线伸向四面八方。下了码头，赵旒华他们这拨人换乘一辆小巴去一个叫深凹（Deep Dove）的地方。车道为当年建水电站时修筑的简易土路，电站修好后，这条路就废弃了，现在专作旅游用。据詹森说这条路修建时是世界上费用最昂贵的路。沿途詹森介绍了当地的植物和地理知识。他指着满山其貌不扬、歪歪扭扭的树说，这些树已经有 600 多年的树龄了。树上挂满了苔藓类植物，飘飘然如同历经风霜老者的胡须，颇有一番岁月的沧桑感。

车到深凹，大家上了一艘小游艇。詹森讲解了一下行程安排和安全救生知识。游客住的房间在船的底部，里面有一张床，洗手间和马桶，设施小而齐全。赵旒华坐在床上面体验了一下，船在轻微摇晃，轻松舒适如同安乐椅。

开船后厨司凯乐布为大家准备好了午餐，食物丰盛，有新鲜的无钳龙虾，肉质鲜美。大家一面吃午餐一面聊天。交谈中赵旒华得知一对中年夫妇来自丹麦，一对老年夫妇来自英国，一对刚结婚的年轻夫妇来自德国，还有一对同性恋伴侣来自美国加州。

开船不久旋即看到了海豚群，大家纷纷离开餐桌到外面甲板上观赏。凭着船舷而望，几十头深灰色的海豚在峡湾海面跳跃追

320

逐，自由自在地随心所欲，溅起的水花在阳光下晶光闪亮。对面有一艘大一些的游轮经过这里，也停下来观望。两条船上的游客互相招手致意，打着招呼。

午餐后，公司准备了几套节目。首先是皮划艇项目，团员中那对同性恋伴侣报名下水划行，结果其中一人在一条瀑布下面掉进了水里，引得全船人大笑不止，詹森只得驾起皮划艇过去救援。被救起的同志哥说，我以为我穿的防雨衣是防水的，掉到水里后才发现这衣服根本不防水，引得众人又是一阵哄笑。

接下来是钓鱼活动，船上备好了鱼竿。团员里大部分人都是第一次钓鱼，凯乐布向大家讲解了使用鱼竿的要点。于是众人兴致勃勃，人人动手，将鱼线深深放到海水的深处，几乎每个人都钓起了鱼。按新西兰生态保护法，尺寸小于 28 公分的鱼需被扔回水里，大于此尺寸的则留作晚餐用。船一直开到风高浪急的出海口，鱼线放下去有几十米长。每当有人钓到鱼，大家就一起欢呼。赵旒华手气好得不得了，一会一条，神了。

黄昏时分，詹森将船开到一个风平浪静的地方，靠近山岩的水面上漂浮着几个桔色浮标，下面是他昨天投放的笼子捕捉无钳龙虾。他和凯乐布齐心协力，将笼子一个个拉上来，每只笼子里面都捕捉到了几只大的无钳龙虾。其中一个笼子里还有一条大乌贼鱼，已经将一只无钳龙虾吃得只剩下空壳了。笼子一打开，乌贼鱼落到地上急急忙忙夺路逃窜，动作狡黠敏捷，一会就找到一个船沿开口处翻身下海，消失得无踪无影。詹森将诱饵放进笼子里，又将笼子放回海里等待明天打捞。他专门对赵旒华介绍说，新西兰的这些无钳龙虾大部分出口到中国，非常受欢迎。赵旒华记得在中国的招待宴会上吃到过这种产自新西兰的龙虾。

在海口附近的一处岩石上，有几只可爱的小企鹅在岩石树丛下欢蹦乱跳，探头探脑地忽隐忽现。这种企鹅叫峡湾冠企鹅（Fiordland crested penguin），是新西兰特有的珍稀品种，其它地方看不到。此时正值夕阳西沉，两岸山峰镀金般地灿烂。船拖着长长的尾浪在湖中小岛间穿行，大家都靠着船舷，静静地注视着这世外桃源般的美景。

船泊在一处安静的港湾里过夜。晚餐大家吃着自己钓起的鱼，鲜嫩无比，一个个兴致勃勃，谈着白天遇见的趣闻趣事。同桌的英国夫妇说他们两人是退休教师，男的教数学，女的教社会学。英国的教师 60 岁就可以退休拿社保，他们决定用余生的精力周游世界，烛光里他们古铜色的脸庞提供了最好的证明。他们有一个女儿现在新西兰奥克兰工作，也是教师。他们的下一个目标要去南美的巴塔哥尼亚（Patagonia）。德国年轻夫妇也是工薪阶层，小两口一上船就唧唧喔喔，满船亲嘴，情浓意蜜，毫不避嫌。男的出差曾经来过新西兰，喜欢上了这里，于是带着妻子故地重游。赵毓华想，在船上呆一夜的费用是每人 500 美金，这些人并不富有，却毫不犹豫地挥金如土，看来都是明白人。要不是杨杰推荐，赵毓华还不知道这个不为人知的人间世外桃源。

赵毓华和同船的旅游大侠们推心置腹，交换着旅游世界各地的看法和心得。其他人个个见多识广，谈得兴之所至，不免手舞足蹈。赵毓华只有听的份，方知山外有山，天外有天，原来云游四海的高人就在眼前。她问德国来的年轻夫妇来新西兰多久了，他们轻描淡写地说已经来了一个星期，还要呆上三个星期。荷兰来的夫妇说他们要在这里呆上六个星期。退休的英国夫妇则说他们要呆上三个月，而且是第二次来新西兰。大家问赵疏华要在新西兰呆多久，她不好意思地说只有三个星期。

晚餐后詹森将一切收拾停当，也参加进来聊天。他有两个孩子，一个3岁，一个6个月。每年他从9月份工作到来年5月份，其它时间是新西兰的冬天，旅游淡季，呆在家里陪着家人。

第二天早上5点天就亮了，众人还在酣睡，赵疏华披上衣服一个人来到夹板享受清晨美景，星星还没有隐去，淡淡地在天上一闪一闪。面对静悄悄的湖面和寂静的山峦，四周一片空灵，除了静还是静。水这时像一面镜子一样平滑，倒映着朦胧的山峦，感觉简直就是神仙修仙的地方。这里与世隔绝，没有尘嚣，没有电信号，赵疏华觉得心仿佛被浸泡在纯净的水里洗涤，净化。她已经记不起此生何时享受过这种美妙的时光了，记得以前的同事们曾经同她讨论过生命的真谛是什么，讨论来讨论去，每个人有每个人的答案。现在这无声的世界，用无声的语言给出了一种绝妙的答案。她发现，自己以前的生活是枉度了。

同船的游客先后起床了，大家纷纷来到夹板上观赏晨光中的湖光山色。詹森将船开到一处避风的地方，关掉引擎。惊叹声中，朝阳慢慢在峡湾升起，一点一点地照映着四周的山峦，新的一天开始了。

游船回到昨天的起点深凹小船坞，这时下一班游客已经等在岸上。当詹森开车将大家送回西臂码头时，刚一靠岸，各人口袋里的手机就纷纷响起来了，接上了电信号。大家互相取笑又回到了尘世间。

赵疏华和团友们互相道别，刚过去的那种与世隔绝的生活在她的脑海里环绕，难以忘怀。

九十四　米尔福德峡湾

离开了神奇峡湾，公司派人将赵旒华送回到旅店。她取了行李，开着租来的车子去米尔福德峡湾同樊简一家汇合。

沿 94 号公路去米尔福德峡湾的路上，山麓草甸铺满了娇妍的鲁冰花，上面云雾缭绕。山势逐渐抬高，路陡岩悬，九曲回肠的山路上车一辆接一辆慢开如蛇行。前方雪峰峻岭迎面而来，朝阳斜斜地照在上面点化出雄奇和冷峻。新西兰没有让赵旒华失望，她的思绪禁不住浮想联翩起来。她想旅游如同一部博大精深的百科全书，里面有人物、历史、文化、山川、情怀。因为见多识广，旅游能让人变得成熟知性和通情达理。

途中要穿过一条长 1.3 公里的赫墨山洞（Homer Tunnel），赵旒华赶快收回思绪，聚精会神地开着车，沿着弯弯曲曲的山路往下溜，一直进入米尔福德峡湾码头，一颗心方才落地。赵旒华同樊简他们在码头汇合了，他们一家和萧丁丁昨天花了一整天的时间在峡湾附近的一条步道徒步。

合在一处后，大家买了船票一起乘游轮。这时天气晴朗，白云飘絮，游轮乘风破浪如同滑行在飞舞的蓝色绸缎上，甘畅快意。向两岸望去，峻峭的山谷有众多的瀑布沿着峭壁飞泄而下，有的宽如白练，有的细小如线。最好看的是鲍威尔夫人瀑布（Lady Bowen Fall）和斯特灵瀑布（Stirling Falls）。船长将游轮开到瀑布跟前，让轮桨溅起水雾，水雾被阳光托出一道袖珍彩虹。峡湾的岩石上躺着许多晒太阳的海狮，这些懒动物眯缝着眼享受日光浴，不时翘起尾巴拍打岩石，并发出嗷嗷的叫声。海狮经常是一只黑色的和一只棕色的在一起，互相碰嘴轻吻，不知是否有性别的差异。

一天没见面，萧丁丁靠在赵旒华的身边，颇为依恋。赵旒华问萧丁丁："昨天和他们在一起还习惯吗？"

萧丁丁嗯了一声，"他们一家人对我都挺好。我睡的是马丁的床，他睡在外面客厅的沙发上。"

"昨天你们一起徒步了？有意思吗？"赵旒华好奇地继续问。

"非常有意思。在中国我经常徒步写生，走山路对我没什么。这里的风景太美啦！我都不想离开了，想留在这里画下去。"

等了一会，萧丁丁对赵旒华说："徒步的时候，马丁将他的一切都告诉了我，他比我优秀许多。他说将来当了医生，要救死扶伤，为病人服务。我说他可以到中国来行医，他说可以考虑。他问我能否在中国帮他联系一家医院做义工。我答应帮他找找。"

说话间游轮一直开到出海口处，再现海天一色，风高浪急。游轮上的广播介绍，米尔福德峡湾形成于冰川运动，最先由约翰船长 1812 年发现。早一点库克船长也曾经路过这个海口，他怕峡湾太窄不敢入内，失之交臂。

游完了峡湾，回程时他们在一处叫深坑（Chasm）的地方停留。这里溪流在巨石间穿行，左右逢源，将巨石凿出了许多大孔，有的地方切割成了巨缝。溪边岩石上也刻有许多深色的凸凹坑，如同一个个砚盘。溪流穿过巨缝和大洞时发出如雷响声，老远就可以听得见。

等他们回到停车场时，看见几只绿色鹦鹉（Kea）站在车顶上正用钩子一样的嘴不断啄着车门上的橡皮自娱，一点也不怕人。路边有个牌子，详细介绍了这种鹦鹉的习性。这个品种的鹦鹉只生活在新西兰南岛的森林和山区，最长可以活到 50 岁。这种鸟充满好奇心，非常聪明，据说可以解开逻辑拼图谜的图案。

天变得比翻书还快，刚刚晴朗的天气，突然间就下起雨来，将山峦翠色淹没在一片烟雨迷蒙之中。

等他们来到一片草甸区时，天气又放晴朗了。众人下车来到穿过草甸的溪流旁，惊喜于无边无际的鲁冰花铺满的山谷。赵旒华看见马丁牵着萧丁丁的手急切切步入花丛之中，知道他们的关系又向前推进了一步。赵旒华回过头来，看着樊简夫妇也在笑。

草甸安静地躺在峻峭的群山怀抱里，溪流舒缓地流淌穿行其中，微吟浅唱。齐腿高的鲁冰花释放着芳香，迎风摇摆，到处都是紫、红、蓝、白、粉红色的世界。这里的鲁冰花比瓦纳卡湖边看到的单一黄色品种更胜一筹。溪水缓缓地穿花而过，哗哗声如同欢快抒情的咏叹调，整个一个童话世界。

红雪梅看了大为感叹："站在这里，仿佛返老还童了。这花开得真够浪漫，非常有情调，让人过目不忘。苏东坡说得好：'天涯何处无芳草'。"

远处溪畔艳丽的鲁冰花丛中，相机已经不在萧丁丁的手里，而是在马丁的手里，他正在为萧丁丁拍照。萧丁丁含笑地站着听马丁的指挥，摆出各种姿势，显出了她天性中的婀娜多姿和活泼性格。

樊简看了满心陶醉，忍不住说："你们家的萧丁丁如同鲁冰花一样漂亮。"

赵旒华打谑地说："这次我运气好，平白无故捡了一个女儿，还给你们家捡了一个准媳妇。以后我们恐怕会成为亲家了。"

"回美国后，我们两家得多走动走动。"红雪梅满心欢喜地提议道。三个人大笑了起来。

九十五 达尼丁

下一站他们去了达尼丁市（Dunedin）。中间路过一个地方叫奥瓦卡山谷(Owaka Valley)时，他们怀疑是不是走错了路，一不小心进入了天堂庭院。奥瓦卡山谷山峦起伏如锦绣，忽高忽低的大山坡牧场犹如披着巨大的绿茵地毯，延绵不绝。欧洲移民的先贤们在各自牧场边缘植满了蔚然参天的树木，一排排的葱葱郁郁高擎着蓝天和白云。那一望无边的绿色山包像一个个巨大的浪头排空而去，在通透的空气中显得秀美恬静，波澜壮阔。赵旒华对身后的两个年轻人说："如果能变成一只风筝飞到天上向下俯瞰，那该有多好啊。"萧丁丁自然不会放过这个风光摄影的好机会，屡屡下车，用相机尽收迤逦风光。

中间他们拐道去了普拉卡努瀑布（Purakaunui Fall）。瀑布隐藏在幽深的山谷里，水帘在绿叶扶疏里从高处一叠一叠向下游跳跃。瀑布的哗哗声如同聆听空谷琴声，抑扬顿挫且连绵不绝。众人沉浸在流水声里，樊简对大家说如果能在这里修一间茅屋，一定是个修仙的好去处。

　　新西兰东岸城市达尼丁市南北两边分别点缀着两颗风景明珠。南边的一个叫鸡块角（Nugget Point），北边的一个叫大圆石（Moeraki Boulders）。两地都是自然界留给人类的珍贵天然遗物。

　　鸡块角地处一个狭窄的小半岛顶端，岛上有一个白色的托克托（Tokata）灯塔。他们从停车场步行去灯塔，步道斜坡两边伏满了灌木，长得都不高，大概受大风的影响，灌木紧紧地贴附在路边的岩石上。众人从步道往山坡下探望，海滩礁石上可以看见不少的海狮，有的躺着，有的在海水里戏游。海边礁石的树上栖满了密密麻麻的白鹭，鸣叫声直贯长空。到了灯塔前突式的平台上，全景海滩尽收眼底，海天接壤处有种濒临天涯海角的感觉。临风远望，观景台下方水面露出一座座鸡块状的礁石，形状奇特，有的有洞穴，有的像叠加的书简。礁石被浪花拍击着，如同白练从礁石上滑下。

　　下午他们到达了达尼丁市，先参观了著名的火车站。这里曾经是新西兰最繁忙的火车站，每天进出列车多达 100 多辆。现在这里已无往日盛况，只经营着观光列车旅游项目。车站大楼前的花圃修缮得非常整齐，花朵带有新西兰特有的艳丽。有两个淑女打扮的老妇人在花圃里和游客们互动，向赵旒华他们介绍身上穿着的服装流行于哪个年代，体验一把旧式怀古风情。大楼里面和火车站台还是一百多年前的老样子，站台上停着一列老式列车。他们其实很想坐一趟观光火车，无奈时间不允许。

　　黄昏时分两家去了奥塔哥半岛（Otago Peninsula），参观了新西兰唯一的一座欧式城堡，剌纳奇城堡（Larnach Castle）。

城堡位于山上，是由澳大利亚的银行家威廉（William Larnach）于 1870 年建造的。去时有人在城堡里面举行婚礼，将城堡包了下来，不让游人进去参观。城堡外面庭院深深，透着浓浓的欧洲风格情调。居高远望四周的山峦湖泊，苍穹下秀色无边。

　　他们在达尼丁市住了一晚，第二天驱车沿 1 号公路去了大圆石海滩。景点由一家餐厅经营，参观时每人自觉交 2 元新西兰元，用于维护景点。去时正值潮落，许多滚滚的圆石如同巨型恐龙蛋裸露在沙滩上，让人摸不着头脑，充满了神秘感。

　　马丁向萧丁丁介绍，这些卵石已经有 6 千万年的历史了。萧丁丁惊叹自然的创造力和想象力，举起相机对着圆石从各个角度猛拍了一阵。她笑着对马丁说："你站在圆石上，把一只脚翘起来。"马丁果然照着要求做，居然在圆石上站稳了，露出得意的笑容。

　　有个圆石破裂成了几瓣，露出了里面的圆心。萧丁丁又对马丁说："这些花瓣很漂亮，可惜缺少一根花蕊。我想拍一张创意作品。"

　　马丁明白她的意思，于是爬进了破裂的圆石中心，身体直立，双手向上，做出了花蕊的形状让萧丁丁拍摄，逗引萧丁丁开心。这时围过来了许多游客，几个小孩嚷嚷着也要爬进圆石，马丁只得让了出来。游客们排着队，一个个在圆心里面做出各种可笑的姿势和创意动作，嬉闹不已。

　　赵旒华和樊简夫妇在海滩漫步，海风中光着脚让一阵阵清凉的海水漫过脚背。红雪梅说："本来担心孩子们上大学都走后，空巢了怎么办？这一辈子我们尊老爱幼，含辛茹苦，勤奋工作，一直都为别人活着。该做的我们都做了，该有的都有了。老樊的同事杨杰建议我们旅游，这个主意真不错。"

樊简附和着说："杨杰将旅游定义为虚度人生。他还总结出了旅游的十大好处。譬如他说人的生命就这么长，多往里面放些快乐，烦恼的比例自然就减少了；旅游可以减少井底之蛙的孤陋寡闻和夜郎自大，使人谦虚谨慎；旅游即能考验人的脑力，又能锻炼体力，增强意志；他还说旅游能增强环保意识，等等。从他那里，我学到了不少旅游的知识，获益匪浅。"

赵旒华听了哈哈大笑："这个杨杰，玩就玩呗，哪来的这一套说辞。"

大圆石是樊简一家的最后一站，明天他们就要去基督城启程回美国了。马丁舍不得同萧丁丁分手，他对萧丁丁说："等着我，我会去中国看你的。"

九十六　湖区

同樊简一家分手后，赵旒华和萧丁丁继续她们的行程，去了南岛中部的特威泽尔（Twizel）小镇。一路上库克群峰若即若离，渐行渐近，山脉上覆盖着瀑布般的厚厚流云，显得神奇诡异，近旁路边大片大片的鲁冰花在阳光里展露着特有的妩媚芳姿。南岛中部有两个湖泊景点，一个是普卡基湖区（Lake Pukaki），一个是蒂卡普湖区（Lake Tekapo）。

在小镇旅店下榻后，趁着天色还早，她们先去了普卡基湖畔。赵旒华他们几天前还在库克峰的那一边，现在却跑到峰的这一边来了。隔着湖水，库克峰和相连的山脉高耸在对岸。虽然峰颠被厚厚的云层笼罩着，夕阳的光射线不时从阴霾的云层里穿透出来，像笔刷在山体的不同部位刷出了金色的色彩，在暗调云层覆盖下显得十分突出明亮。

　　湖的西侧有条道路，可以一直通向库克峰脚下。她们向前开了一段路，沿途欣赏壮美的群山，湖水，草甸，和鲁冰花。在一处平坦的湖边高地，他们下车观景，这里视野开阔。自从遇见马丁后，萧丁丁作画的次数明显减少了。这时萧丁丁难掩欣喜之色，拈了一个大石块坐下，重新拿起笔，又开始画画了。赵疏华陪坐在她身旁看她熟练地画着，一直到日落西山。

　　第二天一大早她们前往不远的蒂卡普湖区，湖区景点游客车辆拥挤不堪。特别是著名的牧人教堂（Church of the Good Shepherd），被围得水泄不通，人满为患。微型小教堂边有个中学生组成的唱诗班在向游客唱圣歌，他们来自美国。听了一会，两人进了小教堂，见窗子上摆放的十字架正好同库克峰重叠在一起，尽显神圣庄严。

　　接下来她们去了约翰湖边（Mt John via lakeshore）走步道。她们将车停在山脚下的停车场，这里是步道的起点。指示牌上面标明走步道需用时 3 小时，但不标明里数。萧丁丁不得要领，说："好奇怪，每个人的体力不一样，腿长也不一样，走路快慢当然就不一样了。这里应该标明步道里数才合情合理。"

　　她们先是一路上坡，在树林子里穿行，许多身强力壮的年轻人频频超越她们。她们走了大约 45 分钟到达山顶，已经气喘吁吁了。山顶上有个约翰山大学天文台（Mt John University

Observatory），海拔 1029 米。山头布着几个圆顶式建筑，表面洁白反光，里面大概是射电望远镜。毫无疑问，这里是观察天空星象的好地方。

山顶有个餐厅，刚才超过她们的人都在这里用餐。见服务员的头上系带着圣诞节饰物，赵旎华想起来了，原来圣诞节快到了。真有意思，夏天过冬天的节日，不知圣诞老人来不来这里？她们拿出自己的食物吃了起来，赵旎华在前台买了一杯咖啡，萧丁丁买了一杯可乐。两人一边吃一边往山下望去，湛蓝的湖水被群山环抱着，远处雪峰成排，美不胜收。

众多游客到了山顶后大多沿原路返回。她们看见另一个方向还有一条通往湖边的小道没人走，于是决定沿着这条小道继续前行向湖边走去。一路下坡，旷野里释放着一种特别的野花野草的芳香气息。很长一段时间里只有她们两人行走在坡地上，独自享受着大自然的空间，路边的黄色和白色野花似乎专门为她们绽放。过了许久才看见两个骑着高头大马的女子从后面花间款款而来，疑为天人。到了湖边，湖风和煦吹拂，灌木丛绽放着美丽的桃红细花，在靛蓝的湖水衬托下嫣然夺目。

走着走着山坡的天空忽然出现了一片漂浮的彩云。过了一会又发现顶头的艳阳被一个彩色大圆圈环绕着，居然看见了日晕！今天正好是赵旎华的生日，萧丁丁说这是老天祝您生日快乐呢，还送了一枚大戒指给您，好福气！赵旎华听了乐不可支，觉得这个比喻很有创意。她对萧丁丁说："这个意外礼物让我这个生日浪漫得一塌糊涂。新西兰不但风景名胜密集度高，作为 1947 年才从英国完全独立出来的移民国家，新西兰人待人接物彬彬有礼，礼数周到，连这里的老天也这么赏脸。这个礼物我收下了！"

　　赵旒华的新西兰之旅快要结束了，明天去基督城，然后从那里起飞回中国，办完学校结交手续后，再回美国。

　　要和萧丁丁分手了，晚上在旅店里赵旒华问她下一步如何打算？萧丁丁正在看手机，没有理会赵旒华。赵旒华以为她因为两人要分手了心里不高兴，正在烦恼，于是径自去洗澡间洗澡。她刚打开水龙头，突然听见外面萧丁丁撕心裂肺地尖声惨叫了一声。

　　不知出了什么事情，赵旒华马上关上水龙头，慌忙来到外间。只见萧丁丁已经哭得不成人样了，并拼命地痛骂自己，手机丢在一旁。赵旒华拿起手机看了起来，是一段微信。

　　微信上说：亲爱的丁丁，小汤几天前内脏大出血去世，昨天在火葬场火化了。临终前，他让我告诉你一声对不起，他向你撒了一个美丽的谎言。他从小营养不良，血小板减少，指数非常低，导致内脏经常出血。毕业前他回家做过一次检查，医生说他的病医治不好了。为了不连累你，他谎称自己不爱你，同另外一个女人结了婚。不是的，事情不是这样的，他根本就没有结婚，他是想让你彻底死心。他愿你多多保重，希望来世能有一个健康的身体，到时再来找你。小汤妈妈。

　　微信上附了一张小汤躺在病榻上的照片，面容憔悴无比，他用手在胸前做了一个心形的手势诀别。

九十七 基督城

萧丁丁哭了一晚上，赵旒华好劝歹劝，终于让萧丁丁冷静下来。萧丁丁决定马上回中国，去找米汤的母亲。她立刻动手在网上订机票，还好有空位，和赵旒华是一个航班的，虽然临时订票有点贵，也顾不得许多了。

第二天早上萧丁丁红肿着双眼，一句话也不说，早饭也不吃。赵旒华开着车向基督城进发，这是她此行的最后一站。窗外原野的鲁冰花还是那么美丽，赵旒华恋恋不舍。可惜身边的萧丁丁受到的感情打击太大了，坏了情绪。

到了基督城，她们下榻在离机场不远的一家旅店。在附近一家餐馆吃过午饭，赵旒华决定带萧丁丁出门，好让她散散心。来新西兰前，她对每一个落脚的地方都做过功课，知道基督城有个动物园（Willowbank Wildlife Reserve），可以看到新西兰的国鸟几维鸟（Kiwi），这种只在夜间活动的鸟在野外几乎绝迹。在神奇峡湾时，船长导游詹森说长了这么大，平生只看见过一次野外几维鸟。

到了动物园，他们买票进门。里面曲廊回径，笼子里豢养着长臂猿、猴子、小袋鼠、黑天鹅、锦鸡，金刚鹦鹉、木鸭、绿色鬣蜥，还有不少鸡鸭鹅羊之类的家养动物供儿童玩耍。萧丁丁戚容满面，只是呆呆地看着它们，不发一声，也不拍照。

她们来到一间偌大的暗房，里面亮着微弱的红外灯，一下子看不清里面的情形。待适应了一会，才看见十几只几维鸟正在东跑西窜地奔跑觅食。新西兰自古以来就与世隔绝，现在看见的牛羊家禽都是和人一起移民来到岛上的。赵旒华一路上觉得奇怪，新西兰很少见到家养的猫和狗，结果在这里找到了答案。介绍说，早期移民也带来了猫狗宠物，可它们是几维鸟的天敌。晚上几维鸟出来活动时，猫狗就喜欢追逐几维鸟取乐，几维鸟跑不过，一个个心力衰竭累死了。介绍上说曾经发现过一只狗一夜间弄死了 160 只几维鸟。为了保护几维鸟，新西兰人自觉不养猫狗。读着这段逸闻，赵旒华感慨新西兰人的觉悟和爱心。

接着她们去了市中心，将车免费停在植物园里。植物园地方很大，到处都是巨大的参天古木和小桥流水。植物园里许多花圃花色繁多且色彩鲜艳，其中以贵族化的玫瑰园最漂亮。

"这么漂亮的花，你不画几张？"赵旒华问萧丁丁。

萧丁丁摇摇头，神情木然，算是回答。

赵旒华可怜萧丁丁，她这是刚从一个感情误解的深渊里出来，又掉进了另一个深渊。她劝萧丁丁："小汤已经去世了，至少现在你知道他是真心爱你的，他想保护你，没有背叛你。你对他的疑惑可以解开了。"

"可是我不应该那样误解他，我不能原谅自己。"萧丁丁用一种尖锐的声音责备自己。

"你并没有错，你只是不知情而已。不要过分责怪自己。人生的路很长，现在你不是有马丁了吗？"

萧丁丁听不进赵旒华的话，自顾自地说："看来我还是不了解他，否则我会在他最需要我的时候留在他的身边。"

出了植物园，她们上了街，走不远是一所耶稣学校（Christs' College），她们进去溜了一圈。这个 1850 年建的学校是个中学男校，里面欧式校园干净整洁，绿茵铺地。这时校园空无一人，非常寂静。

从校园里出来，她们漫无目的地在街上行走，向市中心走去。基督城的市中心远没有奥克兰和惠灵顿的繁华气派，稀稀疏疏地布置着一些圣诞装饰。走了几条商业街，行人不多，加上萧丁丁一言不发，情绪低沉得可怕，一切索然无味。赵琉华知道这时再劝她也是徒劳。

天下起了小雨，她们回到植物园取车，回到了旅店。

第二天两人凌晨起床，去机场还了车，她们乘澳大利亚航空公司的班机前往悉尼转机，回到了中国。

在机场分手的时候，萧丁丁拿出她在新西兰画的画册递给了赵琉华，说："干妈，这本画册送给您，谢谢您一路的破费和照顾，给您添麻烦了。"

赵琉华高高兴兴地接过画册，忙说："看你说的，很高兴收你当女儿。不要太悲伤，替我在小汤坟前磕个头。我觉得只要你好好活着，就是小汤最大的心愿，不枉了你们俩相爱一场。"

赵琉华取出自己的相机，送给了萧丁丁做纪念。

九十八　新冠病毒

自从和萧丁丁分手后，回到美国的赵琉华一直用微信和视频同她保持联系。过了不久在武汉求学的萧丁丁告诉赵琉华马丁已经到了中国，在武汉一家医院做义工。他们已经把米汤的母亲接到身边照养，供奉晨昏。

有几个星期的时间，萧丁丁一直没有音讯，赵旒华以为她大概和马丁在一起，把自己给忘了。可是突然有一天萧丁丁来微信，说自己生了一场奇怪的病，头痛脑热，嗓子干咳，四肢无力。医生检查了以后说她可能得的是一种新型冠状病毒感染，受感染的不止她一人。不过她现在痊愈了，让赵旒华放心。萧丁丁说还有更奇怪的事情，医院的医生不让她在社会上讲自己的病情，因为上面指示还没有确定这种病是否人传人。

又过了几天，国家卫健委高级别专家组组长钟南山到了武汉，向社会公布了新冠病毒的疫情，证实了这种新冠病毒可以人传人。一时间举国哗然，情况急转直下，人们还没有回过神来是怎么一回事，武汉1月23日就封城了。看到这突如其来的情况，赵旒华急得不行，她知道萧丁丁和马丁都被封在里面了。赵旒华从不同渠道得知，她以前在中国的几个同事也感染了新冠病毒，有的情况还特别严重，被送进了医院重症病房。

在美国的一个微信群里有一家华人到处求助，她70岁的父母和90岁的奶奶被隔离在武汉家中，均是疑似肺炎，住不上医院，也没人照看。又过了几天，吹哨医生李文亮死了，才34岁。赵旒华悲伤地想到，生命是如此地脆弱，在生与死面前，人定胜天这句老生常谈显得多么的苍白和无力。

赵旒华几乎每天都询问萧丁丁的情况。萧丁丁回复说，因为市区的交通都中断了，她开着继父的车自愿负责接送没有交通工具的医生上下班，听到了许多医生抢救病人的感人事迹。萧丁丁坦白说，看见这些不顾自己生命危险去抢救病人的白衣战士，除了敬佩还是敬佩。许多一线医生在抢救病人的过程中自己被感染了，不敢回家，一个人住在外面专门为医生准备的旅店里。从视频里可以看见，萧丁丁虽然憔悴，可是精神抖擞，神色坚定，和那个在新西兰见到的脆弱女孩判若两人，萧丁丁在疫情中成长起来了！赵旒华从心底为干女儿的义举感到高兴和自豪。

　　赵旒华又问了马丁的情况。马丁说自己将来想当传染科医生，所以选择在医院重症病房当帮手，协助医生抢救病人。起初医院不要他这个外来户，可是人手实在不够，就让他当清洁工。马丁告诉赵旒华，医生们每天抢救病人十几个小时，累了困了就睡在医院的地板上。这里最大的问题是防护用品奇缺，希望赵旒华能够在美国帮中国的医护工作者们想想办法，特别需要医用口罩和防护服。他拍了几段自己录的医院抢救病人的视频，看得赵旒华直流泪。

　　在萧丁丁和马丁的感召下，赵旒华决定为奋战在第一线的武汉医护人员做点什么。她马上注册建立了一个民间机构，在美国的微信群里发了大量求助信，募集捐款，很快就得到了积极响应。她在美国有不少医生同事，包括刚当医学院院长的丁一，征询他们的意见，用筹集来的善款购买了一批合格的医用口罩和防护服，寄往马丁工作的医院。她知道，这是争分夺秒的战斗，刻不容缓。

　　疫情改变了整个社会，也改变了每个人。不光是赵旒华，丁一夫妇行动起来了，杨杰隋璐夫妇行动起来了，樊简红雪梅夫妇行动起来了，马述伦俞林行动起来了，整个华裔科技界和整个华裔群体都行动起来了。大家齐心协力，将中国以外能买的医疗设备和防护服尽量购买，来了一场史无前例的大搬家，从美国发往中国，积极支援中国的新冠抗疫险情。让人意想不到的是武汉方面竟然不接受海外援助！在国内和国外的强大舆论压力下，接受援助的大门终于在几天后打开了。因为防疫不力，湖北省委书记，武汉市委书记和省卫健委书记被罢免了官职。

这时的中国也开始了一场大搬家，全国各省和军队的医疗队纷纷开赴武汉，救援已经疲惫不堪的武汉一线医护人员。救兵来了后，精疲力尽的武汉医生护士大部分被撤了下来，在家隔离。武汉用两周的时间建了一座火神山医院，又用三周时间建了雷神山医院。两座医院用来收治症状较轻的新冠患者。马丁换到了火神山医院，成了一名人人夸赞的清洁工。

萧丁丁这时不用送武汉当地的医生上下班了，她办起了画展。她画了许多幅宣传鼓动画，通过马丁挂在火神山医院里，鼓励病人积极治疗，积极康复，早日出院。萧丁丁将自己的画订成册出版，稿费全部捐给了医院。听到这些，赵旒华想，她真的成熟了！

鞠进是在她们医院带队援助湖北抗疫时得的肺炎。康复后，她给赵旒华发来微信，说湖北省委和省政府赠送给每位援鄂的医务人员一枚"战疫援鄂纪念章"，背后刻有他们的名字。她附上了纪念章正反两面图案。凤凰作为纪念章环形纹饰的主景图案，六只凤凰昂首挺胸，羽翼舒张，有历经万复不劫、凤凰涅槃的寓意。火凤凰是古代荆楚大地的信仰图腾。参战纪念章还附有一本荣誉证书和一张全家终生免费游湖北的旅游卡。

九十九　美国疫情

在中国政府的大力干预下，中国境内的新冠病毒疫情得到了有效缓解。可是狡猾的病毒却悄无声息地溜出了中国大门，漂洋过海，以迅雷不及掩耳之势在世界各地到处流窜起来。先是亚洲，接着是欧洲，再后来是美洲和大洋洲的各个国家纷纷沦陷，疫情告急，一浪高过一浪。新冠病毒并不认人，各国的政要、知名人士和娱乐明星相继中招，连英国查尔斯王储和首相约翰逊也不放过。

早春到了，老天没有收起寒冷的意思。丁一上任几个月了，这天他来到院长办公室，看着窗子外面密密麻麻飘下来的雪花，竟然有鹅毛大。他紧皱着眉头思索着，看着外面浑浑沌沌的天空，和风雪迷漫中的建筑物，心头不免压抑。

前一段时间丁一积极支持配合赵旒华，为她出谋划策，为中国的医护人员筹集物资。他也向曾经当过院长的中国医学院收集新冠病毒的资料和治疗方案，为可能到来的疫情做好准备。他认识的不少中国同事先后确诊患了新冠肺炎，其中包括鞠进和曲直。曲直还进了重症病房，好在抢救过来了，现在已经康复。他惋惜曲直，事业和身心遭受连连打击，命运多舛。曲直反倒是乐观了不少，说经过种种的不幸，自己早已将一切看轻，置之度外，他会加倍珍惜生命，与天同乐。

当中国新冠病毒疫情猛烈之时，丁一和其它美国人有些隔岸观火的感受，觉得隔着太平洋，一时半会应该没事。可谁也没有料到新冠病毒会窜得这么快，仅仅一个多月，欧洲和美国相继沦陷为重灾区。因为政府体制的差异，当时美国两党内斗正酣，民主党人极力弹劾共和党的川普总统，分散了他的注意力。再加上美国预防中心（CDC）的误判和检测试剂操作失误，使防疫工作失去了许多宝贵的时间，新冠病毒在美国迅猛发展起来，比中国尤甚。

丁一院长每天观察跟踪疫情的发展，眼见确诊人数和死亡人数日日窜高，不免心急火燎，知道情况不妙。特别是意大利和西班牙疫情的失控，伤亡累累，医院不堪重负，更是给他敲响了警钟。他知道这种新冠病毒的感染力不同寻常，需要提早防备，越早越好。虽然他的医学院暂时还没有新冠病人，以他敏锐的职业嗅觉，知道那是迟早的事情。为了防止疫情发展，他及时向全院发出通知，让大家做好应急准备，并积极同州政府联系，储备医疗物资，扩增病房。借鉴中国式隔离的经验，他还指示学院内相关病毒学实验室自行准备新冠病毒检验试剂，防止高峰时期病检跟不上。通知还指示非一线的教职员工和学生们尽量在家工作和上课，自觉居家隔离。搞科学的也需有人文情怀，考虑生命安全，否则那些科研结果就是冷冰冰的数据了。他脑子里想到的是如何保护生命，保护手下的员工不被感染，此时采取隔离措施，就是对疫情的最大防范和帮助，可以降低和延迟感染人群高峰的到来。

丁一感觉责任重大，决定每个星期开一次全院视频会议，及时通报协调院内的工作进展和需求，鼓励大家同心同德。这个时候需要众志成城。丁一先走了一步，过了不久，州长也宣布了全州居民居家隔离，尽量不要外出。接着美国各州的国民警卫队全部待命，美国军队在许多疫情严重的城市搭起了野战医院。美国总统全民动员，天天发布通报会，联系私企大公司参加抗疫，迅速加大研发和生产新冠病毒检测试剂盒、口罩、防护服、呼吸机，对讨价还价的公司实行战时国防生产法。各州州长也积极组织协调本州的抗疫活动，奔走呼号。

　　疫情极大地激发了美国全社会的积极性，先是罗素（Roche）公司发明了快速新冠病毒检测手段，大大地提高了全民免费检测速度。不到两个星期，雅培（Abbott）公司又发明了更快的便携式检测仪器，5分钟内可以检测阳性结果。美国许多生物科技公司纷纷投入资金研发新型冠状病毒疫苗，临床试验取得积极效果。一时间美国大地同新冠病毒这个隐形敌人的斗争如火如荼，波澜壮阔。

　　当然有了仪器没有人还不行。纽约州感染人数是美国的一半，医护人员和设备严重缺乏。纽约市成了中国的武汉。纽约市长向全美发出求救，立刻有6万多名美国退休医生、护士、麻醉师、呼吸治疗师、心理医生积极响应号召，签署了自愿工作协议，去纽约医院抗击新冠病毒疫情。在协议中他们声明：考虑到自己身体年龄原因，一旦自己被感染，希望不插管、不占用呼吸机、不进ICU病房，把宝贵的医疗资源用于其他需要的病人身上，用生命去践行全世界医务工作者治病救人、救死扶伤的共同誓言。另外美国许多医学院让医学生提前毕业，发放临时医疗工作证，投入到抗疫中去。

　　疫情对美国经济产生了强大的冲击，先后有三千多万美国人失业，领取失业救济金和食物的地方排起了长长的队伍。美国共和党和民主党向来不和，这次两党却罕见地联手通过了一项两万亿的联邦救助法案，为全美每个符合要求的公民发放1200美元的救济金，帮助他们度过难关。

　　丁一院长看到这一幅幅鼓舞人心的场面，深受感动。这次疫情对美国是个考验，也是激发美国人民斗志的一次机会，就像第二次世界大战时期一样。他想，当美国人展现可爱的一面时，还是蛮壮观的。美国、欧洲、中国、乃至全世界都会从这次炼狱里浴火重生。疫情过后，将是一个全新的世界。

丁一不由得联想起了去佛罗伦萨时的情景，那些精美的艺术和建筑杰作还在脑海里浮现。1347 到 1351 年欧亚大陆发生过一次历史上最大的黑鼠疫灾难，估计当时死了 200 多万人。仅仅伦敦，每十个人就有六个死于黑鼠疫。欧洲花了将近 200 年才恢复到疫前人口水平，佛罗伦萨更是到了 19 世纪才恢复到疫前水平。黑鼠疫的发生引起了当时欧洲经济，社会和宗教的巨变，彻底改变了欧洲历史的进程。黑鼠疫改变了人们的看法，强调享受人生和珍惜生命，催生了文艺复兴运动的蓬勃兴起。

他进而想，当地球不堪人类施加的重负时，会采用一些极端方式来惩罚人类，减缓人类的破坏活动，给自己一个喘息的机会。这是一个自然平衡法则。

一百　尾声

几个月前，杨杰和隋璐原本计划坐船去南极旅游，并且已经订好了旅游团的船票。因为阿根廷的巴塔哥尼亚和伊瓜苏瀑布也在南半球，于是也计划进去了。可是新冠肺炎的来袭把他们的美好旅游计划全部打乱。他们刚接到南极旅游公司来函，鉴于新冠病毒疫情在全球流行，旅游公司取消了预定的行程，并答应全额退款。

听到这个消息，两人一方面深感失望，一方面如释重负，因为最近新闻报道了多起游轮爆发船上群体感染事件。杨杰对隋璐说："现在世界各个国家为了防控疫情都关闭了边界，航空公司取消了航班，看来我们相当长一段时间不能旅游了。" 他们打开电视，忧心忡忡地看着世界各地疫情的报道和直线上升的死亡数字。

"这该死的新冠病毒。"隋璐诅咒道。

本来他们和赵旒华约好了，四五月份一起去荷兰的阿姆斯特丹看郁金香。隋璐沮丧地嘟哝说："我们去阿姆斯特丹看郁金香的计划大概也要泡汤了。"

杨杰说："人算不如天算，没想到我们的旅游计划会以这种方式戛然而止。你看这些不断上升的死亡人数，让人胆战心惊且心痛。我们活着的人，要好好保护和珍惜生命。知不知道，老陶的母亲住在养老院里染上新冠病毒去世了。"

"啊！什么时候的事情啊？"

"上个星期，明天老陶为他母亲举行 Zoom 网上追悼会。我们一起参加吧。"

两人默然了一会，隋璐说："既然我们暂时不能旅游了，何不为抗击新冠病毒做点事情呢？赵旒华前些日子为中国募捐口罩和防护服，现在美国的疫情急迫，医院的口罩和防护服奇缺，我们也可以为美国的医护人员筹集募捐呀。有几个微信群里正号召大家用缝纫机自制口罩，支援这里的医护人员。"

一句话提醒了杨杰，他想起了赵果清和曲直，他们一直有联系。杨杰知道他们两人的医疗公司在中国办了起来，起步还不错。他们的公司不光生产医药，还生产医疗设备。

杨杰对隋璐说："中国前一段时间抗击新冠病毒，赵果清和曲直的公司及时地调整了生产结构，研发出了检测新冠病毒的试剂盒，还生产出了大量的防护服装，极大地支持了中国那边抗疫，得到了中国政府的表彰。他们生产的新冠病毒核酸检测试剂盒获得了中国国家药品监督管理局颁发的产品注册证。听说他们现在正在加紧研发抗病毒的疫苗。让我问问赵果清和曲直，看看他们的公司能否也帮帮美国这边的忙。"

"可是赵果清在美国坐过牢，对美国心生怨恨，能行吗？"隋璐有点不放心。

"我看不会。别忘了，他和曲直一起办公司，曲直也在中国蹲过监狱。我想撇开政治不谈，在商言商，美国现在的疫情需求对他们公司应该有巨大的吸引力和市场，两相其美，何乐不为呢？"

隋璐将信将疑，"那就试试看？"

杨杰马上给赵果清去了微信，说明了意图。没过一会，赵果清回了微信，说他正和曲直在一起，两人商量了一下，觉得可行。前一段时间中国疫情吃紧，他们公司生产了大量的口罩和防护服，现在中国的新冠肺炎得到了控制，产品大量积压。如果美国需要，有销路，那就太好了。赵果清对杨杰说，这对双方来说都是雪中送炭，双赢的结果。曲直插话，他们不想赚危机钱，防护服产品价格打折相送。杨杰非常感谢赵果清不计前嫌，有担当。杨杰想，他们两人经过挫折，对人生的认知有了一个新的高度。

于是杨杰和隋璐开始发动周边的华裔，积极上门联系本州各家医院和警察局，征询他们的意见和需求。这些医院正在焦头烂额之际，正为找不到口罩和防护服发愁，听说有这等好事，马上都说非常需要，越快越好。杨杰和隋璐将收集来的信息马上反馈给了赵果清和曲直，问他们什么时候可以发货，自己可以从中协调。赵果清回答，他们公司可以马上报关，立即发货。杨杰和隋璐又同赵旒华联系，用她的民间机构作为物资进出平台。赵旒华一口答应。

她说，前一段时间华裔们为中国的抗疫几乎将美国的仓库掏空了，现在想想挺对不住美国这边的医护人员的。现在是时候了，也当尽力为美国抗疫出力。

杨杰旋即对隋璐说："看来在新冠病毒疫情面前，谁也离不开谁。前一段时间中美两国贸易战打得你死我活，互不相让，赵果清和曲直两个都是中美冲突的牺牲品。现在的斗争目标转移了，大家都需集中精力对付新冠病毒这个共同的敌人。"

隋璐说："是这个理，和为贵。我们华人先帮助中国同新冠病毒打上半场，现在又帮助美国同新冠病毒打下半场，你看，我们华人打全场。"

杨杰笑了，"是呀，从来没有看见华人这么齐心协力过。Hard time makes strong people。从这次新冠病毒疫情看，人类同自然的斗争没完没了。一个小小的病毒就把人类搞得心惊胆战，鸡犬不宁，损失惨重。可以这么说，这次新冠病毒的爆发给人类敲响了一次警钟，让人类懂得了自然的力量。人类要敬畏自然，崇拜自然，顺其自然，不要做违背天理的事情。"

隋璐问："这次新冠事件后我们还要去旅游吗？"

杨杰回答："我看新冠病毒会和人类长期共存下去。等将来疫苗研制出来了，旅游业重新开放，我们要以无比虔诚的心情去朝拜自然，感谢大自然给予我们的恩赐，乞求大自然宽恕人类的过错。"

（完）

2018. 06. 03 － 2020. 04. 01 初稿完

2020. 04. 02 to 2020. 04. 16 二稿完

2020. 05. 09 三稿完

2020. 08. 29 四稿完